LE LIEN DU SA

Espoir et dési

À Mina pour ses avis et ses encouragements.

Aux trubbies pour leurs enthousiasmes
avec une petite mention spéciale à Tbtropfan et Bloody.

À mes deux amours Romuald et Flavye.

Un grand merci à ma maman, Francis et Jacques.

LOLA T.

LE LIEN DU SANG

Espoir et désillusion

Éditions de l'Onde

I

Ce parc si magnifique, dans lequel j'aimais passer des heures à flâner, était figé dans l'attente du danger. D'un mouvement précis, William me fit basculer derrière lui, à la seconde près où plusieurs petits dégagements d'air vinrent nous frôler. Plus un bruit ne se fit entendre, seul le grognement roulant dans la gorge de mon amoureux vibrait dans l'obscurité pesante. Pendant plusieurs secondes, je restais là, à me demander pourquoi notre vie était encore menacée. Quel ennemi pouvait de nouveau nous en vouloir ? Après la mort de la diabolique Élisabeth et de son clan, nous aurions pu croire que le calme allait enfin revenir et que ce mauvais pressentiment qui me tiraillait depuis des jours n'était autre que la culpabilité d'avoir laissé Terence transformer ma sœur. Les sifflements d'air qui me parvenaient en écho laissaient entrevoir le contraire.

– Cours Flore ! Maintenant ! m'ordonna William en parant l'attaque d'un assaillant.

La façade du manoir éclairée me paraissait inaccessible et pourtant, tout en la fixant, je me mis à courir aussi vite que je le pouvais, priant pour que William me rejoigne rapidement. J'allais entrer dans la demeure lorsque l'ombre toujours tapie derrière les branchages attira mon attention. Ne se dévoilant pas, elle gardait un mystère qui m'attirait.

– Où crois-tu aller ainsi ?

Mon sang se glaça. Cette voix synonyme de tant de souvenirs me fit faire demi-tour sur moi-même, me faisant oublier par la même occasion l'ombre dissimulée.

– Grégoire !

– Surprise Flore ! Grégoire n'est pas mort, comme c'est dommage.

Son regard noir se posa sur moi. Mes yeux cherchèrent immédiatement la protection de William, qui aux prises avec plusieurs ennemis, ne pouvait m'être d'aucun secours.

– Comment es-tu donc…

– Comment je m'en suis sorti ? Mais voyons Flore, je ne suis plus le pauvre et fragile Grégoire qu'une simple blessure peut détruire.

Instinctivement, mais inutilement, je me mis à courir pour lui échapper. Un pas et il était près de moi, me projetant au sol simplement avec la paume de sa main. Ma chute fut brutale et mon corps lourd s'échoua sur un bout de bois pointu provenant d'une petite bordure du parc qui entourait les rosiers. Lorsque l'objet me transperça le ventre, je ne pus m'empêcher de gémir de douleur.

– Comme j'aime te voir souffrir Flore. Tu as participé à la mort de ma génitrice et de ma nouvelle compagne. Rien ne me ferait plus plaisir que de te tuer en prenant soin de te faire agoniser de longues heures.

Mes yeux roulèrent vers William qui tourna automatiquement la tête vers moi en hurlant mon prénom. Ce qui eut le don d'amuser davantage mon ex-petit ami.

Le combat prit alors une nouvelle tournure. William, poussé par son envie de venir à mon secours, devint plus violent envoyant dans tous les coins du parc ses ennemis qui n'arrivaient plus à suivre le rythme. Mes yeux se fermèrent quelques secondes avant de replonger dans ceux de Grégoire. La peur au ventre, je soutenais son regard.

Non Flore, ta dernière heure n'est pas arrivée, ceci n'était qu'une mise en bouche. Dorénavant, plus personne autour de toi ne sera en sécurité, ni William, ni son clan, ni même tes amis. Et, le moment venu, je te tuerais Flore ou plutôt tu me supplieras de te tuer. Ce moment sera ma plus grande victoire.

Aucun son ne sortit de ma bouche. Je le fixais comme l'on fixe un point dans l'horizon, sans aucune réaction. Il était agenouillé devant moi, pouvait à tout moment me frapper, me mordre et moi j'étais lointaine, obnubilée par ses paroles. Seule, ses mots résonnaient dans ma tête et son visage n'était qu'une image floue.

– Pas de mise en garde Flore, ni de menace ou de supplication de ta part ? Me croirais-tu incapable de faire de ta vie un enfer permanent ?

Enfin, mon attention revint entièrement à la conversation.

– Ne mêle pas nos amis à ta rancœur Grégoire. Ils n'y sont pour rien !

– Nos amis ? s'amusa-t-il. Ils ne représentent plus rien à mes yeux. Je ne suis pour eux qu'un vague souvenir, rien de plus. Les humains ont une telle facilité à l'oubli.

– Moi, je n'oublie pas.

J'avais parlé sans réfléchir, ce qui l'étonna un court instant. Juste un court instant avant qu'il ne baisse son visage vers mon ventre, que je tenais fortement de ma main, humant avec envie l'odeur du sang qui s'en écoulait.

– Comme c'est décevant de t'avoir à ma merci sans pouvoir jouer avec toi Flore. Ou alors rien qu'un instant, juste pour me faire plaisir.

« *Flore* » hurla de nouveau mon amoureux en continuant à se battre avec son dernier attaquant, les quatre autres gisaient inertes sur les gravillons de l'allée du parc. Ce moment d'inattention de ma part donna le temps à Grégoire de me relever et de mordre dans la chair de mon cou sans prendre de gant. Il mordit à plusieurs endroits écartant chacune de ses morsures afin que mon sang s'écoule à grands flots. Un cri de dégoût sortit de ma gorge pendant que ma plaie au ventre me faisait de plus en plus souffrir. J'étais soudainement vide, les yeux dans le vague, tout me paraissait trouble.

Lorsque la main de mon vampire préféré projeta Grégoire loin de moi, toute force m'abandonna et les bras rassurants de William me soulevèrent immédiatement.

Retombant à quelques mètres de là, Grégoire partit dans la nuit comme il était apparu, poussant de petits cris de victoire.

– Flore, mon cœur !

« *Plus personne autour de toi, ne sera en sécurité* », ces mots tambourinaient ma tête, me terrorisant complètement. Et malgré son retour menaçant, le Grégoire du passé ne s'était pas complètement effacé. Étais-je donc inconsciente au point de croire encore en une bonté intérieure de sa part ?

Mon amoureux, tout en scrutant l'horizon pour être certain que toute menace s'était éloignée, me ramena à l'intérieur.

– Flore, regarde-moi !

– J'ai mal William, chuchotais-je.

Ses yeux bleus pénétrèrent les miens, ce qui comme à chaque fois eut le don de m'apaiser légèrement. Mais mes blessures trop nombreuses m'empêchèrent de profiter au maximum de ce don qu'il avait sur moi.

– Laisse-moi voir, balbutia-t-il en m'allongeant sur le divan tout en passant sa langue sur les plaies de mon cou pour stopper les saignements.

Malheureusement, Grégoire s'était acharné sur ma chair et rien n'arrêtait l'écoulement.

Le simple fait d'ouvrir mon manteau et de relever mon pull me fit gémir de nouveau. Je me sentais faible et j'avais froid, soudainement si froid. Vu la grimace que fit mon vampire en voyant ma plaie au ventre, je sus immédiatement que cette blessure devait être aussi grave que les autres.

– C'est profond, murmura-t-il, et tu as perdu beaucoup de sang.

– Je ne sens plus rien William. Ça… ça va aller.

– Oh non Flore ! Ne dors pas, je t'en prie parle-moi, tu dois rester consciente.

– Juste dormir un peu… si fatiguée…

– Ne fais pas ça mon cœur, ne baisse pas les bras… regarde-moi !

– Je… t'ai… me.

Il me secoua comme un prunier sans pour cela me faire réagir. Je sentais le mouvement mais la fatigue m'emportait ailleurs où seul son visage me réconfortait.

– Je ne peux te soigner, tu as perdu bien trop de sang.

– Hôpital… William.

– Il est trop tard.

Il se leva furieux, fit quelques pas dans la pièce, donna un coup de poing dans le mur d'où je pus voir quelques petites écailles de peinture tombées au sol, puis revint près de moi.

– Bois, ordonna-t-il en mettant son poignet entaillé sur mes lèvres.

– William…

– Il n'y a pas d'autre solution, cela va te guérir. Maintenant bois !

– Je…

– Bois Flore, je refuse de te perdre ou je me perds avec toi.

À la première goutte qui coula sur mes lèvres, j'ouvris la bouche comme attirée par l'odeur acre qui me parvenait. Ce sang, dont la saveur ne m'avait pas quitté depuis notre lien intime où nous avions partagé notre essence de vie, me réchauffait. Je m'agrippais à son poignet et bus goulûment sans aucune répugnance. Une brûlure intense traversa mon corps qui se cambra avant de retomber comme un bloc sur le divan. Son sang coulait dans tout mon être, sensation puissante, violente, agréable et sensuelle à la fois. Tout se mélangea, tout devint lourd au point de me faire plonger dans un noir profond.

Puis mes yeux se rouvrirent lentement sur le regard bienveillant de William. Dans mon lit, bien au chaud, le bleu azur de ses yeux me fit oublier quelques secondes ce qui venait de se passer. Je le tirais par un bout de son pull et l'embrassais avec passion sentant en moi une excitation nouvelle. Un moment des plus érotiques, du moins jusqu'à ce que Terence et Victorien entrent avec fracas dans la chambre.

Si j'étais heureuse de le revoir après tant d'absence, un regard vers son fils et son visage devint colère.

– Ce n'est pas vrai William ! s'offusqua-t-il. Tu n'as pas fait ça ?

– Monsieur, j'allais la perdre.

– Ton sang William !

Victorien nous regardait inquiet. William baissa les yeux et Terence se rapprocha de nous sans me quitter du regard.

– Comment avez-vous pu être aussi inconscient ?

Je ne comprenais absolument rien à ces sous-entendus, et à vrai dire, cela m'était égal, je n'avais qu'une envie me blottir contre mon vampire. Son corps m'attirait irrésistiblement. Victorien, en enfant très poli, me fit un petit sourire et s'éclipsa sans un mot.

– Te rends-tu compte de ce que tu viens de faire mon fils ?

– Je n'avais pas le choix.

– Ne t'ai-je pas assez mis en garde contre les méfaits de notre sang ?

Et la jeune humaine irrespectueuse que je suis ne put s'empêcher de se mêler à la conversation.

– Monsieur, pourquoi êtes-vous si fâché ? Il m'a sauvé la vie.

Oh ! Le regard noir qu'il me lança me rappela ma maladresse de m'adresser à lui si familièrement dans un moment qui, a priori, ne s'y prêtait pas.

– Où est ma sœur ? Demandais-je doucement histoire de changer de sujet.

– Elle se bat pour devenir celle qu'elle ne souhaite pas être. C'est difficile pour elle, je n'avais vraiment pas besoin de vos enfantillages en plus. Tu es faible mon fils, sort avec Victorien pour reprendre des forces.

– Monsieur… je…

– Immédiatement William !

William m'embrassa furtivement sur les lèvres, ce qui me fit frissonner, étrange sensation qui me parcourait sans que je ne puisse la contrôler. Puis il partit comme une flèche, me laissant seule avec un Terence toujours hors de lui.

Une fois seule avec le géniteur de mon amoureux, je n'osais parler de peur d'accentuer davantage sa colère. Pourtant, ma curiosité prit le dessus.

– Pourquoi tant de colère envers William, monsieur ?

Un petit déplacement d'air et il était assis près de moi.

– Il t'a donné son sang Flore.

Oui jusque-là rien de nouveau, je m'en souvenais.

– J'étais blessée et très mal en point.

– Sais-tu au moins ce que cela entraîne ?

– Ma guérison, dis-je en souriant.

– Ton humour est mal venu jeune enfant ! On ne partage pas notre sang ainsi.

– Mais…

– Tais-toi Flore ! Il y a des conséquences à cet acte.

Là, il commençait à me faire peur. William aurait-il mis sa vie en péril pour sauver la mienne ? Je n'avais vu aucun changement à mon réveil, mis à part cette envie de le sentir contre moi à chaque seconde. Ce qui n'était pas désagréable, cela dit en passant. La colère toujours perceptible sur le visage de Terence éloigna de moi cette petite parenthèse de bien-être.

– Grégoire est toujours en vie monsieur. Il a décidé de venger sa génitrice, je pense.

– Je sais que Grégoire est en vie, d'où ma venue Flore. Je voulais comprendre sa petite visite.

J'avais oublié que lui et son fils pouvaient entrer en contact à distance, ce qui me fascinait toujours autant. Même si en pratique, j'étais susceptible d'en faire autant avec mon vampire depuis notre lien. Hélas, je n'avais pas encore réussi à apprivoiser ce don.

– Nous aborderons le sujet de ton ancien ami plus tard. Il y a plus grave pour le moment.

– J'ai déjà reçu le sang de William, je ne vois pas où est le problème.

– Tu ne vois pas ! s'exclama-t-il.

– Et bien non. Pardonnez-moi monsieur mais tout va bien.

Il se leva d'un bond, les mâchoires serrées, retenant au maximum la colère qui le gagnait.

– Notre sang, ignorante humaine (là il était vraiment fâché), n'est pas un remède miracle. Il est l'essence même de notre vie, de notre âme. Jouer avec est la dernière chose à faire.

Blessée par ses propos, je fis de mon attaque ma défense.

– Plutôt que de me juger ou de me faire des reproches, expliquez-moi, je serais moins ignorante à vos yeux !

– Ton insolence n'est vraiment pas de mise en cet instant Flore !

Je ravalais mon orgueil pour le calmer et aussi pour avoir les réponses à mes questions, sans que cela ne tourne au drame. C'est qu'il ne valait mieux pas tenir tête à Terence, de par son âge, il inspirait le respect.

– William m'a déjà soigné lorsque je fus agressée dans la ruelle et vous n'avez rien trouvé à redire.

– De sa salive et uniquement quelques gouttes de son sang. De plus, vous n'étiez pas liés à cette époque.

– Et cela change quoi ?

– Flore, commença-t-il en se radoucissant, notre sang nous le partageons pour créer notre union, comme celle que tu formes avec mon fils, ou pour transformer les humains en notre race et cela doit s'arrêter là.

– Pourquoi ?

– Un vampire qui offre une quantité de son sang non négligeable à un humain partage une partie de lui-même, une partie de son âme. Il peut se perdre, c'est difficile à comprendre. Ce qui est pire dans votre cas c'est que vous êtes déjà liés par ce même sang. Tout en lui va être décuplé, son amour pour toi, sa jalousie, sa peur de te perdre…

– Il est déjà un peu comme ça vous savez.

– Non Flore, tu ne comprends pas. Il peut perdre son contrôle, devenir ingérable. Je n'ai pas vu beaucoup de cas similaires durant ma longue existence mais les échos que j'ai pu avoir ne sont pas optimistes.

– William est fort, il gérera très bien cet échange, j'y veillerais.

– Oh mais ne crois pas échapper aux conséquences toi-même. Tu seras encore plus attirée par lui, votre connexion va se renforcer. Appartenir à quelqu'un est une chose Flore, devenir son obsession en est une autre. William vit en toi, bien plus qu'il ne le devrait.

Une petite frayeur me traversa, et si William en me sauvant la vie, se perdait lui-même ? Jamais je ne pourrais me le pardonner. Pourtant au fond de moi, je n'arrivais pas à imaginer William autrement que le compagnon parfait qu'il était.

– Je suis vraiment désolée monsieur, je ne savais pas…

– William le savait mais sa peur de te perdre a pris le dessus.

– Il n'a pas eu le choix.

– Bien sûr que si, il pouvait te faire devenir l'une des nôtres.

– Monsieur ! m'offusquais-je. Ce n'est pas mon souhait.

– Tu n'as pourtant pas hésité à prendre cette décision pour ta propre sœur.

Une énorme culpabilité me transperça, ce qu'il ne manqua pas de lire en moi.

– Excuse-moi mon enfant, je n'avais pas à être si cruel envers toi. De toute façon, ce qui est fait est fait. Espérons que William saura rester lui-même.

Il vint se rasseoir près de moi et prit mon visage entre ses mains.

– Te souviens-tu de ce que je t'ai expliqué un jour Flore, concernant ma relation avec Joe ?

– Oui, elle était fusionnelle.

– Je l'ai harcelé, épié, fait de sa vie un enfer par simple jalousie et nous avions échangé notre sang qu'une seule fois.

L'amour qu'avait partagé Terence avec mon aïeule fut aussi merveilleux que destructeur. Leur union ne ressemblait en rien à celle que je partageais depuis quelques mois avec William.

– Monsieur, je sais que vous avez peur que votre fils et moi vivions ce que vous avez vous-même connu. Mais, je ne suis pas Joe et il n'est pas vous.

– C'est un vampire comme moi Flore, avec ses pulsions et son impulsivité. Que tu le veuilles ou non, que tu l'acceptes ou pas, votre relation n'est pas si différente de celle que j'ai vécue avec Joe.

– Je…

Il lâcha mon visage, me fit signe de me taire et tourna sa tête vers la porte de la chambre. Son corps ne fit plus un seul mouvement, il était en alerte. Une ombre traversa la chambre, arrêtée en plein vol par les bras puissants de Terence. Un vampire inconnu au regard de sang, jeune et plein de vitalité, nous fixait avec amusement.

– Qui es-tu ? Hurla Terence.

Ce vampire avait un regard puissant, entaché par de petits éclats de sang, ce qui le rendait plus qu'inquiétant. Il pencha la tête pour mieux me voir et avant même que Terence ne puisse faire un seul mouvement, disparu sans un mot, sans la moindre explication. Je restais figée dans mon lit dans l'incapacité de bouger. Je tremblais de la tête aux pieds. Cette nouvelle menace qui s'annonçait me terrifiait, comme si un malheur allait s'abattre sur moi sans que rien ne puisse l'arrêter.

– Lève-toi Flore et viens me rejoindre en bas.

Je fis ce qu'il me dit aussi rapidement que possible, restée seule me semblait bien imprudent.

Lorsque j'arrivai au pied de l'escalier dans la pièce du bas, William entra dans le manoir et avec sa rapidité légendaire m'avait déjà pris dans ses bras avant que je ne touche le sol.

– Tu vas bien ? demanda-t-il avec de la peur dans son regard.

– Oui… mais…

– Non Flore, souffla-t-il. Je sais que mon géniteur n'apprécie pas que je t'ai offert mon sang, mais tout va bien, je te le promets. Regarde-moi ! Rien n'a changé, je suis le même qu'avant.

Mes yeux pénétrèrent les siens. La douceur que je vis à l'intérieur, l'apaisement que je ressentis, mirent fin à mes doutes. Il était bien lui-même. Le William qui faisait battre mon cœur et donnerait sa vie pour moi. Une bouffée d'amour inhabituelle me traversa et je me jetais à son cou pour lui donner un baiser rempli de passion, qu'il me rendit sans se faire prier. Ce fut un moment magique où tout autour de nous disparut dès que nos lèvres s'offrirent sans retenue.

– William reprends-toi, ce n'est pas le moment.

La voix autoritaire de Terence mit fin à cet instant de partage intense.

– Bien, reprit-il. Maintenant que j'ai toute ton attention, faisons le point ensemble. Grégoire est donc de retour.

Sans me lâcher la main, mon amoureux me conduisit sur le canapé où j'aperçus Victorien qui se tenait telle une statue dans un coin du salon. Toujours discret et attentif, comme à son habitude. Je ne sais pas quel âge pouvait avoir Victorien mais il était un peu hors du temps, de taille moyenne, les cheveux mi-longs, raides et toujours attachés en une petite queue. Il se fondait dans le XXIe siècle en gardant ce côté rétro.

– Cela n'engage rien de bon, reprit Terence.

– Il veut venger sa génitrice je pense, dis-je doucement.

– Je doute qu'il soit assez futé pour faire cette vengeance seul, se moqua Terence.

Puis en se tournant vers moi il reprit.

– Aurais-tu l'amabilité de me faire un bon café ?

Un petit rictus se dessina au coin de mes lèvres. Cette obsession pour la caféine ne faiblissait pas. Tous les vampires en raffolaient, mais Terence les surpassait largement. Je partis donc dans la cuisine faire une cafetière de café bien fort. Ce n'était pas la première fois que j'étais reléguée au rôle de serveuse, ce qui je vous l'avoue, pouvait parfois devenir presque une corvée.

La conversation battait son plein lorsque je déposais le café sur la petite table en verre du salon. Terence pensait que Grégoire s'était allié à un vampire bien plus vieux que lui, assoiffé de puissance et de sang. Victorien écoutait sans rien dire et William, lui, restait sur ses positions : Grégoire voulait juste faire de notre vie un enfer, se servant de la mort de sa génitrice comme excuse.

– Et toi mon enfant, comment vois-tu le retour de Grégoire ?

– Comme un enfer monsieur. Il a menacé clairement les gens qui comptent pour moi. Et vous avez raison, il n'était pas seul, un homme est resté en retrait, compagnon d'infortune ou supérieur, je ne pourrais vous éclairer sur le sujet.

– Restons vigilant ! déclara Terence. Que ce soit Grégoire ou ce jeune vampire qui est entré dans la demeure ensuite, cela n'annonce rien de bon.

– Encore, soufflais-je.

Tous me regardèrent avec désolation. Après avoir bu leur tasse de café, parlé encore quelques minutes, Victorien et Terence nous saluèrent. Pas une seule fois il n'avait souhaité me parler de ma sœur.

– Ne t'inquiète pas mon cœur, bientôt tu la reverras.

– Et en attendant, elle est seule sans soutien.

– Elle a celui de son géniteur. Crois-moi, c'est le plus important.

La soirée avait été longue et notre avenir devenait à nouveau instable. Grégoire était vivant, une menace planait sur nos têtes et ma sœur restait loin de moi. Puis William m'avait donné son sang, ce qui pouvait également entraîner pour moi des réactions inconnues et pourtant, je ne me sentais pas concernée. Curieusement, la seule chose qui m'importait en cette heure était de me blottir contre mon amoureux. Je voulais sentir le froid de sa peau, la douceur de ses lèvres, le velours de ses doigts sur mon corps. Son petit sourire en coin se dessina.

– Comme lors de notre lien Flore, mon sang en toi augmente ta libido et tes envies.

– Alors je ne vais retenir que ce côté positif de la situation, murmurais-je en l'invitant à me suivre dans l'escalier.

Un souffle passa et je me retrouvais allongée sur notre lit, ses mains s'affairant déjà à me dévêtir.

Nos caresses furent passionnées, sans retenue et nos baisers enflammés. Son corps laiteux se déchaîna au creux de mes reins pour nous amener tous deux vers un plaisir brutal à la limite de la douleur.

Essoufflée, comblée, j'enroulais mon corps autour du sien en laissant glisser mes doigts sur son torse dur et glacial. Avec beaucoup de mal, je repris lentement mes esprits.

– William…

– Rien n'a changé mon cœur, jamais je ne ferais quoi que ce soit qui pourrait te faire souffrir. Tu es ma vie !

Cette facilité qu'il avait à lire mon esprit devenait de plus en plus naturelle pour lui. Si cela pouvait avoir des avantages, aucune intimité ne m'était permise.

– Maintenant dors mon amour, la nuit te fut particulièrement éprouvante.

Le bleu azur de ses merveilleux yeux fut la dernière chose que je vis avant de sombrer dans un sommeil profond.

« *Le soleil brille sur ma peau, sa chaleur réchauffant mon corps. Assise sur mon banc dans le parc, la vie me sourit. Soudain, le ciel devient aussi noir que du charbon, des éclairs déchirent le ciel, le vent souffle si fort que je ne peux avancer vers le manoir. Une main me tire, elle me regarde avec curiosité. Mélanie, devant moi, m'observe le visage sévère. Et la pluie cingle mon visage, il pleut si fort que son visage s'efface. Lorsque le temps s'éclaircit enfin, Grégoire est près de ma sœur, victorieux il l'embrasse et l'emporte avec lui. Non ! J'ai beau hurler, elle ne m'écoute pas, ne se retourne pas. Je baisse les yeux, mes mains sont recouvertes de sang. Son sang, dit une voix lointaine, tout est de ta faute Flore et il faut toujours payer ses erreurs un jour ou l'autre.* »

– Mélanie ! hurlais-je en me redressant dans le lit.

– C'est fini Flore, ce n'est qu'un cauchemar. Souffle mon cœur, je suis là.

Ces cauchemars, qui pendant quelque temps s'étaient éloignés de moi, revenaient à mon grand désespoir. Ces cauchemars que mon amoureux ne pouvait voir.

– Tu ne laisseras personne lui faire du mal, n'est-ce pas William ?

– De qui parles-tu Flore ?

– De ma sœur.

– Je te le promets mon cœur, je veillerais sur elle, comme je veille sur toi. Maintenant mon cœur, essaie de te rendormir, tu en as besoin.

Blottie dans ses bras, bercée par son amour, je finis ma nuit calmement et sereinement.

II

Le soleil hivernal était déjà bien haut dans le ciel lorsque je quittais mon vampire pour me rendre à la galerie de Laura. Depuis le vernissage et malgré ses nombreux messages, je n'avais pas encore pris le temps de lui apporter mes nouvelles toiles. Je l'entendais déjà me sermonner sur le peu de professionnalisme dont je faisais preuve en sortant mes toiles de la voiture. Et je ne m'étais pas trompée, dès qu'elle m'aperçut, elle ne put s'empêcher de me faire la morale.

– Tiens une revenante, ce n'est pas trop tôt. Sais-tu que cela fait des jours que certains de tes clients réclament ton nouveau travail ? Crois-tu que l'on forme une réputation ainsi, en faisant attendre des acheteurs potentiels ?

– Moi aussi je suis heureuse de te revoir Laura, lançais-je en faisant une petite moue.

Elle leva les yeux au ciel avant de me prendre dans ses bras. Une sensible Laura, sous ses airs de patronne hyperactive menant ses employés à la baguette. Son sourire revint dès qu'elle eut regardé avec minutie chacune des toiles. Apparemment, mon travail la satisfaisait. Un bon point.

– As-tu le temps de prendre une tasse de café avec moi Flore ?

– Avec plaisir, pour une fois que je n'ai pas à le préparer.

– Pardon ? s'étonna-t-elle.

– Oh rien, excuse-moi, je pensais tout haut.

Elle secoua la tête et m'entraîna avec elle dans son bureau, endroit très privé qu'elle ne quittait que très tard le soir. Passant outre son emploi du temps très chargé, elle me fit part du bon démarrage des ventes de mes œuvres. Elle me proposa de refaire une petite exposition privée sur mon nouveau travail, pour quelques clients fortunés, histoire qu'ils se sentent flattés de pouvoir découvrir en exclusivité les prochaines toiles exposées. Une fois la date fixée et quelques papiers signés, nous parlâmes pendant un bon moment de tout et de rien. Une bouffée d'oxygène pour moi, un moment de vie normale, loin de toute menace et de tout stress. Ce moment me fit un tel bien que je décidais de passer à mon appartement avant de retourner au manoir. J'aimais cet appartement, il était un peu comme mon petit endroit à moi où j'aimais me retrouver parfois seule pour penser.

J'avais garé la voiture au parking et marchais tranquillement sur le trottoir, lorsque je sentis mon mauvais pressentiment me parcourir. J'avais l'impression que l'on m'épiait à distance, que chaque mouvement que je faisais était sous contrôle. Une angoisse me traversa et mon téléphone portable se mit à sonner.

– Où es-tu Flore ?

– William ?

– Je sens ton angoisse. Que se passe-t-il ?

– Tu as ressenti mes émotions ?

– Flore, ce n'est pas le moment. Pourquoi es-tu inquiète ?

– Je ne sais pas, c'est ridicule, il fait jour… rien ne peut m'arriver. Toute cette tension permanente doit me rendre un peu paranoïaque.

– Rentres, veux-tu.

– Je passe à l'appartement et j'arrive.

– Flore…

Je raccrochais. Ce n'était certes pas très courtois mais c'était également la seule façon de mettre un terme à ses craintes. Si je l'avais écouté, je ne sortirais plus seule de toute mon existence. Déjà qu'il pouvait être dans ma tête en permanence, cela était largement suffisant. Je poussais la porte du hall de la résidence lorsqu'une main agrippa la mienne. Surprise, je me mis à me débattre en essayant de pénétrer dans l'entrée.

– Flore, Flore, calme-toi, ce n'est que moi !

Mon corps se figea. Il me fallut quelques secondes pour réagir. Les larmes aux yeux, je me mis à détailler le doux visage qui me souriait. Tout y passa, la blondeur de ses cheveux, le marron profond de ses yeux, ce petit sourire enfantin que je connaissais par cœur.

– Erwan, murmurais-je en lui sautant au cou.

Il me serra contre lui fortement, savourant autant que moi ce moment que j'avais tant espéré.

– Ma Flore, comme il est bon de t'avoir contre moi.

L'étreinte passée, mon étonnement fit place à la curiosité.

– Erwan, mais où étais-tu donc passé ? Cela fait des semaines que je me morfonds, ne sachant pas ce qui t'était arrivé. Pourquoi ne m'as-tu donc pas donné signe de vie plus tôt ?

– Rentrons, dit-il calmement. Je répondrais à toutes tes questions chez toi.

Mon téléphone se mit à sonner, une nouvelle fois. Je l'ignorais. Rien ne devait venir perturber nos retrouvailles.

À l'appartement, nous prîmes place sur le canapé. Je ne pouvais m'empêcher de le regarder, comme pour me persuader que cela n'était pas le fruit de mon imagination.

– Est-ce que tu vas bien ? demandais-je enfin en caressant sa joue.

– Je vais bien Flore.

– Où étais-tu pendant tout ce temps ?

Son visage se ferma, une tristesse traversa son regard attendri.

– Erwan ! Dis-moi ce qui s'est passé au manoir d'Élisabeth. Pourquoi as-tu disparu sans me donner signe de vie ?

– Il m'a fallu du temps pour me remettre.

– Te remettre ? Mais de quoi ?

– De tout ce que j'avais pu voir, de mes blessures.

– Tes blessures ?

Durant des semaines, j'avais espéré un signe de sa part. Je l'avais cru mort à bien des reprises, me raccrochant à l'espoir. Et il était là devant moi, lui mon ami d'enfance. Aussi dur que cela allait être, je devais savoir ce qui s'était passé.

– Si tu me racontais.

– C'est encore difficile pour moi Flore, cette nuit a changé ma vie à tout jamais.

– Elle a changé la vie de tous, à tout jamais.

– Tu parles de toi et de William.

– Je parle de tous ceux qui ont participé au combat. Il y a eu des vies perdues, de grands changements et des blessures profondes. Apparemment, tu n'as pas été épargné toi-même. Raconte-moi !

Il se leva, puis se rassit, puis se releva. Je lui fis face pour le calmer en prenant sa main dans la mienne. Et mon portable qui n'arrêtait pas de sonner.

– Tu ne réponds pas ?

– Plus tard, pour le moment toi seul m'importe.

Un large sourire se dessina sur son visage. Il m'invita à me rasseoir et fit de même avant de prendre la parole.

– Je vois encore le sang dans mes rêves, commença-t-il. La fureur et la rage des regards échangés, la cruauté qui se dégageait de chaque combattant. Je te vois encore toi au milieu de l'arène, ne pouvant venir à ton secours. Après avoir donné mon sang à Terence, ce qui fut je l'avoue une expérience forte désagréable, il m'a ordonné de partir au plus vite. Je t'ai vu, près de ta sœur, combattant avec une jeune vampire.

– Émilie certainement !

– Je ne sais pas Flore. En tout cas, j'ai voulu te rejoindre mais j'ai été projeté au centre de la salle. Je me suis retrouvé au milieu des corps gisants, de l'odeur du sang. J'ai reçu plusieurs coups dont je ne saurais te dire la provenance. Ma jambe me faisait horriblement souffrir, alors j'ai rampé vers la sortie.

– Tu as bien fait, comment aurais-tu pu faire face à des vampires !

Ses yeux se fermèrent. Quand il me regarda à nouveau, désolation et tristesse s'y mêlaient.

– Et c'est là que je l'ai vu.

– Qui ?

– Grégoire ! Celui qui fut mon ami pendant des années a voulu me vider de mon sang. Il m'a asséné un coup de poignard dans le ventre, mon ami Flore ! C'était horrible.

– Je suis désolée, dis-je en baissant la tête submergée par l'émotion.

– Il m'aurait tué, mais soudainement il s'est mis à hurler un « non » terrible et a disparu.

– Je me souviens de ce cri. C'est lorsque Terence a mis fin aux jours de la diablesse.

– Moi, cela a été mon issue de secours, je me suis faufilé vers l'extérieur. La douleur était horrible mais ne pas savoir si tu allais bien était encore plus insupportable.

– Comment t'es-tu rendu à l'hôpital ?

– Je ne suis pas allé à l'hôpital. Mon père m'avait donné le nom de plusieurs personnes que je pourrais appeler en cas de besoin. Il y avait parmi eux un médecin, c'est lui que j'ai appelé. À l'hôpital, il y aurait eu enquête, ce n'était pas vraiment souhaitable. Éviter la colère de mes clients s'est imposé à moi.

– Mais…

– Flore, une fois à l'extérieur je me suis mis à paniquer, j'avais l'impression d'entendre des bruits constamment autour de moi. Oui, j'ai eu peur, tout simplement peur. J'ai appelé l'ami de mon père qui est venu me chercher devant le manoir. Il devait un service à mon père, plutôt à l'avocat qu'est mon père. Il n'a posé aucune question, il m'a remis sur pied et veillé jusqu'à ma guérison totale.

Je le regardais fixement, comprenant combien il avait dû souffrir. Sachant que ces souvenirs ne le quitteraient jamais, je m'en voulais de l'avoir mêlé à ce combat, même s'il était revenu de lui-même. Je ne pouvais refouler la culpabilité qui me rongeait. Et je n'étais pas la seule dans ce cas.

– Tu aurais dû m'appeler, je serais venue te voir.

– J'ai été lâche Flore, s'écria-t-il. J'avais si peur que tu m'en veuilles. Alors, j'ai demandé à mon sauveur de se renseigner pour que je sache au moins si tu t'en étais sortie et je suis resté à distance. Mais tu me manquais trop alors j'ai pris sur moi et me voilà.

– Non Erwan. Tu n'as pas été lâche, bien au contraire et si quelqu'un doit s'en vouloir c'est moi.

– Tu n'es en rien responsable de la folie des… des êtres que tu fréquentes Flore.

De par son métier d'avocat, Erwan était tenu de travailler pour les vampires, c'était ainsi dans sa famille depuis bien des générations. Mais sur le plan personnel, il ne les appréciait pas du tout. Cette soirée tragique n'avait fait que renforcer son opinion.

– Mais toi Flore, as-tu réussi à chasser de ton esprit tout ce mal ?

– Ce fut une expérience tragique et j'espère ne jamais avoir à revivre un tel cauchemar. Mais je suis heureuse qu'Élisabeth soit morte.

Il me regarda avec étonnement.

– Elle le méritait Erwan. Tu n'imagines même pas le quart de ce qu'elle a pu faire à ma famille depuis bien des années.

– Je préfère ne rien savoir, si cela ne te dérange pas.

– Je crois que c'est préférable effectivement.

Il me reprit de nouveau dans ses bras, son corps chaud me surprit.

Complètement à l'opposé de la froideur et de la dureté de celui de William. Mon portable sonnait toujours toutes les deux minutes, mais rien n'y faisait, je profitais de mon ami, le reste pouvait attendre. Une fraction de seconde, j'eus l'impression d'apercevoir le visage furieux de William mais ce petit flash s'évapora rapidement.

– Je suis tellement heureux de te revoir Flore. Ton absence fut un déchirement.

– Je partage ce bonheur Erwan.

– Et William et Terence vont-ils bien ?

– Oui, ils vont bien. Je comprends que tu ne sois pas favorable à mon union avec lui mais…

– C'est vrai Flore, me coupa-t-il. Mais ayant frôlé la mort de près, je ne veux que profiter dorénavant. Je ne ferais rien contre lui ou l'un des siens. Mais ne me demande pas de l'aimer.

Pour être franche, je crois que cela était impossible, du point de vue de chacun. Erwan parce qu'il réfutait tout ce qui faisait d'eux ce qu'ils sont, et William car il n'aimait pas du tout mon affection pour cet homme humain.

– Alors tu ne vis plus ici maintenant ?

– Non, j'ai emménagé au manoir mais j'aime venir me ressourcer ici. Je suis sûre que le manoir te plairait, dis-je pour le taquiner.

– Hum, je n'en doute pas une seconde. Je passerais peut-être en pleine journée, un jour ou l'autre.

Retrouver une once de complicité entre nous me ravivait. Il était vivant, mon ami le plus cher, j'étais heureuse, tout simplement heureuse. Du moins, jusqu'à ce qu'il reprenne la parole.

– Et comment va Mélanie ? Que pense-t-elle de l'existence d'une race sur cette terre autre que les humains ?

Comment lui dire, avec des mots justes, la situation difficile qu'elle vivait actuellement ? Comment lui avouer que j'avais choisi pour elle un avenir qu'elle refusait et qu'elle ne serait plus jamais la sœur qu'il connaissait ?

– Flore, s'inquiéta-t-il en serrant mes mains dans les siennes, tu es toute pâle. Que t'arrive-t-il ?

J'allais lui dire la vérité lorsque ma porte s'ouvrit violemment sur un William métamorphosé, où les canines dépassant de ses lèvres ne laissaient aucun doute sur son humeur.

– Ôte tes mains de ma compagne Erwan ou je ne réponds plus de mes actes !

– William, criais-je en me relevant.

Décontenancé, Erwan se mit debout au moment où mon vampire se planta devant lui.

– Cela fait des heures que je t'appelle Flore ! Tu aurais pu au moins avoir l'obligeance de me répondre.

Aïe ! Je comprenais mieux l'insistance des appels mais cela n'excusait en rien son comportement. Tout à mon bonheur d'avoir retrouvé mon ami je n'avais pas vu le jour mourir.

– William, arrête de le fixer ainsi… tu devrais être heureux qu'il soit en vie. Il a tout de même risqué sa vie et aidé ton géniteur en lui offrant son sang.

Il est vrai que ma méthode était un peu facile mais je devais trouver les mots qui l'atteindraient et le calmeraient un peu par la même occasion.

Effet escompté, ses canines se rétractèrent et son visage se décrispa légèrement.

– Merci, souffla-t-il, avant de me prendre dans ses bras sous le regard un peu inquiet d'Erwan. Mais ne me laisse plus jamais sans nouvelles pendant si longtemps.

– Tu savais ce qui se passait n'est-ce pas ?

– Je n'aime pas te savoir avec un autre homme.

– C'est mon ami ! Je serais toujours là pour lui chaque fois qu'il en aura besoin. William, je l'ai cru mort pendant des semaines.

– Je vais partir Flore, annonça Erwan.

– Non ! Reste encore un peu, nous venons juste de nous retrouver.

Mon ami lança un regard furtif à mon compagnon avant de me faire un petit bisou sur la joue, ce qui fit grogner William de mécontentement.

– Cela suffit William, dis-je si bas que seul lui put m'entendre.

– Il faut que je me sauve, reprit Erwan. Mais appelle-moi tu veux ? Nous pourrons sortir ensemble.

Nouveau petit grognement de mon vampire. Vraiment insupportable.

– Promis, je le ferais. Prends soin de toi Erwan.

Je refermais la porte tout en me retournant agacée vers mon amoureux qui me regardait l'air de rien.

– Ton comportement est inexcusable.

– J'ai ressenti l'affection qui vous parcourait chaque fois que vos corps se touchaient.

– Mais…

– N'oublie pas que nous sommes en contact permanent Flore. Je sais et je ressens la moindre de tes émotions.

– C'est ma vie privée, j'aimerais que tu me la laisses.

– Certainement pas et encore moins lorsque tu es en compagnie de ce gamin.

– Ce gamin à mon âge William.

– Je n'aime pas la façon dont il te regarde.

– Je n'aime pas la façon dont tu le traites !

Jaloux, il l'était de nature, les vampires avaient cette facilité à devenir possessif dès qu'ils avaient formé le lien du sang avec une humaine. Mais à ce niveau cela dépassait tout entendement.

– Cette image de toi que j'ai eue n'était pas un rêve n'est-ce pas ?

– Tu peux entrer en contact avec moi chaque fois que tu le souhaites.

– Ce n'est pas ce que je veux William. J'ai besoin de liberté, de pouvoir vivre sans me sentir épiée ou surveillée à chaque seconde.

– Nous sommes unis, c'est naturel.

– Pas pour moi !

Je n'avais pas besoin de me sentir enfermée dans notre relation. Je l'aimais, il devait apprendre à me faire confiance, tout comme je lui faisais confiance. Quoi que cela fût plus simple pour moi que pour lui, mes réactions d'humaine sur le sujet jouaient en ma faveur. Tout de même, je refusais cette possessivité. De plus, j'avais peur que le sang qu'il m'avait offert pour me sauver, n'est renforcé, comme me l'avait dit Terence, la jalousie de mon vampire.

– William, dis-je plus calmement en me hissant sur la pointe des pieds pour déposer un léger baiser sur ses lèvres. Penses-tu sincèrement que j'aimerais faire cela avec un autre homme que toi ?

– Et bien…

Je mis une main sur son épaule et sans cesser de l'embrasser, la laissa glisser jusqu'à son entrejambe.

– Seul toi me met dans un tel état, susurrais-je entre deux baisers.

Un petit roulement se fit entendre au fond de sa gorge et je me retrouvais plaquée contre le mur du salon, emprisonnée dans ses bras de fer. Sa bouche embrassa mon front, mes joues, mes lèvres et descendit dans mon cou. Et de son savoir-faire, nos deux corps se retrouvèrent nus à s'enlacer sur le tapis. Il vint en moi avec impatience et planta ses canines dans mon cou, au moment même où l'orgasme me fit, pendant quelques minutes, quitter le centre de la pièce. Cette petite morsure était un réel atout au plaisir. Doucement, sans que ses lèvres ne quittent un seul instant les miennes, il m'emmena dans le lit où mon corps s'enroula autour du sien. J'aimais ce contact de ma peau sur la sienne.

– Restons ici cette nuit, tu veux. J'aime être avec toi dans cet appartement, il renferme tant de bons souvenirs.

– Tu n'as pas faim ? Tu ne veux pas sortir pour dîner ?

– Non, et toi ?

Son petit rire amusé raisonna.

– J'ai déjà pris le mien avant de venir. Il valait mieux que je sois au mieux de ma forme pour affronter ton… ton invité. Alors soit, restons ici cette nuit, un peu plus même si tu le souhaites.

Il était temps, même si le moment n'était pas le plus opportun, d'avoir une sérieuse discussion avec lui.

– Oh je sais ce que tu vas me dire, se moqua-t-il.

– William, laisse-moi parler tu veux.

– Je t'écoute.

– Erwan a beaucoup souffert de l'affrontement auquel il a été confronté.

– Je sais tout ça, j'ai suivi votre conversation.

– Tu n'as pas à faire ça ! m'exclamais-je furieuse.

– Il fallait bien que je sache ce qu'il te voulait. Il faisait jour, je ne pouvais te rejoindre.

– Avec Erwan, je ne suis pas en danger William, enfonce-toi ça dans le crâne une bonne fois pour toutes.

– Tu es mienne !

– Justement, fais-moi confiance.

Il fronça le nez mais ne releva pas.

– Comprends-moi, il est un peu ma famille. Nous avons vécu tant de choses ensemble, traversé tant d'années côte à côte. Et ce monde dans lequel vous évoluez est nouveau pour lui, en plus son meilleur ami est l'un des vôtres. Il a de quoi être déboussolé tu ne crois pas ?

– Seule toi m'importe.

– Je tiens à lui William, rien ne pourra changer ce fait. Mes amis humains sont une partie de moi. Imagine que l'un de tes frères ait besoin de toi… Paul par exemple, ne l'aiderais-tu pas ?

Je fus obligée de sourire en pensant à Paul. Je ne connaissais pas beaucoup de ses frères mais Paul était le plus étrange de ceux qui me furent permis de rencontrer. Sarcastique, imbu de sa personne, nos rencontres étaient toujours assez étranges avec des échanges faits de petits pics permanents. Je n'étais pas certaine de pouvoir un jour lier des liens d'amitié avec lui.

– C'est plus fort que moi Flore, je n'ai aucune confiance en Erwan. Tu es mienne et je n'aime pas que l'on te tourne autour.

– Ce que tu peux être têtu, ce n'est pas vrai !

Il éclata de rire et m'embrassa avec passion, ce qui mit un terme provisoire à cette explication. Dans ses bras tout me paraissait surmontable, même sa jalousie excessive.

Nous passâmes un long moment à nous aimer. Comme un couple normal passant une soirée intime loin de tout, ainsi que les deux jours qui suivirent, ne sortant que pour nous nourrir et encore très peu. Et soyez sûr que mon vampire était à lui tout seul une source intarissable de découvertes sensuelles plus éloquentes les unes que les autres.

– J'aimerais que nous soyons ainsi plus souvent, sans que rien ne vienne troubler notre bonheur, lança-t-il soudainement.

– Et où m'emmènerais-tu ?

Je posais ma tête sur son torse de marbre. Enveloppée dans ses bras, je laissais la résonance de sa voix me bercer, m'emmener avec lui là où il le désirait.

– En Irlande, dit-il avec envie. Là-bas tu serais heureuse, toi qui n'aimes pas la chaleur. Les hivers sont doux et les étés sont frais. Le paysage est magique. De grandes contrées, parsemées d'espaces verts, laissent une place importante à la faune et à une flore magnifique. Tout y est reposant. En pleine nature, tu peux admirer les chevaux sauvages, des falaises, des prés entiers sont habités par des moutons, la mer borde le paysage, les vagues viennent s'échouer dans un fracas énorme sur les pierres des digues, et les gens y sont accueillants. Il y a des panoramas magnifiques qu'aucun mot ne pourrait d'écrire. Les couleurs de la verdure se mêlant aux fleurs du printemps sont une vraie splendeur, comme un tableau de Monet. Tant de souvenirs de ce pays sont enfouis en moi, au fond de mon cœur, intacts, comme si je ne l'avais quitté que depuis quelques jours. J'aimerais que tu partages avec moi cette partie de mon existence, la plus importante pour moi, mon humanité.

Je restais sans voix. L'entendre, avec tant de nostalgie, parler de son pays qu'il n'avait pas revu depuis tant d'années, me donnait l'envie de partir avec lui à la découverte de ses souvenirs. Et d'en construire ensemble de nouveaux, dans un endroit différent, pour une vie différente.

– Et toi mon amour, où m'emmènerais-tu ?

– Là où nous sommes en ce moment… seuls dans un appartement loin de tous, vivre cachés quelques jours. Toi et moi, rien autour, pas d'ordres de Terence, pas de menace, pas d'obligations. Juste des moments de partage sans penser au lendemain. Continués à se découvrir, faire des projets d'avenir, rêver, s'aimer jusqu'à outrance. Comme un couple amoureux.

Il releva mon visage vers le sien pour m'embrasser tendrement.

– J'aime tes envies.

– J'aime tes souvenirs.

Soudain, je vis son regard se voiler.

– Ne regrettes-tu pas ta vie d'avant ? demanda-t-il d'une voix peu assurée.

– Non tu me donnes tout ce dont j'ai besoin, et bien plus encore.

– Ta vie c'est le soleil, la lumière, vivre en plein jour. Tu as encore tant de choses à connaître, à partager. Je ne peux t'offrir que mon obscurité et mon monde rempli de conflits et de dangers, de ces êtres aux cœurs éteints, tout comme moi.

– Je n'échangerais ma place pour rien au monde William. J'aime ma vie près de toi, qu'elle soit dans la nuit m'importe peu. Et puis tu sais beaucoup d'humains ont des cœurs bien plus froids que les vôtres, sans qu'ils aient cessé de battre.

– Mais tu refuses un jour de partager mon éternité.

– Ce n'est pas mon souhait, nous en avons déjà parlé. Mon humanité et ton immortalité, nos deux mondes, nos différences, c'est aussi cela notre amour.

– J'aimerais que tu reconsidères la question. Savoir que je peux te perdre à cause de ta fragilité est inacceptable pour moi.

– William je…

– Je t'en prie, fais-moi cette faveur et penses-y.

Il me serra contre lui et je pus sentir son amour, sa peur de me perdre, la tristesse de ne pas pouvoir m'apporter tout ce qu'il souhaiterait. Je relevai mes yeux vers lui, étonnée d'avoir lu en lui sans me concentrer, sans même l'avoir souhaité.

– Ton don se développe, c'est normal Flore. Notre lien est encore plus puissant depuis notre deuxième échange de sang. J'aime ce contact permanent entre nous.

Moi je trouvais cela plutôt étrange, voire dérangeant par moments. Je me promis intérieurement d'apprendre à fermer mon esprit au sien pour garder une partie d'intimité dont j'avais réellement besoin. Je m'endormis au creux de ses bras avec des images de l'Irlande plein la tête.

Le velours de ses doigts sur ma joue me sortit de mon sommeil.

– Flore, Flore, réveille-toi. Il faut aller au manoir.

– Maintenant ? dis-je en m'étirant. Mais quelle heure est-il ?

– Deux heures. Terence requiert notre présence.

– Terence veut que l'on vienne maintenant à deux heures du matin ? Mais pourquoi ?

Déjà, il avait enfilé ses vêtements sans me répondre. Que c'était vexant de le voir accourir dès que son géniteur l'appelait. J'aurais voulu que l'on puisse encore rester à l'écart de tous quelques jours supplémentaires. Était-ce trop demander un peu d'intimité avec lui ?

Je mis donc de la mauvaise foi à ma préparation. Je pris une douche tranquillement, passai un long moment devant le miroir à me maquiller, me coiffer, sous le regard impatient de mon amoureux.

– Flore, tu es bientôt prête ?

– Oui, bientôt.

– Tu sais que Terence n'aime pas attendre.

– Et bien moi je n'aime pas que l'on me réveille en pleine nuit pour m'imposer un rendez-vous.

Il leva les yeux au ciel, attrapa mon manteau et me jeta sur son épaule en m'entraînant jusqu'à la voiture.

– William ! William, pose-moi à terre !

– Tu ne m'as pas laissé le choix mon cœur, s'amusa-t-il.

Je fis la tête tout le long du trajet pour bien marquer mon mécontentement.

Le manoir était splendide la nuit. Éclairé par des dizaines de petites lumières ont eu cru que le soleil illuminait la façade en faisant jouer les ombres sur la terrasse. La véranda aux grands rideaux, qui étaient levés, laissait pénétrer les reflets de la lune à l'intérieur. Avec cet éclairage artificiel, le manoir jouissait d'une certaine allure. J'aimais énormément cet endroit, mis à part le fait que cette résidence, qui devait être la mienne, était également un endroit fréquenté à volonté par tous les vampires qui le souhaitaient.

– Une maison rien qu'à nous où personne ne pourrait entrer, voilà ce qui serait vraiment agréable.

William acquiesça d'un signe de tête en m'ouvrant la portière.

– Alors, pourquoi cette demande au beau milieu de la nuit ?

– Terence pense qu'il est temps que tu rencontres ta sœur.

Mon cœur se mit à battre la chamade. Ma sœur ? J'avais rêvé de ce moment depuis des semaines. Maintenant qu'il n'y avait plus qu'une véranda qui nous séparait, j'avais le trac, une certaine appréhension.

– Terence avait dit que…

– Les menaces qui sont de retour l'ont fait changer d'avis. Il pense qu'il est temps pour vous deux de vous revoir, de vous apprivoiser.

– Et si elle me repousse ?

– C'est une possibilité.

Il prit mon visage entre les paumes de ses mains, qui au milieu de la nuit et en plein hiver, me parurent soudainement moins froides. De son regard il m'apaisa doucement. Si je ne devais garder sur moi qu'un seul de ses pouvoirs, ce serait celui-ci.

– Accepte la nouvelle Mélanie, surtout ne la compare pas à l'ancienne. Elle reste ta sœur, sans pour cela être à l'identique.

Je suis sûre que s'il avait été humain, je lui aurais écrasé les doigts vu la force avec laquelle je serrais sa main.

Victorien et Paul étaient présents. Si Victorien me fit un petit signe de tête, Paul lui ne daigna même pas me regarder. Sur le divan, Terence se tenait à côté de ma sœur. Je ne voyais pas son visage, il fallait encore que j'approche… seule sa chevelure m'apparaissait.

– Détends-toi Flore, souffla mon vampire à mon oreille avant de me lâcher.

Debout derrière le canapé, je restais fixée sur la chevelure de ma sœur qui ne faisait aucun mouvement. L'attente était un vrai calvaire. Enfin, Terence lui tendit la main, puis elle se leva et me fit face.

Aucune expression sur son visage, ses yeux me regardaient mais aucune lueur ne les habitait. Elle était magnifique, mis à part la pâleur de son visage, rien en elle n'avait changé. Extérieurement elle était restée la même. J'aurais voulu la prendre contre moi, l'embrasser, lui dire à quel point je l'aimais. Je n'en fis rien.

– Mélanie, comme je suis heureuse de te revoir.

Au son de ma voix son visage se crispa. En un bond elle avait sauté par-dessus le canapé et se jeta sur moi toutes canines dehors. Elle eut à peine le temps de m'atteindre que Terence l'avait cintré et que William me protégeait de ses bras. Son visage déformé par la colère et ses canines sorties me firent prendre enfin conscience de sa transformation. Ce fut un sentiment étrange de voir ma propre sœur différente, semblable à mon amoureux.

– Comment as-tu pu le laisser me transformer ? Comment as-tu pu me faire une chose pareille ?

– Cela suffit Mélanie ! ordonna Terence.

Sous l'autorité de son géniteur, elle se tut et se calma instantanément. Moi je restais contre William, attristée, blessée et coupable.

– Partons Flore, me suggéra William. C'est encore trop tôt.

– Non !

Reculer l'affrontement n'aurait servi qu'à remettre à plus tard ce à quoi je devais faire face. Toujours maintenue par Terence, sous le regard de Victorien et Paul, elle suivait le moindre de mes mouvements.

Lentement, je me mis à avancer vers elle, suivie de très près par mon amoureux. Doucement, tout doucement, Terence desserra son emprise et me laissa me placer devant elle. Prêt à intervenir, William épiait la moindre de ses réactions. Elle me lança un regard noir, puis subitement le chagrin l'envahit, des larmes se mirent à couler sur ses joues et elle tomba à genoux sur le sol, les mains crispées sur le carrelage. Sans réfléchir, je me mis à sa hauteur et effleurai ses doigts des miens. Si j'aimais la peau glaciale de mon compagnon, celle de ma sœur me fit un effet particulier. Une vague de remords m'envahit.

– Je ne voulais pas te perdre Mel, lui dis-je avec tendresse.

Elle leva enfin les yeux vers moi où toute haine avait disparu, la tristesse l'avait remplacé.

– C'était un mauvais choix.

– Que voulais-tu que je fasse ? Que je te regarde mourir sans réagir ?

– Tu savais que je n'aurais jamais souhaité devenir un… un monstre, un être assoiffé de sang.

– Ce n'est pas ce que tu es.

– Comment le sais-tu ? William aime peut-être sa condition, moi pas.

– Je ne voulais pas te perdre.

– Tu as été égoïste.

– Qu'aurais-tu fait à ma place toi ?

– Même si le chagrin m'aurait dévasté, jamais je ne t'aurais fait subir un tel châtiment.

– Tu es donc bien plus courageuse que moi. Je comprends que tu…

– Tu comprends ? s'exclama-t-elle. Oh non ! Tu ne comprends rien. Ce n'est pas parce que tu es tombée amoureuse d'un être dont le cœur ne bat plus que tu peux comprendre ce que je ressens. Je dois me battre chaque jour contre l'envie du sang humain, sans savoir si je vais y parvenir. Je ne verrais jamais plus la lumière du jour, je ne sentirais plus le soleil sur ma peau, j'ai perdu mes amis, mon travail, ma vie et Robert… mon Dieu Robert, il doit se demander pourquoi je ne suis jamais revenue.

– Ne t'inquiètes pas, je l'ai appelé… je lui ai dit…

– Quoi ? Que la femme qu'il aime, est devenue une vampire, qu'elle est froide et sans cœur et qu'il ne doit plus l'approcher.

– Que tu avais renoncé à la vie avec lui. Mélanie, ce n'est pas la vie que tu espérais mais elle est la tienne dorénavant. Tu as de nouveau un avenir devant toi.

– Un avenir ? Je ne te vois pas faire le choix de vivre comme celui que tu aimes toi. Non, tu préfères rester humaine. Alors cesse tes leçons de morale.

Mes yeux croisèrent ceux de Terence d'où je pus lire la désolation. Voir son nouvel enfant refuser la vie qu'il lui offrait était tout aussi pénible pour lui que pour moi. Mélanie se releva, j'en fis de même.

– Mel, je ferais n'importe quoi pour atténuer ta peine.

– N'importe quoi ? reprit-elle.

– Bien sûr ! Je t'aime, tu es ma sœur. Que pourrais-je faire pour te soulager ?

Ses yeux devinrent noirs en un éclair et le petit claquement de ses canines se fit entendre.

– Alors meurs à ton tour, hurla-t-elle en entrant ses canines dans la chair de mon cou.

Elle n'eut le temps de goûter mon essence de vie, que William lui fit traverser la pièce d'un simple balayage de sa main. Paul arrêta son nouvel assaut et Victorien se mit devant moi et William. Terence, quant à lui, baissa les yeux un instant.

– Emmène-la loin d'ici Paul, ordonna Terence.

– Non monsieur pas encore ! le suppliais-je.

– Maintenant Paul, insista-t-il.

Paul tourna sa tête vers moi en la secouant de droite à gauche.

– Et bien lorsque ce n'est pas l'une c'est l'autre, quelle famille !

– Paul, redit plus sévèrement Terence.

Il sortit sous mon regard incrédule une Mélanie moins humaine que jamais, qui ne cessait de marmonner des mots incompréhensibles.

– Je suis désolé mon cœur, ce n'était qu'une première approche, me dit gentiment William en me serrant sur son torse.

Je m'écartais de lui. Je ne voulais pas de sa pitié, je ne voulais pas de la désolation de Terence, je voulais juste être seule avec ma culpabilité et mon chagrin. Rien de plus.

– J'ai besoin de solitude William.

– Flore…

– Laissons là mon fils. Le jour va bientôt percer, allons reprendre des forces. Flore a besoin de se retrouver.

Je pris le courrier qui m'était destiné sur la table, montais les escaliers en courant et m'enfermais dans la chambre. En ouvrant machinalement l'enveloppe, je revoyais inlassablement le regard noir de ma sœur posé sur moi. Ma peine était grande et elle augmenta en voyant le contenu du courrier. Des instants figés sur du papier couleur : William et moi en privé dans le parc du manoir et, plus dur à revoir, des photos de ma sœur allongée sur le ciment à la sortie du manoir d'Élisabeth. Mes mains se mirent à trembler, faisant tomber à terre les clichés. Qui pouvait être assez dérangé pour épier chaque instant que je vivais ? Ce fut la goutte de trop, je m'écroulais sur le lit en laissant exploser mon chagrin. Je ne contrôlais plus ma vie et ma sœur me haïssait, une plaie se rouvrit en moi.

III

– Flore !

Je fis un bond terrible dans le lit. Les déplacements silencieux de William me faisaient toujours sursauter.

– William ! Je déteste quand tu arrives sans prévenir.

– Excuse-moi, je venais m'assurer que tu allais bien.

– Comment veux-tu que j'aille ? Ma sœur me hait, Grégoire est de retour, notre photographe inconnu reprend ses bonnes habitudes et j'en passe.

Il baissa la tête pour regarder les photos à terre.

– Laisse du temps à ta sœur. Il faut qu'elle accepte que tu sois différente d'elle.

– Elle me déteste, elle a tant de haine en elle.

– Quand on est jeune vampire Flore, il faut un temps d'adaptation. On est perdu, en colère, impulsif, nos réactions ne sont pas réfléchies.

– Parce qu'elle n'était pas apte à être transformée ?

– Non pas seulement, même si cela rend les choses encore plus difficiles.

– Tu as accepté rapidement ta nouvelle condition toi.

Son visage déjà pâle, le devint encore plus. Je n'aurais d'ailleurs jamais cru cela possible. Il détourna son regard, comme perdu, se leva en me tournant le dos. Une réaction très surprenante.

– William ?

– Je n'ai pas accepté immédiatement ma nouvelle vie. Comme Mélanie, j'ai été tout d'abord surpris, puis en colère. J'ai fait des choses dont je ne suis pas particulièrement fier.

– Mais tu m'avais dit que tu avais très vite accepté d'avoir été transformé.

– Ce qui ne veut pas dire que mes débuts ont été simples. Je sais ce que ta sœur ressent, même si ses sentiments à elle doivent être encore plus lourds à porter. Je ne balançais pas entre le bien et le mal moi et pourtant…

– De quoi me parles-tu ?

– Flore, mon passé est immense, des centaines d'années et tu n'en connais que des fragments.

– Alors parle-moi, raconte-moi, dis-je en m'approchant de lui.

Il me prit par la taille en restant derrière moi, évitant ainsi mon regard. Comme si le fait de me voir lui aurait enlevé toute force de continuer.

– Lorsque je suis devenu vampire, commença-t-il plein de remords, j'ai découvert un monde auquel je n'étais en rien préparé, aussi terrifiant que magique. J'aimais découvrir mes pouvoirs… ma rapidité, mon agilité et tous mes sens se décuplaient, vision, odorat, ouïe. Terence me protégeait comme un enfant, m'apprenait, me guidait. J'avais presque oublié la douleur d'avoir perdu les miens. Mais l'absence de ma femme, de mon fils, de ma famille a vite ressurgi et j'ai profité d'un moment d'inattention de mon géniteur pour aller les voir une dernière fois.

Je l'interrompis sans m'en rendre compte.

– Oui, je me souviens tu m'avais raconté. Comme c'était trop douloureux de les voir, tu as préféré ne plus y retourner.

– Mais j'y suis retourné Flore.

– Tu es retourné près de chez toi ?

– Ce fut la chose la plus stupide que j'eusse faîte.

– Pourquoi la chose la plus stupide ?

Il ne répondit pas. Je me retournais pour lui faire face, une larme coula sur sa joue, n'osant toujours pas me regarder, honteux. Quelle faute avait-il pu commettre pour en souffrir encore autant au bout de presque deux siècles ?

– William ! demandais-je en relevant son menton pour qu'il me regarde. Que s'est-il passé ?

Il me semblait si fragile soudainement, si humain que je n'osais plus insister. Alors puisque les mots ne voulaient plus sortir, il plongea ses yeux dans les miens et me fit voir ce qu'il refusait de m'avouer en paroles. Et je le vis.

Dans une tenue de son époque, le même William que maintenant approchait d'une grande demeure luxueuse. C'était Noël, à l'intérieur un énorme sapin clignotait de mille feux. Une femme d'une trentaine d'années racontait à un petit garçon assis sur ses genoux une histoire, certainement un conte de Noël. Tout avait l'air paisible. La table du réveillon était encore garnie d'un repas bien copieux, que l'on venait de partager pour fêter comme il se doit un soir si important. Une femme plus âgée regardait la jeune mère et l'enfant avec tendresse et tristesse. Sans bruit elle attrapa un panier et sortit pour se rendre à l'arrière de la maison, afin de remplir son panier de plusieurs bûches de bois. William approcha à pas de loup pour voir de plus près le doux visage de cette femme qui chantonnait une chanson Irlandaise. Encore peu à l'aise avec ses déplacements rapides, William marcha sur une petite branche de bois dont le craquement fit sursauter et se retourner la femme d'un bond. Ses yeux reflétaient la stupeur et la bûche qu'elle venait de prendre lui glissa des mains. Elle se mit à trembler en mettant ses mains sur sa bouche pour retenir le cri qui montait en elle. Elle fixait William en faisant non de la tête comme pour repousser la vision qu'elle avait. J'entendis la douce voix de William lui demander de ne pas avoir peur, qu'il ne lui ferait rien, qu'il était bien son… son fils.

J'eus un mouvement de recul mais mon amoureux resserra ses mains autour de mes joues pour que je puisse continuer à voir en lui. Et je vous assure que voir, comme si vous étiez en direct, la vie d'un homme mort depuis si longtemps n'était pas donné à tout le monde. Je laissais de nouveau mon esprit se connecter au sien et ses souvenirs redevinrent miens.

Ce n'est pas possible, non ce n'est pas possible, répétait en boucle la mère de William. Tu as disparu depuis des mois, tu es mort, on nous l'a certifié. Est-ce bien toi mon fils ? Comment cela est-il possible ? Je suis là, répondit William en faisant l'erreur d'effleurer la main de sa maman. Elle frissonna au contact de son fils à la peau si froide. Qui êtes-vous ? se mit-elle à hurler en reculant à grands pas. Êtes-vous le diable ? Pourquoi avoir pris l'apparence de mon tendre William ? De quelle faute voulez-vous donc me punir ? William avait beau lui dire que c'était bien lui, qu'il n'était rien d'autre que son fils, elle refusait de le croire. Alors, il fit ce qu'aucun vampire ne prendrait le risque de faire. Il lui dévoila son histoire, sa véritable identité. Devant ses yeux terrorisés, il sortit ses canines pour lui prouver ses dires, persuadé qu'une mère ne rejetterait pas son enfant quoiqu'il soit devenu. Le comportement de la mère de

William changea alors du tout au tout. Elle le regarda avec horreur, lui cracha au visage, lui cria qu'il était un monstre et qu'elle aurait préféré qu'on lui apporte le corps froid et sans vie de son fils plutôt que de le voir ainsi. Terrassé par la douleur, William avait de plus en plus de mal à se contrôler. Il lui disait qu'il l'aimait, qu'au fond de lui il était resté le même, l'enfant qu'elle avait porté, l'adolescent qu'elle avait guidé, l'homme qu'elle avait formé. Rien ni faisait, ni ses paroles réconfortantes, ni les petits secrets qu'eux seuls connaissaient prouvant ainsi qu'il était bien celui qu'il disait être. Comme la fois où il s'était caché pour lui faire une blague dans sa grande malle près de son lit et s'était retrouvé enfermé pendant des heures. Elle l'avait cherché longuement avant de le retrouver apeuré et soulagé. Non, rien de ce qu'il pouvait dire ne lui enlevait cette répugnance envers lui. Elle saisit un bout de bois à terre et menaça de le frapper s'il ne partait pas sur le champ, reniant toute forme d'amour et de lien avec lui. La douleur fut alors trop forte, la blessure trop profonde. Il se jeta sur elle et la mordit avec force, n'ayant plus qu'une envie, lui ôter la vie pour qu'elle soit comme lui. La punir pour l'avoir rejeté et qu'elle comprenne ce qu'il traversait. Sans l'intervention de Terence, que je vis arracher William du cou de sa mère, il l'aurait tué. À terre, William maudissait Terence de l'avoir transformé et déversait sur lui une haine féroce. Il supplia Terence de le tuer pour de bon et de ne pas le laisser vivre avec le souvenir du mépris de sa propre mère. Terence soigna et effaça tout souvenir de ce qui venait de se passer à la pauvre femme terrifiée. Puis lentement, avec tout l'amour qu'il portait déjà à son fils, il le calma et l'emmena avec lui.

William ferma les yeux, arrêtant ainsi le film de ses souvenirs trop cruels pour lui.

– Mon Dieu mon amour, tu souffres encore tellement de cette rencontre.

– J'ai voulu la tuer Flore. Jamais je ne pourrais oublier, ni même me pardonner.

– William…

– Je ne t'ai fait partager ce souvenir uniquement pour que tu comprennes ce que vit ta sœur à l'heure actuelle. N'oublie pas qu'elle a été transformée sans espoir, c'est encore plus difficile pour elle.

– Tes blessures sont si profondes !

– Comme toi Flore, il y a des blessures qui ne se refermeront pas entièrement, des erreurs tout comme moi que tu ne te pardonneras pas. Te voir humaine est pour elle une blessure permanente.

À travers cette pensée, je me rendis compte que je ne connaissais que peu de chose sur William. Sa longue vie renfermait des milliers de souvenirs, cachés au plus profond de lui. Partager celui-ci me fit comprendre toute l'ampleur de la croisade que menait seule ma sœur. Il avait voulu me faire prendre conscience de la situation pour que je comprenne les réactions de ma sœur. Mais l'impact sur moi fut différent, je m'en voulais encore plus de lui faire subir un tel désarroi.

– Elle ne me pardonnera jamais.

– Il faut y croire Flore. Terence l'aidera, nous l'aiderons. Laisses-lui le temps de faire le deuil de sa vie d'humaine.

– Je n'aurais jamais dû demander à Terence de la transformer. Ce fut une erreur.

Il allait me prendre dans ses bras pour me réconforter, lorsque mon téléphone se fit entendre.

– Flore !

– Erwan ! Tu as une drôle de voix, tu vas bien ?

Agacé qu'Erwan m'appelle au milieu de la nuit, mon vampire ne cacha pas sa désapprobation.

– Est-ce une heure pour t'appeler ?

– William, soufflais-je, il n'a pas l'air d'aller bien.

Erwan mit un petit temps avant de reprendre la parole.

– Excuse-moi Flore, je ne veux pas te mettre dans une situation délicate avec William. C'est juste que… enfin je…

– Quoi ? Dis-moi je t'en prie.

– C'est horrible Flore, je n'arrive pas à fermer l'œil sans avoir des visions d'horreur. Je ne dors plus, j'angoisse, je ne savais pas vers qui me tourner.

Si je ne pouvais, à l'heure actuelle, n'être d'aucun secours pour ma sœur, je pouvais essayer de soutenir mon meilleur ami.

– Tu as bien fait de me téléphoner. Veux-tu que je vienne te voir ?

– C'est presque l'aube Flore ! s'exclama furieux William.

– Je ne veux pas te poser de problèmes Flore.

– Non pas de souci, j'arrive.

Je raccrochais pendant que mon amoureux faisait les cent pas dans la chambre.

– Je refuse que tu te rendes chez lui.

– Tu refuses ?

– Oui tu as bien compris, c'est bien trop dangereux.

– En quoi aller soutenir un ami dans la détresse est-il dangereux ?

– Je n'ai aucune confiance en lui.

– William, mets ta jalousie de côté elle est mal venue. C'est mon ami, je répondrais toujours présente lorsqu'il aura besoin de moi, comme il l'a fait depuis des années avec moi.

– Ton affection pour lui est insultante.

– Ton mépris pour lui est injustifié.

Je pris mon manteau, mon sac et le laissai planter au milieu de la chambre. Jamais je ne le laisserais guider ma vie. J'avais besoin de la vivre à ma façon sans m'enfermer dans sa possessivité qui grandissait au fil des jours.

Pas enclin à me voir prendre la route seule alors que la nuit était encore présente, inconvénient ou avantage du mois de janvier, je vous laisse seul juge, il me rattrapa sans mal et me conduisit chez mon ami sans un mot. Ce que ce vampire pouvait être borné !

Lorsque la grande porte en chêne s'ouvrit, la voiture de William démarra en trombe.

– Flore, dit-il soulagé en me serrant dans ses bras. Je ne voulais pas te mettre en porte-à-faux avec William.

– Ne te soucie pas de cela et n'hésite jamais à m'appeler quand tu en as besoin.

– Merci, souffla-t-il rassuré.

En entrant dans la demeure d'Erwan, je me concentrais au maximum pour que mon esprit reste fermé à William. Ce qu'Erwan voulait partager avec moi devait rester du domaine privé, du moins le plus longtemps possible. Un verre de whisky à la main, énervé, angoissé, Erwan avait du mal à se relaxer malgré ma présence.

– Tu veux me parler de tes angoisses ?

– Non. Je préférerais que l'on parle d'autres choses. Parle-moi de Mélanie, tu n'as pas eu le temps de me répondre la dernière fois.

Comment va-t-elle ?
Pas certaine que cela allait l'apaiser. Ne rien dire pour ne pas l'affoler davantage me parut une issue plus favorable.
– Elle va bien.
– Elle est repartie au Canada ?
– Et bien, pas pour le moment. Mais changeons de sujet.
Me connaissant par cœur depuis notre enfance, sa méfiance fut immédiate.
– Flore, que me caches-tu ?
– Rien, je t'assure.
Debout devant moi, j'avais du mal à soutenir son regard.
– Regarde-moi Flore.
Je n'arrivais pas à relever mon visage vers le sien. Le jugement qu'il pouvait porter sur moi m'affolait.
– Flore, reprit-il en baissant sa tête pour être à ma hauteur. Dis-moi ce qu'il se passe avec ta sœur.
– Je ne peux pas Erwan.
– Pourquoi ?
Mes yeux s'embrumèrent de larmes, je me mis à trembler de la tête aux pieds. Cette culpabilité en moi me rongeait.
– Mon Dieu Flore, tu me fais peur. Qu'est-il arrivé à ta sœur ?
– Ne me juge pas Erwan.
– Te juger ! Mais de quoi ? Qu'as-tu donc fait de si terrible ?
Il fallait que cela sorte, que j'avoue mon crime comme pour me repentir, avoir son absolution pour me sentir en partie soulagée.
– Elle… elle allait mourir tu comprends.
– Non, je ne comprends rien. Elle a été blessée ?
– Oui, gravement blessée. Elle était au seuil de la mort… je ne pouvais me résoudre à la perdre.
– C'est naturel Flore. Mais maintenant, comment va-t-elle ?
Enfin, j'eus le courage de plonger dans son regard. La désolation qu'il lut en moi le fit reculer de quelques pas.
– Oh Mon Dieu, non ! Ils ne l'ont pas… Flore je t'en prie, dis-moi qu'ils n'ont pas fait d'elle l'une des leurs.
– C'était la seule solution.
– Comment as-tu pu les laisser faire ?

– C'était mon souhait.

Il écarquilla les yeux, me fixant sous la surprise.

– Elle est la seule famille qu'il me reste Erwan. Je t'en prie, essaye de me comprendre. Si tu savais comme je m'en veux. Ne m'abandonne pas, j'ai besoin de ton soutien.

Un silence lourd et pesant tomba dans la demeure. Jamais, pendant toute sa réflexion silencieuse, il ne baissa ses yeux des miens. Il me jugeait intérieurement, me prenant sûrement pour un monstre d'avoir laissé ma sœur devenir tout ce qu'il détestait le plus au monde. J'allais le perdre lui aussi.

Contre toute attente, il posa son verre et me prit dans ses bras chauds.

– Jamais je ne t'abandonnerais Flore, tu comptes bien trop pour moi. Mais je n'approuve pas ta décision.

Soulagée, je me mis à sangloter blottie contre lui.

– Merci, dis-je dans un murmure.

– Comment le prend-elle ?

– Mal, très mal et elle m'en veut terriblement.

– Cette nuit fut un enfer bien plus terrible que tout ce que je pouvais imaginer.

– Pardonne-moi.

– Je n'ai rien à te pardonner. William n'aurait jamais dû te laisser prendre une telle décision. La douleur a alterné ton jugement.

– Je ne lui ai pas laissé le choix.

– Il aurait dû refuser de la transformer.

– Non, ce n'est pas lui. C'est Terence qui l'a fait.

– Alors c'est lui le responsable.

J'aurais pu débattre avec lui pendant des heures sur le sujet pour lui faire entendre raison. Je savais que cela n'aurait rien changé. Il tenait la famille de William responsable, peut-être sa façon à lui de ne pas me faire porter trop lourdement la faute. Ou était-ce tout simplement une manière de me faire me sentir moins coupable.

– Dire que j'étais venue pour te remonter le moral et c'est toi qui me réconfortes.

– Mes angoisses me paraissent bien moins lourdes dorénavant. Il y a eu pire que ce qui m'est arrivé cette nuit-là. En quelque sorte, tu m'as aidé.

Son amitié était pour moi vitale. Le seul ami humain vers qui je pouvais me tourner, à qui je pouvais tout dire sans avoir à mentir ou cacher la vérité. Sa réaction face à ma décision me faisait l'aimer encore davantage. Il était un pilier vers lequel je pouvais me tourner en toutes circonstances. Même si William n'approuvait pas notre entente, rien ne me ferait m'éloigner de lui. Il était ma part d'humanité que je ne trouvais pas près de William, que je voulais préserver envers et contre tous.

Nous passâmes le reste de la nuit à revivre nos souvenirs d'enfance avec ma sœur. Son caractère autoritaire qui avait toujours surpris Erwan, sa détermination lorsqu'elle entreprenait quelque chose, sa passion pour le métier de mon père qui la dirigea tout naturellement vers sa future carrière. Quelques anecdotes plus drôles nous plongèrent dans des fous rires réparateurs. Comme la fois où Elodie, décoratrice d'intérieur de son métier, avait été engagée par Mélanie pour revoir la décoration de sa chambre. Ne supportant plus les critiques injustifiées de ma sœur, Elodie avait perdu son sang-froid et renversé le pot de peinture sur la tête de Mélanie avant de prendre congé. Ma pauvre sœur avait dû elle-même refaire toute la peinture, essai qui ne fut pas des plus concluants. C'est qu'elle pouvait être très critique et très directive, sans même s'en rendre compte. Un fort caractère qui lui avait valu pas mal de situations plus improbables les unes des autres.

D'autres souvenirs tout aussi croustillants suivirent, faisant défiler les heures sans que l'on ne s'en rende compte. Assis tous deux sur le divan, son bras autour de mes épaules, nous finîmes par nous endormir l'un contre l'autre.

Je fus réveillée par le visage furieux de mon vampire préféré qui tournait en rond dans le manoir. Une vision qui s'estompa rapidement.

– Il faut que je rentre.

Encore à demi endormi, Erwan eut du mal à comprendre immédiatement mes paroles.

– Maintenant ? Tu ne veux pas un petit-déjeuner ?

– Non, il est préférable que je rejoigne William. Il n'aime pas particulièrement que je sois loin de lui si longtemps.

– Il fait jour depuis pas mal de temps Flore, cela ne le dérangera pas. Passe-lui un coup de fil pour le rassurer si tu veux.

Un coup de fil pour entendre ses reproches, pas franchement très enthousiaste à cette idée.

– OK ! Va pour un petit-déjeuner.

– Super ! s'écria-t-il en se rendant dans la cuisine.

– Puis-je prendre une douche pendant que tu prépares ?

– Fais comme chez toi, tu connais déjà la maison.

Pour la connaître je la connaissais. Cette maison où j'avais passé des heures et des heures durant toute ma jeunesse. Souvent je m'installais des week-ends entiers ici, la chambre d'amis devenant mienne pour l'occasion. J'aimais cette vieille demeure, avec ses meubles en chêne qui dégagent une odeur particulière, le feu dans la cheminée avec les crépitements des bûches qui se consument, on se serait cru dans une maison ancienne. Moi qui n'avais pas le plaisir de me rappeler la demeure de mes grands-parents, celle-ci la devenait par procuration. Et puis, Maître Tarmal, qui avait pratiquement élevé son fils seul, était souvent absent pour ses affaires, ce qui nous donnait à l'époque une liberté que tout adolescent appréciait.

Après une douche réparatrice, je rejoignis Erwan qui nous avait préparé un petit-déjeuner très alléchant.

– Hum, cela a l'air délicieux.

– Douterais-tu de mes dons de cuisinier ?

– Erwan, ce ne sont que des toasts, du café et du jus de fruit.

Il éclata de rire. Qu'il fut plaisant de retrouver un peu de futilité en lui.

En plein milieu du petit-déjeuner, alors qu'Erwan me demandait si cela me tenterait de rejoindre nos amis au pub dans la soirée, je sentis comme une chaleur m'envahir, la voix de mon amoureux se fit entendre dans mon esprit. « *Rentre Flore, il est temps que tu reviennes vers moi* ». Surprise, je lâchais ma tasse qui se renversa sur la table sans même m'en rendre compte.

– Flore, tu te sens mal, tu es toute pâle ?

– Non, non, ce n'est rien, juste une absence. Il faut que je rentre

maintenant. Veux-tu bien me raccompagner ou m'appeler un taxi ?
– Je vais te ramener. Mais tu es sûre que tout va bien ?
– Oui, il faut juste que je rentre.
Ce contact avec mon amoureux m'avait fait un drôle d'effet. Dès que mon esprit se relâchait, il pouvait le mettre sous son contrôle. C'était aussi fascinant qu'inquiétant et nouveau pour moi.
Devant le manoir, Erwan eut un petit sourire en voyant volets et rideaux tirés. Il m'embrassa sur la joue et me fit promettre de penser sérieusement à la soirée qu'il m'avait proposée pour le soir même.
Un pas à l'intérieur du manoir et je me retrouvais plaquée contre le mur, face à un William pas d'humeur très joyeuse. Les yeux violacés et cernés par la fatigue, il me fixait avec insistance.
– Tu m'as fermé ton esprit. Pourquoi ?
– William, tu me fais mal.
En quelques secondes, il avait parcouru tous mes souvenirs sans même me demander mon accord et était encore plus furieux qu'à mon arrivée.
– Tu as dormi dans ses bras ?
– Contre lui William, pas dans ses bras.
– Tu empestes son odeur, c'est ignoble, une douche ne peut tout effacer.
– William, calme-toi.
Il resserra sa main sur mon épaule pour m'empêcher de faire le moindre mouvement.
– Tu es mienne Flore, personne ne te touche sans mon autorisation.
Il posait sur moi un regard qui m'était inconnu, mêlé de fureur, de rage et de jalousie incontrôlable.
– William s'il te plaît, calme-toi.
Sa bouche se pressa contre la mienne, rien de sensuel dans ce geste, juste une marque de possession qui m'effraya. Alors que ses mains s'affairaient à ôter mes vêtements sans que je ne puisse l'arrêter, les paroles de Terence me revinrent à l'esprit, « *tout en lui va être décuplé, son amour pour toi, sa jalousie, sa peur de te perdre… il peut se perdre, devenir ingérable* ». J'en avais un aperçu malheureusement. Bien sûr, cette pensée n'échappa pas à mon vampire qui se recula de moi.

Haletante, à demie nue, je me laissais glisser au sol, soulagée de son éloignement.

– Non, souffla-t-il en me regardant avec tendresse. Ce n'est pas ce que tu crois Flore.

– Terence avait raison, ton sang en moi n'est pas anodin.

– Pardonne-moi mon cœur, j'ai laissé ma jalousie prendre le dessus.

– William, il n'y avait aucune raison. J'ai juste passé un moment avec un ami, rien de plus. Tu dois me faire confiance.

Doucement, il s'approcha de moi et me souleva de terre pour me prendre dans ses bras.

– Ne me crains pas Flore, jamais je ne pourrais te faire du mal.

– Je sais, dis-je en essayant de m'en persuader moi-même.

Il m'embrassa avec tout l'amour qu'il me portait, enlevant par la même occasion de mon esprit l'incident qui venait de se produire. Tout autour disparu, comme chaque fois que je m'abandonnais à ses baisers.

– Je t'aime Flore, chuchota-t-il en m'emmenant dans notre chambre, mais je déteste l'odeur que tu dégages.

Son petit rire amusé raisonna lorsqu'il me vit lever les yeux au ciel en me dirigeant vers la douche, tout en l'invitant à me rejoindre. Une douche qui fut un moment autant de détente que de sensualité.

IV

La soirée s'annonçait et je repensais à la proposition d'Erwan. Cela faisait plusieurs semaines que je n'avais pas revu Ophélie, Marc, Elodie, Henri et Mimi. Passer un moment avec eux me tentait énormément. Je m'étais enfermée au manoir depuis bien trop longtemps, il était temps de reprendre une vie normale, si on peut dire.

– William, j'aimerais voir mes amis ce soir.

Vu sa réaction à mon retour l'après-midi même, je redoutais sa réponse. Mais je refusais de le laisser devenir aussi fusionnel avec moi que l'avait été Terence avec mon ancêtre.

– Je n'y vois pas d'inconvénient. À quelle heure veux-tu qu'on les rejoigne ?

– J'aurais voulu les voir seule.

Ce n'est pas que je ne voulais pas de sa présence, je voulais juste qu'il apprenne à me faire confiance. Je testais sa capacité à se contrôler.

– Tu refuses que je t'accompagne, s'indigna-t-il.

– Je veux que tu me fasses confiance.

– Avec Erwan dans les parages, pas moyen, c'est impossible.

– Je t'en prie William, ne devient pas comme ton géniteur. J'ai besoin d'avoir une vie d'humaine, tout ce qu'il y a de plus normal.

– En devenant mienne, tu y as renoncé Flore.

Là, il marquait un point.

– En prenant une humaine comme compagne tu devais t'attendre à ce genre de concession.

– Flore, je…

– William, notre vie est de nouveau chaotique. Grégoire est de retour, ma sœur refuse de me pardonner. J'ai besoin de l'affection de mes amis.

– Justement Flore, le danger est tout autour de nous.

Tous mes arguments se retournaient contre moi, ce qui me mit hors de moi.

– Je sors, que cela te plaise ou non.

– Tu es insupportable Flore.

– Je te renvoie le compliment.

Il ne chercha pas à me retenir lorsque je sortis du manoir pour rejoindre mes amis mais je pouvais sentir son anxiété.

En entrant dans le pub, une bouffée de bien-être m'envahit. La chaleur de l'endroit avec ses éternelles banquettes usées, sa décoration très sportive, l'odeur de la bière et le brouhaha des clients. Tout m'avait manqué. Mais ce qui me fit le plus plaisir, fut le sourire sur les visages de mes amis à mon arrivée. Il ne fallut pas longtemps à Ophélie pour m'éloigner d'Erwan et me faire son petit rapport de tout ce que j'avais manqué. Elle m'apprit ainsi qu'Henri était de nouveau célibataire, Elodie ne l'ayant gardé que le temps d'une amourette, ce qui ne me surprit pas plus que cela. Elle me rappela également qu'elle voulait que je l'accompagne pour l'essayage de sa robe de mariée, ce qui me renvoya de plein fouet le fait que je ne pourrais certainement jamais connaître un jour une telle union, même si William laissait envisager le contraire. Puis, comme à son habitude, elle me questionna sur l'absence injustifiée de William et sans réponse de ma part, elle fut plus qu'agacée. C'est qu'elle aimait savoir tout ce qui se passait Ophélie, de nature curieuse, rien ne lui échappait.

La soirée était un réel plaisir. Retrouver l'ambiance bonne enfant autour d'un verre, les conversations aussi futiles que joyeuses de mes amis. Voir Erwan sourire et s'amuser, me redonnait du baume au cœur. J'étais loin des soucis, plongée entièrement dans cette rencontre, lorsque je vis le regard d'Élodie s'allumer en fixant la porte du bar. D'un mouvement général, nos têtes se tournèrent pour voir qui avait un tel effet sur notre amie. Amusés, les spéculations fusèrent de toutes parts : blond, roux, brun, les paris étaient ouverts. Mon amusement fut vite stoppé en voyant que cet intérêt s'était porté sur mon vampire qui s'approchait de nous. Une pointe de jalousie me transperça et un peu d'agacement également en comprenant qu'il n'avait pu résister à venir me rejoindre. Un regard vers les filles et elles furent toutes sous le charme, comme à chaque fois qu'il apparaissait. Mimi eut même un petit soupir qui me fit sourire. Mon amoureux m'embrassa fougueusement, sous le regard envieux d'Élodie, ce qui soit dit en passant me fit grand plaisir.

– Tu me manquais trop, susurra-t-il à mon oreille en attrapant une chaise pour prendre place à la table.

– Ou avais-tu envie de voir comment se comportait Erwan en ma compagnie ?

– Je n'ai pas besoin d'être présent pour le savoir Flore, me taquina-t-il.

Erwan ne s'offusqua pas de sa venue, restant courtois et poli envers lui. Et pourtant, William n'y mettait pas de la bonne volonté.

La soirée battait son plein. Blottie contre mon amoureux, j'encourageais Mimi et Henri qui participaient au karaoké. C'était horrible ce qu'ils pouvaient chanter faux mais leur enthousiasme suffisait à nous emporter avec eux. Même William se prit un peu au jeu en sifflant à tue-tête pour les soutenir. Marc et Ophélie discutaient avec Erwan, qui me lançait de temps en temps de petits clins d'œil, pas apprécié du tout par mon compagnon. Je profitais et finalement j'étais heureuse que William vive avec moi ce moment. Tout était parfait, jusqu'à ce que mon vampire se raidisse brutalement sur sa chaise.

– Oh non pas ça, dit-il à haute voix dans le vague.

– Quoi ? m'inquiétais-je immédiatement.

– Il faut que l'on parte tout de suite Flore.

– Mais pourquoi ?

– Ta sœur a des problèmes.

Je compris que la télépathie qui le liait avec son géniteur était à l'origine de cette nouvelle. Je ne cherchais pas à comprendre, le seul fait de savoir que ma sœur avait des problèmes, suffit à me faire quitter mes amis poliment mais rapidement. Je promis donc à Ophélie de l'appeler le plus vite possible et à Erwan de très vite lui donner de mes nouvelles. Ma soirée de détente fut une fois de plus écourtée.

Une fois dehors, je me plantais devant mon beau brun.

– Que se passe-t-il ?

– Ta sœur a échappé à la vigilance de Paul et en a profité pour s'enfuir.

– Tu veux dire qu'elle se promène seule dans la ville, livrée à elle-même ?

– Terence peut la sentir, il est déjà sur ses traces. Allons le rejoindre, je sais où il se trouve.

– Il l'a retrouvé alors.

– C'est plus compliqué que cela Flore. Accroche-toi.

De ce déplacement propre aux vampires, il m'emmena en moins de temps qu'il faut pour le dire à la voiture et nous conduisit près de Terence.

Au fond d'une ruelle sombre, qui m'en rappelait une autre avec son lot de mauvais souvenirs, nous vîmes Terence en train de parler très sérieusement avec Paul.

Dès qu'il m'aperçut, il m'empêcha d'approcher du petit recoin où il se trouvait.

– Où est ma sœur ? demandais-je un peu agressivement.

– Je ne sais pas Flore mais ne t'inquiète pas nous allons vite la retrouver.

– Vous devez pouvoir rentrer en contact avec elle. Pourquoi ne le faites-vous pas ?

– Elle refuse sa condition de vampire et notre lien est encore fragile, ce n'est pas si simple mon enfant. Puis se tournant vers William il ajouta : reste là Flore, il faut que je parle à mon fils.

Oh non pas cette fois-ci, il n'allait pas encore me laisser à l'écart de leur conversation, comme si je n'existais pas.

– Si vous avez quelque chose à dire à William, j'exige d'être mise dans la confidence.

– Flore, cela est d'affaire privée.

Mon sang ne fit qu'un tour. J'en avais marre d'être polie et respectueuse en toutes circonstances.

– Je veux savoir Monsieur, il s'agit de ma sœur.

– Elle a bu le sang d'un humain ce soir si tu veux savoir Flore et lui a ôté la vie, lança Paul qui nous avait rejoints.

– Paul tais-toi ! ordonna son géniteur.

Mon cœur se serra. Imaginer ma sœur prendre la vie d'un humain juste pour savourer son essence de vie, me fit mal.

– Ce n'est pas possible, elle ne ferait jamais cela.

– Elle est incontrôlable, cette transformation est un échec.

– Paul, reprit Terence, faut-il que je te fasse taire moi-même ?

Mais Paul n'avait pas envie de s'arrêter là, je n'avais jamais vu le frère de William avec autant d'assurance devant son géniteur. Le respect était chose importante pour Terence et tous ses enfants considéraient ce point comme le plus important.

– Monsieur, elle nous met dans une situation très périlleuse, mettant notre famille dans une situation délicate. Vous n'allez pas la défendre !

– Tu oublies qu'elle est dorénavant ta sœur. Elle a besoin de notre aide.

– Si l'un de nous avait commis la même erreur vous n'auriez pas accepté, du moins pas de cette façon. Pourquoi tant de compassion pour la famille de Flore ?

D'un simple geste, Paul se retrouva sur le dos, allongé au sol, la main de Terence autour de sa gorge, l'empêchant de faire le moindre mouvement. Je fis un pas en arrière pour me rapprocher de William, étonnée d'une telle réaction.

– Je suis ton géniteur Paul, je fais ce que bon me semble, tu m'obéis sans te poser la moindre question. Me suis-je bien fait comprendre ?

– Mais… arriva à articuler Paul pas encore calmé.

– Il n'y a pas de mais. Je décide et tu obéis. Ne fais jamais rien contre Flore ou Mélanie mon fils ou je te renierais.

– Monsieur ! S'écria William.

– Le renier ? murmurais-je à William ne comprenant pas très bien ce que cela pouvait signifier.

– Le pire châtiment qu'un géniteur puisse faire à celui qu'il a créé. Il serait seul, ne pouvant plus obtenir, ni protection, ni clan auquel appartenir.

– La mort serait plus douce, dis-je machinalement.

– Flore, aucun géniteur ne peut tuer un de ses enfants sans en recevoir l'ordre, cela va à l'encontre de tout.

Parce que cette solution était envisageable, j'en restais choquée. Vraiment, que de lois particulières chez les vampires. Et l'on dit que notre politique est compliquée, et bien fréquentez-les et vous penserez vite le contraire.

Terence lâcha enfin son fils, qui vexé se remit sur ses jambes en me lançant un regard haineux.

– Flore, reprit Terence, sais-tu où pourrait se réfugier ta sœur ?

– Non, je n'en sais rien du tout. Chez elle peut-être.

– L'appartement lui appartient toujours ?

– Oui, elle ne l'a pas encore vendu.

– Alors elle peut y pénétrer. Allez-y immédiatement mon fils. Moi et Paul, allons-nous occuper du reste.

Le reste signifiait le corps inerte que l'on me cachait.

– Et garde ton sang-froid William, je n'ai pas le temps de m'occuper en plus de tes emportements.

Ce qui soulignait qu'il avait lu en son fils l'incident de sa jalousie à mon retour de chez Erwan. Ce vampire était tout bonnement incroyable. En quelques secondes, il pouvait scanner l'esprit de ses enfants sans la moindre concentration, tout en faisant autre chose. Son expérience le rendait performant, encore plus fascinant à mes yeux.

Le trajet était tendu, ni William, ni moi ne parlions. J'étais dans mes pensées, revoyant sans cesse la Mélanie des années passées. Comment une personne si pleine de vie pouvait se transformer en un être insensible aussi rapidement ? Tout cela était de ma faute et pourtant à cet instant, malgré tous mes regrets, je savais que je reprendrais la même décision, refusant de la perdre. Était-ce une erreur ? Seul l'avenir me le dira. La voiture garée devant l'immeuble de ma sœur, je n'osais sortir.

– Flore, il faut que tu gardes espoir. Elle aura besoin de toute ta force pour s'en sortir.

– Et si elle devenait comme Grégoire, fermée au bien. Si elle devenait une chasseuse d'humains. Que fera Terence ?

– Nous n'en sommes pas là.

– William, ne fait pas l'autruche avec moi et cesse de vouloir me préserver.

– On ne tue pas impunément Flore ni dans ton monde, ni dans le mien.

J'avais voulu savoir, j'avais ma réponse.

Tremblante, soutenue par mon amoureux je montais les marches en direction de l'appartement de Mel. L'angoisse grandissait en moi. Mais l'appartement était vide, personne n'était venu ici depuis bien longtemps.

– Où peut-elle être William ? Que va-t-elle faire seule dans la nature sans personne pour la guider ?

– Elle n'ira pas loin. Fais confiance à Terence il la retrouvera.

– Moi je sais où elle se trouve, dis une voix que je connaissais bien.

Dans un grognement, William se plaça devant moi canines sorties.

– Que ne fut pas ma surprise de voir ta sœur errer comme une âme en peine dans les rues. Seule et morte.

– Grégoire, où est-elle ?

– La vengeance prend parfois une tournure bien différente de tout ce que l'on avait pu imaginer Flore. Faire de ta sœur mon allié sera encore plus jouissif que de te voir souffrir.

William à la patience très limitée, allait se jeter sur Grégoire quand je me mis entre eux.

– Non ! Lui seul sait où est Mel.

– Alors répond Grégoire et vite ou ce sera la dernière nuit que tu vivras.

Il éclata de rire. Il avait les cartes en mains, sachant très bien que William ne ferait rien contre lui sans savoir ce qu'il était advenu de ma sœur. Par respect pour elle, par respect pour moi.

Un pas en arrière et il avait disparu, nous laissant dans le désarroi le plus total.

– Suis-le William !

– Je ne te laisse pas seule à la merci de n'importe qui.

Je fus obligée de m'adosser contre le mur du couloir. Imaginée ma sœur avec mon ex-petit ami était une vision insupportable.

– Comment lui faire prendre conscience qu'elle a du bon en elle si sa seule référence est un être maléfique ?

– Jamais je ne lui laisserais le temps de la pervertir.

– Jamais hein ? Tu l'as laissé partir William ! Nous ne la retrouverons jamais.

– Je ne pouvais te laisser seule.

– Je suis plus seule que jamais William.

Il voulut se rapprocher de moi, je m'écartais. Je lui en voulais. Sachant pourtant pertinemment qu'il ne pensait qu'à moi, qu'à ma protection. C'était plus fort que moi, je lui en voulais d'avoir laissé partir Grégoire, sans chercher à savoir où il se rendait.

– Ramène-moi à mon appartement William, je voudrais rester seule.

– Flore ! Ne fais pas ça.

– Ce n'est pas contre toi William, mais j'ai besoin de temps pour réfléchir.

– Je partirais juste avant l'aube.

Ce qu'il fit comme promis, sans essayer une seule fois de me faire changer d'avis.

Loin de lui, loin de sa famille, je fis le point sur les derniers événements. J'avais fait de ma sœur un être de la nuit qui se perdait, qui venait de se rapprocher de l'être qui me détestait le plus au monde depuis la mort d'Élisabeth. Je savais également que Terence ne resterait pas pacifique si Mélanie devenait une tueuse d'humains. En voulant la sauver, je venais de la condamner à une existence bien pire que la mort. Aucune solution ne m'apparaissait. Je dérivais lentement.

Dehors le soleil brillait, rendant l'hiver bien moins triste. Je décidais d'aller prendre un peu la lumière. Je ne la voyais que peu en vivant auprès de mon compagnon. Sentir le soleil sur mon visage, le vent dans mes cheveux, voir des gens se promener tranquillement, j'en avais besoin. Une évolution normale dans un monde normal.

Je marchais dans les rues sans vraiment me sentir à ma place. Je pris conscience que je ne faisais plus tout à fait partie de ce monde, ni totalement non plus de celui de mon vampire. J'étais entre deux mondes, balançant entre le jour et la nuit. Mes pensées s'envolèrent un instant vers le passé où tout me paraissait simple. Lorsque nous parlions d'avenir avec ma sœur, elle se voyait en femme d'affaires mariée à un homme qui ferait comme elle passer sa carrière avant tout. Moi, je me voyais comme une artiste un peu bohème, avec Grégoire près de moi pour me faire de temps en temps revenir dans la réalité. Une vie bien éloignée de celle que nous vivions actuellement toutes les deux. Ne vous méprenez pas, j'aimais ma vie mais elle m'échappait, voilà tout.

L'esprit fermé à toute intrusion de la part de mon vampire, je flânais assise sur le banc en face de ma résidence, dans le petit parc désert vu la saison. Le jour allait bientôt mourir et je savais que mon isolement prendrait fin.

– Je savais que je te trouverais ici, tu as toujours aimé ce parc.

– Erwan ! Que fais-tu là ?

– Tu es partie précipitamment hier, je voulais savoir si tout allait bien.

– Pas vraiment non.

– Tu veux en parler.

– Pas vraiment non plus.

– Bien, s'avoua-t-il vaincu en s'asseyant près de moi.

Il m'était difficile de me confier, de lui avouer que ma sœur se perdait sans que je ne puisse rien y faire.

– Un chocolat chaud alors ?

– Oui pourquoi pas.

Sans me poser la moindre question supplémentaire, ce que j'appréciais beaucoup, il m'emmena dans le petit bar tabac du coin de ma rue. Rien à voir avec le pub où nous aimions nous retrouver. Ici, tables et chaises en bois étaient dispatchées dans la grande salle, des hommes affalés au comptoir buvaient plus que de raison en racontant à leur voisin, bien souvent un simple inconnu, tout ce qui n'allait pas dans leur vie. L'odeur y était lourde, emprunt de sueur et d'alcool. Un peu en retrait, à une table légèrement dissimulée, nous nous installâmes.

– Et pour ces m'sieurs dames, lança le serveur avec très peu d'enthousiasme, ce qui me fit sourire.

– Deux chocolats.

– Deux chocolats, reprit le serveur en s'éloignant.

– Et bien, s'amusa Erwan, quel accueil !

J'observais l'assistance, détaillant chaque client avec amusement. Vraiment pas l'endroit le plus fréquentable du quartier. Mais ce n'était pas le plus important, j'étais heureuse de la présence de mon ami. J'avais parfois l'impression qu'il était le seul humain à pouvoir me comprendre. D'ailleurs il était le seul humain à pouvoir me comprendre, je ne me voyais pas parler du monde de mon amoureux à mes autres amis. Ce qui le rendait encore plus précieux à mes yeux.

– Alors Flore, vas-tu me dire ce qui rend ce beau visage si triste ?

– Ma sœur.

– Elle ne va pas mieux.

– Pire, elle a fait copain/copine avec Grégoire.

Sous mes paroles, il faillit recracher la gorgée de liquide qu'il venait de boire.

– Mon Dieu ! Et qu'en pense William ?

– Rien comme d'habitude, répondis-je machinalement. Non, ce n'est pas ce que j'ai voulu dire, il me dit de garder espoir, me repris-je immédiatement.

– Et il a raison Flore. Je sais que je ne lui donne pas souvent raison mais il doit savoir de quoi il parle. Tu ne penses pas ?

– Merci Erwan.

– Mais de quoi ?

– D'être si conciliant avec William. J'aimerais qu'il en soit de même de son côté. Tu ne laisses pas ton animosité pour lui prendre le dessus, uniquement pour me faire plaisir. Cela me touche.

– Je n'ai pas vraiment le choix.

– Mais tu le fais, c'est important pour moi.

– Tu es mon amie Flore, souffla-t-il en caressant ma joue, je ferais tout pour préserver ce qui nous unit.

Et c'est exactement ce dont j'avais besoin, un ami, de la confiance, pas de jugement et de l'acceptation. Depuis cette nuit tragique, il n'était plus le même. Moins impulsif, plus posé, plus mature, légèrement plus nerveux mais ce n'était qu'un détail. Un changement radical mais appréciable. Il dirigea avec habileté la conversation vers un sujet plus léger. Il avait ce charme naturel propice à vous faire oublier vos soucis en une pirouette. Plus sereine, je ne vis pas l'heure passer, ce qui fut mon erreur. Arrivant de nulle part, William souleva Erwan par le col de sa veste.

– J'aimerais que tu restes loin de ma compagne. Je n'aime pas que tu sois si proche d'elle.

– William !

– Il y a quelque chose en toi que je n'aime pas Erwan.

– William lâche-le !

– Je suis navré que ma présence t'indispose William mais Flore compte énormément pour moi et je serais là tant qu'elle le souhaitera.

– Je peux remédier à ce problème en une fraction de seconde.

– Et donc montrer ta véritable nature à Flore ? Je ne crois pas qu'elle te le pardonnerait.

– William j'ai dit lâche-le !

Erwan retomba sur sa chaise, le visage fermé. Je n'appréciais pas du tout ce genre de démonstration de mâle supérieur.

– Mais qu'est-ce qu'il te prend bon sang William ?

– Tu es distante avec moi chaque fois que tu le vois.

– C'est ridicule, on s'est croisé par hasard.

– Je ne crois pas au hasard.

– Excuse-moi Erwan, je crois qu'il vaut mieux que je te laisse pour ce soir.

– Pas de souci Flore, je comprends.

Furieuse, je sortis du café suivie de très près par un William fier de lui.

– Ne me refait jamais un coup pareil William !

– Alors cesse de me fermer ton esprit chaque fois que tu es avec lui.

– Je voulais juste me retrouver, c'est pour cela que j'ai fermé mon esprit comme tu dis. Et puis je n'ai pas à me justifier.

Sous l'œil incrédule des quelques passants qui nous virent, William me plaqua contre le mur d'une résidence. Le regard plus noir que la suie, il laissa échapper sa colère.

– Ne joue pas avec moi Flore ! Ton comportement commence vraiment à être insultant !

– Ta jalousie prend une ampleur des plus désagréables.

– Tu es à moi.

– Je ne suis à personne (là mes mots avaient dépassé mes pensées).

Choqué par ces paroles, il recula d'un pas avant de m'embrasser avec rage. J'aurai dû résister, ne pas lui céder. Après tout je n'étais pas sa chose. Pourtant, je ne pus m'empêcher de lui rendre son baiser avec fougue et passion.

– À moi Flore.

– Oui, à toi, acquiesçais-je dans un soupir.

Ses lèvres reprirent les miennes et plus rien autour ne survécut à la chaleur de sa passion. Plus de rue, plus de passants, seulement son amour qui me faisait chavirer.

– Aime-moi William.

Un petit grognement roula dans sa gorge et sans précaution, sans regarder si des regards indiscrets pouvaient nous voir il m'emmena en un souffle jusqu'à l'appartement. Sans jamais lâcher mes lèvres nous nous laissâmes rouler sur le sol du salon, nous abandonnant à notre envie. Sa langue joua longuement sur ma peau me faisant frissonner de toutes parts. Ses mains étaient partout à la fois faisant tordre mon corps dans tous les sens. Il vint en moi comme une libération plantant ses crocs dans mon cou sans plus attendre. L'impatience et l'amour mêlés pour un plaisir immense. Enroulée autour de son corps, toujours à même le sol, je reprenais mon calme en m'enivrant de sa peau froide que j'aimais tant. Je m'en voulais d'avoir si facilement mis de côté son comportement ignoble envers Erwan mais j'étais heureuse, au creux de ses bras je vivais pleinement. Pourtant, je ne pus m'empêcher de revenir sur le sujet.

– William, je pense que ta jalousie devient un problème.

– Bien sûr que non.

– Elle prend des proportions telles que cela m'effraye parfois. Terence avait raison et tu le sais. En me sauvant la vie, tu as réveillé en toi bien des démons.

Il bascula sur le côté pour me faire face.

– Je sais me maîtriser mon cœur, c'est juste Erwan qui me met hors de moi. Je n'y peux rien, c'est ainsi. Je déteste le regard qu'il porte sur toi.

– Il faut que tu l'acceptes. Je te l'ai dit et te le redis une dernière fois, son amitié est importante pour moi. Promets-moi de faire des efforts.

– Promets-moi de ne plus fermer ton esprit en sa présence ou je te préviens que je forcerai ce barrage.

– Tu ne peux pas !

– Je le peux Flore et je le ferais.

Il allait vraiment falloir que j'apprenne le plus rapidement possible tous les atouts que notre lien apportait.

– Qu'a-t-il pu faire d'autre que de poser son regard sur moi, comme tu dis, pour que tu aies tant de haine envers lui ?

– Je ne sais pas Flore, quelque chose en lui me dérange. Je découvrirais quoi, je peux te l'assurer.

– Cela devient ridicule William.

– Ce qui est ridicule c'est de t'avoir nue près de moi et de parler d'Erwan.

Il me souleva de terre, m'emmena dans la chambre où le prénom d'Erwan et tout ce qui fait ce monde s'effacèrent pour laisser place uniquement au savoir faire de mon amoureux. Des heures de libération, d'échange, d'amour, de tendresse et de plaisir. Pas franchement de quoi se plaindre ! Epuisée, je m'endormis sous la douce voix de mon vampire qui me lisait une histoire comme j'aimais qu'il le fasse.

« *La nuit s'annonce doucement. Assise sur le banc du parc au manoir, je regarde le ciel perdre sa couleur. Tout est calme, jusqu'à ce que le ciel se déchire d'éclairs. Des mouvements se font sentir autour de moi, des visages flous dansent en tournoyant. Puis, tous se figent, Grégoire enlaçant ma sœur par la taille me sourit, me nargue en l'embrassant sans retenue. Je ne peux bouger comme collée sur le banc. En silence j'appelle William, qu'il vienne, qu'il éloigne Mélanie de cet être maléfique. Il ne vient pas, ne me sens pas. Le jeune vampire sans nom aux yeux tâchés de sang se moque et s'approche de moi. Des hurlements terribles se font entendre, des yeux luisants se font voir. Le danger est partout, annonce le jeune vampire, plus près que tout ce que tu peux imaginer. Élisabeth n'était pas stupide, elle avait tout prévu pour parer son éventuelle défaite. Fais un choix Flore et ne te trompes pas. Terence surgit, une main sort des troènes et plante un pieu dans son cœur. Je hurle de douleur, les éclairs cessent. Plus rien ne te sera épargné, dit une voix froide… et tu perdras tout Flore* ».

– Terence non ! hurlais-je en me redressant dans le lit.

– C'est fini Flore je suis là.

Il me fallut quelques minutes pour voir le regard apaisant de William sur moi.

– Tout doux mon cœur, c'est fini.

Pas le temps de me reprendre qu'une douleur me transperça le cœur.

– Mélanie !

– Tu as fait un cauchemar sur Mélanie ?

Le souffle court, un instant je la vis, la bouche ensanglantée, s'enfuyant dans les rues sombres de la capitale. Impossible de savoir si j'étais encore dans mon rêve ou si cette vision était bien réelle.

– Flore, calme-toi, tu trembles de partout.

Et le téléphone de mon vampire se mit à retentir.

– Oui monsieur… je comprends… nous arrivons immédiatement.

Il releva mon menton vers son visage, plongea longuement ses yeux dans les miens, une douce chaleur m'envahit et mon angoisse cessa sur le champ.

– Raconte-moi ce mauvais rêve.

– C'était étrange et si réel à la fois. Mélanie y était avec Grégoire, puis seule la bouche en sang… William j'ai peur pour elle. Et ces yeux luisants…

– Ce ne sont que des cauchemars Flore.

– Pourquoi ne les vois-tu pas ? Pourquoi ne peux-tu les lire en moi ?

– Je ne sais pas Flore. J'aimerais tellement pouvoir te les enlever de ta petite tête.

– C'était Terence qui appelait ?

– Oui. Je dois aller au manoir. En fait, il nous y attend tous les deux.

– C'est une habitude de convoquer les gens en pleine nuit.

Son petit rire amusé raisonna, en toutes circonstances j'aimais l'entendre.

– Et bien Flore, nous vivons plus la nuit que le jour.

– Très drôle, dis-je en me levant pour m'habiller.

En humaine qui a des besoins d'humaine, je pris le temps de me faire un petit sandwich avant de partir ce qui amusa fortement mon vampire. Des cris de chiens résonnaient dans la nuit lorsque nous sortîmes de la résidence, rendant l'obscurité curieusement mystérieuse et mon vampire curieusement mal à l'aise.

– Pressons Flore, dit-il en m'ouvrant la portière. Terence nous attend.

Une main sur le volant, l'autre posée sur ma jambe, nous roulions à vive allure vers le manoir lorsqu'une voiture nous dépassa en se rabattant si près de nous que William fut obligé d'écraser la pédale de frein pour ne pas la heurter. Cela aurait pu être considéré comme de la maladresse d'un chauffeur inconscient si la voiture n'avait pas ralenti au point que William décide de la doubler. À peine avait-il fini la manœuvre que la voiture reprit de l'élan et revint à notre niveau poussant ainsi notre véhicule sur le côté. Le choc fut assez brutal mais de tout son savoir-faire, William arriva à garder la voiture sur la route. À plusieurs reprises, la voiture nous heurta essayant sans résultat de nous mettre dans le bas-côté.

– Appelle Terence, Flore !

Demander à Terence de venir nous rejoindre n'annonçait rien de bon pour la suite. Je pris mon téléphone lorsque la voiture nous doubla de nouveau en faisant un demi-tour rapide sur la route et se mit face à nous, forçant William à piler net. Sans ma ceinture de sécurité j'aurais été éjectée de mon siège.

– Reste dans le véhicule Flore. Quoiqu'il se passe tu ne bouges pas.

– William…

Trop tard il était déjà dehors, avançant vers la voiture bleu marine dont le moteur ronronnait toujours.

– Où êtes-vous Flore ? me demanda immédiatement Terence lorsqu'il décrocha.

– En pleine forêt, à dix minutes du manoir à peu près.

– On arrive !

Trois coups de feu retentirent et mon vampire s'écroula au sol. Si je savais que de simples balles ne pouvaient le tuer, je savais qu'il souffrait, affaibli, donc plus vulnérable pour tout ennemi potentiel.

Oubliant toute mesure de prudence, je sortis de la voiture en courant pour me rendre près de lui.

– Je t'avais dit de rester à l'intérieur.

– Et te regarder agoniser sur le bitume ? Tu plaisantes William !

– Que tu peux être têtue !

Oui, c'était franchement le moment pour des reproches. Reproches qui s'arrêtèrent net lorsque des mouvements tournoyèrent autour de nous. Deux secondes plus tard, cinq vampires se matérialisaient autour de nous. Mais ce n'est pas ces cinq vampires qui attirèrent mon attention, non ce fut plutôt les petits ronds luisants qui apparaissaient dans la forêt. On aurait dit des yeux qui brillaient au cœur de la nuit, tout comme dans mon cauchemar.

Un déplacement et je me retrouvais prisonnière d'un vampire grand et très musclé à en juger par les bras qui m'entouraient, à quelques mètres de mon amoureux.

– Ne la touche pas ! menaça William en se relevant avec difficulté.

– Ce n'est pas elle qui nous intéresse cette nuit, répondit-il avec un calme parfait.

Perdant son sang, William avait déjà perdu de ses forces et prit l'attaque de son premier assaillant sans pouvoir réagir. À terre, je le voyais se faire ruer de coups par ses attaquants sans pouvoir rien faire. Un enfer !

– Arrêtez ! Arrêtez ! me mis-je à hurler inutilement.

Mais William n'était pas vampire à se laisser faire, il arriva à se relever en enfonçant ses crocs dans la gorge d'un des vampires. Un énorme râle se fit entendre et le corps de l'attaquant glissa sur le sol lentement. Les yeux de mon amoureux fixaient les miens, il s'éleva dans les airs d'un bond incroyable retombant sur ses jambes juste devant moi. Malgré la situation, j'en restais impressionnée. Jamais je ne l'avais vu faire ce déplacement. Le visage marqué par la douleur, il ne baissait pas les bras. En détournant mon regard, je vis les vampires se jeter sur nous mais ils furent arrêtés dans leur course par l'arrivée au combien salutaire de Terence, Paul, Victorien et un vampire qui m'était totalement inconnu.

Pendant que le combat derrière William faisait rage, il ne me quittait pas du regard.

– Lâche-la immédiatement !

– Je ne suis pas si stupide mon ami.

– J'ai dit lâche-la immédiatement !

La clarté de ses yeux, je ne voyais plus que la clarté de ses yeux. Sans ouvrir la bouche il me parlait, je l'entendais clairement, c'était incroyable. « *Surtout Flore, ne fais plus un seul geste* ». Je cessais automatiquement de me débattre, sale manie que j'avais pris l'habitude de faire même si cela ne servait à rien. « *Et maintenant ferme les yeux* », je m'exécutais au moment même où j'entendis un énorme craquement dans mon dos, puis un petit grognement suivi d'un gémissement et les bras qui me retenaient n'étaient plus. J'ouvris les yeux et vis le corps du vampire inerte dégoulinant de sang et William à genoux se tenant le ventre. La douleur le transperçait. Il avait puisé dans ses dernières ressources pour me venir en aide. Du côté de Terence, les deux derniers vampires encore en vie s'enfuirent sans demander leur reste. William s'affaissa doucement sur le goudron.

– William ! William !

Instinctivement, comme si ce geste était tout naturel je mis mon poignet devant sa bouche.

– Mords mon amour !

Trop faible, il ne fit aucun mouvement. Paul qui nous avait rejoints regardait son frère sans bouger.

– Mords, lui dis-je en lui tendant mon bras.

– Non, certainement pas.

– Oh je t'en prie Paul, ton frère a besoin de sang, alors mords !

Il souffla mécontent en entaillant ma chair. À la première goutte de mon sang sur ses lèvres, William eut un sursaut.

– Bois, lui dis-je avec tendresse.

Ce qu'il fit longuement et avec délectation sous le regard narquois de son frère. Quelques minutes plus tard il était debout, me serrant dans ses bras et m'embrassant avec passion. Comme chaque fois que je lui offrais mon sang, ses yeux reflétaient pour moi un désir intense. Sensation des plus agréables, je vous l'accorde.

– Comment te sens-tu mon fils ?

– Bien monsieur, dit-il en mettant une petite distance entre nous.

Mon regard se porta sur le vampire qui se tenait près de Terence. Aussi grand que lui, le même regard impénétrable forçant le respect et ce ne sont pas ses cheveux roux ni ses grands yeux bleus qui y changeaient quoi que ce soit. Il devait avoir à peu près le même âge avant sa transformation que le géniteur de mon vampire, portant sur lui la même sagesse qui pouvait choquer par rapport à son physique resté figé dans sa jeunesse d'humain.

– Que voulaient-ils à Flore ?

– Je ne sais pas monsieur.

– Je ne pense pas qu'ils étaient venus pour moi. Mais plutôt pour William.

– Qui en voudrait à ton fils Terence ?

Il avait également la même intonation de voix, autoritaire et douce à la fois, cela était troublant.

– Cela est très curieux. Mais ne restons pas là. Paul raccompagne Flore au manoir, nous vous rejoindrons plus tard.

– Monsieur, c'est la compagne de William. C'est à lui de la raccompagner !

– Je dois m'entretenir avec lui et nous devons également effacer toute trace du combat. De plus Paul, tu fais ce que je te dis. Ton insolence commence vraiment à m'exaspérer.

Paul baissa les yeux et m'entraîna avec lui, plus que furieux de cette mission inattendue.

Heureusement pour moi, le trajet ne dura pas plus de dix minutes car mon conducteur n'était pas de compagnie agréable, ce qui m'amusa fortement. J'en profitais pour le taquiner un peu.

– Très gentil de m'avoir reconduite Paul. Ce fut un moment charmant.

– Oh ça va, maugréa-t-il en s'engouffrant dans le manoir, vexé.

Sachant pertinemment que je n'allais pas faire la causette avec mon invité, je montais pour me changer et à mon retour, tout le monde était rentré. Ma maison était de nouveau pleine de vampires, un quotidien un peu pesant.

– Flore, laisse-moi te présenter mon frère Alexandre Méry.

Frère, ce qui signifiait qu'ils avaient le même géniteur, cela aidait d'être plus familiarisée avec leur vocabulaire.

– Enchantée !

– Moi de même.

– Alexandre est un supérieur très important dans notre autorité.

Réflexion faite, je ne connaissais pas encore assez de leur vocabulaire.

– Il régit et applique nos lois, me souffla doucement William.

– C'est un politicien donc.

Tous eurent un sourire aux lèvres devant ma conclusion.

– On peut dire cela oui, s'amusa Alexandre.

– Plus sérieusement Flore, reprit le géniteur de mon vampire, il est venu voir comment se passait la transformation de ta sœur.

– Comment est-il au courant ?

– Rien ne nous échappe très longtemps, humaine.

– Je préfère Flore, si cela ne vous dérange pas. Humaine, c'est un peu vague.

Le petit rire amusé de William se fit entendre ainsi que celui de Terence.

– Tu avais raison mon frère, elle a du répondant.

– Je te l'avais dit, se moqua Terence. Puis son sérieux reprit le dessus. Flore il faut que tu saches que ta sœur a de nouveau agi contre toutes nos lois cette nuit.

– Ce qui veut dire ?

– Elle ne sait pas se contrôler.

– En langage clair monsieur.

– Elle a pris une nouvelle vie humaine, dit froidement William.

Ma vision d'elle la bouche ensanglantée me revint en mémoire.

– Grégoire doit la guider dans ce sens, elle n'est pas mauvaise à ce point.

– Mais elle devient dangereuse Flore, d'où ma présence.

– Elle n'est en rien responsable de ses actes, elle est perdue. Vous ne connaissez pas ma sœur. Dis-lui William.

Mais William ne me donna ni raison, ni tort. Il resta silencieux.

– Je ne suis pas là pour la juger mais pour voir où en est sa situation. Si nous ne la retrouvons pas rapidement, elle devra répondre de ses actes.

– Alors quoi, vous allez la jeter en prison ?

– Notre sentence est plus directe que cela mademoiselle.

– Monsieur, de quoi parle-t-il ?

Gêné, Terence prit ma main dans la sienne. Ce geste de tendresse surprit son frère, moi il m'indiquait que ses propos allaient être graves.

– Je ferais tout pour protéger ma fille (c était la première fois qu'il l'appelait ainsi). Mais Flore, je ne peux tolérer, et encore moins mes supérieurs, qu'elle tue à tout va sans intervenir.

– Alors retrouvez-la ! Forcez là à vous laisser entrer dans son esprit. Après tout, vous êtes son géniteur.

– Ce n'est pas si simple mon enfant.

Terrifiée par ce qui pouvait arriver à ma sœur et blessée de voir William soumis ainsi à ces lois, mon chagrin prit le dessus et ma colère avec.

– Vous m'aviez promis de veiller sur elle ! Vous m'aviez promis qu'il ne lui arriverait rien. Retrouvez-la Terence parce qu'elle fait partie de vous, bien plus que moi encore.

Tous les enfants de Terence se tournèrent vers lui ne comprenant pas exactement le sens de mes paroles. William voulut intervenir mais je l'arrêtais d'un simple signe de main.

S'il arrive quoi que ce soit à ma sœur par votre faute, jamais je ne vous le pardonnerais ni à vous, ni à toi William.

Je me levais d'un bond.

– Je refuse de vous écouter plus longtemps. Ce manoir est plus une maison d'hôte que ma propre demeure.

– Flore ! s'offusqua William.

– J'ai besoin d'un endroit plus calme. Je passerais le reste de la nuit chez Erwan.

Besoin de soutien ou de provoquer mon amoureux, je ne pourrais vous le dire.

– Tu n'iras pas chez lui !

– J'irais où bon me semble.

– Flore je te l'interdis.

J'allais sortir lorsqu'il me rattrapa par-derrière. Me savoir avec Erwan l'avait mis dans une colère furieuse.

– Je t'ai dit non Flore !

– Laisse-moi passer William !

Voulant me retenir et ne sentant pas sa force, il me bouscula un peu trop fort ce qui me fit perdre l'équilibre. Ma tête heurta violemment le coin de la table. Cela ne le calma pas pour autant, en me relevant il écrasa mon poignet dont je sentis les os craqués sous la pression. La douleur ne fut rien en comparaison de ma colère.

– Et l'on dit que ma sœur ne sait pas se contrôler mais tu n'es pas mieux qu'elle !

– Tu restes là Flore, je refuse qu'il t'héberge.

– Lui au moins ne sera pas violent avec moi !

Ses yeux me fusillaient, il était vraiment furieux et pourtant je le défiais. Malgré sa résistance, Terence l'éloigna de moi.

– Reprends-toi mon fils.

– Elle est mienne, je ne tolérerai pas qu'elle passe la nuit chez un autre !

– Flore, rentre à l'appartement, ordonna Terence. Paul, va te reconduire.

– Non ! insista William.

– Je t'avais dit de ne pas sous-estimer la force de notre sang, grogna Terence.

Paul ne chercha aucune excuse pour éviter ma compagnie. Au contraire, il me prit par la main et m'emmena rapidement à la voiture. À l'intérieur, j'entendais William me crier de revenir. Nous avions tous deux des torts, moi de l'avoir provoqué uniquement pour me soulager, lui de laisser sa jalousie prendre le dessus. Jamais je n'avais vu tant de colère envers moi dans ses yeux.

– Bon sang Flore à quoi tu joues ?

– Pardon ?

– Rendre mon frère ainsi jaloux relève de l'inconscient ou de la stupidité, voir des deux.

La voiture démarra en trombe, emmenant avec moi regrets et doutes.

V

Flanquée de mon garde du corps improvisé, je rentrais à mon appartement avec un goût amer. La jalousie prononcée de William devenait un réel problème pour notre relation. Sa résignation face aux condamnations de ma sœur remettait en cause une partie de ma confiance en lui. Mais au-delà de tous ces problèmes, mon cœur saignait de m'éloigner de lui-même si je savais que cela était nécessaire.

– Tu n'es pas obligé de rester Paul. Je pense que je vais aller rejoindre Erwan, j'ai besoin d'un ami.

– N'y compte pas Flore. William serait intenable s'il te savait avec lui.

– Je fermerais mon esprit.

– Ce n'est pas un simple barrage qui pourra l'empêcher de le pénétrer. Flore, tu sous-estimes ses pouvoirs.

Debout au milieu du salon, il me regardait un léger sourire aux lèvres. Que ce vampire pouvait m'agacer.

– Je sais que cela te fait plaisir de nous voir dans cette situation. Tu n'as jamais approuvé notre union.

Son regard me fusilla. Avec ses yeux déjà presque noirs de nature, cela lui donnait un air encore plus furieux.

– Jamais je ne souhaiterais voir l'un de mes frères souffrir et surtout pas à cause d'une humaine.

Pour ne pas répondre et m'emporter plus que de raison, je préférais m'enfermer dans la salle de bain. Une bonne douche allait me calmer un peu.

En ressortant dans mon peignoir avec une serviette autour de mes longs cheveux roux, je vis Paul, assis sur le canapé, sourire à ma vue.

– Quoi ? dis-je en libérant mes cheveux.

– Rien, plutôt sexy comme tenue.

– Je n'ai pas vraiment envie de faire de l'humour ce soir Paul, excuse-moi.

Je prenais la brosse que j'avais mise dans la poche de ma sortie-de-bain, lorsque son visage reprit son sérieux.

– Vos différences étaient bien trop grandes pour vous être favorable.

– Rien n'est insurmontable en amour.

Il se leva et je crus voir dans son regard une petite lueur de nostalgie. Gentiment, ce qui était assez rare chez Paul, il me prit la brosse des mains.

– Assieds-toi, je vais te les démêler.

– Pardon ?

Là, j'étais un peu perplexe.

– Je le faisais souvent à ma petite sœur. Ne t'inquiète pas, je ne vais pas t'arracher la tête.

– Tu avais une sœur ?

– Oui, plus jeune que moi, une vraie merveille. Elle avait des cheveux encore plus longs que les tiens, qui lui arrivaient en bas du dos.

Se rendant compte qu'il venait de se laisser aller quelques secondes, il redevint rapidement le Paul sarcastique que je connaissais.

– Pourquoi me détestes-tu autant ?

– Je ne te déteste pas Flore. Je sais juste que ton amour pour mon frère est impossible. Nos deux mondes sont à l'opposé. Vous partiez perdant dès le départ.

– Il y a toujours des obstacles dans une relation. Les surmonter c'est aussi la force de l'amour.

– Parfois, ils sont un frein au bonheur.

– Mais que connais-tu toi du bonheur ? Tu n'as aucun sentiment pour personne ou juste pour ton géniteur.

Il arrêta le brossage de mes cheveux. Lorsqu'il reprit la parole, sa voix était plus que mélancolique.

– Je sais ce que c'est de souffrir par amour Flore.

Comme chaque fois que l'on avait un échange verbal, je fus obligée d'être désobligeante. Drôle de relation que nous avions en permanence.

– Y aurait-il de la sensibilité dans ce cœur éteint ?

En me retournant pour le regarder, la tristesse de son visage me surprit énormément.

– Je ne voulais pas te blesser Paul, excuse-moi.

– Ce n'est rien Flore, juste des souvenirs douloureux.

Je ne savais rien de sa vie, de son passé, de lui tout simplement. En le voyant un peu démuni, j'eus envie de le connaître davantage, de savoir qui se cachait derrière ce visage toujours froid.

– Comment es-tu devenu… enfin je veux dire dans quelle circonstance as-tu perdu la vie ?

– Cela ne t'intéresse pas. Pourquoi voudrais-tu le savoir ?

– Mets cela sur le coup de la curiosité.

Il rigola en silence, assez bizarre à voir d'ailleurs. Mais à ma grande surprise il ne se ferma pas.

– C'était au début de l'année 1900, dans un petit village du sud de la France. J'avais trente ans. Ce n'est pas très intéressant.

– Tu pourrais me laisser juger par moi-même.

Il me tourna pour que mes cheveux soient face à lui et tout en continuant à brosser ma chevelure, commença son récit. Sa voix se fit alors douce, plus posée et lointaine.

– Il faut que tu saches Flore que je viens d'une famille très pauvre. Mon père était un simple ouvrier dans une usine à quelques kilomètres de la maison, où il m'avait fait entrer également. À cette époque nous gagnions un salaire de misère, ma mère, elle, restait chez nous à élever ma petite sœur et à cultiver le petit potager qui était l'une des ressources primordiales pour nous nourrir. Malgré le manque d'argent, nous étions une famille unie. Évidemment c'était un sujet fréquent entre mes parents, faisant parfois entrer mon père dans des colères incroyables. Mais, jamais je n'ai entendu ma mère se plaindre et l'amour qu'elle portait à mon père restait intact. La vie s'écoulait tranquillement, lorsqu'un jour j'ai rencontré une jeune fille de bonne famille, élégante, hautaine à souhait mais d'une beauté frappante. J'étais homme qui n'aimait pas qu'on le toise et elle le faisait avec un malin plaisir. Un soir en quittant l'usine, je la vis en fâcheuse posture. Quelques petits vauriens avaient décidé de s'amuser un peu avec elle. Sous son grand chapeau qui cachait toujours la moitié de son visage, je l'ai trouvé soudainement bien fragile et je suis intervenu en sa faveur. Un peu perturbée par ce qui venait de lui arriver, je lui proposais de la raccompagner chez elle. Elle accepta de bon cœur, trop heureuse de se sortir de cette délicate situation. Je fus surpris de découvrir une personne simple et chaleureuse, hautaine certes mais de par son éducation uniquement. Elle me remercia de mon attention et se présenta à moi. Elle s'appelait Marie Pascal de Bourdieu. L'annonce de son identité me fit un choc, elle n'était autre que la fille du principal actionnaire de l'usine. Je fus immédiatement attirée par elle, non pas parce qu'elle était riche mais par sa simplicité cachée, sa culture et son rire. Un petit rire qui ensoleillait nos promenades devenues quotidiennes.

Il s'arrêta un instant sans cesser de brosser mes cheveux.

– Et ?

– Je voulais voir si tu m'écoutais toujours, plaisanta-t-il avant de reprendre.

Ce qui est agréable lorsqu'un vampire vous parle de son passé, c'est qu'il y met tellement de cœur qu'automatiquement vous partez avec lui, là où ses souvenirs se trouvent.

– Plus on se côtoyait, plus on s'appréciait et plus son père voyait cela d'un mauvais œil. Sa fille à la vue de tous avec un simple fils d'ouvrier n'était absolument pas convenable. Mais nous étions au-dessus de tout cela. Ensemble, tout nous paraissait simple, léger et magique. Les sentiments ne mirent pas longtemps à venir. Tu imagines bien qu'à cette époque le simple fait de se tenir la main ou d'oser s'embrasser devenait déjà un engagement. Je suis sûr que les filles de ces années passées seraient choquées si elles voyaient comment vous vivez vous les femmes d'aujourd'hui. Bref, lorsque notre relation devint trop sérieuse aux yeux de son père, il convoqua le mien exigeant que je cesse de voir sa fille, sous menace de licenciement pour lui, comme pour moi. Monsieur Pascal de Bourdieu invoqua devant mon père le jeune âge de sa fille plutôt que de lui dire franchement que nous n'avions pas le même rang que lui. Les dix ans qui nous séparaient n'étaient en rien un frein à notre relation.

– Et tu l'as fait ? m'écriais-je plongée à fond dans son récit. Tu l'as quitté ?

– Bon sang Flore ! Ne peux-tu pas arrêter de toujours couper la parole… si tu veux que je te raconte la fin, tais-toi !

Je hochais la tête en signe de soumission.

– Lorsque j'appris l'ultimatum donné à mon père, j'étais hors de moi. Ma mère me mit en garde contre cette famille toute puissante mais je refusais de l'écouter. Imaginer ma vie sans Marie m'était intolérable. D'ailleurs, Marie elle-même en fut bouleversée. Ne plus pouvoir vivre notre amour était une torture que ni elle, ni moi n'étions prêts à assumer. Dans un moment de pure folie, nous décidâmes de nous enfuir ensemble pour que plus personne ne soit maître de notre destin. Je ne saurais jamais si c'est elle qui s'était confiée à quelqu'un ou si nous avions été surpris dans notre conversation. Le fait est que lorsque je me suis rendu au lieu de rendez-vous quelques jours plus tard, un homme m'attendait armé, m'ordonnant de quitter la ville pour ne plus jamais y revenir. En refusant, j'ai signé mon arrêt de mort. Il tira sur moi avec un pistolet à deux reprises, puis me traîna dans un champ tout près de l'endroit où je devais attendre ma bien-aimée et me laissa pour mort. Je m'accrochais à la vie de toutes mes forces ne voulant partir sans la revoir. Puis je vis Terence se pencher sur moi, m'examinant de son regard troublant. Quant à la suite, je pense que tu la connais déjà.

La brosse s'arrêta de lisser mes cheveux qui n'avaient jamais été aussi bien démêlés et raides de toute ma vie, aucune boucle n'avait résisté à ce brossage intensif. Je mis un long moment avant d'avoir le courage de me retourner vers lui. Il avait les yeux fixés sur la brosse d'un air absent. Je le vis enfin sous son véritable jour. Ses sarcasmes et sa façon de vouloir toujours paraître fort, comme si rien ne pouvait l'atteindre, n'étaient rien d'autre qu'une armure pour dissimuler sa douleur et sa fragilité.

– Je suis sincèrement navrée Paul. Est-ce que tu l'as revu ?

– Non ! J'ai appris par la suite qu'elle s'était mariée avec un médecin, un homme de son rang. Mais ne sois pas désolée Flore, tout cela est du passé, j'aime ce que je suis.

Paul, le vampire sans cœur faisait son retour, ou presque.

– Flore, si je me suis confié à toi ce soir ce n'est pas pour passer à tes yeux pour un martyr ou voir sur toi ce regard de chien battu. Je voulais t'ouvrir les yeux une bonne fois pour toutes sur ce qui fait ombrage dans ton couple avec William. Il y a des différences que l'on ne peut contourner ou défier.

– C'est différent.

– Peut-être Flore ou peut-être pas. En tout cas, parle avec mon frère, mettez les choses au clair avant que l'un de vous n'en subisse les conséquences. En te donnant une nouvelle fois son sang…

– Tu es au courant !

– Ce n'était pas difficile à deviner. En t'offrant son sang, une partie de son âme s'est mêlée à la tienne. Il ne vit qu'à travers toi, ne veut que toi, ce qui le rend possessif.

– Je sais oui. Mais il va se reprendre, jamais il ne me ferait du mal.

– Pas volontairement non. Son amour peut prendre le dessus. S'il croit qu'il va te perdre, Dieu seul sait de quoi il sera capable.

Il se leva soudainement en tournant sa tête vers la fenêtre. Les rideaux occultaient la lumière mais lui sentait déjà le jour percé.

– Il faut que je parte. Ne fais rien qui pourrait contrarier davantage William. Pour une fois Flore, sois raisonnable.

– Merci Paul, lançais-je avant qu'il ne franchisse la porte. Merci pour cette marque de confiance.

– Je ne l'ai pas fait pour toi Flore mais pour mon frère.

– Merci tout de même.

– Tu sais maintenant pourquoi je réfute tous sentiments entre vampires et humains. Ce ne sont que des désagréments, rien de bon ne peut en sortir.

Paul s'était peut-être dévoilé mais Paul restait lui-même. Ce qui me fit sourire.

– Fermer son cœur à tous sentiments et vivre dans les souvenirs n'est pas mieux Paul.

Il me fit un petit signe de la main sans se retourner et partit avant que les prémices du jour n'apparaissent.

Seule, je repensais à ses paroles, à son histoire. Savoir comment s'étaient déroulés les derniers jours de sa vie le rendait plus « humain » à mes yeux. Pour autant, je n'allais pas laisser William gérer notre union au gré de ses humeurs.

Interrompue par l'appel d'Ophélie, je n'eus qu'un court moment de repos, ce qui ne me dérangea pas. Passer la journée avec mon amie me réjouissait.

Le froid était perçant en cette fin du mois de janvier. Emmitouflée dans mon manteau et une grosse écharpe autour du cou, j'étais fin prête à affronter les températures peu réjouissantes de cette journée. L'air me fit le plus grand bien. J'étais encore contrariée par mon départ du manoir la veille mais j'avais décidé de faire une parenthèse avec mon amie, au moins pendant quelques heures. Juste un moment de détente sans aucune pensée désagréable. Enfin, plutôt une journée avec mes amis car devant le magasin de robes de mariée, ne m'attendait pas qu'Ophélie mais également Elodie et Erwan.

– Comme toujours tu es en retard Flore, me fit remarquer la future mariée.

– J'ai fait le plus vite possible.

Un baiser sur la joue de chacun et nous étions déjà rentrés au chaud dans la boutique. La vendeuse nous fit asseoir tranquillement pendant qu'Ophélie alla faire son essayage. Un peu stressée, elle redoutait nos critiques.

– Mon père est de retour, me murmura doucement Erwan.

– Ah oui, il a fini de se reposer ?

– Non, il doit s'occuper d'un dossier difficile. Une demande particulière qu'il veut prendre en charge lui-même. Ensuite il repartira.

– Il aurait pu te confier cette demande.

– Ce client a exigé que ce soit fait par lui exclusivement. Ce n'est pas grave, cela me fait plaisir de le voir.

– Tu lui transmettras le bonjour pour moi.

– Avec plaisir.

Notre conversation s'arrêta là en voyant arriver, telle une princesse des neiges, Ophélie dans sa somptueuse robe de mariée. Face au miroir elle rayonnait dans sa robe bustier incrusté de perles. La large crinoline était recouverte de différents jupons dont le dernier avait toute une longueur de perles brodées, identiques à celles du haut, descendant jusqu'à la traîne. De petites plumes pincées tout le long de sa grande chevelure châtain finissaient parfaitement l'habillage. Du haut de son 1 m 75, elle semblait toute frêle et ses grands yeux verts étaient embrumés par l'émotion de voir ce que le miroir lui renvoyait.

– Tu es superbe ! s'écria Elodie.

– Oui vraiment très jolie ! Marc a beaucoup de chance, enchérissait Erwan.

Elle me fixa un long moment attendant mon verdict. Pendant quelques secondes j'étais ailleurs, m'imaginant à sa place, dans ma robe de mariée, prenant le bras de William pour qu'il fasse de moi sa femme devant les hommes. Une pensée que je chassai rapidement pour revenir à l'intéressée.

– C'est vrai, tu es magnifique Ophélie. Cette robe, c'est toi, elle te va à la perfection.

– Merci, souffla-t-elle en essuyant une larme au coin de son œil.

La séance shopping ne s'arrêta pas là. Nous allâmes ensuite commander les dragées, sans oublier de passer chez le coiffeur pour voir quelle coiffure conviendrait le mieux, avant de finir par le magasin de la cousine d'Élodie avec le choix délicat des fleurs qui orneraient les tables et le fameux bouquet de la mariée. Et tout cela sous l'œil attentif d'Erwan qui n'hésitait pas à donner son avis. Pas mal d'hommes auraient pris leurs jambes à leur cou plutôt que de subir pareil châtiment. Décidément, il me surprenait de jour en jour. L'après-midi était déjà bien avancée lorsque qu'Ophélie et Elodie prirent congé ayant encore quelques emplettes à faire ensemble.

– N'oubliez pas notre dîner vendredi soir pour les trente ans de Marc, nous rappela-t-elle en s'éloignant déjà.

– Je te raccompagne si tu le veux bien, me proposa mon ami.

– Avec plaisir.

Malgré cette pause entre amis et la présence de mon ami, je n'arrivais pas à être totalement détendue. Mon mauvais pressentiment ne me quittait pas et William me manquait, même si à plusieurs reprises durant la journée j'avais eu l'impression qu'il me tenait compagnie.

– Que se passe-t-il Flore ? Tu n'as pas l'air heureuse.

– Tout va bien, je t'assure.

Il m'indiqua le petit parc en face de chez moi où nous prîmes place, oubliant le froid qui nous transperçait.

– Flore, je te connais depuis bien longtemps et je vois bien que quelque chose te tracasse.

– Ce n'est rien Erwan et puis je ne veux pas t'embêter avec mes soucis.

– Enfin tu sais bien que tu peux tout me dire.

– J'ai l'impression d'être épiée en permanence, lâchais-je brusquement

– Épiée ? Mais par qui ?

– Je ne sais pas, une sensation étrange.

– En pleine journée Flore, cela paraît assez improbable.

– Tu as raison, je dois tout simplement être trop tendue. Et toi Erwan ? Depuis le début de l'après-midi tu nous suis, tu participes mais je te sens un peu ailleurs.

Il baissa les yeux fuyant mon regard.

– Un problème dont tu voudrais me faire part ?

– Non, pas de problème.

– Erwan, si je peux me confier à toi, il en est de même pour toi.

– Je ne voudrais pas te mettre dans l'embarras.

– Dis-moi !

Sa main prit la mienne et sa chaleur me fit de nouveau sourire. Cette différence avec mon vampire m'amusait à chaque fois.

– Tu as raison il faut que tu saches.

Soudainement, je n'étais plus aussi sûre de moi.

– Je t'écoute.

– Je t'ai vu grandir Flore, te transformer en femme. Je t'ai vu souffrir par amour, pire je t'ai vu partir avec mon meilleur ami. Aujourd'hui tu m'échappes encore, pour un être dont je méprise l'existence.

– Erwan…

– Non laisse-moi finir s'il te plaît, il faut que cela sorte. Je t'aime Flore et cela depuis bien des années. J'ai gardé le silence depuis tout ce temps mais je ne peux plus me taire. Cette relation que tu vis, ce n'est pas ce qu'il te faut. Elle est dangereuse et ne te mènera nulle part. Je sais que tu me vois comme un ami fidèle et attentionné. Mais Flore, réfléchis, vois ce que je pourrais t'apporter. Une vie en pleine lumière, plus de combats, plus de menaces, juste toi et moi tout simplement.

Comme toute femme à qui l'on fait une déclaration, j'étais

touchée, flattée même. Pourtant, je savais également que jamais je ne pourrais voir en lui autre chose que l'ami sincère qu'il était à mes yeux.

– Erwan, je suis vraiment et très sincèrement touchée par ta déclaration. Mais j'aime William, je suis liée à lui bien plus que tu ne peux l'imaginer. Ne fais pas comme lui, ne me force pas à choisir entre vous car malheureusement tu ne sortirais pas gagnant et j'en aurais le cœur brisé.

– Promets-moi de toujours garder en toi cette issue. Si un jour tu changes d'avis, si ton amour pour lui ne t'apporte pas ce que tu souhaites, je serais là.

– Je ne veux te donner aucun espoir, ce ne serait pas honnête de ma part. Ma vie, c'est lui.

Il se leva un peu triste et me fit un léger baiser sur les lèvres.

– Je reste ton ami Flore, quoi qu'il arrive.

– C'est une promesse.

– C'est une promesse.

Assise sur le banc, dans ce parc déserté par tous les promeneurs, je pris conscience que rien ne pourrait me détourner de William. Oui il était dangereux par ses emportements et oui nous avions encore bien des épreuves à traverser ensemble. Peu m'importait, je l'aimais autant qu'il m'aimait. N'était-ce pas la seule chose qui comptait ? J'ouvris mon esprit par la simple pensée, chose que je n'avais encore jamais pratiquée. J'essayais de prendre contact avec lui lorsque…

– La nuit est tombée et tu restes seule ? Stupidité de ta part ou simple imprudence ?

– Grégoire ! N'as-tu pas d'autres distractions que moi dans ta vie ?

– J'en ai une nouvelle je l'avoue. Sais-tu que tu as pas mal de points communs avec ta sœur ?

– Où est-elle ?

– Doucement Flore. Laisse-moi d'abord te dire à quel point il est agréable d'avoir le privilège de faire l'amour à des sœurs. J'ai retrouvé en elle la même ferveur dans nos ébats que nous avions partagée toi et moi.

Une haine fulgurante s'empara de moi.

– Ne repose plus jamais les mains sur ma sœur ! Laisse-la tranquille, tu es ignoble !

– Pourquoi ne pas lui demander son avis ?

Mélanie apparut sous la lumière des petits réverbères qui jonchaient le long du parc. Elle me fit un petit clin d'œil avant de se poster près de son nouvel amant.

– Si tu me promets de ne pas trop l'abîmer, je te donne l'autorisation de goûter son sang.

– Ma sœur n'a d'ordre à recevoir de personne, sauf à la rigueur de son géniteur.

Mauvaise réponse de ma part. Un déplacement d'air se fit sentir et Mélanie me maintenait par-derrière.

– Mon géniteur… mon géniteur tu dis Flore ? Mais qui m'a forcé à avoir un géniteur ?

– Mel, ne fais rien qui serait irréparable.

Ses crocs pénétrèrent violemment ma chair.

– Je fais exactement ce qui me chante dorénavant. N'est-ce pas ce que tu voulais ma sœur ?

– Non !

– Je crois bien que si.

Grégoire éclata de rire en me voyant grimacer. Sentir la bouche de ma sœur dans mon cou, la laissant prendre mon essence de vie, me donnait des hauts de cœur. Je cherchais les paroles qui pourraient l'arrêter lorsqu'elle vola dans les airs, laissant échapper un râle de douleur.

– Mélanie reste loin d'elle !

– William !

Elle se jeta sur lui avec toute la haine qui l'habitait. Pendant qu'ils roulaient à terre tous les deux, Grégoire en profita pour m'emprisonner contre lui.

– Stop William ! Ou je te jure que je la vide de son sang !

Ce qui arrêta net mon vampire.

– Enlève tes mains de Flore, Grégoire !

– Je les ai posées sur elle bien avant toi.

– Tu me paieras cher cette réflexion !

Un petit rire moqueur se fit entendre et sa bouche s'abreuva quelques secondes de mon sang, sous les grognements de William. Je commençais sérieusement à saturer d'être une proie à vampires.

Comme souvent, Grégoire me projeta en avant sachant pertinemment que mon amoureux me rattraperait, ce qui lui laissa le temps de s'enfuir avec Mélanie. Une technique qui marchait à chaque fois.

– Elle… elle m'a mordu William… ma propre sœur.

– Je sais. Ne restons pas là, rentrons.

Je voulus faire un pas mais mes jambes en coton m'en empêchèrent.

– Accroche-toi mon cœur, je te ramène à l'appartement.

Au creux de ses bras, mes larmes se mirent à couler. Qu'avais-je fait de ma sœur ?

La cruauté de ma sœur restait ancrée en moi. Assise sur le divan, je restais là, le regard dans le vide, essayant de me persuader que ce n'était qu'un simple égarement de sa part. Pourtant, au fond de moi, je craignais que son côté obscur ne prenne à jamais le dessus sur le bien. Je haïssais Grégoire pour son acharnement sur moi et parallèlement je regrettais mon ex-petit ami. Comprenez-moi, plus aucun sentiment pour lui ne m'habitait mais il avait été une part importante de ma vie. Je ne pouvais pas effacer en un claquement de doigts tout notre couple. Il entraînait ma sœur sur un chemin bien dangereux et je n'étais pas de taille à rivaliser avec lui. Intérieurement, j'étais au bord du gouffre.

– Flore, ne te rends pas responsable des décisions de ta sœur. Ses choix lui appartiennent, tu ne l'as pas forcé à agir ainsi.

– Je la perds comme j'ai perdu mes parents, comme j'ai perdu Grégoire, comme je perds tous ceux que j'aime.

– Moi tu ne me perdras pas.

Son visage angélique me souriait, douce image de mon bonheur. En plongeant dans son regard, j'arrivais même à me sentir en paix jusqu'à ce que ses traits deviennent plus sévères.

– Comment a-t-il pu imaginer qu'il pourrait te détourner de moi ?

Et toute sensation de bien-être disparut avec l'intrusion de mon vampire dans mon esprit. J'étais lasse de cette jalousie maladive.

– William, je t'en prie, ce n'est vraiment pas le moment.

– Tu es mienne Flore. Je n'admettrais jamais que l'on puisse te dire « je t'aime » sans que je ne réagisse.

– Arrête ça tout de suite. Puisque tu as encore lu en moi sans permission, tu sais très bien que nous avons mis les choses au clair tout de suite.

– Il ne s'arrêtera pas là Flore.

– Ne peux-tu me faire confiance ?

– Je sens le doute et le trouble en toi.

– Ta jalousie excessive en est responsable, je ne peux vivre ainsi.

– Tu réagis bien en humaine.

– William ! dis-je en me levant d'un bond.

Énervé, agacé, il tournait en rond pour reprendre un semblant de calme.

– Pardonne-moi Flore. Tu as raison, je ne sais pas ce qu'il m'arrive en ce moment.

– Je suis fatiguée William, de ces disputes, de tes reproches, de cette vie qui part dans tous les sens. Notre avenir est incertain. J'ai besoin de ton amour et pas de ta méfiance en permanence. Je n'ai plus que toi.

Son beau regard azur se posa sur moi. Ce regard qui faisait qu'en une fraction de seconde, le monde entier disparaissait ne laissant place qu'à la douceur de ses yeux. Je ne pus m'empêcher de le détailler, lui qui était ma seule raison de ne pas craquer. Cet homme, ce vampire aux cheveux noirs, aux magnifiques yeux bleus, aux traits parfaits, au sourire enfantin, avec ce corps musclé, cette peau pâle et froide que je pouvais sentir rien qu'en fermant les yeux. Lui, dont le sang en moi bouillait chaque fois que je sentais son odeur.

– Fais-moi sentir que je vis, dis-je d'une intonation que lui seul pouvait comprendre. Chasse de mon cœur tout ce qui ne fait pas partie de nous. J'en ai besoin William, maintenant.

Ma demande à peine finie, il me déposait déjà délicatement sur le lit et la force de ses sentiments me fit tout oublier. Je ne vivais plus que pour la douceur de ses doigts qui caressaient ma peau. La chaleur de ses baisers qui réchauffait mon cœur meurtri et son regard qui me renvoyait tout son amour. Sa bouche glissa le long de mon corps me faisant frémir de désir. Laissant son impatience de côté, il prit le temps de caresser la plus petite parcelle de mon anatomie. Je fus presque obligée de le supplier de venir en moi. Dans ses bras, les jambes enroulées autour de ses hanches, ressentant profondément son va-et-vient, plus rien n'avait d'importance que l'orgasme qui me transportait au-delà de toute réalité. Lorsque ses crocs percèrent ma peau, un cri de plaisir vint conclure ce moment parfait où le bonheur effaçait le reste.

Encore à demi consciente, j'enroulais mon corps autour du sien. La dureté de sa peau blanchâtre et sa température glacée étaient mon petit plaisir personnel de l'après.

– Pardonne-moi d'avoir quitté le manoir ainsi, lui murmurais-je en laissant mes doigts glisser sur son torse de marbre.

– Je comprends ton point de vue Flore mais je n'ai pas le pouvoir d'aller outre nos supérieurs, même si l'un d'eux est le frère de mon géniteur.

– Va-t-il pourchasser ma sœur ?

– Terence fera tout son possible pour la faire revenir à lui.

– Il n'y arrivera pas William. Je l'ai lu dans son regard ce soir.

– Il y a toujours de l'espoir mon cœur. J'aimerais tant t'offrir la vie que tu souhaites.

– Sans toi, je n'ai plus de vie. Dans tes bras, je me sens vivre, crois-moi.

– Mais certains de tes souhaits restent inassouvis.

– Je n'ai pas de souhait autre que de retrouver ma sœur.

– J'ai pourtant vu une flamme s'allumer dans ton regard en lisant tes souvenirs, devant une robe blanche de mariée.

– William, tu ne vas pas recommencer. Notre union est parfaite ainsi.

En voyant mes joues s'empourprer, son petit rire amusé se fit entendre.

– Promets-moi de rester sur tes gardes par rapport à Erwan.

– William, soufflais-je.

– Promets-le-moi Flore.

Son regard insistant me fit comprendre qu'il avait besoin de cette promesse, peut-être pour se rassurer lui-même. Si cette simple soumission de ma part pouvait pendant quelque temps ramener un peu de calme dans notre relation, cela me paraissait acceptable.

– Je te le promets William, si tu me promets de faire quelques efforts le concernant.

Re-petit rire amusé de mon vampire.

– J'essayerai mon cœur.

Il m'embrassa passionnément avant de me faire voguer de nouveau vers un plaisir fort et intense. Notre dernier échange de sang nous plongeait fréquemment dans l'envie l'un de l'autre, sans que ni lui ni moi ne puissions résister.

Les jours suivants furent presque normaux. Pour modérer les emportements de William, je mis ma petite vie d'humaine de côté, me consacrant uniquement à lui. Nous vîmes plusieurs fois Terence et Alexandre en désaccord sur la conduite à tenir envers ma sœur. Terence refusait de la croire perdue à jamais. Alexandre, quant à lui, en supérieur très professionnel, n'imaginait pas pouvoir la ramener à de meilleurs sentiments. Son sort était donc en suspens. Moi, j'écoutais, j'analysais tout comme le faisait Victorien. Ce vampire m'intriguait chaque fois que je le voyais, en retrait, toujours poli et respectueux, il parlait peu mais son attention était permanente. Paul, après s'être confié à moi, était retombé dans son petit jeu de « je te supporte parce que tu es la compagne de mon frère sans pour cela te montrer le moindre intérêt ». Dans les bras de William je vivais, notre lien était plus fort que jamais. Dès qu'il s'éloignait de moi, la peur et le doute revenaient. Je me sentais surveillée en permanence, c'était vraiment très déstabilisant. Ni Grégoire, ni Mélanie n'étaient réapparus. Je ne savais si je devais m'en réjouir ou bien m'en inquiéter.

Et le vendredi date d'anniversaire de Marc arriva.

VI

J'étais gentiment en train de me préparer pour rejoindre mes amis. William me rejoindrait plus tard, comme à son habitude, prétextant un travail trop important pour se joindre à nous dès le début du repas. Une nécessité pour lui, comment aurait-il pu justifier son manque d'appétit permanent. Je vis son reflet, à travers ma psyché, me scruter de la tête aux pieds. Tout y passa, aucun petit détail ne lui échappa. À commencer par ma coiffure, j'avais opté pour laisser mes longs cheveux roux bouclés tomber sur mes épaules. Puis mon maquillage relevant discrètement mes yeux bleus et un léger fond de teint qui laissait apparaître mes tâches de rousseur. Mes bijoux, un simple collier autour du cou, sans oublier mon petit bracelet de perles roses qui ne me quittait pas depuis qu'il me l'avait offert pour mes vingt-huit ans. Ma tenue, une petite robe noire à bustier lacée dans le dos m'arrivant au niveau des genoux. Sans oublier mes bas noirs et mes chaussures, de simples escarpins noirs à petits talons. Il approuva ce qu'il voyait avec un large sourire.

– Un peu trop habillée peut-être pour un simple anniversaire.

– C'est qu'Ophélie aime que l'on s'apprête lorsqu'elle invite.

– Je déteste déjà le regard qu'Erwan va porter sur toi.

Ne voulant pas entrer dans l'éternel conflit qui le liait avec Erwan, je décidais d'écourter rapidement ses pensées en l'embrassant tendrement.

– Et si tu arrivais en retard, suggéra-t-il en glissant sa main sous ma robe pour caresser ma cuisse.

– Impossible ! Ophélie aime également la ponctualité.

– Très agaçante ton amie, plaisanta-t-il avant de se reculer. Paul viendra avec moi ce soir.

– Pardon ? Paul ? Mais pourquoi ?

– Mon géniteur est méfiant, sur la défensive. Il préfère que nous soyons deux en cas de problème.

– Oui mais Paul ! William, il déteste les humains.

– Il se tiendra bien, je te le promets, souffla-t-il en relevant mes cheveux pour m'embrasser dans le cou.

– Permets-moi d'en douter.

Je pris mon manteau et mon petit sac à main pour rejoindre le taxi qui m'attendait devant le manoir.

– Reste sur tes gardes jusqu'à mon arrivée, cria-t-il avant que je ne sorte.

Le restaurant que je connaissais bien pour y avoir fait de nombreuses soirées, dont une qui m'était chère puisque j'y avais dansé pour la première fois avec William, était pratiquement vide. Nous étions en plein hiver, les clients préféraient sûrement rester bien au chaud chez eux. Mes amis se levèrent tous pour m'accueillir dès mon arrivée. Notre table se trouvait un peu en retrait, toujours la même, et les invités toujours disposés de la même façon. Marc et Henri en costume sombre étaient placés l'un près de l'autre. De chaque côté, se tenait Ophélie dans une superbe robe à bretelles courtes avec une étole sur les épaules, venait ensuite la place de Mimi en tailleur sombre comme toujours. Deux places vides, la mienne et celle de William. Puis il y avait Elodie dans une magnifique robe droite ivoire qui mettait en valeur sa taille fine et élancée, et enfin Erwan en tenue plus décontractée, pantalon noir et chemise claire. Ophélie fit le tour de la table pour m'embrasser.

– Nous n'attendions plus que toi, comme toujours.

Ce qui, dans la bouche de mon amie, était un petit reproche pour me rappeler ma mauvaise habitude d'être toujours en retard. Et pourtant, j'avais fait mon maximum.

– William viendra un peu plus tard, son travail le retient.

– Encore ! s'exclama-t-elle. N'aurait-il pas pu faire un effort pour une fois ?

– Et il viendra avec un ami à lui.

– Ah on va donc faire rajouter un couvert.

– Euh… je pense qu'ils auront déjà dîné.

– Vraiment, il est un peu étrange ton amoureux.

À force de me le répéter, je prenais conscience que sa différence commençait sérieusement à semer le trouble dans mes relations et ce malgré toutes nos précautions.

– Mettons tout de même un couvert et une chaise entre Erwan et Elodie.

Ce qui raviva immédiatement Elodie. Un peu moins Erwan, vous imaginez bien.

Le repas se déroulait dans une ambiance conviviale. Marc, pire qu'un enfant, ouvrit ses cadeaux en début de repas ne pouvant patienter jusqu'au dessert. Heureux, touché, il eut un petit mot aimable à chaque paquet ouvert. Elodie me raconta qu'elle venait d'obtenir un gros contrat, la décoration totale d'une demeure datant du dix-neuvième siècle. Ophélie et Marc ne se quittaient pas des yeux tout en discutant avec Erwan. Mimi et Henri, eux, conversaient à voix basse sans se soucier des autres. Je savourais cette soirée de détente.

Un peu plus tard dans la soirée, Ophélie nous montra des photos de son futur mari à chaque étape de sa vie, ce qui provoqua plusieurs fous rires, mettant parfois Marc un peu mal à l'aise. Tout le monde profitait de ce moment de simplicité sans penser au lendemain, moi-même j'en oubliais mes soucis jusqu'au moment où la lumière s'éteignit. Je me redressais sur ma chaise, cherchant déjà d'où venait le danger, lorsque j'entendis les « happy birthday Marc » reprit en chœur par mes amis. Ce qui me rassura instantanément. Marc souffla ses trente bougies sous nos applaudissements et la propriétaire du restaurant, qui savait à quel point Ophélie aimait danser, mit la musique en route.

– Danse avec moi mon amour, demanda tout de suite Ophélie à son fiancé.

Pour faire plaisir à sa belle, Marc s'exécuta sur-le-champ. Erwan en profita pour m'inviter. Ne voyant pas où était le mal de danser avec un ami, j'acceptais avec plaisir.

– Ils ont l'air vraiment heureux, me murmura-t-il à mon oreille en me montrant nos amis enlacés.

– Oui, plus amoureux que jamais.

– Et toi ma Flore, je ne t'ai pas vu depuis quelques jours, à vrai dire depuis que nous nous sommes parlés dans le parc. M'en veux-tu pour ma franchise ?

– Non non Erwan, j'étais juste très occupée.

– Tu es sûre ? Je n'aimerais pas qu'une distance s'installe entre nous.

– Je t'assure Erwan, tout va bien.

Pour lui montrer que j'étais sincère, je posais ma tête contre le haut de son torse et me laissais aller à la mélodie. Geste en apparence anodin mais qui tomba juste au moment où William et Paul, tous deux en costume, entrèrent dans le restaurant. Les yeux de mon vampire me fusillèrent. Debout à l'entrée, il ne me quitta pas du regard une seule seconde jusqu'à ce que la chanson se termine. Je remerciais Erwan de cette invitation et allai le rejoindre. Sa réaction fut immédiate.

– Je te laisse seule quelques heures et je te retrouve dans ses bras !

– William je t'en prie, pas de scandale.

Tout heureuse de l'arrivée de deux nouveaux invités, Elodie souriait aux anges en les dévorant des yeux tour à tour. Cette fille était incorrigible.

– Je vous présente Paul, dis-je à l'assemblée.

Tout comme William, Paul les salua de la tête en faisant son petit numéro de charme, ôtant à chaque invité l'envie de toutes questions ou remarques gênantes.

– Nous sommes désolés d'arriver si tard, reprit mon compagnon en tendant une bouteille de vin à Marc. Joyeux anniversaire.

– Eh bien, souffla-t-il. C'est un chef-d'œuvre cette bouteille ! Tu as vu la date, continua-t-il en la montrant à Ophélie.

Ils s'installèrent à leurs places désignées et les conversations reprirent tout naturellement. La soirée battait son plein, tout le monde parlait de tout et de rien. Erwan discrètement me lançait de petits regards tendres qui n'échappèrent pas à mon vampire et Paul se tortillait mal à l'aise sur sa chaise.

– Retournons danser Marc, s'impatienta Ophélie.

– M'inviterais-tu à danser William ? demanda subitement Elodie.

Ma main écrasa celle de William qui me fit un petit sourire en coin.

Ophélie émit un petit cri de stupéfaction, Mimi lança un regard médusé à sa sœur, moi je la maudissais intérieurement.

– Pourquoi pas, dit-il en lui tendant la main.

Elle agrippa sa main un large sourire aux lèvres qui disparut dès qu'elle sentit son contact froid. William la charma de son regard et ils partirent tous deux sur la piste suivis par Ophélie et Marc. Paul en profita pour se rapprocher d'une chaise.

– Ce qu'elle peut m'agacer celle-là, marmonnais-je.

Un rire sournois se fit entendre.

– Cela t'amuse Paul ?

– Réflexion faite, c'est assez distrayant une soirée avec des humains.

– Ah oui ! Tu trouves ?

Je me levais et lui pris la main.

– Alors allons au bout de l'expérience mon cher et dansons.

– Oh non ! Non ! Non ! se défendit-il. Tu ne vas pas me faire cela ?

Je me penchais vers lui avec un énorme sourire.

– Si tu ne veux pas que tous les yeux restent posés sur toi à se demander pourquoi cette réaction, je te suggère de me suivre.

Il me lança un regard noir en m'entraînant au milieu des autres danseurs. S'il n'était pas très détendu, il dansait plutôt bien. Je ne pouvais m'empêcher de surveiller du coin de l'œil Elodie et William. J'avais en moi une jalousie puissante que j'ignorais jusque-là. Elle le dévorait toujours des yeux, collée à lui, ça en devenait indécent.

– Ton amie a en elle pas mal de doutes envers William.

– Tu as lu en Ophélie ?

– Oui bien sûr, je dois être paré à tout problème. Les humains sont si faciles à déchiffrer. Leurs pensées ne sont, pour la plupart, pas intéressantes, dans ce qui leur sert de cerveau.

Je me reculais en ouvrant grand les yeux.

– Je plaisantais Flore.

Vampires et humains ne devaient pas avoir le même sens de l'humour. Doucement il me rapprocha de lui.

– Tu n'as pas à faire cela Paul, mes amis ne sont pas des menaces.

– William pense le contraire d'Erwan.

– C'est pour cela que tu l'accompagnes ? Pour éviter qu'il ne s'emporte ? Je croyais que Terence redoutait un problème.

– Oui, il est sur la défensive en ce moment, plus la jalousie de William et me voilà.

En parlant de William, je n'appréciais pas du tout le comportement d'Élodie avec lui.

– Tu sais que je pourrais me vexer, lâcha Paul.
– Pardon ?
– Oui, c'est vexant de savoir que tu te sers de moi pour surveiller les agissements de ton amie avec William.
– Mais pas du tout, me défendais-je.
– Ah oui !
Je me sentis soudainement très bête de réagir ainsi. On aurait dit une adolescente jalouse. Bon oui, d'accord c'était le cas.
– Excuse-moi, balbutiais-je. Je suis ridicule j'en suis consciente.
– Ça, tu peux le dire ! Mais dans un sens tu comprendras peut-être mieux les réactions abusives de mon frère.
Je finis la danse en mettant un point d'honneur à ne plus regarder que mon cavalier. J'allais aller me rasseoir lorsqu'une main me rattrapa d'un geste précis.
– Je vais danser avec Flore maintenant Elodie. Merci pour cette danse et je pense que Paul sera ravi de te faire tourner sur la piste.
– Oh non ! s'exclama celui-ci. Mais qu'ai-je fait pour que vous m'en vouliez à ce point ?
Mécontent mais faisant face, il dansa avec Elodie.
– Tu prends des risques inconsidérés William en dansant avec Elodie.
– Tu sais très bien que je peux la maîtriser d'un simple regard. De plus, je l'ai trouvé très charmante ton amie.
– Ce n'est pas vraiment mon amie.
– Sentirais-je une pointe de jalousie en toi ?
Mentir aurait été inutile.
– Je l'avoue, je n'ai pas aimé te voir si proche d'elle.
– Si une simple danse t'a blessé, imagine ce que j'ai pu ressentir moi en comprenant l'affection qui te lie à Erwan et ses sentiments pour toi.
Merci pour la leçon, je prenais bonne note. Tendrement il m'enlaça, plus intimement.
– Tu sais que tu es vraiment très jolie vêtue ainsi.
– Ton autre cavalière ne va pas apprécier si elle t'entend, plaisantais-je.
Il releva mon menton de son doigt glacé, ce qui me fit frémir. Ses

yeux se plantèrent dans les miens et je perdis le sens de la réalité. Ses lèvres prirent les miennes au milieu du restaurant où le noir s'était installé. Seul l'éclat du bleu azur de ses yeux me parvenait.

– Flore… Flore la musique s'est arrêtée.

La voix d'Ophélie me ramena au présent. Nous allions nous rasseoir lorsqu'Erwan me prit par le bras, faisant rouler un regard noir à mon amoureux.

– Flore il faut que je parte.

– Déjà ?

– Un problème urgent.

– Pas grave, j'espère ?

– Non, je ne pense pas. Je t'appelle rapidement.

– Ce n'est pas nécessaire, l'interrompit William. Prends tes distances Erwan, ma patience à des limites.

– William !

Erwan m'embrassa sur la joue sans prendre en considération les mises en garde de mon vampire et partit en le saluant de la tête.

– Tu es insupportable, j'aimerais bien…

À une allure plutôt lente pour un vampire, Paul vint rejoindre William qui m'avait fait signe de me taire.

– Nous partons Flore.

– Non, nous ne partons pas. La soirée n'est pas finie.

– Tout de suite, ordonna William le visage fermé. Mon cœur, se reprit-il plus aimablement, s'il te plaît va dire bonsoir pour nous.

Ce que je fis sans grande conviction. Ophélie fut légèrement surprise de notre départ un peu précipité sans se froisser pour cela.

William m'aidait à mettre mon manteau quand Elodie vint, un peu gênée, nous rejoindre.

– Tiens, dit-elle à Paul en lui donnant un petit papier. C'est mon numéro de téléphone. Si tu veux prendre un café ou voir un film, appelle-moi.

C'était bien la première fois que je la voyais ainsi, toute rouge et si peu sûre d'elle, elle s'éclipsa sans un mot de plus. Nous regardâmes Paul tous les deux, perplexe, qui souriait bêtement.

– Et bien, me moquais-je. Paul fréquenter une humaine ? Cela relève de l'exploit.

Petit air gêné de vampire. Que j'aimais lorsqu'ils perdaient ainsi leurs moyens.

– Il n'en est pas question, grogna-t-il en ouvrant la porte du restaurant. Ce n'est pas de ma faute si je lui plais. Vous les humains franchement !

Des hurlements lointains retentissaient au milieu de la nuit claire. Le froid perçant me glaça les os. Je me demandais encore pourquoi nous avions dû abandonner mes amis ainsi. Ma réponse ne tarda pas. Les crocs de mes deux vampires sortirent à l'unisson. William me protégea de son corps pendant que des sifflements d'air se firent autour de nous. Paul tourna la tête vers la gauche, plongeant ses yeux dans le petit renfoncement de la rue et se jeta sur une ombre qui retomba à quelques centimètres de nous. Grégoire était déjà sur ses pieds, prêt à combattre. William esquiva l'attaque du jeune vampire dont j'avais déjà croisé la route, celui aux yeux injectés de sang. Je reculais vers le petit muret lorsque ma sœur se figea devant moi. Canines apparentes, elle me souleva de terre d'une seule main.

– Où est-il ?

– Mais qui ?

– Comment as-tu osé lui dire de venir ? Croyais-tu que cela allait changer mon opinion sur toi ?

– Mélanie, je ne comprends rien à ce que tu me dis. Et pose-moi à terre !

Ce qu'elle fit si rudement-que ma chute sur le sol fut brutale.

– Je peux sentir son odeur. Dis-moi où il se trouve !

Je ne savais toujours pas de quoi elle me parlait. Pendant que Paul et William repoussaient leurs assaillants dans des mouvements trop rapides pour mes simples yeux d'humaine, je me retrouvais de nouveau debout et plaquée contre un mur à l'autre bout de la rue avec la main de ma sœur autour de ma gorge.

– Mélanie, j'étouffe !

De tout petits yeux luisants attirèrent mon attention. Derrière une camionnette quelque chose bougea ce qui, pour ma plus grande joie, attira ma sœur. Et enfin l'air repassa dans mes poumons. Encore oppressée par la tension qu'elle avait faîte à ma gorge je la vis penchée la tête pour voir qui nous surveillait. Une voix se fit entendre, une voix qui me rassura immédiatement.

– Mélanie ma fille, écarte-toi de ta sœur.

– Je ne reçois pas d'ordre de votre part !

– Je suis ton géniteur et tu me dois le respect ! hurla-t-il en jetant un petit coup d'œil dans ma direction.

– Je…

– Tais-toi Mélanie ! Il est temps d'arrêter ton comportement juvénile. Tu mets ta vie et celle des tiens en danger.

– Je ne suis pas de votre famille.

– Que tu le veuilles ou non ma fille, tu es dorénavant des nôtres et je vois dans ton esprit que tu es troublée.

– Vous ne savez rien.

– J'en sais plus que tu ne le crois et cesse de m'interrompre.

À ma grande surprise, elle rentra ses canines et laissa Terence s'approcher d'elle.

– Ne refuse pas mon aide Mélanie. Tu es perdue, en désaccord avec toi-même et sans véritable but mais tu n'es pas mauvaise.

– Je… je…

Voir l'influence que pouvait avoir Terence sur elle me fascinait. Il était vraiment un vampire d'une capacité incroyable qui dépassait la simple force physique. Il y eut un silence pendant qu'il parcourait l'esprit de sa fille puis son regard se tourna vers moi. William et Paul arrivèrent près de nous.

– Nous n'avons pas pu les retenir, expliqua mon amoureux. C'est étrange monsieur, ils étaient juste là pour faire diversion. Mais dans quel but cette diversion ?

– Pour que je puisse parler à Flore seule à seule, déclara Mélanie.

– Dans quel but ? demanda William.

Un petit sourire se forma sur ses lèvres, elle leva les yeux vers son géniteur et d'un seul mouvement disparut de notre vue.

– Vous la laissez partir ? m'indignais-je.

– Elle reviendra Flore. Pour le moment, il faut la laisser partir.

– Mais…

– Flore j'ai dit qu'elle reviendra. La conversation s'arrête là.

Rentrons mes fils, nous avons à parler avec Alexandre. Flore, tu resteras dans ton appartement cette nuit.

– Monsieur, c'est trop dangereux.

– William, fais ce que je te dis, rien n'arrivera à Flore cette nuit. Fais-moi confiance.

William me raccompagna chez moi, furieux d'être obligé de me laisser seule sans protection.

– William, je ne sais pas ce qui se passe mais jamais Terence ne te dirait de rentrer au manoir seul sans bonne raison. Le jour va bientôt se lever, ne t'inquiète pas.

– Je t'aime Flore, bien sûr que je suis inquiet.

– À la nuit tombée, tu viendras me rejoindre et nous passerons un moment tous les deux. Rien que toi et moi.

– Ferme bien ta porte et laisse-moi ton esprit ouvert.

– Promis, dis-je en l'embrassant passionnément.

Il attendit sagement que ma porte soit fermée pour retourner vers son géniteur. Seule à l'appartement, je redoutais la suite des événements. Terence ne convoquait jamais sa famille ainsi, sans qu'il y ait un problème. Je me couchais en laissant mon esprit vagabonder vers mon vampire préféré.

VII

Après un repos assez agité, sans nouvelles de mon amoureux et malgré l'heure avancée de la journée, je décidais de me rendre à la galerie. Laura m'avait laissé plusieurs messages pour me demander de passer. Dehors l'hiver s'était installé et en ce début de février un petit manteau blanc recouvrait les trottoirs. J'aimais la neige et sa féerie, c'était ainsi depuis mon enfance. Je levai les yeux vers le ciel pour laisser les flocons venir mourir sur mon visage, petit retour en arrière de mes habitudes d'enfant.

À la galerie, Laura me fit part de ses dernières recommandations pour la petite soirée privée qu'elle avait organisée. La date arrivait et elle voulait être sûre que j'étais prête à vendre, comme il se doit, mes œuvres aux acheteurs déjà conquis depuis le vernissage. L'enjeu était important, pour moi comme pour elle. Je l'écoutais donc avec énormément d'attention pour être certaine de ne pas faire de faux pas le jour venu.

Mon esprit était ouvert, mon portable également mais aucun signe de mon amoureux.

William avait pris la mauvaise habitude de me répéter chaque fois que je sortais, de bien vouloir rentrer chez moi avant que la nuit ne fasse son apparition. Si j'essayais au maximum de m'y tenir, là en sortant de la galerie, je me rendis compte qu'il était déjà trop tard, le jour faiblissait dangereusement. Prudente, mais en prenant tout de même le temps de profiter de cette fin de journée enneigée, je regagnais mon appartement me demandant pourquoi mon vampire préféré restait silencieux.

Je fus soulagée d'arriver à la résidence sans embûches. J'allais même me décontracter en entrant dans l'appartement lorsque deux bras me plaquèrent contre la porte d'entrée avant même que je n'ai pu l'ouvrir.

Mélanie, le visage transformé par la fureur, me fixait.

– Il est venu ici, je le sens. Où est-il ?

Et c'était reparti, encore des questions dont j'ignorais complètement le sens.

– Mais de qui parles-tu Mélanie ?

Il y eut comme un petit doute qui traversa son regard sans pour cela lui enlever sa méfiance.

– Tu ne l'as donc pas vu ?

– Mais qui ? hurlais-je agacée.

– Robert.

Robert, son petit ami au Canada. Pourquoi serait-il à Paris alors que nous avions eu une grande conversation téléphonique sur le fait que ma sœur ne reviendrait pas ? Il avait eu l'air d'accepter la situation.

– Il n'est pas là Mélanie. Tu te trompes.

– Je connais son odeur par cœur, je sais qu'il est venu ici. Mes sens ne peuvent me tromper. Ou tu me dis ce que tu sais ou je t'assure que tu vas le regretter.

Elle m'écarta légèrement de la porte avant de m'y pousser de nouveau. Ma tête me fit un mal de chien.

– Je t'assure que je ne suis au courant de rien. Et d'ailleurs pourquoi serait-il là ?

Des pas se firent entendre dans l'escalier. Un petit grognement roula dans la gorge de ma sœur.

– Fais-moi entrer chez toi.

– Non.

De nouveau elle fit claquer ma tête contre le bois dur.

– Fais-moi entrer ou je te vide de ton sang.

– Non.

Elle allait me mordre sans ménagement lorsqu'elle se retourna, lâchant enfin l'emprise qu'elle avait sur moi.

– Robert, murmura-t-elle en fixant la porte de la cage d'escalier.

De sa carrure imposante et tel que je me souvenais de lui grâce aux photos qu'elle m'avait montrées lors de son retour pour le vernissage. L'ancien petit ami de ma sœur fit son apparition.

– Laisse ta sœur tranquille Mel, lui dit-il gentiment en restant à distance.

Encore plus efficace que les ordres de Terence. Lentement, elle s'éloigna de moi sans cesser de le fixer. Pour la première fois depuis sa transformation, son visage devint expressif, ses yeux brillaient en le regardant. Elle était presque la Mélanie de mon souvenir.

– Pourquoi ? demanda-t-elle gentiment. Pourquoi ne m'as-tu rien dit ?

– Aurais-tu continué à m'aimer ?

– Je... peut-être que... je ne sais pas.

– J'étais tenu au secret Mélanie mais ne doute pas de l'amour que j'ai éprouvé pour toi.

Excusez-moi, quelqu'un pourrait-il enfin m'éclairer sur cette situation des plus ambiguës.

– Je savais que tu n'étais pas morte. Au fond de moi je le sentais.

– En théorie je le suis, répliqua-t-elle.

Mon regard étonné se porta sur Robert. Cette révélation ne le choqua pas le moins du monde. Il connaissait donc l'existence des vampires.

– Je suis ici pour t'aider, pour vous aider.

– À quoi ?

Restant tous deux à bonne distance, ils se dévisageaient, se retenaient de ne pas tomber dans les bras l'un de l'autre. Remise de cette visite des plus inattendues j'allais intervenir lorsque ma poitrine se compressa. Une douleur violente me transperça comme la fois où le balafré dans la ruelle m'avait asséné un coup de couteau et comme lorsque William avait été pris à partie par les amis de Grégoire. Sous la douleur je tombais à genoux. Autour de moi tout devint flou, le visage de ma sœur et celui de Robert devinrent lointains. Le vide se fit dans mon esprit et je le vis. William au milieu de la grande salle à manger du manoir, allongé sur le sol, le sang coulant d'une plaie énorme au ventre. Une lame s'enfonça de nouveau en lui, sa souffrance devint mienne, je m'écroulais en boule sur le palier.

– William, soufflais-je machinalement.

La voix de Robert me ramena devant mon appartement.

– Qu'avez-vous Flore ? Que se passe-t-il ?

– William, redis-je encore une fois.

Il me parlait sans que je ne comprenne le sens de ses paroles. Mes yeux l'occultèrent et de nouveau le corps de William m'apparut. Des coups venant de toute part le frappaient, il n'avait pas le temps de se relever qu'il était de nouveau frappé. Il luttait de toutes ses forces mais son corps meurtri se vidait dangereusement de son sang. J'avais l'impression de ressentir chaque nouvelle plaie qui s'ouvrait en lui.

Un instant le contact se coupa.

– Relève-toi Flore, me dit ma sœur d'une voix pleine de compréhension. Allez Relève-toi.

N'y arrivant pas seule, elle me releva et me cala contre elle. J'étais terrorisée de savoir William attaqué et seul au manoir, mais l'attention qu'elle me porta en cet instant ralluma en moi un petit espoir.

– Au manoir Mélanie, il faut aller au manoir.

– Doucement Flore, dis-moi ce qui se passe.

– C'est William, il a si mal.

Le sang, je ne voyais plus que le sang qui s'écoulait de lui. C'était un enfer de le sentir céder à la souffrance.

La porte de la cage d'escalier s'ouvrit et Erwan apparut. En me voyant livide dans les bras de ma sœur, il se mit à hurler.

– Mélanie ! Mais qu'as-tu fait à ta sœur ?

– Rien, arrivais-je à articuler avec difficulté. Elle ne m'a rien fait.

Puis tout devint étrange, les canines de Mélanie apparurent, elle tourna la tête vers Robert et après lui avoir fait un petit signe de tête se mit à courir vers les escaliers. Grâce à sa rapidité, elle me fit basculer dans les bras d'Erwan avant de disparaître. Je n'avais pas le temps de réfléchir à leurs comportements, le visage de William déformé par la douleur m'obsédait.

– Emmène-moi au manoir Erwan.

– Sûrement pas !

– Tout de suite, je n'ai pas le temps de t'expliquer. Emmène-moi !

Je voulus faire un pas quand une brûlure atroce me traversa tout le corps, William se tordant de douleur brûlait de l'intérieur. Utilisant ses dernières forces, il trouva le courage de me parler comme s'il était tout contre moi. Sa douce voix se fit entendre, j'étais la seule à pouvoir la capter. « *Je t'aime Flore, quoi qu'il arrive ne l'oublie jamais. Tu es la plus belle chose qui me soit arrivée… mais je t'en prie éloigne-toi d'Erwan…* » J'entendis son hurlement me déchirer le cœur, la brûlure était insupportable, un flash noir m'aveugla et tout contact entre nous fut rompu.

– Il faut que je l'aide, dis-je à mon ami en le repoussant.

Je n'avais plus beaucoup de force, mais la peur aidant je réussis à le pousser assez fort pour me dégager de ses bras. J'ouvris l'accès aux escaliers pour descendre, sa main essaya de retenir mon bras mais en me dégageant une nouvelle fois je perdis l'équilibre et trébuchai sur la première marche. Mon corps dévala les escaliers, ma tête cognant sur chaque marche. Lorsque ma chute s'arrêta enfin au bas des escaliers, je sentis les os de mon poignet se briser en touchant le ciment dur. À demi consciente et cherchant de l'aide, j'entendis une bête féroce hurler. Des petits yeux luisants m'apparurent, des mouvements d'airs se firent sentir et la douleur trop profonde me fit tomber dans l'inconscience.

« *Tout n'est que scintillement et chaleur, un apaisement lumineux qui me réchauffe le cœur. Dans cet endroit tout immaculé de blanc, la sérénité règne. Je m'y sens libre, sans contrainte, sans peur, sans menace au-dessus de ma tête, rien que de la plénitude. Une femme sort de-ce petit tas de brume qui perce dans le lointain. Ses traits fins, sa silhouette gracieuse et la tendresse qu'elle dégage me sont familiers. Elle m'apparaît tel un ange.*

– Maman.

– Flore, ma douce et tendre Flore.

Son sourire me renvoya des mois en arrière où je voyais tous les jours ce regard d'amour se poser sur moi, que seule une mère peut transmettre à son enfant. Je voudrais l'approcher davantage, me blottir dans ses bras et fermer les yeux à jamais pour ne plus la quitter. Je ne peux bouger, aucun de mes membres ne fonctionne.

– Garde espoir, me dit sa voix douce. Il faut que tu gardes espoir.

– Ma vie est devenue si difficile maman.

– Elle n'est qu'à l'aube de son commencement. Bats-toi Flore et au moment crucial tu sauras faire le bon choix.

Comme si elle flottait dans l'air, je la vois s'éloigner sans pouvoir la retenir. Je ne veux pas qu'elle parte, je veux qu'elle reste près de moi. J'ai besoin d'elle, je veux qu'elle me protège.

– Reste, je t'en prie, reste !

La lumière s'affaiblit, le scintillement disparaît, ma mère n'est plus qu'une ombre. Je tombe. »

– Flore.

– William ?

– Non Flore, c'est Terence. Peux-tu ouvrir les yeux ?

Doucement et avec beaucoup de difficulté mes paupières se soulevèrent. La lumière de la pièce fut éblouissante. Mon corps était en guimauve, aucune force ne m'habitait. Mes yeux distinguèrent enfin Terence près de moi, son visage doux et impénétrable à la fois me fixait. Ses grands yeux marron étaient tristes, je ne les avais jamais vus aussi tristes.

– Soif.

Avec précaution il me releva la tête pour m'aider à boire quelques gouttes d'eau. Ma trachée était aussi sèche que le désert.

– Dors mon enfant.

– William, où est William ?

– Demain Flore, tu as besoin de repos.

J'aurais voulu lutter mais déjà mes yeux se fermèrent. L'épuisement que je ressentais eut raison de moi.

Parfois mes yeux se soulevaient légèrement sans s'ouvrir complètement. J'entendais des voix que je n'arrivais pas à reconnaître. Des paroles échangées, des bribes qui m'arrivaient en écho. « *Reste auprès d'elle, je reviens dès que possible* », « *que vais-je lui dire ?* », « *rassure là, l'absence de William sera le plus difficile pour elle* », et je retombais dans l'inconscient encore et encore. Puis enfin, mes paupières s'ouvrirent complètement. J'étais faible et endolorie de partout mais je voyais clairement la chambre qui était mienne. Où étais-je donc ? Certainement pas dans un hôpital, la décoration de la pièce ne ressemblait en rien aux chambres austères d'une clinique. Elle était simple certes, mais confortable. Télévision, armoire et murs blancs ornés de quelques tableaux. En voulant me redresser un peu, je vis que mon bras droit était plâtré jusqu'au coude.

– Laisse-moi t'aider.

Cette fois-ci je reconnus la voix. Paul, de ses grands yeux noirs me regardait un petit sourire aux lèvres. Gentiment, il releva mon oreiller et m'aida à me relever.

– Où est William ?

J'avais l'impression de me répéter continuellement. Son visage se ferma et il prit une chaise dans un coin pour venir près de moi. Ma mémoire se remit en marche, je me souvins de la douleur de William et du sang qui coulait de son corps meurtri. De Robert, Mélanie, Erwan et de ma chute dans l'escalier. Une angoisse me prit par surprise, je ne le ressentais plus. Pourquoi n'arrivais-je pas à entrer en contact avec lui ?

– Réponds-moi Paul, où est William ? Comment va-t-il ?

– Je... Flore... Terence ne va pas tarder, il répondra à toutes tes questions.

– Depuis combien de temps suis-je ici ?

– Quelques jours.

– Combien de temps Paul ?

– Cinq jours.

Mon Dieu, cinq jours à me remettre d'une simple chute dans l'escalier. Elle avait dû être bien plus brutale que ce que j'avais pu imaginer.

– Cinq jours ! m'exclamais-je.

– Ne t'inquiète pas, c'est qu'elle est solide ta petite tête.

– Pourquoi je n'arrive pas à sentir William ?

De nouveau son visage changea et aucune réponse ne vint.

– Repose-toi, ton petit corps d'humain en a besoin.

Pas vraiment le moment pour la plaisanterie. Mais connaissant Paul je savais qu'il ne répondrait à aucune de mes questions. Je me rallongeais donc pour dormir un peu et reprendre quelques forces.

À mon réveil, j'étais seule, encore faible mais avec un léger mieux. Ma vision était plus claire, mes idées également. Lentement, je pris la décision de me lever et d'aller explorer l'endroit qui me servait de refuge. Cela devenait une habitude chez moi de partir à la découverte des demeures qui m'accueillait. Fébrilement je sortis donc de ma chambre et restais estomaquée par ce que je découvris. La pièce qui m'apparut était immense. Je me trouvais depuis le départ chez un particulier. Un loft spacieux où la décoration me rappela un peu l'ancienne demeure de mon amoureux. Tous les murs étaient blancs, les meubles noirs et des centaines d'objets d'époques lointaines se mélangeaient aux plus récents faisant de ce lieu une harmonie parfaite entre le passé et le présent. Tout était de plain-pied. Mon Dieu c'était immense ! Une gigantesque pièce à vivre, plusieurs chambres, plusieurs salles de bains, une bibliothèque, un bureau fermé comme celui de William et une toute petite cuisine. L'espace me fit tourner un peu la tête. Et croyez-moi j'allais de surprise en surprise. Quelques objets insolites attirèrent un peu plus mon attention. Une épée, qui devait avoir au moins cent ans, accrochée dans un petit coin, une armure que l'on aurait pu trouver dans un château médiéval et des tableaux de toutes sortes. Des originaux bien sûr. Plus amusant, un flipper des années soixante-dix à en juger par son apparence, un billard, des dizaines de lampes de tous styles et d'époques différentes. Une galerie de souvenirs sans fin. De grands rideaux noirs occultant tout le long des fenêtres ne laissaient aucun doute sur l'origine du propriétaire. Au moins, enfermée toute la journée dans ce lieu, il y avait de quoi s'occuper. Seule l'identité de mon hôte restait un mystère. Un petit déplacement d'air se fit sentir et Paul me faisait face détaillant avec amusement ma tenue vestimentaire, une simple chemise d'homme. Il y a des détails comme celui-ci qui vous poursuit.

– Tu n'aurais pas dû te lever, tu es encore bien faible.

– Qui habite ici ?

– Moi jeune Flore ! C'est ma deuxième résidence, la seule maintenant puisque tu as le manoir. Louise et moi aurions dû y vivre ensemble.

Je fis volte-face en entendant cette voix aussi douce qu'autoritaire. Il était là devant moi avec la même prestance qu'avant. De son regard impénétrable il me regardait mi-amusé, mi-ravi. Je voulus le rejoindre trop rapidement et me retrouvai directement dans ses bras. J'avais un peu surestimé mes forces.

– Et bien toujours aussi imprudente à ce que je vois.

Un peu mal à l'aise de m'être précipitée ainsi vers lui, je baissais mon regard.

– Que fais-tu debout ?

– Je voudrais voir William. Dites-moi s'il va bien monsieur, je ne le ressens plus. Est-il…

– Non Flore, je te rassure il est vivant.

Je jetais un regard noir à Paul. N'aurait-il pas pu avoir la courtoisie de me révéler cette information plutôt que de me laisser dans l'incertitude ? Bien évidemment Terence comprit mes pensées.

– Il ne devait rien te dire mon enfant.

– Pourquoi ?

– La situation est un peu compliquée.

– Alors expliquez-moi, répliquais-je agacée.

Il leva les sourcils en me fixant. J'avais encore oublié les convenances.

– Excusez-moi, je suis tellement inquiète.

Il m'invita à le suivre sur l'immense canapé noir. Une fois confortablement installé, il souffla longuement.

– Flore ce que j'ai à te dire n'est pas des plus agréables.

J'étais suspendue à ses lèvres attendant de savoir enfin ce qui était arrivé à mon amoureux.

– S'il vous plaît, dites-moi.

– William a été torturé et drogué. Il a dû lutter pendant des jours pour survivre. Moi-même j'ai douté de sa guérison.

– Mais il va mieux, n'est-ce pas ?

– Oui, il s'en est sorti et est dorénavant sur pied.

– Mais qui lui a fait cela ?

– C'est un peu compliqué, nous en reparlerons plus tard.

– Pourquoi ne vient-il pas me voir ?

– Il a encore quelques séquelles.

Je sentis mon cœur faire un bond terrible dans ma poitrine.

– Des séquelles ?

– La drogue a des effets dévastateurs sur ceux de notre race. Pour être honnête avec toi, en général elle nous est fatale. Nous pensons que l'énorme perte de sang qui a suivi la torture de William a évité cette mort. Lorsque je l'ai trouvé, j'ai vraiment cru qu'il était trop tard.

– Monsieur quelles sont ces séquelles ?

Son visage changea d'expression et ses paroles ne furent pas celle que j'attendais.

– Je t'avais dit d'attendre à l'extérieur mon fils.

– Ma curiosité a pris le dessus, pardonnez-moi monsieur.

William ! Il était là devant moi. Pendant quelques secondes je me mis à l'examiner pour me convaincre de sa présence. Rien n'avait changé, ni la beauté de son visage, ni l'expression de ses grands yeux bleu azur. Dans son jean et son petit pull bleu marine, il était parfait. N'écoutant que mon cœur je me jetais à son cou, son contact fut assez rude. Il referma ses bras autour de ma taille pour m'empêcher de tomber. J'étais aux anges, j'aurais pu laisser mon regard dans le sien pendant des heures. Un baiser en plus et le moment aurait été des plus romantiques. Pourtant il n'eut aucun geste tendre envers moi et ce regard qu'il me rendait je le connaissais bien pour l'avoir déjà vu la première fois que j'avais découvert son visage au manoir après mon agression. Un regard doux et… amical.

– Et bien quel accueil charmant, s'exclama-t-il en me reposant à terre. Tu dois donc être Flore.

Le sol se déroba sous mes pieds. Mais que lui arrivait-il ? Essayait-il de faire de l'humour ? Pas vraiment le style de mon vampire de réagir ainsi. Un regard vers Terence et je compris qu'il ne jouait en rien la comédie. Un pas et il était près de nous.

– Flore, voilà ce que je voulais t'expliquer si j'en avais eu le temps.

– Il a perdu la mémoire ?

– Partiellement.

– Comment cela partiellement ?

– Il ne se rappelle plus de votre rencontre, ni de ces derniers mois.

– Pardon ? dis-je en sentant ma poitrine se compresser. Il ne peut avoir oublié ce qui nous unit. Pourquoi notre lien ne fonctionne-t-il plus ?

– Puisqu'il ne te reconnaît pas, le lien est brisé.

J'étais sous le choc, complètement perdue. L'arrivée de plusieurs vampires mit un terme provisoire aux explications. Bien sûr il y avait Victorien toujours aussi discret, Alexandre et à ses côtés deux autres vampires. Une jeune femme très élégante aux grands yeux verts et à la longue chevelure brune, ainsi qu'un jeune homme avec la même forme de visage que la jeune femme, les mêmes cheveux et les mêmes yeux verts. Parents l'un et l'autre peut-être ? Derrière, un dernier vampire qui s'approcha de nous d'une démarche franche, de petite taille, les cheveux plaqués en arrière et avec une petite moustache, il paraissait sortir tout droit des années vingt. Ce fut celui-ci que Terence me présenta en premier.

– Flore je te présente Bastien. Un de mes fils que tu ne connais pas encore.

– Contente de vous connaître madame, dit-il tout joyeux en me serrant la main.

Puis ce fut au tour d'Alexandre de faire les présentations.

– Voici deux de mes enfants. Simon.

Celui-ci inclina gentiment la tête pour me saluer, ce que je fis à mon tour.

– Et Clémence, continua-t-il en se tournant vers elle.

Un petit sourire en coin se dessina aux creux de ses lèvres. J'allais avoir du mal à trouver quelques affinités avec elle.

– Je suis également l'ancienne compagne de William, trouva-t-elle le besoin de préciser.

Rectifions immédiatement, aucune affinité avec elle ne serait possible. Je la détestais déjà. Le regard désapprobateur que lui lança son géniteur mit fin à son intervention.

Toutes ces présentations étaient vraiment charmantes mais moi, là, à ce moment précis, j'avais besoin de réponse. De comprendre pourquoi mon vampire ne se souvenait pas de moi. Et si notre lien était rompu à jamais ? Ce qui me fit paniquer l'espace d'un instant. Imaginer perdre tout ce qui nous liait était effroyable, voire impossible à concevoir pour moi. Terence, ayant compris mes angoisses, intervint.

– Sortez tous, allez-vous nourrir. J'ai besoin de parler à Flore et William.

Seul Alexandre resta en notre compagnie.

– Flore, aurais-tu l'amabilité d'aller nous préparer du café ? Je crois que cela nous fera le plus grand bien.

Je sortais à peine de convalescence et j'étais déjà reléguée au café. En plus, je devais me servir de ma main gauche, étant droitière cela était délicat. Vous y croyez-vous ? Je m'exécutais comme d'habitude sans rien trouver à redire. Il faut dire que cela m'arrangeait pour une fois, j'avais besoin de faire le point sur la situation.

Je venais de retrouver l'amour de ma vie et il ne se souvenait plus de moi. Je ne savais pas si nous retrouverions un jour ce lien si précieux qui nous unissait, et pour couronner le tout je venais de faire la connaissance de l'une de ses ex-petites amies. Je commençais à mieux comprendre la jalousie qu'il pouvait ressentir pour Erwan, même si notre relation était différente. J'avais l'impression que ma tête allait exploser.

Avant de retourner dans la pièce principale, je pris le temps d'aller enfiler un pantalon. J'avais remarqué que quelques-unes de mes affaires étaient arrivées dans la chambre où l'on m'avait soigné.

Terence me fit signe de les rejoindre à la table où William épiait le moindre de mes gestes.

– Tu es bien pâle mon enfant. Tu devrais peut-être prendre un peu de repos, cette conversation peut attendre. J'ai fait amener tes affaires personnelles dans la chambre, tu y trouveras tout ce dont tu as besoin.

– Non, m'écriais-je sous le regard dubitatif d'Alexandre. Je veux comprendre, expliquez-moi.

– Nous ne savons pas grand-chose jeune humaine.

– Flore.

Petit rire amusé de mon vampire. Au moins il avait gardé en lui ce qui me plaisait tant.

– Flore, reprit Alexandre. Nous ne savons pas comment cette drogue, censée le tuer, l'a rendu partiellement amnésique. Plusieurs hypothèses sont possibles mais le résultat est le même : son cerveau vous a effacé de sa mémoire.

– Irréversible ? demandais-je tremblante.

– Réversible, s'empressa de dire Terence. Flore, ce lien est indestructible en pratique, seul l'anéantissement de l'amour du vampire pour l'humaine brise le lien. Lorsque sa mémoire reviendra, votre lien en fera de même.

– Et si son amour ne refait jamais surface ?

– Je ne peux te répondre. Je n'ai jamais connu une telle situation.

Reprenons depuis le départ. Je me retrouvais avec mon amoureux qui n'avait aucun souvenir de moi alors que moi je mourrais d'envie qu'il me prenne dans ses bras. Personne ne savait comment mettre fin à cette situation et en plus je devais faire avec l'ancienne petite amie de William, qui bien sûr, elle, n'était pas absente de ses souvenirs. Tout devenait surréaliste. De plus, ils avaient repris leurs bonnes vieilles habitudes de parler comme si je n'existais pas. Je voulus me lever pour aller prendre l'air et un léger malaise me fit perdre l'équilibre. Instinctivement, William me rattrapa dans ses bras. Terence trouva en ce geste une petite opportunité.

– Nous allons sortir rejoindre les autres. William, reste avec Flore pour le moment.

– Mais non monsieur, je ne la connais pas. Je devrais peut-être appeler Paul pour rester avec elle.

– William, s'offusqua Terence, c'est ta compagne !

Il me reposa à terre. Ma faiblesse était telle que mes jambes ne me soutenaient plus, ce qui l'obligea à me garder contre lui.

Deux petits mouvements d'air se firent sentir, Terence et Alexandre avaient disparu. Pour forcer William à rester à mes côtés, il n'y avait pas mieux.

Un peu mécontent, il me conduisit jusqu'à mon lit.

– Je vais te laisser te reposer. Tu as besoin de reprendre des forces.

– Non attends !

Mon mouvement d'air revint immédiatement près de moi.

– Tu ne te souviens vraiment de rien ?

– Non, mais Terence m'a donné quelques petites informations.

Génial ! Tout ce qu'il savait sur moi lui avait été narré.

– Comme quoi ?

– Comme le fait que tu es très curieuse… et j'en ai eu la confirmation. Mais aussi que tu n'es pas très encline à être respectueuse de nos principes, impulsive et très têtue, un peu capricieuse aussi.

Merci Terence, tout cela n'était pas très élogieux. Devant ma petite moue, il se mit à rire.

– Super, pas de compliments, essayais-je de plaisanter pour détendre l'atmosphère.

– Si bien sûr. Il a dit également que tu étais fidèle envers nous, dévouée, fragile et que tu avais pour moi un amour infini.

Ces compliments m'allèrent droit au cœur.

– Et sur nous que t'a-t-il dits ?

Son corps se raidit, il était gêné. Le voir mal à l'aise me fit sourire, même en cet instant.

– Et bien il m'a raconté comment nous nous étions rencontrés, notre relation, les problèmes rencontrés, notre lien de sang… Il m'a aussi parlé d'Élisabeth, de Grégoire, de Mélanie et d'Erwan bien sûr. Il a également dit que je serais prêt à tuer si quelqu'un te voulait du mal et que nous avions traversé bien des épreuves qui nous avaient toujours rapprochés.

– Oui, tout cela est vrai.

Il me dévisageait, cherchant dans mes traits la moindre expression qu'il pourrait reconnaître.

– Cela doit te sembler étrange d'être uni à une humaine.

– Plus qu'étrange ! Je n'aurais jamais cru faire un jour le lien du sang avec quiconque, encore moins avec une humaine. Je ne sais que trop jusqu'où ce lien peut mener.

Et pour cause Terence avait failli y perdre la raison. Ce qui me donna une petite idée.

– Lis en moi William. Vois nos souvenirs, notre vie commune.

Il écarquilla les yeux.

– Non, je ne ferais pas cela !

– Mais pourquoi ?

– Premièrement parce que je ne veux pas me rappeler de nous qu'à travers tes propres souvenirs et deuxièmement parce que je ne lis pas ainsi dans l'esprit des gens.

– Pardon ?

– Ton intimité doit te rester propre, je n'ai pas à y entrer.

Ah oui ! Là c'était certain, je n'avais pas en face de moi le même William. Rappelez-moi de lui rapporter ses propos lorsqu'il aura retrouvé toute sa mémoire. Ma déception fut grande. En lisant dans mon esprit, cela aurait peut-être accéléré sa guérison. Cette situation m'attristait.

– Il faut vraiment que je me repose maintenant William.

– T'ai-je blessée ?

– Non pas du tout, je suis simplement fatiguée.

Un léger souffle se fit sentir sur mon visage et il avait disparu de la chambre. Pas de baiser, pas un mot gentil. L'attention de mon amoureux me manquait. Je voulais qu'il redevienne lui, entièrement lui.

Malgré ma faiblesse encore bien présente, je ne trouvais le sommeil. Je finis par sortir de la chambre pour me faire un bon lait chaud, espérant trouver William sur le canapé. Discuter avec lui, lui parler de notre vie raviverait peut-être en lui le début d'un souvenir. La voix qui me parla ne fut pas celle de mon amoureux.

– Tu ne dors pas ?

– Paul ? Que fais-tu là ?

– Je veille en attendant le retour de William ou de Terence.

– Et où sont-ils ?

– Terence est au manoir. Un très vieil ami à lui doit arriver.

Et bien sûr il n'y avait pas d'autre endroit que chez moi pour l'accueillir. À quoi lui servait donc ce loft ?

– William, lui, est parti se nourrir. Depuis sa séance de torture, il a besoin de reprendre des forces et par conséquent de se nourrir davantage. Ce qui pour un vampire n'est pas des plus désagréables.

Il me lança son petit sourire narquois attendant que je lui réponde avec sarcasme. Ce que j'aurais fait en d'autres circonstances. Là, à cet instant précis, je n'avais pas envie de rentrer dans son petit jeu. Je me sentais seule, comme abandonnée. Mon avenir avec William était incertain et le reste également.

Mes larmes se mirent à couler. Un peu désarmé devant mon chagrin, il me fit asseoir près de lui.

– Que t'arrive-t-il Flore ? Tu ne te sens pas bien ? Tu veux que j'appelle un médecin ?

– Je veux que l'on me rende ma vie Paul. Je veux retrouver William et tout ce qui le caractérise, défauts compris.

Sans plus réfléchir je me nichais contre lui. Il allait reculer un peu, surpris de ce contact que nous n'avions jamais partagé, puis se ravisa en laissant ses bras m'entourer. J'avais besoin de soutien, même celui de Paul était le bienvenu.

– Je comprends que tu sois ébranlée Flore. Laisse-lui du temps. Pour le moment il est juste William, un vampire qui ne se rappelle pas s'être lié avec une humaine. Tout cela est aussi déstabilisant pour toi que pour lui.

– Et si sa mémoire ne lui revenait jamais ?

– Je t'ai connu bien plus combattante que cela Flore.

– Je suis fatiguée.

De petits rires se firent entendre, accompagnant l'entrée joyeuse de William et de Clémence. Mon cœur se serra devant tant de complicité. Pourquoi ressentait-il le besoin de sa présence et pas la mienne ? Paul sentit mon corps se raidir et me garda calée contre lui. Mademoiselle l'élégance incarnée jubilait de voir mon désarroi.

– Oh pardon nous dérangeons peut-être ? demanda-t-elle souriante.

Curieusement cela ne me fit pas rire.

– Pas du tout, renchérit Paul. Nous discutions en attendant le retour de William. Maintenant qu'il est de retour, ma présence n'est plus nécessaire.

Doucement avant de se lever il glissa à mon oreille.

– Est-ce que tu veux que je reste ?

Un petit non de la tête, le rassura. Un Paul bien différent de tout ce que j'avais connu jusqu'à maintenant. Il allait sortir lorsqu'il attrapa le bras de Clémence au passage.

– Et toi, tu viens avec moi !

Sans comprendre ce qui lui arrivait, elle fut expulsée de la pièce. Merci Paul !

Un mal-être se fit sentir dans la demeure. William m'observait du coin de l'œil, pas très ravi d'avoir dû se séparer ainsi de sa compagnie.

– Ta promenade fut agréable ?

– Pourquoi cette question ?

– Juste pour faire la conversation, c'est tout.

Aucune douceur dans sa voix. A priori, il n'avait pas vraiment envie de partager un moment avec moi.

– Tu devrais retourner te coucher, l'aube va bientôt se lever.

– Tu restes alors ?

– Bien évidemment, mon géniteur me l'a ordonné.

– Je n'arrive pas à trouver le sommeil.

– Des cauchemars ?

Cette anodine question ralluma en moi une lueur d'espoir.

– Comment sais-tu que je fais des cauchemars ?
– Je ne sais pas Flore, j'ai parlé sans réfléchir.
Vu son air détaché, je préférais laisser cela de côté et passer à autre chose.
– Qui est la personne que Terence attend ?
– Joseph, un ami de longue date. Il pense qu'il pourra l'éclairer sur la situation actuelle.
– Quelle situation ? Ton amnésie ?
– Non pas sur mon amnésie mais plutôt sur le pourquoi d'un loup dans la vie de ta sœur.
Je lui lançais de grands yeux ronds.
– Quoi ?
– Des loups ? Ne me dis pas que les loups existent ?
Son visage se ferma.
– Tu n'étais pas au courant de l'existence des loups ?
– Bien sûr que non ! Et pourquoi ma sœur connaîtrait-elle des loups ?
– Plus précisément un loup.
– Robert ! m'exclamais-je tremblante.
– Oui je crois bien que c'est ce nom que m'a donné mon géniteur. Mais Flore, je ne t'avais donc jamais parlé des loups ?
– Je croyais que c'était un mythe rien de plus. Jamais tu n'y as fait allusion. D'ailleurs j'aimerais savoir pourquoi tu ne m'as pas mise dans la confidence.
Vu l'expression de son visage, je compris qu'il venait de faire une gaffe monumentale. Je restais stupéfaite de cette révélation. Combien de races différentes de la mienne allais-je encore découvrir ?
– William, pourquoi ne m'as-tu jamais parlé des loups ?
– Comment veux-tu que je le sache ?
– Je lui avais demandé de garder le secret dès votre rencontre. Tu n'avais pas besoin de savoir.
Terence fusillait son fils du regard, vraiment furieux qu'il ait malencontreusement parlé de ce petit secret.
Un homme était près de lui, le dépassant d'une tête. Vêtu d'un simple jean et d'un pull noir, qui laissait imaginer une importante

musculation, il paraissait immense. Ses cheveux bouclés châtains faisaient ressortir le vert perçant de ses yeux qui me dévisageaient sèchement.

– Une humaine connaissant notre existence peut être fâcheux mon ami, dit-il de sa voix grave à Terence.

– Elle l'aurait appris un jour ou l'autre de toute façon. J'aurais juste aimé pouvoir lui dire moi-même et d'une manière plus subtile.

William s'écarta pour les laisser s'approcher de nous.

– Rentre au manoir mon fils, je pense que tu en as assez fait pour aujourd'hui. Flore te rejoindra dès qu'elle le souhaitera.

William inclina légèrement la tête et partit sans un regard pour moi.

– Flore je te présente Joseph Hanz, un ami fidèle sur qui je peux compter.

– Un loup, dis-je machinalement.

– Je suis avant tout un homme, jeune fille.

– Oui, pardon… c'est juste que…

J'avais un peu perdu le fil de mes réflexions.

– Robert est-il vraiment de votre espèce ? Je veux dire un loup ?

– Il l'est Flore. Je l'ai vu dès que Mélanie m'a laissé entrer dans son esprit.

– À la sortie du restaurant ?

– Oui, son amour pour lui est grand. Dès qu'elle a senti son odeur, elle a voulu le retrouver.

– Mais, elle savait que…

– Non, elle l'a appris grâce à ses nouveaux dons. Parfois, nous pouvons les sentir.

– Parfois seulement ?

– Cela suffit pour le moment Flore. Va te reposer, je dois m'entretenir en privé avec Joseph.

– Mais…

– Flore, j'ai dit pas maintenant.

Je détestais lorsqu'il faisait preuve d'autorité sur ma personne. Mais lui tenir tête, en plus devant son ami, aurait été mal venu. Je partis donc dans ma chambre où des milliers de questions m'empêchèrent de trouver le sommeil. Pourquoi des loups s'intéressaientils à ma sœur ? Qu'allait-il advenir d'elle et de Robert ? Leur amour était-il possible ? Et si oui, était-ce la solution pour la ramener à de meilleurs sentiments ? Pour l'éloigner de Grégoire ? Quelle direction allait prendre ma vie maintenant que William me rejetait ? J'étais dans le flou total et ce n'est qu'avec la lumière du petit jour que le sommeil eut raison de moi. Sans pour cela ôter de mon esprit ce mauvais pressentiment qui me poursuivait.

VIII

À mon réveil, la vie me parut bien triste. Aucune pensée positive ne me venait. Erwan eut la gentillesse de prendre de mes nouvelles ainsi que de celles de William et s'excusa mille fois au moins de ne pas avoir pu empêcher ma chute dans les escaliers. Il ne posa pas de questions sur ma sœur ni sur l'homme qu'il avait vu avec elle. Il était très discret et j'appréciais énormément. Ophélie m'appela pour me donner la date de l'essayage de nos robes à moi et Elodie. Elle mettait un point d'honneur pour que son témoin, donc moi, et sa demoiselle d'honneur aient le même style vestimentaire. Aucun détail ne lui échappait, c'était une perfectionniste. Et pour finir, j'appelais Laura pour lui faire part de mon infirmité passagère et lui signaler que je ne pourrais donc m'investir dans mon travail tant que mon poignet ne serait pas déplâtré. Elle en profita pour me donner encore quelques conseils de professionnel à retenir pour la petite expo privée qui arrivait bientôt. Le jour mourait doucement lorsque Terence fit son apparition.

– Tu retournes au manoir ?

– Pour être honnête avec vous monsieur, je n'en ai pas très envie. Je préférerais habiter dans mon appartement quelque temps.

– Il n'en est pas question mon enfant. Pour retrouver ce que William a perdu, il doit être stimulé et ta présence l'aidera.

– Et Clémence monsieur ?

– Ne laisse pas le passé venir se mettre dans ton avenir.

– Mais ils sont très proches.

– C'est du passé Flore ! conclut-il avec autorité.

– Et pour ma sœur allez-vous enfin me dire si sa rencontre avec Robert est due au destin ou si elle a été provoquée ?

– Pour le moment cela est encore flou.

– Est-elle en danger ?

– Flore, dit-il en s'asseyant à côté de moi sur le grand divan, ta sœur ressent pour Robert un amour infini. Elle le respecte et il l'apaise, j'ai pu le lire en elle. Si quelqu'un peut la ramener à la raison, c'est bien lui.

– Mais c'est un loup !
– Et William un vampire, pourtant vous vous aimez non ?
– Lui, ce serait beaucoup dire en ce moment. Donc leur amour est encore possible ?
– Non !
– Comment un amour impossible pourrait lui ouvrir le chemin de sa réconciliation avec elle-même ?
– Parce qu'il saura trouver les mots justes. Il les a bien trouvés avec moi pour que je le laisse agir avec ta sœur.
– Vous lui avez parlé ?
– Bien évidemment et à ta sœur également. Je pense que nous sommes sur la bonne voie tous les deux.
– Il vous a donc dit s'il l'avait rencontré par hasard ou par obligation.
Il baissa les yeux devant mon insistance. C'est qu'il n'aimait pas qu'on lui tienne tête Terence.
– On l'a envoyé vers elle, lâcha-t-il soudainement.
– Pourquoi ?
– Pour le moment, nous cherchons Flore.
– Qui ?
– Son chef de meute.
– Et il ne lui a pas dit pourquoi ?
– Non ! Et cela suffit pour les questions. Laisse-moi mener mon enquête avec l'aide de Joseph, je ferais le point avec toi plus tard.
– Mais…
– Flore j'ai dit cela suffit ! Occupe-toi plutôt de William.
Ce que je pouvais détester lorsqu'il me traitait comme une enfant. Même si en y réfléchissant bien, j'étais une enfant pour lui. D'ailleurs je me demandais quel âge il pouvait réellement avoir ?
– Je suis bien plus vieux que tu ne le crois. Viens, je te ramène au manoir.
En arrivant devant la demeure, j'étais anxieuse. J'avais plus que besoin de soutien et ce n'était certes pas William qui allait me le donner. Vivre avec lui, le voir évoluer différemment, m'effrayait légèrement.
– Vous ne rentrez pas monsieur ?

– Je suis attendu ailleurs.

Seule devant la grande véranda aux rideaux levés, j'hésitais à entrer. J'avais l'impression d'imposer ma présence à un inconnu. Une sensation des plus désagréables. De petits craquements de branchages me firent sursauter. Pas le temps de faire un seul pas que j'étais déjà collée contre le tronc d'un arbre dans le parc, la main froide de Grégoire sur ma bouche.

– Où est ta sœur ?

Ravie d'apprendre qu'elle avait pris ses distances avec lui.

Doucement sa main glissa pour me laisser parler, mais je le fixais un petit sourire en coin sans rien avoir à lui répondre.

– Je te le redemande une dernière fois. Où est ta sœur ?

– Je n'en ai aucune idée.

– Mauvaise réponse ma douce !

Ses canines pénétrèrent ma chair brutalement.

– Crois-tu sincèrement que tu vas réussir à l'éloigner de moi ?

– Je ne sais pas où elle se trouve.

De nouveau il mordit mon cou. La souffrance me fit gémir de douleur et mon corps fut projeté au sol. Allongée sur la terre dure, avec Grégoire au-dessus de moi, je me demandais où pouvait bien être William.

– Tu ne peux la tuer, dit une voix rieuse derrière lui.

Le jeune vampire aux yeux injectés de sang pencha la tête pour mieux me voir.

– Non, c'est vrai mon ami, acquiesça Grégoire. Mais je peux la forcer à répondre.

Sans aucune hésitation, il me donna un coup de pied dans le ventre. Par réflexe, mon corps se mit en boule. Ma respiration en fut coupée.

– Et maintenant tu ne sais toujours pas où est ta sœur ?

– Juste derrière toi Grégoire.

Le visage passif, elle s'approcha de Grégoire et passa sa main sur sa joue tout en me lançant un regard dont je ne saurais dire la signification.

– Où étais-tu ?

– Des affaires personnelles à régler.

– Et tout est rentré dans l'ordre ?

– Absolument !

Grégoire lui fit un énorme sourire avant de me relever d'une seule main.

– Veux-tu un peu de son sang ?

Je ne saurais jamais si elle aurait accepté ou non et j'aime à penser que non. William arriva enfin avec sa dulcinée du moment et Grégoire vola dans les airs avant que son corps ne claque violemment contre l'arbre à quelques mètres de nous.

Le jeune vampire se jeta sur mon amoureux qui amusé se fit un plaisir de rouler avec lui à terre, sous le regard plus qu'émerveillée de Clémence.

– Relève-toi Flore, me dit gentiment ma sœur.

– Mel, je…

– Pas un mot, me coupa-t-elle. Rejoins-moi à l'entrée du parc dès que tu le pourras.

Elle s'évapora dans l'obscurité sans porter secours à Grégoire qui déjà rejoignait son compagnon pour l'aider dans le duel qui l'opposait à William. Enfin, au bout de quelques minutes, Clémence alla aider mon vampire préféré. Je reculai vers le manoir lorsque le jeune vampire m'attrapa par le bras et me lança en direction de William qui me rattrapa au vol. Clémence, telle une ballerine gracieuse, fit un bond pour rejoindre Grégoire qui s'échappait déjà. Le jeune vampire ne demanda pas son reste et en fit autant. Les yeux assombris de William par ce petit combat improvisé se posèrent sur moi.

– Je suppose que je viens de faire la connaissance de Grégoire.

– Oui.

– Charmant, s'amusa-t-il en m'aidant à me remettre sur mes jambes.

Ses yeux se portèrent immédiatement sur ma plaie ouverte et son regard s'illumina instantanément.

– Laisse-moi te soigner, murmura-t-il en passant sa langue sur les deux petites ouvertures.

Le simple contact de sa bouche dans mon cou me fit frissonner et n'écoutant que mon cœur, je le rapprochais de moi et l'embrassais tendrement sur les lèvres. Il écarquilla les yeux et mit rapidement une distance entre nous au moment où mademoiselle élégance revenait en sautillant. Leurs yeux tournèrent en même temps vers la même direction et Terence se planta devant nous avec Alexandre et Paul. Un regard vers son fils et ses crocs sortirent de ses lèvres retroussées.

– Tu savais qu'elle revenait et tu l'as laissé sans protection ?

– J'étais sorti me nourrir monsieur. Je ne pouvais pas savoir que ce Grégoire allait se manifester.

– Elle est ta compagne et sous ta responsabilité ! hurla Terence.

– Elle n'est que légèrement blessée, voulut intervenir Clémence.

– Clémence pas un mot, ordonna son géniteur.

Terence fixait toujours William qui préféra baisser les yeux.

– Elle doit être ta priorité à chaque seconde de ta vie mon fils.

– Mais monsieur je…

– Ne me défie pas William, je n'ai pas le temps pour tes sauts d'humeur en ce moment.

– Monsieur, dis-je dans un souffle.

Il tourna la tête vers moi reprenant un visage plus humain. Un léger malaise s'empara de moi lorsqu'il lut en moi le déroulement de la scène.

– Paul, accompagne Flore.

– L'accompagner où ? demanda William curieux.

Mais toujours en colère contre lui, Terence ne lui répondit pas.

– Accompagne-la Paul et ne fait pas la même erreur que ton frère, veille sur elle.

– Oui monsieur.

Pour un retour mouvementé au manoir, on ne pouvait pas faire mieux. Je fis signe à Paul de me suivre dans les allées sombres du parc. Il ne lui fallut pas longtemps pour se moquer de moi.

– Tu ne fais rien comme tout le monde toi.

– Pardon ?

– Un simple retour chez toi tourne en drame. Tu as l'art de te mettre dans les ennuis jusqu'au cou.

L'ironie de Paul me fit sourire, au moins il restait lui en toutes circonstances.

– Où allons-nous ?

– Voir ma sœur.

– Ta sœur ? s'exclama-t-il perplexe.

– Oui ma sœur et ne me demande pas pourquoi. Je sens juste que je dois y aller, comme une évidence en moi.

Il leva les yeux au ciel et se mit à sourire en me voyant essuyer mon visage plein de poussière.

– Tiens, dit-il en me tendant un petit mouchoir.

En le prenant, je remarquais un petit foulard de soie rose pâle qui dépassait de sa poche.

– Mais c'est le foulard d'Élodie !

Gêné, il s'empressa de le remettre au fond de sa poche.

– Tu as donc revu Elodie. Paul, je suis impressionnée !

– Uniquement pour mon plaisir personnel. Rien de plus Flore.

– Elle ne se souvient donc pas de votre rencontre ?

– Non… Si… enfin seulement ce dont j'ai envie qu'elle se rappelle.

J'éclatais de rire, le voir bafouiller était vraiment très amusant.

– Hautaine, élégante, toisant les hommes mais d'une beauté frappante. Elle est tout à fait ton genre.

– Ne la décrit pas comme Marie. Ne te sers pas de mes confidences pour entrer dans mon intimité. Elodie ne représente rien pour moi.

Cette réaction fut très explicite.

– Excuse-moi Paul je ne voulais pas te blesser. C'est juste que…

– La conversation s'arrête là. Jamais je ne ferais l'erreur de m'unir à une humaine.

J'aurai bien débattu du sujet avec lui encore un peu mais ma sœur et son ami Robert se firent voir. Machinalement je me reculais vers Paul.

– Je ne te veux aucun mal, s'empressa-t-elle de me signifier.

Effectivement, rien en elle ne paraissait dangereux. Ses yeux étaient limpides, pas de canines en vue ni de regard menaçant.

– Je n'ai pas beaucoup de temps Flore et je dois te parler.

Paul me fit un petit signe comme quoi tout avait l'air normal et il se recula en compagnie de Robert, me laissant seule avec Mélanie.

– Pardonne-moi Flore, dit-elle immédiatement. Pardonne-moi de m'être si mal comportée avec toi.

– Je peux comprendre ta réaction. Pourquoi ce revirement de situation ?

– Lorsque tu as chuté dans les escaliers, j'ai pu ressentir ta douleur et ton angoisse pour William.

– Tu as ressenti ! Mais comment ?

– Je ne sais pas. Et puis il y a…

Elle jeta un petit coup d'œil à Robert et tout son visage s'illumina.

– Il a su me dire les choses que je voulais entendre.

– C'est-à-dire ?

– Écoute Flore, nous en reparlerons plus tard si tu le veux. Sache juste que je ne renie plus mon géniteur, ni toi, même si je t'en veux encore énormément. J'ai encore parfois beaucoup de mal à me contrôler mais j'apprends. Cependant, Grégoire doit continuer de croire que je suis de son côté. J'aurais toujours cette part sombre en moi qui l'attire.

– Non ! Il est dangereux.

– Mon géniteur veut savoir ce qu'il cache et étant assez proche de lui ce sera plus simple pour moi de glaner des informations.

– Terence ne peut te demander cela. Je refuse que tu le fasses.

Elle fronça les sourcils et sa voix devint plus autoritaire.

– Je ne te demande pas ton approbation Flore, je voulais juste te mettre au courant. J'aiderais mon géniteur si cela peut réparer le mal que j'ai fait. Comprends-moi, j'ai pris la vie de deux humains, jamais je ne me le pardonnerais. Si je peux éviter d'autres morts grâce à ce que je découvrirais, je n'hésiterais pas.

– Et que fais-tu de Robert ?

– Les loups ne sont pas nos ennemis Flore. Il ne sera jamais loin de moi.

– Mais Terence m'a dit que vous ne pouviez être liés.

– C'est exact ! Cela ne nous empêche pas de ressentir de l'amour l'un pour l'autre. Aucun vampire ne s'unit à un loup. C'est ainsi. Il faut que je parte maintenant.

– Mélanie attend !

– Bientôt Flore, bientôt je repasserais.

Déjà Paul m'avait rejoint alors que je regardais tristement l'ombre de ma sœur et de Robert s'éloigner.

– Que connais-tu des loups Paul ?

– Peu de chose, j'en ai croisé quelques-uns au cours de mon existence. Ils sont respectueux de nos principes comme nous le sommes des leurs. Chacun vit de son côté sans intervenir. Mais comme Terence et Joseph, certains de nos deux mondes deviennent amis.

– Pourquoi sont-ils intéressés par ma sœur ?

– Je ne peux répondre à cette question.

J'étais lasse de cette vie où rien n'était simple. Moi qui par le passé me plaignais parfois de ma vie routinière amis/boulot/dodo, je donnerais beaucoup aujourd'hui pour retrouver un peu de cette routine. La simplicité me manquait, mon existence partait dans tous les sens. J'étais égarée à un carrefour où plusieurs directions m'étaient proposées, incapable de savoir où tous ces chemins allaient me mener, ni lequel je devais emprunter.

Nous rentrâmes tranquillement au manoir, moi toujours dans mes pensées embrouillées et Paul respectant mon silence.

– Il neige, dis-je soudainement en arrivant au manoir.

Paul éclata de rire.

– Tu es incroyable comme humaine.

Je le regardais sans comprendre.

– Toute ta vie est chamboulée, nous sommes entourés d'ennemis, ta propre vie est en danger et tu t'émerveilles pour quelques flocons de neige.

En le voyant ainsi, il fallait bien le reconnaître j'avais parfois des réactions plus qu'imprévisibles.

Tout était silencieux à l'intérieur. Pas l'ombre de William dans la demeure.

– Il doit être encore sorti, dis-je sans m'en rendre compte.

– Ce serait étonnant de sa part. Notre géniteur ne lui pardonnerait pas de te laisser encore sans surveillance. Je vais voir en haut.

– Bien, je serais dans la cuisine.

Il était étrange de voir que la nuit était déjà bien avancée et que j'évoluais sans la moindre fatigue. Il était urgent que je reprenne des habitudes d'humaine. Sans m'en rendre compte, je décalais mon univers vers celui de mon amoureux.

Lorsque Paul redescendit, je croquais à pleines dents dans un énorme morceau de pizza.

– Alors ? bafouillais-je.

Il grimaça devant ma nourriture. Mais ce n'est pas ce qui me gêna, ce fut plutôt son regard fuyant.

– Est-il là ?

– Il se repose, dit-il rapidement.

– Il se repose ? Tu plaisantes ? Depuis quand William se repose-t-il en pleine nuit sans raison valable ?

De nouveau son regard fuyait le mien.

– Que me caches-tu Paul ?

– Rien je t'assure. Veux-tu que nous regardions un film pendant que tu avales cette nourriture ignoble ?

Un film ! Là il me cachait vraiment quelque chose. Ni une, ni deux, je posais ma pizza et me dirigeais vers l'escalier.

– Flore non, laisse-le.

Une inquiétude passa dans ses grands yeux noirs.

– Laisse-moi passer Paul.

– Ce n'est pas une bonne idée Flore, crois-moi.

Devant ma détermination, il s'écarta en baissant les yeux. À l'étage toutes les chambres étaient fermées à l'exception de celle en face de la nôtre. Entrouverte, un filet de lumière se faisait voir. Hésitante, je regardais par la petite ouverture. Mon cœur se serra devant le spectacle qui s'offrait à moi. Ils étaient là tous les deux. Clémence, magnifique dans un peignoir sortant de la douche à en juger par ses cheveux mouillés, se planta devant William. Dieu merci il n'avait pas partagé ce moment avec elle car il était encore vêtu de la même manière que lorsque je l'avais quitté dans le parc pour aller rejoindre ma sœur. Je faillis pousser un petit cri d'effroi et trahir ma présence en voyant Paul près de moi. Sa main froide se posa sur ma bouche étouffant mon cri au creux de sa main. Je lui jetais un regard interrogateur, il mit son doigt sur ses lèvres pour que je garde le silence. J'aurais dû tourner les talons, m'enfuir à toutes jambes pour ne pas savoir, ne pas m'infliger une nouvelle souffrance qui pouvait me perdre à tout moment. Je ne pus. Mon corps ne répondait plus, je me mis à observer et à écouter.

– Tu devrais quitter ma chambre Clémence. Mon géniteur sera furieux s'il apprend cette situation.

– Et toi William ? Es-tu furieux de me voir ainsi devant toi, seuls comme avant ?

– Ce n'est pas respectueux envers Flore.

– Tu ne te souviens même plus d'elle et puis elle est absente alors profite.

Son peignoir glissa laissant apparaître son corps dénudé.

– Je suis uni à elle Clémence, remets ton peignoir.

Il me fallut puiser toute force en moi pour ne pas lui bondir dessus. Mais il fallait que je sache, que je vois par moi-même comment il allait réagir.

– Regarde-moi William, dit-elle d'une voix fine. Est-elle aussi désirable que moi ?

– Clémence !

– Tu vois, tu es incapable de répondre.

– La question ne se pose pas. Je dois la protéger, mon géniteur me l'a ordonné.

– Et l'aimer William ? As-tu envie de l'aimer ?

Son silence me brisa le cœur.

En un geste, elle le fit reculer contre le mur frottant son corps au sien. Je vis, comme si je me trouvais dans un monde parallèle, comme si je n'étais plus maître de ma vie, William sortir ses canines et ses yeux devenir presque noirs.

– Quoiqu'il arrive, tu ne pourras jamais avoir avec elle ce que nous avons partagé. Elle est humaine, tu ne peux laisser tes pulsions prendre le dessus comme tu peux le faire avec moi. Ne me désires-tu pas William ?

– Je ne peux me laisser aller.

– Je le sens en toi, tout ton être me désire.

– Clémence non…

Elle l'attrapa par les cheveux et l'embrassa avec une fougue non retenue. S'il recula légèrement au début, très vite il répondit à ses avances. Ses lèvres prirent les siennes dans un grognement animal.

Ses mains descendirent le long de son corps remontant vers sa poitrine. Tout en lui appelait au désir. Un désir brutal, dans une rapidité qu'il n'avait jamais pu avoir avec moi. Je lui en voulais tellement. Pourtant, je ne pouvais détourner mon regard de ce spectacle aussi triste que cruel. Il la retourna pour qu'elle soit dos au mur et l'embrassa de nouveau. Tous leurs gestes étaient brutaux, à la limite de la violence. Je perdais le fil de mes pensées. Plus rien n'existait. Il allait se fondre en elle balayant tout ce que nous avions construit ensemble. Des larmes se mirent à couler sur mon visage. Larmes de souffrance, larmes de colère et larmes de désillusion. Elle ôta le pull de mon vampire pour caresser son torse, ce qui lui fit échapper un petit gémissement. Ce torse, mon torse où j'avais si souvent posé ma tête. Les mains de mon vampire reprirent leurs caresses avec encore plus d'impatience. Clémence voulut l'aider à enlever son pantalon lorsqu'il arrêta net ses caresses et ses baisers. Son regard devint moins sombre, il recula rapidement.

– Ne retiens pas tes envies William, laisse-toi aller.

Elle se rapprocha de lui embrassant son torse blanc. Durant quelques secondes, il ferma les yeux sous le désir qu'elle lui renvoyait. Puis d'un bond il s'éloigna.

– Je ne peux pas Clémence. Ne me demande pas pourquoi, c'est ainsi je ne peux la trahir.

En bien des points il l'avait fait.

– Tu es ridicule William, je peux t'offrir bien plus qu'elle.

Ma souffrance atteignit son point de non-retour. Tout en moi n'était que douleur, une douleur si forte qu'elle se mêla l'espace d'une seconde à l'esprit de mon amoureux. Comment cela se produisit-il ? Je n'en eus aucune idée et franchement cela m'importait peu. Il tourna sa tête vers la porte.

– Flore, souffla-t-il en remettant son pull.

Cela faisait un bon moment maintenant que j'étais là. Pas une seconde, même lors de notre retour avec Paul il n'avait entendu ou senti ma présence, trop absorbé par son envie pour elle. Une première dans l'attitude d'un vampire lorsque l'on sait que le moindre souffle attire leur attention. J'ouvris enfin cette maudite porte entièrement le fixant avec désarroi.

– Rhabille-toi, ordonna-t-il à Clémence en lui lançant son peignoir.

Mon amoureux volage ne tarda pas à retrouver le beau bleu azur de ses yeux et à rentrer ses canines. Tout désir en lui avait disparu. Il fit un pas vers moi, un pas de trop qui me fit perdre mon self-control.

– Tu n'as plus rien de commun avec le William dont je suis tombée amoureuse.

– Flore je…

– Tout ce que tu pourras dire serait inutile William. Comment as-tu pu me faire cela ? Et dans notre demeure.

– Je ne voulais pas te faire souffrir. Ce n'est qu'un égarement. Je n'ai pas de souvenir de toi. Je n'arrive pas à imaginer ce qui nous lit et pourtant Flore, je n'ai pas pu aller plus loin avec elle. C'est si étrange.

– Je trouve moi que tu es déjà allé trop loin. Regarde-moi William et ose me dire que tu n'avais pas envie de lui faire l'amour. D'être toi entièrement.

Il n'eut le temps de répondre que Clémence se mêla de la conversation.

– Tu n'es qu'une simple humaine, comment as-tu pu concevoir que cette union durerait ?… quelle prétention de ta part, cracha-t-elle avec mépris.

Paul enroula sa main autour de sa gorge et la souleva de terre. Un acte surprenant de sa part mais qui me fit le plus grand plaisir.

– Elle est sienne que cela te convienne ou pas, lui rétorqua-t-il. Laisse mon frère tranquille Clémence ou je t'assure que la colère de ton géniteur ne sera rien à côté de la mienne.

Ses yeux devinrent ronds comme de gros calots. Il la fit retoucher terre en desserrant son emprise. Elle chercha un peu de soutien de la part de William.

– Pars Clémence. Paul a raison, tu n'as plus rien à faire ici

Fut la seule réponse qu'elle eut. J'en avais fini moi aussi avec lui.

– Paul raccompagne-moi tu veux. Je ne veux plus rester ici.

– Flore attends, mon géniteur va être furieux si tu pars ainsi.

– Il n'y a donc que la colère de Terence qui t'importe !

– Bien sûr que non !

– Tu es pathétique William.

Il voulut me retenir, Paul s'interposa.

– Je n'ai jamais été vraiment adepte des unions vampires/humains, mon frère. Mais elle ne méritait pas ce que tu viens de lui faire subir.

– Ne me dis pas comment me comporter avec elle.

Cette fois-ci ce fut Paul qui perdit son sang-froid.

– En une nuit tu l'as laissé se faire agresser et tu l'as trompé. Et elle devrait t'ouvrir les bras sans rien trouver à redire juste pour soulager ta conscience et calmer notre géniteur. Aucune femme humaine ou vampire ne te pardonnerait aussi facilement, amnésique ou pas. Tu l'as fait en ton âme et conscience. Sois prêt à en subir les conséquences.

On aurait pu en débattre pendant des heures, Paul venait de résumer la situation en une phrase. Si ma surprise fut totale, William, lui, resta sans voix devant la répartie de son frère. Je me serais attendue venant de sa part à quelque chose comme *« je l'avais bien dit qu'une relation avec une humaine n'amène rien de bon »*, ou, *« toujours au centre des conflits Flore, tu ne changeras jamais »*. Il n'y avait pas que mon vampire préféré qui était différent. L'influence d'Élodie ?

Je quittais le manoir en laissant derrière moi regret, trahison et amour perdu.

IX

À mon appartement, après le départ de Paul, je me sentais plus seule que jamais. Les images de William et Clémence hantaient mon esprit. Le courrier qui m'attendait n'arrangea rien. Des photos et toujours des photos. William au milieu du salon du manoir en train de se vider de son sang, Clémence et William en sortie la nuit souriant et heureux d'être ensemble. Ce fut la goutte de trop, je m'écroulais en larmes sur mon lit. Mon cœur saignait, j'aurai dû être reconnaissante d'avoir retrouvé en Mélanie une parcelle de ma sœur mais la trahison de William prenait le dessus. Pour moi, j'avais tout perdu. Et la seule personne qui pouvait encore m'apporter un peu de tendresse arriva aussi vite qu'il put dès que je l'eus appelé. À peine avait-il franchi le seuil de ma porte que je m'effondrais dans ses bras.

– Et bien Flore, que se passe-t-il ?

Entre deux sanglots, je lui racontais toute l'histoire. Enfin, celle de William et Clémence. Pour ma sœur, cela n'était pas nécessaire.

– Quel enfoiré ! s'exclama-t-il plus furieux que jamais.

– Il n'a aucun souvenir de moi Erwan. Tu te rends compte, je l'ai perdu à jamais.

– Vu ce qu'il vient de te faire, j'espère que tu resteras éloignée de lui.

– Et bien…

– Tu n'as pas le choix Flore. Je serais près de toi, tu verras tout va bien se passer.

Oublier William, tirer un trait sur notre union. J'en étais incapable.

– Pour le moment j'ai juste besoin de dormir.

– Alors va dormir ma belle, je reste ici.

Savoir qu'il était près de moi me réconforta légèrement.

« Le vent souffle dans les branches des arbres de cette forêt où je me suis perdue. Chaque son qui me parvient m'effraye un peu plus. Aucun chemin n'est visible, aucune habitation en vue. La nuit tombe d'un bloc et pourtant je vois clair comme en plein jour. Dans chaque buisson, des petits yeux luisants me suivent, me surveillent, prêts à bondir à n'importe

quel moment. Terence adossé à un arbre me fait signe de le rejoindre. Pour arriver jusqu'à lui je dois prendre un passage parsemé de branchages, chaque fois que j'écarte une branche, une personne connue m'apparaît. Mélanie souriante au côté de Grégoire qui savoure sa victoire, elle est devenue comme lui. William, dansant avec Clémence, avec sa mémoire lui faisant toujours défaut. Erwan assis par terre se retourne sur mon passage, il a l'air si différent. Enfin j'arrive près de Terence, son sourire illumine son visage et l'éclair frappe. Le jeune vampire aux yeux injectés de sang lui enfonce un pieu dans le dos. Terence tombe à terre, du sang jaillit de toute part et un torrent de sang m'emporte avec lui. »

J'avais sûrement dû crier pendant mon sommeil car Erwan entra dans la chambre au moment où je m'asseyais en sueur dans le lit. Il me berça doucement dans ses bras.

Je me rendormis et mon sommeil fut plus léger et réparateur.

Erwan resta à mes côtés comme tout ami l'aurait fait. Nous parlâmes longuement de William. Il campait sur ses positions, je devais tirer un trait sur lui. Pour moi, cela était bien différent. Il me manquait déjà, outre son comportement inexcusable avec Clémence, je ne pouvais me faire à l'idée de l'avoir perdu. Et puis surtout, ce petit contact que nous avions eu l'un envers l'autre pendant cette furtive seconde me redonnait l'espoir d'un retour possible de notre lien.

À la nuit tombée, Terence me rendit visite. Pour ne pas être indiscret, Erwan nous laissa seuls, à regret, mais seuls tout de même.

C'était la première fois que je voyais Terence aussi désolé pour moi.

– Mon enfant, je ne cautionne pas le comportement de mon fils, ni celui de Clémence. Et crois-moi, je ne fus pas tendre avec eux.

– Merci monsieur.

– Flore, pourras-tu lui pardonner son comportement ? Il n'est pas celui que tu connais. Cela va être une torture pour lui quand il aura retrouvé la mémoire.

– Il est si différent de tout ce que je croyais monsieur. Je n'avais jamais vu ce côté si personnel de sa personne. Je l'ai toujours vu comme le William qui partage ma vie.

– Tu as tendance à oublier que nous ne sommes pas humains

Flore, là est ton problème. Tu ne vois en nous que le bon côté mais il faut que tu acceptes ce côté plus vampire qui vibre à l'intérieur de nous.

– Pas besoin d'être vampire pour trahir quelqu'un.

– En un sens il ne t'a pas trahi Flore, il ne se rappelle pas de toi.

– Vous prenez donc sa défense !

– Ne réagis pas comme une enfant !

– Je ne réagis pas comme une enfant !

– Un peu si !

– Mais…

J'éclatais de rire. On aurait dit mon père qui essayait de me raisonner. Combien de fois avais-je connu pareille situation pendant mon adolescence.

– Il est vrai que cette situation est des plus cocasses, s'amusa-t-il avant de changer de conversation. Je sais que tu te fais du souci pour ta sœur.

– C'est vrai, comment avez-vous pu la laisser prendre un tel risque ? Jouer les espionnes pour vous, cela est plus que suicidaire.

– Elle donne un sens à sa nouvelle vie.

– Un sens ! Elle risque sa vie vous voulez dire.

– Ne la vois plus comme ta sœur humaine Flore mais comme l'une des nôtres. Elle n'est pas si fragile que tu le crois.

– En tout cas, je ne suis pas d'accord avec votre décision.

– Ce n'est pas grave Flore, je ne te demande pas ton avis.

Au moins cela était clair.

– Bien, je reviendrais te voir. Mais il faudra bien que tu revoies William un jour ou l'autre.

– Pas pour le moment. La galerie organise une exposition privée vendredi soir, laissez-moi ces quelques jours et je verrais après.

– Très bien Flore, nous veillerons sur toi. Ne fais rien que tu pourrais regretter avec Erwan. Je sais que William ne l'apprécie pas plus que cela.

– Oui, monsieur.

Je me hissais sur la pointe des pieds et déposais un baiser sur sa joue. Petit geste que j'aimais partager avec lui.

– Mon inconsciente petite humaine, dit-il en caressant ma joue avant de sortir.

Mon affection pour Terence n'était pas à remettre en question. Pour le moment, je préférais rester loin d'eux et de tout ce qui faisait leur monde. J'avais besoin de cet éloignement provisoire pour me remettre en question, pour retrouver un peu ma vie d'humaine et pour savoir tout simplement où je me dirigeais.

Et ces quelques jours loin du manoir furent un vrai retour aux sources. J'en arrivais même à oublier les menaces qui planaient au-dessus de ma tête mais pas l'absence de William.

Elodie et moi prîmes le temps de faire les essayages des robes choisies par Ophélie et j'en profitais pour lui parler un peu de Paul. « *Cet homme est étrange, il ne vient que lorsqu'il le décide, toujours tard le soir. Et quand il repart, j'ai l'impression d'avoir oublié quelque chose, un truc important dont je n'arrive jamais à me souvenir. Aucun homme ne m'avait traité comme lui jusqu'à maintenant mais ses yeux me font craquer, alors j'accepte… du moins pour le moment* ». Voilà ce que j'en avais tiré. Un homme étrange, là j'étais bien d'accord avec elle. Je me demandais qu'elle serait sa réaction si elle apprenait sa véritable identité. Pensée vite chassée puisque Paul ne verrait jamais en elle qu'un simple amusement. Vu l'étincelle qui allumait son regard quand elle parlait de lui, j'en étais navrée pour elle. Le reste du temps je le passais avec Erwan, notre complicité était un réel plaisir. Les discussions, les films, son travail et mon travail agrémentaient les moments que nous partagions. Il avait même complètement occulté le fait que chaque soir un vampire veillait sur moi dans l'ombre. Mais lorsque j'allais me coucher, ma mélancolie revenait inlassablement, mes larmes me soulageaient un peu du manque de William. Mon corps, comme mon âme, souffrait de son absence.

Le jour de la présentation de mes nouvelles œuvres arriva. Cette soirée m'en rappelait une autre. Je fus assez triste de me préparer toute seule, en repensant à l'amusement qu'avait eu ma sœur à le faire avec moi le jour de mon premier vernissage. J'avais choisi une robe longue noire à bustier, légèrement évasée en bas grâce à un jupon en tulle. Des petites manches en soie écrue par-dessus finissaient simplement la tenue. Mes cheveux roux en chignon laissaient apparaître mon cou, rehaussé délicatement d'un petit collier en or jaune. Sans oublier mon petit bracelet de perles de culture roses qui me donnait l'impression d'avoir un peu de mon vampire avec moi, et un léger maquillage pour finir le tout.

Lorsqu'Erwan entra dans la chambre, je me débattais encore avec la fermeture de ma robe. Délicatement, il releva mon petit boléro et remonta la fermeture éclair.

– Tu es resplendissante.

– Merci. Tu n'es pas mal non plus dans ton beau costume. Je t'ai rarement vu en costume.

Doucement, il déposa un léger baiser dans mon cou, puis un deuxième. Le contact de ses lèvres chaudes me fit tressaillir.

– Erwan, il faut y aller.

Il me tendit son bras et c'est ensemble que nous arrivâmes à la galerie, déjà bondée de monde.

Bien sûr mes amis étaient présents, ravis de partager ce moment avec moi. Quelques questions d'Ophélie sur l'absence de William gâchèrent un peu le début de soirée, sans grande gravité.

Je me fondais au milieu des acquéreurs avec habileté suivie de près par Erwan, flatté d'être mon chevalier servant. Laura était aux anges, les commandes affluaient, rien de tel pour lui rendre son beau sourire. De temps en temps, je jetais un petit coup d'œil dehors espérant toujours voir apparaître William comme il l'avait fait la dernière fois qu'il y avait eu une telle réception. Mais ce fut des petits yeux luisants que j'aperçus à l'extérieur rien de plus. Machinalement je pris mon téléphone et appelais Paul.

– Oui Flore.

– Maintenant que je connais une autre existence que la vôtre je pense qu'il y a des loups pas très loin de la galerie.

– En es-tu certaine ?

– Je n'en ai jamais vu mais ces yeux luisants dans la nuit me font penser que…

– Nous ne sommes pas loin, reste à l'intérieur surtout.

Arriverais-je un jour à faire une soirée sans qu'aucun danger, dispute ou règlement de compte viennent la chambouler ? Vous pensez que non, je suis d'accord avec vous. J'étais en train de boire une coupe de champagne lorsqu'une main froide se posa sur ma hanche et vu le regard que me lança Elodie je compris de qui il s'agissait.

– Bonsoir jolie demoiselle.

– Paul.

– Alors, continua-t-il en murmurant à mon oreille, si tu me montrais où tu as vu ces yeux qui t'intriguent tant.

J'indiquais discrètement du doigt un petit endroit en face de la galerie.

– En face monsieur, non loin du parking, dit-il à voix basse.

– William est-il là ?

– À l'extérieur avec Terence.

– Et Clémence ?

– À l'extérieur avec Alexandre.

Elodie s'approcha de nous tranquillement et Paul enleva sa main de moi. Je les laissais seuls sachant pertinemment qu'il restait en alerte. Erwan, pas très heureux de voir Paul, avait un peu perdu de sa bonne humeur.

– Doit-on s'attendre à voir arriver William ?

– Ne sois pas ridicule Erwan, il n'y a que Paul. Il voulait voir comment se passait l'exposition.

Je ne me voyais pas lui dire qu'il y avait certainement des loups à l'extérieur. J'avais évité subtilement de l'avertir de cette nouvelle découverte. La soirée se poursuivit sans encombre. Tout le monde était presque parti à l'exception d'Élodie, de Paul, de moi et d'Erwan. Laura me demanda de la suivre dans son bureau pour faire un point sur les ventes.

– Attendez-moi dehors, je n'en ai pas pour longtemps.

Heureuse du résultat de la soirée, Laura me fit mille et un compliments. J'avais hâte d'enlever ce maudit plâtre pour pouvoir reprendre le travail. Après quelques phrases supplémentaires, je la saluais pour prendre congé. Tout bascula à cet instant. Le jeune vampire aux yeux injectés de sang se figea devant Laura la mettant entièrement sous son emprise.

– Bonsoir Laura, lui dit-il. Je suis Jonas.

Voilà comment j'appris son prénom.

– Bonsoir Jonas, lui répondit-elle.

– J'aimerais beaucoup acquérir l'un des tableaux de votre artiste. Pouvez-vous me donner un catalogue ?

Pendant que Laura cherchait ce que lui avait demandé Jonas, il se tourna vers moi.

– Je déteste que l'on mette le nez dans mes affaires.

– De quoi parlez-vous ?

– Appeler un loup pour fouiller partout n'est pas ce que Terence a fait de mieux.

Là, je crois qu'il parlait de Joseph.

– Je ne suis pas responsable des décisions de Terence.

– Je sais, reprit-il en souriant. Mais un avertissement le calmera peut-être. Ton influence sur lui est assez intéressante.

Je me retournais pour voir où se trouvait Paul.

– Si tu cherches tes amis, ils sont un peu occupés actuellement. Je protège souvent mes arrières Flore.

Grégoire arriva avec ma sœur qui jouait son rôle à la perfection. En un mouvement il avait emprisonné Laura dans ses bras qui toujours sous l'emprise de Jonas ne paniqua pas.

– Lâche-la Grégoire, elle n'est pour rien dans cette histoire.

– Je t'avais prévenu Flore, plus personne autour de toi ne sera en sécurité.

– Demande à tes protecteurs de cesser leur petite enquête ou elle ne sera pas la dernière, reprit Jonas.

– S'en prendre à une femme sans défense, c'est lâche.

– Oui mais amusant, se moqua Grégoire.

Ma sœur, toujours en retrait, allait intervenir quand la lame frappa Laura qui hurla de douleur. Plus d'emprise sur elle, juste de la souffrance et du sang. Ce sang que j'avais tellement vu en rêve, qui se déversait sur le tapis. J'étais dans mes propres cauchemars.

– Ne bouge pas Flore, me dit ma sœur en me retenant.

Geste qu'apprécia énormément Grégoire mais moi je savais qu'elle me protégeait, rien de plus. Je pouvais sentir sa peine à mon égard. Un deuxième coup frappa Laura qui s'écroula inconsciente sur le tapis ensanglanté.

– Non, hurlais-je en la voyant ainsi à terre.

Jonas prit mon visage entre ses doigts.

– Demande-leur d'arrêter leurs recherches ou je reviendrais.

Trois déplacements d'air plus tard, je me retrouvais à genoux aux côtés de Laura qui ne respirait plus.

– Je t'en prie Laura ouvre les yeux. Au secours ! me mis-je à crier à tout va.

William entra le premier dans le bureau.

– Mon Dieu Flore, recule-toi. Laisse-moi voir.

Tel un automate, je fis ce qu'il dit.

– Je suis désolé, il n'y a plus rien à faire.

– Jonas, dis-je machinalement. C'était Jonas et Grégoire.

Terence et Alexandre arrivèrent à leur tour, du sang sur leurs vêtements. Le combat qu'ils venaient de livrer n'avait pas dû être une partie de plaisir.

– Sors Flore de cette pièce mon fils.

– Non, je veux rester avec elle.

– William, sors-la d'ici immédiatement ! Tout ce sang est une abomination à ses yeux.

Il me souleva de terre et m'emmena à l'extérieur. Dehors, l'air fouetta mon visage et j'eus juste le temps de me baisser dans une petite rigole pour vomir tout ce que j'avais dans l'estomac. Le sang de Laura sur les mains, je tremblais de partout.

Erwan vint nous rejoindre, Paul également.

– Erwan, soufflais-je alors qu'il s'approchait de moi.

Mon vampire mettait un visage sur ce nom et il n'avait pas l'air heureux de sa présence. Mon ami me serra quelques secondes dans ses bras avant de se reculer.

– Tu trembles de partout, tiens mets ma veste.

– Ce n'est pas nécessaire Erwan, renchérit William en posant son blouson en cuir sur mes épaules.

– Où est Elodie ?

– Dans la voiture, ne t'inquiète pas pour elle.

– Tu es blessée ? Tes mains sont en sang, s'inquiéta Erwan.

Curieusement, amnésique ou pas, William avait du mal à le supporter. Ce fait ne changerait donc jamais.

– Ce n'est pas son sang, c'est celui de Laura.

– Elle est blessée ?
– Morte, dis-je en sanglotant.
Erwan tourna son regard vers celui de William et toute sérénité de sa part-prit fin.
– C'est de ta faute et celle des tiens ! Combien de morts faudra-t-il encore pour que vous disparaissiez de sa vie ?
– Erwan !
– Non Flore, il est temps que tu te rendes compte du danger qu'ils représentent.
– On ne te demande pas ton avis.
– William !
Franchement, par respect pour Laura, et vu les événements ce n'était pas le meilleur moment pour une explication. Pourtant, rien ne les calmait.
– Sans vous dans sa vie, elle serait plus heureuse.
– Non, elle serait morte, répondit Paul.
– Vous êtes donc des héros.
– Maintenant cela suffit Erwan, je t'en prie.
– Flore réagis ! Ils ne sont pas humains, leurs réactions te mettent en danger à chaque seconde.
– Comment cela pas humain ?
La voix douce d'Élodée mit un point final à la conversation.
Tous les regards étaient posés sur elle.
– Paul, comment cela pas humain ? redemanda-t-elle avec insistance.
– Laissez-moi seul avec elle.
– Paul, tu devrais peut-être lui dire…
– Flore n'intervient pas, je sais ce que j'ai à faire.
William me prit la main et m'entraîna avec lui. Erwan préféra partir de son côté.
– Et pour Laura ? murmurais-je.
– Terence fera le nécessaire. Toute question, toute enquête doit être évitée. Il saura gérer la situation. Je te ramène maintenant.
Je ne voulais pas savoir ce qu'allait faire Terence. Je voulais juste rentrer et ôter de moi tout ce sang. Dans la voiture, je lui indiquais

le chemin de l'appartement et ne dis plus un mot. J'étais heureuse qu'il soit près de moi après ce que je venais de vivre.

Dès mon arrivée je me lavais les mains plus que nécessaire et il fut obligé de couper l'eau du robinet pour m'obliger à arrêter. Mes nerfs lâchèrent, je fondis en larmes en me laissant glisser contre le sol. Mon amie était morte alors qu'elle n'avait absolument rien à voir avec mes histoires, elle était morte sans même savoir pourquoi. Une vie volée pour rien, juste par cruauté.

Gentiment il m'aida à me relever.

– Viens Flore, il faut te reposer.

Je me déshabillais machinalement, devant lui, oubliant tout ce qui nous séparait. Ses yeux ne quittaient pas mon corps. Je le vis même sourire en me voyant porter une de ses chemises comme vêtement de nuit. Il me borda comme une enfant.

– Ne pars pas, reste s'il te plaît, dis-je en lui tendant la main.

Il revint près du lit ne sachant quoi faire.

– William, prends-moi dans tes bras.

– Flore, je ne pense pas que ce soit une bonne idée.

– Tu as peut-être oublié tout ce qui nous unit mais pas moi. Je t'en prie, j'ai besoin de toi, de ton apaisement. Je veux juste dormir et ne plus penser.

Il s'allongea contre moi avec une certaine retenue. Je me glissais pour pouvoir mettre ma tête sur son torse. Malgré la présence de son pull, je pouvais sentir sur ma joue sa peau froide que j'aimais tant. Chaque fois que je fermais les yeux, le sang de Laura m'apparaissait, et les rouvrais en sursautant.

– Calme-toi Flore, laisse-toi aller, dit-il en relevant mon visage vers lui.

La douceur de ses yeux eut l'effet escompté, mon corps se détendit et je glissai dans le sommeil quelques minutes plus tard. Pourtant, ce sommeil fut de courte durée. La vision de Laura hanta mes rêves et je me réveillai en tremblant. Ses bras autour de moi, William n'avait pas bougé d'un cheveu.

– Chut Flore, je suis là, tu n'as rien à craindre. Mon Dieu, tu es si fragile, murmura-t-il.

– Ils l'ont tué William. Uniquement pour que Terence cesse de les espionner. Uniquement pour ça.

– Je sais Flore, je suis désolé pour ton amie.

– La vie est un véritable enfer.

– Non, se pressa-t-il de répondre en me relevant vers lui. La vie est une chose formidable, les épreuves font partie de l'existence. Tu dois garder foi en toi et vivre chaque seconde comme un cadeau.

– Pourquoi ? Je perds toutes les personnes qui me sont chères. William, je t'ai même perdu toi.

– Je suis là.

– Pas complètement.

Mes yeux cherchaient du réconfort dans les siens, un soupçon de tendresse les traversa. Il se pencha légèrement vers moi, hésitant, avant d'embrasser furtivement mes lèvres.

– N'arrête pas, lui soufflais-je avec espoir.

– L'aube s'annonce.

– Mon appartement fait barrage à toute lumière extérieure.

– Flore, ne te méprends pas, ce n'est pas de l'amour… juste… juste…

– De la pitié ?

– Non, du désir. Tu es si belle, si fragile entre mes bras.

Je lui en voulais encore d'avoir partagé avec Clémence un moment si intime. Mais les événements de la nuit changeaient ma façon de voir. Demain, tout pouvait s'arrêter, je refusais de quitter ce monde sans avoir encore senti la fièvre de son corps. Il me regarda longuement avant de se laisser aller à m'embrasser de nouveau. Ses mains glissèrent sur ma peau comme si c'était la première fois, découvrant chaque courbe qui me caractérisait. Se retenant plus qu'à l'habitude, ses caresses furent maladroites par moments mais toutes aussi sensuelles. Lorsqu'il vint en moi, ses yeux prirent automatiquement leur couleur sombre. Enfin, il se lâcha et me fit l'amour avec ce soupçon de brutalité qui m'emportait vers les cieux de l'orgasme. Si ses canines se montrèrent sous l'excitation, il ne prit pas la moindre goutte de mon sang. Frémissante encore de sa passion, je m'enroulais autour de son corps. L'échange que nous venions de partager fut aussi violent dans le plaisir que les précédents. À la différence qu'aucune connexion ne se fit, ni pendant, ni après. Et ce qu'il me demanda fut un peu moins romantique que ce que j'aurais souhaité.

– Faisions-nous souvent l'amour Flore ?

Un petit rire m'échappa.

– Oui très souvent, surtout depuis que tu m'avais donné ton sang la deuxième fois.

– Je t'ai donné mon sang deux fois ? s'étonna-t-il.

– Pour me sauver la vie, j'étais sur le point de mourir.

– Pourquoi ne t'ai-je pas transformé ?

– Ce n'est pas mon choix.

– Terence m'a dit que notre amour n'avait pas d'égal et tu refuses un jour de faire partie de mon monde !

– Nous avons eu cette conversation des dizaines de fois, je n'ai pas envie d'en reparler maintenant. Dis-moi plutôt ce que tu ressens en cet instant.

– C'est étrange, je me sens comme en conflit avec moi-même. Je ne te connais pas. Pourtant, je ressens pour toi une attirance permanente.

– Étais-tu réellement amoureux de Clémence ?

– Clémence et moi c'est du passé Flore. De plus, ceux de ma race n'aiment pas parler de leur vie.

– J'ai cru comprendre oui. Je ne connais de toi que quelques bribes, quelques passages que tu as bien voulu me confier. Mais savoir ce que Clémence a représenté pour toi est d'une grande importance pour moi.

– Flore, remuer le passé n'est pas…

– S'il te plaît, dis-moi.

– J'ai connu Clémence et son frère Simon dans les années trente, lorsque Terence m'emmena voir son frère Alexandre avec lui.

– Ici même, à Paris ?

– Oui.

Il me serra un peu plus fort contre lui, une frustration s'empara de moi. Ma curiosité m'emmenait sur un terrain inconnu. Étais-je prête pour cela ?

– Dès que je l'ai vu, son élégance, sa fraîcheur, sa joie de vivre perpétuelle m'a attiré, elle était tout le contraire de moi. Il faut que tu saches qu'elle était une jeune vampire, elle s'émerveillait de tout, d'un rien. Sa nouvelle vie n'était pas seulement une découverte, elle s'y épanouissait complètement. Rares sont les vampires si jeunes à réagir ainsi.

L'enthousiasme de sa voix à me narrer sa rencontre me fit mal. Je voulus m'écarter de lui mais il m'en empêcha et continua son récit.

– Une légèreté que j'avais oubliée, m'a emporté à son contact. Je passais le plus clair de mon temps à ses côtés, elle animait mon existence de sa fougue. Tout naturellement, nous nous sommes rapprochés, jusqu'à devenir amants. Pas de questions sur l'avenir, que du plaisir à partager. Pendant quelque temps nous avons vécu ensemble. Mais très vite elle a développé pour moi des sentiments que je ne partageais pas.

– Tu ne l'aimais pas ?

– Si, j'ai eu des sentiments pour elle. Pas aussi fort que ceux qu'elle éprouvait pour moi. Nous n'étions plus du tout en accord, je refusais de lui donner ce qu'elle espérait.

– Que voulait-elle exactement ?

– Elle attendait beaucoup trop de moi. Un acte que je ne pouvais lui offrir, que je n'aurais jamais cru faire un jour dans mon existence.

Je sentis mon cœur s'emballer. Je me redressais et plongeais mon regard dans le sien.

– Elle voulait faire le lien du sang avec toi, elle t'aimait donc à ce point ?

– Oui elle le désirait. Flore, si j'avais accepté, je me serais menti à moi-même. Mes sentiments pour elle n'atteignaient pas la force des siens. J'ai alors préféré mettre un terme à notre union.

– Elle a dû se sentir rejetée, bafouée William. Vampire ou humain, une rupture reste une rupture.

Je n'arrivais pas à croire ce que je venais de dire. J'avais de la compassion pour elle. Incroyable !

– Elle est partie loin de moi.

– L'as-tu souvent revu avant son retour il y a peu de jours ?

– Une seule fois, une rencontre brève et très distante. Simon m'a dit qu'elle avait souvent des aventures avec des humains, uniquement pour le sexe, tu sais ensuite ils ne se souviennent plus…

– Je sais comment cela se passe entre vampires et humains en général.

– Bref, elle a eu également une relation avec un autre vampire, qui ne dura pas.

Sa confidence me toucha, même si dorénavant je savais qu'elle représentait pour mon couple un danger bien plus grand que celui que je n'imaginais. Pour elle rien n'était terminé. C'était du passé, je n'aurais pas dû me sentir menacée par sa présence. Mais vu la beauté de Clémence et l'égarement qu'il avait déjà eu avec elle la semaine passée, je savais qu'elle n'en resterait pas là. Je me rallongeais contre lui, sans un mot et finis par m'endormir, avec une crainte en moi.

À mon réveil, William avait déserté le lit. Dans le salon, assis sur le divan, il buvait tranquillement un café.

– Je me suis permis de faire du café.

– Tu es ici chez toi William, tu n'as pas à te sentir gêné.

– Mais je le suis Flore.

Oh je sentais bien l'explication qui allait me mettre de mauvaise humeur. Un café s'imposait pour moi.

– Toi aussi tu aimes le café ? demanda-t-il en souriant.

– Pas autant que vous et surtout pas autant que Terence, je n'ai jamais vu quelqu'un en consommer en si grande quantité.

– C'est un relaxant pour nous.

– Ah oui ? – Je venais de découvrir le mystère du café – c'est plutôt un excitant pour nous. Bien si tu me disais pourquoi tu es gêné.

– Cette nuit fut magique Flore mais je ne veux pas qu'elle te donne de faux espoirs.

– Je n'attends rien.

– Alors tant mieux car je ne peux t'offrir plus. J'espère que tu peux le comprendre.

– Même si cela est difficile pour moi, je l'accepte William.

Déçue je l'étais, mais en m'offrant à lui cette nuit je savais également à quoi m'en tenir. De plus, la tristesse de la mort de Laura refit son apparition.

– Je ne voulais pas te blesser.

– Ce n'est pas toi, c'est Laura.

– Terence a appelé pendant ton sommeil. Ne crains rien, tout est rentré dans l'ordre, c'est passé pour une simple agression. Un voyou qui croyait qu'elle renfermait de l'argent dans son coffre.

– Ce n'est pas ce qui atténuera ma peine. N'êtes-vous jamais triste lorsque la mort frappe l'un des vôtres ?

– Bien sûr que si Flore. Mais si nous devions nous laisser emporter par la tristesse et les remords chaque fois que l'un des nôtres n'est plus, notre existence serait bien sombre.

C'était un point de vue, pas le mien en tout cas.

Je savais que Laura n'était pas de la région, sa famille allait rapatrier son corps près d'eux. Je n'aurais même pas l'occasion de lui faire mes adieux. Une pensée qui me déchira un peu plus le cœur. Et puis je maudissais Grégoire pour sa cruauté. Pour la première fois depuis que j'avais appris sa transformation, plus aucun sentiment de notre passé ne survécut, je ne ressentais plus rien du tout pour lui. Je le haïssais.

– Comment Terence a-t-il rencontré Joseph ?

– Mais c'est vrai que tu es très curieuse, s'amusa-t-il.

– Je n'aime pas être dans l'ignorance.

– Une nuit où Terence était parti chasser non loin d'une forêt, il entendit un cri de douleur jaillir d'un sentier à quelques mètres de lui. Il y avait des humains qui couraient dans tous les sens, armes à la main. Il resta caché très longtemps dans un arbre à les observer jusqu'à ce qu'ils perdent patience et abandonnent leurs recherches, ne trouvant pas la bête qu'ils avaient blessée.

– Dans un arbre ?

– Flore nous pouvons bondir à des hauteurs que tu n'imagines même pas.

Et non je ne connaissais pas tout des dons de mon vampire.

– Une fois seul, Terence suivit l'odeur du sang sur les feuilles qui recouvraient en un tapis de couleurs les sentiers de la forêt. Lorsqu'il arriva à l'endroit où l'odeur du sang était la plus forte, il savait pertinemment ce qui allait trouver. Son géniteur lui avait parlé des loups lui expliquant tout ce qu'il y avait à savoir d'eux. Cependant il n'en avait encore jamais croisé. En poussant les branches qui jonchaient sur le sol, il le découvrit, recroquevillé sur lui-même, nu sous sa forme humaine avec une vilaine blessure au ventre. Les chasseurs avaient des balles en argent, pas de chance pour lui.

– C'est donc vrai l'argent leur est néfaste ?

– Oui. Il l'enroula dans son manteau et le porta jusque chez lui. Il le soigna pendant deux jours sans relâche, lui offrit même un peu de son propre sang pour lui rendre sa vitalité.

– Son sang ? Mais je croyais qu'il ne fallait pas ?

– C'est un loup Flore, rien à voir avec des humains, aucune conséquence ne peut en ressortir. Lorsque Joseph fut entièrement remis de ses blessures, il resta quelque temps avec Terence. Il se sentait redevable envers lui et ils devinrent amis. Ils ne se revirent pas pendant plusieurs années, jusqu'à ce que Joseph ait vent de ce qui s'était passé avec Joséphine. Je fis sa connaissance à ce moment-là. Il vint apporter son soutien à Terence, en secret. Il n'approuvait pas particulièrement la conduite de mon géniteur mais ne le jugea pas. Bien au contraire il l'écouta attentivement, arrivant après de longues discussions à le persuader d'arrêter de pourchasser le vampire responsable de la mort de Joséphine, pour son propre salut et pour ne pas mettre davantage sa famille en danger. C'est un homme droit et autoritaire, un chef de meute respecté tout comme l'est Terence. Je le respecte pour l'aide qu'il a apportée à mon géniteur, pourtant je reste méfiant envers ceux de sa race.

– Pourquoi ? Sont-ils plus forts que vous ?

– Non absolument pas, sauf en nombre conséquent. Mais lorsqu'ils se transforment ils deviennent parfois incontrôlables. Leur humanité est toujours présente mais le loup prend le dessus.

– Y a-t-il des bons et des mauvais comme pour vous ?

– Pas exactement, leurs caractères se forgent après leur transformation. Un loup de pure race sera bien plus combattant qu'un loup engendré par un chef de meute. Ce dernier sera bien plus instable.

– De pure race ?

– Un loup né par une mère fécondée par un loup, pas un humain transformé par une simple morsure.

Je fis une petite grimace. Tout cela faisait beaucoup pour mon cerveau de simple humaine.

– Des loups font des enfants à des humains ?

– Des grossesses difficiles. Bien souvent elles sont des échecs, l'enfant ne survit pas.

– Mon Dieu c'est horrible et comment tout cela a-t-il commencé ?

– Certains disent que c'est de la sorcellerie, d'autres une malédiction, voire une maladie. Pour la plupart, cela viendrait de Zeus qui aurait puni l'un de ses sujets pour avoir mis de la nourriture humaine dans un buffet.

– Pardon ?

Son petit rire amusé se fit entendre. Il s'installa confortablement au fond du canapé en croisant les bras.

– Comment tu ne connais pas cette histoire Flore ?

– Euh non !

– Mais qu'as-tu donc appris en faisant tes études ?

– Vraiment très drôle ! Explique-moi.

– Et bien on lui avait lancé le défi de reconnaître son Dieu Zeus sans ne l'avoir jamais vu. Sachant qu'un Dieu reconnaîtrait la chair humaine, il voulut ainsi le démasquer. Zeus en fut si offensé et en colère qu'il le changea en loup et ce fut le commencement d'une longue lignée. Mais ce n'est peut-être qu'un mythe Flore, comme tout ce qui nous concerne.

– Peut-être. Mais toi qu'en penses-tu ?

– Je pense que personne ne connaît vraiment la véritable raison… comme la naissance des vampires, et à quoi bon chercher. Nous existons, c'est ainsi. Est-ce bien ou mal, à chacun son opinion.

Cette conversation des plus troublantes trotta dans ma tête le reste de la journée. La vérité sur mon monde était encore remise en question. Après les vampires, voilà qu'apparaissaient les loups, tout cela paraissait invraisemblable. William, lui, continua à me parler de Joseph un long moment, peut-être une manière à lui d'éviter ainsi tout rapprochement trop intime avec moi. Si sa présence était un bien précieux, je n'arrivais pas à ôter de ma tête les menaces de Grégoire. Il fallait que je m'entretienne avec Terence et rapidement. Combien d'épreuves allais-je encore devoir franchir avant de retrouver un soupçon de sérénité ?

X

Le William amnésique n'eut pas le moindre mal à me laisser sortir pendant qu'il se reposait à l'appartement. Aucune recommandation, aucune question. J'avais tant souhaité que mon amoureux réagisse ainsi par le passé que j'aurais dû en être satisfaite. Au contraire, son indifférence me rappelait à chaque seconde le fossé qu'il y avait entre nous. En tout cas, cela me permit de me rendre au loft de Terence pour parler avec lui. Je ne l'avais pas prévenu. En pleine journée, je savais qu'il serait chez lui. Je devais lui faire prendre conscience de la gravité de la situation. Mener son enquête devenait dangereux pour les gens de mon entourage. Laura y avait laissé la vie et je refusais que d'autres êtres chers subissent le même sort. C'est donc dans un état d'esprit très remonté que j'ouvris la porte du loft sans même penser à frapper. Et ce n'était vraisemblablement pas une bonne idée de ma part. En refermant la porte, je me retrouvais face à une situation que je n'avais pas une seule seconde envisagé. Sur le divan, se tenait Terence au-dessus d'une jeune femme à moitié nue la tête rejetée en arrière qui gémissait sous les caresses du vampire, pendant que la bouche de celui-ci s'abreuvait avec envie de son liquide chaud. Machinalement, je mis mes mains sur ma bouche pour étouffer le petit cri de stupeur qui montait en moi. Trop tard, il tourna la tête en ma direction, un filet de sang coulant de sa bouche et le regard bien noir.

– Sors immédiatement Flore, grogna-t-il, et attend mon autorisation pour revenir.

Je sortis sans demander mon reste. Je faisais les cent pas devant la demeure, partagée entre l'envie de m'enfuir et l'obligation de rester pour ne pas l'énerver plus qu'il ne l'était déjà. Me retrouver devant lui me rendait très angoissée, après l'avoir vu dans une position si délicate. Bon sang Flore, mais pourquoi n'as-tu donc pas frappé ? me répétais-je en boucle en patientant. Depuis notre rencontre, je le voyais uniquement comme le géniteur de mon amoureux, un être compréhensif et sage figé à jamais dans ses trente-cinq printemps. Toujours élégant avec ses cheveux châtains très courts, coupés à la perfection, ses grands yeux marron qui lui donnaient ce petit côté doux et si impénétrable à la fois. La vision de lui se nourrissant sur une humaine me renvoyait de plein fouet sa véritable nature. Il avait raison, j'avais du mal à le voir lui et les siens comme des êtres de la nuit. Cette petite visite improvisée remettait les pendules à l'heure. La jeune femme sortit souriante et passa près de moi sans même me voir.

– Entre Flore, hurla-t-il.

Trop tard pour faire marche arrière. Je ravalais ma salive et entrais en gardant bien la tête baissée. Pas le moment de jouer les effrontées.

– Pardonnez-moi monsieur, j'aurais dû frapper et vous avertir de ma visite.

– Tu aurais dû oui Flore.

– Je ne pouvais pas savoir que…

– Que quoi Flore ? Que croyais-tu trouver ? Moi sur le divan en train de lire un livre, une tasse de café à la main. Et bien non ! J'aime me nourrir autant la journée que la nuit, c'est ma nature.

Il releva mon menton de son doigt glacé.

– T'ai-je choqué Flore ?

– Non pas du tout.

Son regard plongea dans le mien une demi-fraction de seconde. Je n'eus même pas le temps de ressentir le moindre malaise qu'il éclata de rire.

– Je n'ai rien d'humain Flore. Comment pouvais-tu me voir ainsi ma sensible jeune humaine ?

– Et bien…

– Dorénavant cela sera plus clair dans ton esprit. Bien, pourquoi cette visite Flore ?

– Je voulais vous demander une faveur.

– Concernant mon fils.

– Non, Joseph.

Il me regarda étonné en m'invitant à le suivre autour de la grande table. Étrangement, j'étais ravie qu'il ne m'invite pas sur le canapé.

– Joseph ?

– Oui, j'aimerais que vous lui demandiez d'arrêter son enquête. Laura en a subi les conséquences, je n'aimerais pas qu'un autre de mes amis soit également blessé ou pire… tué.

– Flore, aucune intimidation ne marche sur moi.

– Mais des vies sont en jeu !

– Nous devons savoir pourquoi les loups s'intéressent à toi et pourquoi ils s'en sont pris à William.

– Ce sont des loups qui l'ont torturé.

– Ils devaient y avoir des vampires, mais en ce qui concerne la drogue cela vient bien des loups. Il y avait leur odeur partout dans le manoir.

– Monsieur je vous en prie, il doit y avoir un autre moyen de savoir ce que mijotent Grégoire et Jonas.

– Jonas ?

– C'est ainsi que s'appelle le jeune vampire aux yeux de sang.

– Laisse-moi voir Flore, cela ira bien plus vite.

Cette fois-ci, j'eus le temps de sentir le froid me parcourir et de me retrouver dans l'obscurité avant qu'ils ne finissent de lire mes pensées.

– Et bien je vois que tu t'es rapprochée de William. C'est une excellente nouvelle.

– Monsieur ! dis-je en rougissant.

Ce qui bien entendu eut le don de l'amuser.

– Flore, je comprends ton inquiétude, mais ma famille est en danger et toi avec. Je n'arrêterais pas tant que je n'aurais pas fait la lumière sur la situation.

– Après ma sœur, vous mettez mes amis en danger. Je refuse cette option.

– Ne me parle pas sur ce ton Flore. Ici c'est moi qui décide que cela te plaise ou non. Ta sœur va bien, notre entente s'améliore et Robert la calme.

Le souvenir de Laura allongée sur le tapis, du sang tout autour d'elle, ranima ma colère.

– Ce n'est pas parce qu'elle va bien qu'elle n'est pas en danger, je refuse de la perdre. De plus, mes amis n'ont rien à voir avec vous, je refuse qu'ils en payent le prix.

– Je ferais tout ce qui est possible pour préserver ta sœur ainsi que tes amis. Mais je ferais également ce que je juge bon pour ma famille Flore. Joseph continuera à enquêter.

– Monsieur…

– Plus discrètement je te le promets. Et la discussion s'arrête là !

Un pas et il était à genoux devant moi.

– Mon enfant, j'ai beaucoup d'affection pour toi. Mais il faut que tu apprennes à ne plus discuter ainsi mes décisions car cela va au-dessus de tes compétences.

– Je ne pense qu'au bien-être des gens que j'aime.

– C'est tout à ton honneur Flore. Maintenant aurais-tu la gentillesse de me laisser ? Ma visite ne va pas tarder à revenir.

– Encore ! dis-je étonnée.

Il se releva et me jeta un petit air moqueur.

– Une objection à ce sujet aussi ?

– Non, non monsieur, je m'en vais.

– Merci ne pas relever mon enfant, continua-t-il à me taquiner.

Une provocation pour moi, je ne résistais pas.

– Connaissez-vous au moins le nom de cette femme qui vous donne tant de plaisir ?

Il balbutia.

Bien sûr, Marjorie… ou Charlotte, je ne sais plus trop en tout cas elle est délicieuse. Autre chose ? Des détails peut-être.

Il leva un sourcil, je grimaçais. Il avait gagné, j'abdiquais.

– Non, non cette fois-ci je m'en vais.

Je sortis en l'entendant rire. Promis je n'entrerais plus jamais chez lui sans me faire annoncer. De plus cette visite, à part le fait de m'avoir montré Terence sous un jour nouveau, n'avait servi à rien. Elodie m'appela juste à ce moment-là, ce qui me fit un peu oublier la présence de la jeune femme à demi nue.

– Oui Elodie.

– Il faut que l'on parle. Peux-tu me rejoindre chez moi ?

– J'arrive.

Impatiente, elle m'attendait devant chez elle.

L'intérieur de mon amie était cossu mais douillet. C'était une toute petite maison avec une cuisine ouverte sur le salon, deux petites chambres et une salle de bain. Son métier de décoratrice prenait toute son importance en ce lieu. Tout était en harmonie sans trop de fioritures. Chaque objet décoratif était à sa place, chaque tableau reflétait un sentiment, ni surchargé ni trop vide. L'espace était comblé avec soin. Les couleurs pastel qu'elle affectionnait particulièrement donnaient un côté très féminin à la finition. Tous les meubles étaient modernes et design. Un endroit unique au charme particulier. Une petite véranda prolongeait le salon où des meubles en osier et de grands rideaux blancs décoraient avec romantisme cet endroit baigné de lumière. Un petit jardin venait agrémenter le tout. Le calme en retrait de la ville. C'est d'ailleurs dans la véranda dans deux fauteuils face à face que nous nous installâmes, un verre de coca-cola bien frais à la main. Si je devais vous décrire Elodie, à cet instant-là, je dirais qu'elle n'avait rien de commun avec la jeune femme toujours élégante qu'elle était. Vêtue d'un simple jean et d'un long pull, les cheveux détachés, pas maquillée, elle était d'une simplicité rarement vue chez elle. Sa nervosité était également palpable. Je n'osais prendre la parole en premier. Lâcheté de ma part ? Oui, un peu.

– Comment as-tu appris pour William ?

Plus moyen de reculer, les explications étaient engagées. Paul lui avait donc bien parlé.

– Rapidement. Il m'a sauvé la vie à deux reprises et m'a ensuite révélé son secret.

Elle passa sa main nerveusement dans ses cheveux.

– As-tu eu peur de lui ?

– Pour être honnête un peu au début, oui.

– Et tu l'as laissé s'approcher de nous ?

– Je ne crois pas que parler de William t'éclairera sur Paul. Que t'a-t-il dit exactement ?

– Tout Flore, il m'a tout dit.

– Il n'est pas si différent de nous tu sais.

– Pas si différent ? Tu plaisantes j'espère. Il est mort depuis des années, son cœur ne bat plus. Il est froid comme la glace. Il m'a effacé la mémoire je ne sais combien de fois pour continuer à venir me voir et se nourrit de sang humain. Où vois-tu des ressemblances avec nous ?

Pour un vampire qui refusait toute union avec une humaine, ses révélations étaient directes et plus que complètes.

– Il a également dit que si je ne pouvais supporter de savoir, il effacerait tout souvenir de cette conversation et que ma vie reprendrait comme s'il n'avait jamais existé.

– C'est ce que tu souhaites ?

– Je dois être un peu suicidaire mais je refuse de l'oublier. Je ne veux pas qu'il sorte de ma mémoire.

– Avant de prendre une décision définitive, comprends bien tout ce que cela implique Elodie. Tu devras mentir à ta famille et tes amis, prendre mille et une précautions pour cacher sa véritable identité. Plus rien ne sera simple et leur monde peut parfois être très cruel.

– Comme tu le fais depuis des mois Flore. Tu as même caché ce qu'étaient devenus Grégoire et ta sœur, ta propre sœur. Comment as-tu pu supporter tout cela ?

– Erwan était au courant, je pouvais me confier à lui.

– Ah oui Erwan, l'avocat des vampires.

Et bien lorsque Paul décidait de s'ouvrir à quelqu'un il ne le faisait pas à moitié, rien ne lui avait été dissimulé. Peut-être un peu trop pour une première explication.

– Si tu as le moindre doute, laisse-le s'effacer de ta mémoire et tout redeviendra comme avant.

– N'as-tu jamais eu de regret Flore ? N'as-tu jamais regretté ta décision de te lier à William ?

– Parfois j'ai douté. Mais je ne regrette rien. William m'a sauvé de bien des façons. Il m'a redonné goût à la vie lorsque je me croyais perdue à jamais, et m'a fait découvrir le véritable amour. Rien n'est simple, mais je l'aime et je ne regretterais jamais d'être près de lui. Même si ma vie n'est plus vraiment à la lumière.

– Je n'ai jamais ressenti pour personne ce que je ressens pour Paul. J'ai toujours eu plaisir à avoir des aventures passagères, mais lui Flore, je ne peux me résoudre à le perdre.

– Alors bienvenue dans mon monde.

Enfin, elle me fit un sourire. Je savais par quoi elle passait. La découverte, l'emballement, la peur et l'envie d'être près de lui sans savoir exactement ce qui l'attendait. Il lui restait encore beaucoup de chemin à parcourir pour tout accepter. Mais je n'avais jamais vu une telle flamme dans ses yeux lorsqu'elle parlait d'un homme.

– Merci d'être venue Flore, j'avais besoin de ton expérience.

Alors que nous nous fréquentions depuis des années, je n'avais jamais ressenti pour elle autant de sympathie qu'à cet instant. Partager un amour interdit, cela rapproche.

– C'est naturel Elodie.

Nous passâmes le reste de l'après-midi à parler de William et Paul. Elle était curieuse de tout et voulait en apprendre le plus possible. Je répondis le plus sincèrement à ses questions, évitant certains sujets, comme le lien du sang notamment. Il y a des aspects de Paul que lui seul était à même de lui expliquer.

Elle me surprenait. Elle avait une facilité d'acceptation en elle qui était en quelque sorte sa force d'entrer dans le monde de Paul. Ebranlée certes, mais pas le moins du monde choquée. Sa facilité à accepter les différences de Paul serait un atout dans leur relation, un atout qui se développera certainement bien plus rapidement que mon propre apprentissage. Une Elodie bien loin de tout ce que j'aurais pu imaginer. En quelque sorte, je la découvrais moi-même et j'y prenais plaisir.

Je partis de chez elle rassurée. Paul et elle avaient un avenir, je n'en doutais plus.

J'arrivais devant mon appartement où un Erwan anxieux m'attendait.

– Il faut que l'on parle Flore.

– Maintenant ? C'est-à-dire que…

– Tu attends quelqu'un ?

– Non, allons-nous asseoir sur le banc. Nous serons plus à l'aise pour discuter.

– Il fait super-froid ! Chez toi ce serait plus agréable, non ?

– Tu ne vas pas apprécier mais William s'y trouve.

– Comment as-tu pu le laisser entrer de nouveau dans ta vie après tout ce qui s'est passé ?

– Erwan, cela ne te regarde pas.

Bizarrement, il perdit son calme.

– Laura est morte par leur faute, ta sœur est devenue comme eux et maintenant c'est Elodie qui se tourne, elle aussi, vers un vampire. Il faut que cela cesse !

– Erwan, je sais que tout cela peut te paraître étrange mais ce n'est pas la peine de me hurler dessus. Cela n'arrangera rien.

– Je veux que tu prennes tes distances avec William et je veux que tu préviennes Elodie d'en faire autant !

– Depuis quand me donnes-tu des ordres ? Mais que t'arrive-t-il Erwan ?

Son comportement était inquiétant. On aurait dit qu'il ne se maîtrisait plus.

– Ne vois-tu pas le danger qu'ils représentent ? Je refuse de rester là à ne rien faire pour te sortir de son emprise.

Franchement, il commençait sérieusement à m'effrayer. La nuit était presque installée, mon vampire sortit de la résidence. À distance, sans qu'Erwan ne s'aperçoive de sa présence, il observait.

– William n'est en aucun cas une menace pour moi.

– Il en est une ! se mit-il à hurler. Je veux que tu le quittes ! Viens habiter chez moi quelque temps, tu as besoin de faire le point.

– Non !

Dans un moment de perte de contrôle, il me tira le bras afin que je le suive. Je n'avais jamais vu Erwan dans un tel état et avec une telle force en lui.

– Erwan lâche-moi immédiatement !

– Il faut que je te fasse prendre conscience de ton erreur.

– Mais lâche-moi.

– Non !

– Si, tu la lâches.

Calmement, William m'éloigna de lui.

– Ne t'en mêle pas vampire !

– Elle refuse de te suivre alors sois gentil et repars chez toi.

– Jamais je n'accepterais de recevoir d'ordre de ta part !

Quelques promeneurs furent attirés par cette discussion houleuse.

– Erwan, n'attire pas l'attention sur nous.

– Pourquoi ? Tu as peur qu'il montre au grand jour toute la monstruosité de sa race.

– Erwan, je ne te reconnais plus.

– Tu es un humain bien étrange Erwan ! rajouta mon vampire.

– Étrange ou pas, il faudra dorénavant que tu comptes sur moi William. Tu n'arriveras pas éternellement à la berner. Elle ouvrira les yeux et je serais là.

Il partit en donnant un petit coup de pied dans le mur, me laissant dépitée devant autant d'agressivité. Tenir tête à mon amoureux avec tant de résignation, une première pour Erwan. Décidément, toutes les personnes que je croyais connaître me surprenaient aujourd'hui.

– Tu sortais ?

– Oui, j'allais me nourrir.

– Et tu reviens ensuite ?

Il hésita à répondre, lorsque je vis Clémence apparaître au coin de la rue.

– Ah je vois. Te nourrir peut-être mais en bonne compagnie.

– Ce n'est pas ce que tu crois Flore.

– Je ne crois rien William et de toute façon je m'en fiche complètement. Fais ce que tu veux, je n'ai pas le cœur à me disputer avec toi.

Pendant que mon vampire tournait les talons pour rejoindre mademoiselle élégance, des petits cris venant du parc en face la résidence se mirent à retentir. En tournant ma tête vers l'endroit d'où venaient ces cris, je fus attirée par des dizaines de points lumineux. On aurait dit des scintillements au milieu de la nuit. Sans réfléchir, j'avançais vers eux. Robert se mit devant moi. Un terrible grognement sortit de sa bouche. Lorsqu'il se tourna vers moi, ses yeux étaient ocre et luisants. Ce regard me figea sur place.

– Rentre dans la résidence Flore ! Cours ! m'ordonna-t-il.

Mais ce que je vis sortir de derrière les buissons capta toute mon attention. Je ne bougeais pas. Quelques loups s'approchaient, sur leurs quatre pattes, la gueule entrouverte, laissant entrevoir leurs crocs. ils étaient intrigants, inquiétants, voire effrayants.

– Ne reste pas là Flore, va à l'intérieur maintenant !

Enfin, ma raison prit le dessus et je me mis à courir en direction de la résidence aussi vite que mes jambes le voulaient bien. Pas assez vite puisque deux loups me barrèrent le chemin. Un rugissement se fit entendre et William se jeta sur l'une des bêtes, Clémence s'acharnant sur la suivante. Ne pouvant passer pour rejoindre le hall je reculais.

Un loup gris vint se placer devant moi et lorsqu'il tourna sa tête vers moi, je reconnus le regard de Robert. C'était étrange mais je savais que c'était lui. Il hurlait, grognait devant les autres loups qui tentaient de s'approcher. Puis d'un seul coup, il se jeta sur eux et j'en profitais pour essayer à nouveau d'atteindre la résidence. Clémence, qui avait fait fuir son attaquant, essuyait tranquillement ses vêtements lorsqu'un loup se planta devant moi. Il me forçait à reculer vers un endroit sombre. Je commençais sérieusement à paniquer lorsque William m'attrapa et m'éloigna de lui en un saut incroyable. L'arrivée de Joseph et Terence mit fin à l'attaque, toutes les bêtes disparurent rapidement.

Clémence était ravie de cette petite improvisation. William beaucoup moins. Lorsqu'elle arriva près de nous, il serra son visage entre ses doigts.

– Tu étais près d'elle et tu n'es pas intervenue. Ce loup aurait pu la tuer.

– Tu t'inquiètes pour elle ? s'étonna-t-elle.

– Elle n'a pas notre force.

– Monsieur a peur de perdre sa précieuse humaine.

– Ne refais jamais une telle erreur Clémence.

Il la lâcha brutalement et m'emmena avec lui vers Terence.

Et au-delà du fait d'avoir fait la connaissance des loups, je retenais surtout l'intervention en ma faveur de William. Oui je sais, illogique pour vous, mais à chacun ses priorités.

– Est-ce que tu vas bien mon enfant ? s'inquiéta Terence.

– Oui monsieur.

– William, ramène-la au manoir et veille sur elle. Je dois avoir une petite discussion avec Robert.

– Tout de suite monsieur.

– Mais tu dois te nourrir William !

– Va William, intervint Joseph. Je la ramènerai et resterais avec elle jusqu'à ton retour. Cela nous fera l'occasion de faire plus ample connaissance.

Pendant le trajet, je ne pouvais m'ôter de la tête le regard luisant qu'avaient les loups. Un regard fascinant qui vous attirait automatiquement. J'étais encore excitée de ma rencontre avec cette nouvelle race. Et en parlant de nouvelle race, j'en avais un à ma disposition. Peut-être serait-il enclin à répondre à mes questions.

– Les loups sont-ils toujours aussi imprudents ?
– Que voulez-vous dire ?
– Et bien ils sont intervenus en début de soirée donc n'importe qui aurait pu les voir, c'est étrange.
– Non, en général, ils sont bien plus prudents.
– Et est-ce que cela fait mal de se transformer ?
Son rire franc retentit dans tout l'habitacle.
– Non Flore, absolument pas.
– Ce n'était pourtant pas la pleine lune aujourd'hui.
De nouveau il se mit à rire.
– Nous pouvons nous transformer à volonté, mais il est vrai que la pleine lune décuple nos forces.
– C'est si étrange.
– Pas plus qu'un homme qui se nourrit de sang. Vous avez l'air bien plus intriguée par ma race que par celle de William.
– Mais William n'a pas grande différence avec moi. Votre race, elle, change complètement l'apparence de l'humain, c'est incroyable.
– Terence avait raison. Vous n'arrivez pas à les voir tels qu'ils sont.
Un filet de sang coulant de sa bouche, ses lèvres sur la plaie de la jeune femme. Ce petit rappel de Terence me donna quelques frissons.
– Si, croyez-moi, je les vois bien tels qu'ils sont.
– Terence a énormément d'affection pour vous. Je sais que vous êtes la compagne de William mais cela va bien au-delà de ce simple fait.
– Terence est quelqu'un d'important pour moi.
Il eut l'air surpris mais ne releva pas. Nous arrivions au manoir où Paul était là pour nous accueillir.
– Alors Flore, se moqua-t-il, tu as fait la connaissance des loups. Pas trop choquée ?
Il voulait jouer, nous allions jouer.
– Non Paul, merci, tout va bien. J'ai été bien plus surprise de ma visite à Elodie.
Son visage décontracté se crispa, il me lança un regard noir. Un peu étranger à nos propos, Joseph préféra s'éclipser.

– Tu as vu Elodie ?
– Je l'ai vu oui.
– Comment va-t-elle ?
– Téléphone-lui et tu sauras par toi-même.
– Ce que tu peux être agaçante Flore.
– Et toi surprenant Paul.

À l'intérieur du manoir, et à ma grande surprise, la grande salle était remplie de nouveaux vampires que je ne connaissais pas.

– Mais c'est qui tous ces vampires ?
– Quelques-uns de mes frères et des enfants à Alexandre également.
– Que font-ils là ?
– Terence est soucieux, il a préféré avoir de l'aide en cas de besoin.

Du renfort il y en avait, on aurait dit une petite armée qui avait pris ses quartiers dans mon manoir. Pourquoi n'étais-je pas surprise de les voir ici plutôt que chez Terence ? On se le demande !

Le seul que je reconnus, au milieu de ces nouveaux visages, fut celui de Simon qui me souriait gentiment. Les autres me regardaient avec une grande curiosité. L'arrivée de Terence et William me rassura, je vous l'avoue. Immédiatement, William alla rejoindre trois des nouveaux occupants, heureux de les revoir, vu son enthousiasme. Je le voyais régulièrement évoluer près de Paul, là il était plus détendu. Plaisantant avec eux, comme je le ferais avec mes amis.

– Combien de ces vampires sont vos enfants Terence ?
– Une dizaine.
– Et il y en a d'autres ?
– Quelques-uns oui.

Cela ne laissait aucun doute sur le fait qu'il aimait être géniteur.

– Tous aussi proche de vous que le sont William, Paul ou Victorien ?
– Certains le sont plus que d'autres, dit-il en m'indiquant le petit trio qui discutait avec mon amoureux. Le grand châtain qui parle d'une voix forte, c'est Thomas. Celui à côté aux cheveux tout frisés qui fait le pitre Andrews, William et lui sont très liés. Et le dernier le petit brun tout timide, Karl.

Les autres resteraient des visages vagues que l'on ne me présenta pas.

– Pas de fille ?

– Uniquement ta sœur pour le moment, je dois préférer transformer les hommes. Mais mon frère lui en a quelques-unes.

– Vous ne comptez pas vous arrêter là ?

– Si pour le moment, ma famille est assez grande.

– Monsieur, repris-je plus sérieusement, je commence à vous connaître, que craignez-vous pour avoir fait appel à tant de renfort ?

– Je crains un combat bien plus redoutable que celui que nous avons eu à livrer face à Élisabeth.

– Jonas ?

– Pour le moment Flore, je dois encore attendre pour être certain. Ce que me livrera ta sœur sera d'une importance capitale.

William riait aux éclats avec ses frères. Terence m'avait abandonné pour rejoindre ses enfants, Alexandre et Paul étaient en grande conversation. Bastien et Victorien, quant à eux, avaient également rejoint leur famille, Clémence, qui était arrivée, parlait avec deux de ses sœurs. Vu le regard qu'elles me lancèrent, elles ne devaient pas avoir bien plus de tolérance pour la race humaine que Clémence. Je me sentais comme une étrangère dans ma propre demeure. Je préférais m'éclipser discrètement dans ma chambre. Un message arriva sur mon portable.

« Pardonne-moi pour ce soir Flore, je me suis laissé emporter par mon inquiétude pour toi. On se voit samedi au mariage. Avec toute ma tendresse Erwan ».

C'est vrai que le mariage d'Ophélie était ce samedi. Et ce début de mars marquerait donc la fin du célibat de mon amie, j'enviais sa vie. Depuis bien longtemps et après avoir certifié le contraire à Elodie, je n'étais plus bien sûre du choix de ma vie. J'aimais William mais tout ce qui nous séparait commençait vraiment à me peser. Je me couchais en espérant que ce petit passage à vide ne soit qu'éphémère, le mettant sur le compte de la mort de Laura. Demain serait un jour meilleur… ou pas.

XI

Au matin, rien n'avait changé, j'étais seule dans ce qui était encore il y a quelque temps notre chambre. William ayant préféré s'exiler dans une autre. Terence, Alexandre et leurs enfants avaient déserté la maison. J'errais dans le manoir l'âme en peine ne sachant plus très bien où j'en étais. Lassée de rester là à attendre un renouveau qui n'arrivait pas, je décidais de sortir et d'aller un peu m'aérer l'esprit. Que ne fut pas ma surprise de voir Erwan arriver devant le manoir.

– Flore, je sais que ma présence ici n'est pas souhaitée mais je voulais vraiment m'expliquer pour hier.

– Tu es le bienvenu ici chaque fois que tu le désires Erwan.

– Marchons tu veux, je serais plus à l'aise dans le parc qu'à l'intérieur.

– Comme tu veux.

Même en plein hiver, les arbres aux branches dénudées de leurs feuilles, sans aucune fleur pour l'égayer, ce parc était une pure merveille.

– Je suis sincèrement navré pour ma conduite d'hier soir.

– Je ne t'avais jamais vu t'énerver ainsi.

– Je sais Flore, mais tous ces événements que je croyais gérer sont remontés à la surface. Je m'inquiète pour toi, ce simple sentiment a le don de me faire sortir de mes gonds.

– Tout va très bien Erwan.

– C'est faux Flore. Quand decideras-tu de regarder la vérité en face ? Regarde-moi, dis-moi que tu es parfaitement heureuse et je te laisserais tranquille.

Ce que je ne pus faire.

– Tu vois, tu ne peux pas me mentir. Tu n'as plus dans le regard cette petite flamme que j'aimais voir en toi, et ce n'est pas uniquement la faute de William.

– Tu as raison Erwan. Rien n'est simple en ce moment et ce n'est pas une énième leçon de morale qui me fera du bien.

– Alors repose-toi sur moi, relâche un peu la pression Flore. Pense à toi. Viens quelques jours à la maison. Mon père sera heureux de te revoir et tu pourras souffler un peu.

L'idée était tentante. M'éloigner, faire le vide était une excellente proposition. Mais laisser William seul avec Clémence dans les parages, ne me paraissait pas du tout approprié. Pourtant, le bon sens l'emporta.

– Si tu me promets de ne pas me parler de William et des siens, et de ne pas remettre en cause ma vie, je te suis Erwan. Un peu de répit me fera du bien.

– C'est promis. Chez moi aucun vampire ne peut entrer, tu seras à l'abri.

Il y a encore quelques semaines, cette décision aurait été impossible, William s'y serait farouchement opposé. À l'heure actuelle, je n'étais même pas certaine qu'il s'apercevrait de mon absence. Clémence l'accaparait de nombreuses heures et moi je passais en second plan, même après avoir de nouveau partagé ma couche avec lui. À quoi bon se battre quand toutes les cartes sont contre vous.

Joseph arriva au moment où je laissais une petite lettre à l'attention de Terence. Je me refusais de ne pas le mettre au courant. J'avais appris à mes dépens qu'il fallait mieux être honnête envers lui.

– Vous partez Flore ?

– Je vais quelques jours chez un ami. Vous avez dû le croiser dehors.

– Le jeune homme blond qui fait les cent pas sur la terrasse.

– C'est ça oui, le manoir le rend légèrement nerveux.

– Pourquoi ?

– Cela n'a aucune importance en fait.

– Partir loin de William n'aidera pas forcément au retour de ses souvenirs, ni à vous rapprocher.

– Je suis fatiguée de me battre.

– Je peux le comprendre.

Sa compréhension me fit un bien fou. Prendre en compte mes sentiments n'était pas ce que faisait le mieux le clan de mon amoureux. Me sentir prise en considération, voilà ce dont j'avais le plus besoin au fond de moi.

L'accueil de Maître Tarmal fut chaleureux, comme chaque fois que je venais chez lui.

– Et comment vont Terence et William ?

– Bien merci monsieur. Enfin, William a eu un petit problème.

– Rien de grave j'espère.

– Sa mémoire lui fait un peu défaut mais tout rentrera bientôt dans l'ordre, j'en suis certaine.

– Ah je comprends mieux.

Devant mon air étonné, il s'empressa de reprendre.

– Je voulais parler de ta venue chez nous, je comprends mieux pourquoi.

– Je ne veux pas vous déranger.

– Pas du tout, tu sais bien que tu es ici chez toi.

Après cette brève conversation, il disparut pour le reste de la journée.

Erwan m'installa dans ce qui allait être ma chambre. Nous regardâmes un film puis nous parlâmes du mariage qui arrivait. Il mettait un point d'honneur à respecter sa promesse, aucune fois le prénom de William ne fut cité.

Je me détendais tranquillement, lorsque la sonnette de la porte retentit.

– Tu attends quelqu'un ?

– Non pas vraiment. Ne bouge pas je reviens tout de suite.

Et l'attente ne fut pas longue pour que je l'entende me demander de venir. Sur le perron, Terence, pas très heureux, m'attendait.

– Il faut que l'on parle mon enfant.

Je pris mon manteau et sortis le rejoindre, sous le regard mécontent de mon ami.

– Mais que fais-tu ici ?

– Je souffle monsieur.

– Tu souffles ? Tu te moques de moi Flore. Tu vas revenir au manoir sur-le-champ !

– Il n'en est pas question !

– Comment veux-tu que la mémoire de William travaille si tu n'es pas près de lui ?

– Votre fils refuse de faire le moindre effort. Il ne veut pas lire en moi et refuse de voir ce qu'était notre vie. En fait, je pense que sa vie lui convient très bien ainsi.

– Tu dis n'importe quoi Flore ! Voir ce qu'il y a dans ta petite tête l'éclairerait certainement mais ne ramènerait en rien ses souvenirs. Il faut qu'il ait un déclic de lui-même.

– Et je dois attendre sans rien dire ce déclic qui n'arrivera peut-être jamais ?

– C'est ton devoir !

Et voilà, une fois encore ma colère prit le dessus.

– Mon devoir ! Je dois donc attendre bien gentiment que mon compagnon veuille bien se rappeler de moi, qu'il prenne du plaisir avec moi lorsque bon lui semblera, puis qu'il se tourne vers Clémence si le désir lui en prend. Je dois laisser ma sœur mettre sa vie en danger sans rien dire, accepter la mort de Laura et vous laissez continuer votre enquête en mettant les gens qui m'entourent en danger, parce que vous l'avez décidé. Cela marche avec vos enfants mais pas avec moi !

Il plissa les yeux qui devinrent noirs à la seconde près où je finissais ma phrase. Sa main me poussa contre le mur en pierres taillées de la maison. Son visage se retrouva à quelques centimètres du mien.

– Tu ne parles pas à un de tes amis Flore ! Sois respectueuse envers moi, je commence à me lasser de ton insolence. Tu es la compagne de mon fils et de ce fait tu as accepté nos règles, que cela te plaise ou pas. Je te laisse cette nuit, pour remettre tes idées au clair et je te veux demain soir au plus tard au manoir. Ne me force pas à revenir te chercher. Est-ce que je me suis bien fait comprendre ?

– Vous n'avez aucun droit sur moi.

– Flore ne teste pas ma patience plus longtemps. Tu seras au manoir demain, de gré ou de force.

Il était déjà loin que j'étais encore adossée contre le mur. Jamais Terence n'avait exercé une telle autorité sur moi.

Encore un peu sous le choc, je retrouvais Erwan à l'intérieur.

– Que te voulait-il ?

– Il veut que je rentre au manoir.

– Mais pour qui se prend-t-il ? Tu n'as pas à lui obéir.

– Erwan, ne t'en mêle pas, la situation est assez délicate comme ça.

– Que vas-tu faire ?

– Je ne sais pas.

La soirée fut tendue, Erwan ne supportant pas de me voir ainsi sous la coupe de Terence, et moi restant perplexe sur la réaction du géniteur de mon vampire.

Le lendemain, avec regret, je décidais de rentrer comme me l'avait demandé Terence.

Erwan n'en était pas ravi mais je refusais de le mêler à mes problèmes. Et vous pouviez être certain que Terence serait revenu le soir même, mettant Erwan dans une situation délicate.

– Ne cède pas Flore, reste ici.

– Je ne referais pas deux fois la même erreur. Je refuse que tu sois mêlé à mes problèmes.

Il balaya la petite mèche de cheveux qui était venue se mettre devant mes yeux, avant de frôler ma joue de son doigt.

– Ne vois-tu pas que je suis prêt à prendre ce risque ?

– Moi pas.

– Flore écoute-moi. Si tu décides de tenir tête à Terence, tu as tout mon soutien.

– Erwan, c'est bien plus compliqué que tu ne…

Je n'eus pas le temps de finir ma phrase qu'il m'attira à lui et m'embrassa. Si je ne lui rendis pas son baiser, ce ne fut pas l'envie qui m'en manqua. L'espace d'un instant, l'idée d'une relation plus stable avec lui m'effleura. Rapidement, je mis une distance entre nous.

– Erwan je t'en prie, arrête.

Je ne devais pas avoir été très convaincante car il recommença et cette fois-ci je me laissais faire. Curieusement, à part la chaleur de ses lèvres qui réchauffait les miennes, je ne ressentis rien.

– Arrête Erwan.

– Laisse-toi aller Flore.

– Il serait simple pour moi de te céder, uniquement pour me venger de William ou trouver un peu de réconfort. Cela n'arrangerait rien Erwan, mon cœur lui appartient.

– Je ne baisserais pas les bras. Je sais qu'un jour tu ouvriras les yeux.

– Je suis désolée Erwan.

Vexé, il me laissa partir sans un mot de plus. Je m'en voulais de le repousser ainsi, lui l'ami sur qui je pouvais toujours compter. Me jeter dans ses bras aurait été une grossière erreur, pour lui comme pour moi.

Au manoir, le silence régnait. Pas l'ombre d'un vampire ne se faisait voir, mis à part William qui m'attendait sagement assis à son bureau. Bureau dans lequel je n'avais pas le droit d'entrer. Pour ne pas le déranger, je ressortais et allais m'asseoir sur mon petit banc. Dès qu'il me sentit, il vint me rejoindre.

– Je ne suis en rien responsable de ton retour, se défendit-il immédiatement.

– Je sais.

– Flore, vu la situation, ne crois pas que je sois contre le fait que tu prennes un peu de recul, mais je n'aime pas te savoir avec Erwan.

– Pourquoi ? Tu ne te rappelles même plus de lui.

– Je sais juste que je ne l'aime pas, ni l'odeur de lui sur toi.

– Et moi je n'aime pas Clémence, ce n'est pas pour cela que tu ne la vois pas.

Son petit rire amusé se fit entendre.

– Je ne vois pas ce qu'il y a de drôle.

– On m'avait dit que tu n'étais pas aussi jalouse que moi à l'époque où j'avais toute ma mémoire. Je crois que l'on m'a menti.

– Je vais aller dans ma chambre si cela ne te dérange pas.

Il s'approcha de moi et releva mon menton du bout de ses doigts.

– Allez souris, ce n'est pas si terrible de revenir ici.

– Non.

– Sortons un peu, si cela te fait plaisir. Ou alors… que faisions-nous de nos soirées ?

– Tu veux dire quand personne n'essayait de nous tuer.

Oui je sais, j'y mettais de la mauvaise volonté. Il posa sur moi un regard timide qui me fit regretter ma réaction.

– Excuse-moi. Tu m'accompagnais parfois voir mes amis ou tu me faisais la lecture. Nous parlions de tout et de rien, des trucs de couple quoi.

Lorsque je tournais la tête pour le regarder, il était si près de moi qu'un petit cri m'échappa.

– William bon sang !

– Excuse-moi.

Son regard posé sur moi me donnait la chair de poule. Chaque fois qu'il me regardait ainsi, je repensais à la chaleur de ses baisers, à ses mains sur ma peau, à l'amour qui m'unissait à lui.

– Je ne serais peut-être jamais plus celui que tu as connu Flore. Pour autant je ne veux pas sortir de ta vie. J'ai cette attirance pour toi qui me poursuit à chaque seconde, sans que je n'arrive à me l'expliquer.

– Tu as lu en moi ?

– Juste ta pensée du moment.

Lentement, je pris sa main dans la mienne, j'avais besoin de sentir son contact. Il ne l'enleva pas, au contraire son visage s'approcha doucement. Je fermais les yeux pour humer son odeur, mon cœur s'accélérait déjà quand des grognements se firent entendre.

Automatiquement, mon vampire se mit devant moi, canines sorties, ses yeux scrutaient les alentours avec minutie. Les grognements se firent plus forts et plusieurs loups sortirent des buissons. En demi-cercle devant nous, babines retroussées, ils étaient prêts à bondir. Je me souvenais de ce que m'avait dit William à propos des loups, moins forts qu'eux sauf s'ils étaient en nombre supérieur. Or supérieurs en nombre ils l'étaient largement. Robert arriva à son tour et en se lançant vers nous se changea en ce beau loup gris que j'avais déjà pu voir. Ce fut rapide et presque invisible à l'œil nu. Aux côtés de William, ils attendaient tous deux que l'un des loups fasse le premier pas. J'étais toujours autant fascinée par leurs yeux luisants, mais aussi inquiète pour mon vampire. Le premier loup se jeta sur Robert. Dans des bruits de mâchoires et de cris, ils roulèrent au sol. William prit de plein fouet le saut de deux autres loups. Debout sur mon banc, je regardais la scène sans savoir comment les aider. Je n'étais qu'une simple humaine assistant à un combat entre deux races bien supérieures à la mienne. De petits tourbillons d'air arrivèrent à point nommé, ainsi que Joseph qui devint loup lui aussi à son tour. Un loup d'une taille supérieure, noir corbeau, aux yeux couleur ambre.

Le combat était engagé, brutal et sans pitié. Un des loups hurla à la mort et lorsqu'il retomba à terre, le corps d'un jeune homme nu apparut. Paul, venu de nulle part, me prit contre lui et je me retrouvais devant le manoir, loin de la scène. Mais pas assez loin pour ne pas voir ou entendre les cris, les grognements et les gémissements. Cette guerre ne finirait donc jamais ? Un loup arriva à échapper à la vigilance des autres et courait vers moi lorsque Robert se mit entre lui et moi. La brutalité du choc les envoya tout droit dans ma direction. Bousculée, je me retrouvais les fesses par terre, leurs crocs à quelques centimètres de moi. Joseph, se jeta sur eux en hurlant, et Robert fut projeté sur moi. Son corps lourd m'écrasait, je vis la gueule de Joseph s'ouvrir en grand et ses crocs se rapprocher dangereusement du cou de l'ami de ma sœur.

– Non, pas lui, il est là pour nous aider, me mis-je à hurler.

Trop tard, les crocs entaillèrent profondément la gorge de Robert. Il hurla si fort que je fus obligée de me boucher les oreilles. Dans l'action, Joseph lui donna plusieurs coups de pattes avec ses griffes acérées. La bête redevint homme, du sang coulant abondamment de sa gorge et de son torse.

– Non, non, non, répétais-je en m'agenouillant près de son corps lacéré.

J'ôtais mon manteau et appuyais de toutes mes forces sur la plaie de son cou. Ses yeux se tournèrent vers moi. Il était étrange de le voir en humain, avec toujours ce regard luisant.

– Je t'en prie, tiens bon. S'il te plaît, pour Mel, tiens le coup.

– Dis-lui qu'aucune femme ne fut pour moi plus beau cadeau qu'elle.

Alors que Joseph, redevenu lui-même et ayant trouvé des vêtements je ne sais où, venait pour voir l'étendue de ses blessures, son souffle s'arrêta. Le combat derrière moi prit fin également.

– Vous êtes stupide ou quoi ? me mis-je à crier. Il était de notre côté, vous l'avez tué. Pourquoi ?

– Je… je… dans l'action du combat. J'ai cru qu'il allait te mordre.

– Me mordre, c'est ridicule ! Il n'aurait jamais fait une chose pareille.

– C'est une regrettable erreur.

– Une erreur ? C'est comme cela que vous justifiez votre geste.

Terence voulut intervenir.

– Flore, calme-toi. Dans l'action, les erreurs sont malheureusement possibles, surtout pour la race de Joseph. Dans tout combat, il y a des pertes que l'on regrette.

– Vos deux mondes sont ignobles.

– Parfois nous perdons notre source de réflexion en combattant, la frénésie prend le dessus.

– Je l'ai vu oui, une bête rien de plus.

Terence furieux allait s'en prendre à moi lorsque William me prit dans ses bras. Compassion, pitié ou simplement gentillesse, je n'en sus rien. Mais en tout cas, cela m'évita la fureur de Terence.

– Rentrons Flore, tu as besoin de t'asseoir un peu.

– Mort, lui aussi, murmurais-je à William. Encore un mort. Ma sœur ne s'en remettra pas.

– Viens, ne reste pas là.

Assise en tailleur sur le canapé, une couverture sur moi, je restais les yeux dans le vague à ressasser la mort de Robert. Je saturais de tout ce sang, de toute cette haine qui s'abattait encore sur moi. Mélanie avait retrouvé un semblant de paix au côté de son ami, et le perdre à jamais allait certainement la faire basculer de nouveau.

– Te sens-tu mieux ?

– Pas vraiment non.

Terence s'assit près de moi.

– Joseph s'en veut énormément tu sais.

– Il peut.

– Flore, fais preuve de compréhension envers lui. Il a juste voulu te protéger, comme nous tous.

– Je n'ai plus ni compréhension, ni pitié en stock monsieur.

– Ne recommence pas avec ton insolence.

– Avec l'expérience et l'âge, vous pouvez peut-être gérer la mort des êtres qui vous entourent, je n'ai pas cette force en moi. S'il vous plaît, laissez-moi seule.

Étonnamment, aucun reproche ne s'abattit sur moi. Il partit sans que je m'en aperçoive. Combien de temps suis-je restée ainsi, le regard dans le vide ? Aucune idée. Je savais juste que William était parti se nourrir, il avait eu l'amabilité de me prévenir. Et il était parti seul, ça malgré mon manque de concentration, je l'avais remarqué. J'étais donc toujours au même endroit lorsqu'une tornade me tomba dessus. Sans le moindre bruit, Mélanie était entrée dans la pièce et m'avait projeté si fort en avant que l'écran plat explosa sous mon poids. Je n'eus même pas le temps de comprendre ce qui m'arrivait qu'elle m'avait relevé et plaqué contre le mur du salon. J'étais un peu sonnée mais encore assez consciente pour voir la haine dans son regard assombri.

– Il est mort par ta faute !

– Je n'ai rien pu faire.

– Il voulait te prévenir d'un danger ! Je l'ai supplié de me mettre dans la confidence de ses découvertes mais il a refusé pour me protéger. Et il est mort en te protégeant toi.

– Je n'ai jamais souhaité cela.

– Je n'avais plus que lui.

– Non Mélanie, tu m'as moi.

Un petit « clic » se fit entendre dévoilant ses canines. J'avais vu juste, la perte de Robert avait réveillé l'ancienne Mélanie.

Vaincue, je n'essayais même plus de trouver le moindre argument pour me défendre.

Elle me lança à travers la pièce, ma tête heurta le carrelage et sous l'impact mon plâtre se brisa. Une douleur traversa tout mon crâne, du sang coula le long de ma tempe, mais la douleur n'était rien en comparaison de la souffrance que me renvoyait ma sœur. Elle allait se jeter sur moi lorsque William s'interposa.

– Mélanie, reprends-toi immédiatement.

– Je la hais, se mit-elle à gémir.

– Elle n'est en rien responsable de la mort de Robert. J'étais là, ce fut un malheureux accident. Sans Robert, elle serait morte.

– Mais elle est vivante et lui est mort.

– Il a donné sa vie pour la protéger. Crois-tu qu'il aimerait te voir réagir ainsi envers elle ? Cela fait des semaines que tu luttes avec l'aide de notre géniteur et celle de Robert pour retrouver un peu de paix en toi. Ne laisse pas sa mort tout remettre en question.

Lentement, je réussis à m'asseoir. Ma vue était un peu trouble, j'avais la tête qui tournait mais je n'arrivais pas à ôter mon regard du sien.

Ses yeux reprirent doucement leur couleur naturelle, ses canines disparurent. Puis elle me regarda avant de tomber à genoux, terrassée par la douleur.

Terence qui était arrivé sur l'entre fait, la prit dans ses bras. J'avais rarement vu un tel signe de tendresse dans le comportement de Terence. Du moins pas à ce niveau-là.

– C'est terminé ma fille, lui dit-il gentiment. Évacue la haine en toi, et pleure cela te fera le plus grand bien.

Devant autant de douleur, je ne pus retenir mes larmes. William me releva et soigna rapidement la plaie que j'avais à la tempe, avant de me susurrer à l'oreille : « *c'est maintenant qu'elle a besoin de toi. Fais le premier pas.* ».

Hésitante, j'approchais d'elle refoulant au maximum mes larmes et ma peur. Terence la bascula avec précaution dans mes bras. Elle releva la tête vers moi, son regard était plus vide que le néant. Puis soudainement, elle s'accrocha à mon cou. Toute sa peine me traversa, je la serrais contre moi pour la soutenir dans sa détresse. Nous étions de nouveau en phase, je pouvais le sentir.

– Je suis tellement désolée.

– Je sais Flore. Je découvrirais ce qu'il savait, je te jure que je vengerais sa mort.

– Pardonne-moi Mel, je n'ai rien pu faire.

– Je te jure que je le vengerais.

Et pour la première fois, l'idée de la vengeance me parut normale.

Longtemps elle resta contre moi à déverser son chagrin, sa rancœur. Puis au bout d'un moment, elle se redressa et fit face à son géniteur.

– Je ne sais si je pourrais me contrôler tous les jours monsieur mais je dois savoir. Il faut que je retourne près de Grégoire. Je suis sûre qu'il en sait plus qu'il ne le dit.

Terence inclina la tête en signe d'acceptation. Je lui en voulais de ne pas la retenir. Pourtant, je me surpris à comprendre un peu mieux sa décision.

Elle allait sortir lorsqu'elle revint vers moi.

– Ne me sous-estime pas Flore, je ne suis pas aussi docile que William. Mais ne me crains pas non plus car j'ai besoin de retrouver ma sœur. Reste juste sur tes gardes.

Je la regardais partir, partagée entre la joie de retrouver une partie de son amour et la peine de la voir ainsi, si malheureuse et déterminée. Cette détermination pouvait à tout moment se retourner contre elle.

XII

Un semblant de vie normale reprenait au manoir. J'étais délivrée de mon plâtre un peu plus tôt que prévu grâce à la brutalité de ma sœur. La mort de Laura, celle de Robert avait définitivement changé ma façon de voir les choses. Le temps était précieux et les êtres qui nous entouraient également. Les jours qui suivirent furent plus légers. Je sortais peu, uniquement pour les choses importantes. Comme aller chercher ma robe pour le mariage, rendre visite à Erwan pour entretenir notre amitié qui m'était chère, ou encore aller fleurir la sépulture de mes parents. William téléphonait fréquemment à Clémence et continuait d'aller se nourrir en sa compagnie. Celle-ci restait elle-même, essayant en permanence de le séduire. Cela le flattait, l'amusait même. Moi cela me peinait. Pourtant, fréquemment après leur sortie nocturne, il rentrait pour me tenir compagnie. Si l'amour n'était pas de retour, j'avais l'impression de revivre avec lui une deuxième rencontre. Il était attentionné, me faisait la lecture, me posait des questions sur ma vie d'avant lui, riait avec moi. Même si je ne retrouvais pas en lui le William identique que j'avais rencontré quelques mois auparavant et malgré la distance qu'il gardait entre nous, cela était assez agréable. Sa vie partagée entre son ex-compagne vampire et moi lui convenait parfaitement. Je souriais mais le cœur n'y était toujours pas. Le soir, lorsque je m'endormais seule, j'avais de plus en plus de mal à supporter son manque d'amour. Retrouver ce qui nous unissait me paraissait dorénavant presque improbable. Quoi que je fasse, quoi que je dise, sa mémoire restait bloquée, et les jours s'écoulaient inlassablement.

En ce samedi radieux de début de printemps, le soleil était au rendez-vous, ce qui annonçait une belle journée pour le mariage d'Ophélie et Marc. Ma matinée fut donc entièrement consacrée à ma préparation. Pour la coiffure, pas de grand changement sur ma chevelure, je voulais juste donner un peu plus de fluidité à mes boucles et j'avais donc décidé de laisser mes longs cheveux libres. En ce qui concerne le maquillage, un léger rose pour relever le bleu de mes yeux, un léger fond de teint qui laissait apparaître mes tâches de rousseur et un peu de brillant sur les lèvres, j'aimais le naturel. Une fois tout cela terminé, je me retrouvais au manoir pour m'habiller. J'avais eu la future mariée au téléphone plusieurs fois, sa nervosité la rendait à la limite de l'hystérie. J'enfilais donc la toilette choisie par mon amie en me demandant dans quel état d'esprit elle pouvait être à l'approche de l'heure fatidique. Ophélie avait préparé son mariage du début à la fin, tout avait été fait sous son œil avisé. Ma robe comme celle d'Élodie n'avaient pas échappé à cette règle. Tout en tournant devant le miroir pour voir le rendu de la robe, je fus obligée de sourire en pensant que je n'aurais pas pu faire meilleur choix. Une légère robe longue à bretelles, rose pâle, assez échancrée à la poitrine et rehaussée de gants montant à mi-hauteur des bras qui donnait un petit côté starlette à la tenue. Pour ma petite taille, cette robe était parfaite. Elle élançait ma silhouette, sur Elodie elle aurait l'avantage d'accentuer ses formes. Je ne l'appréciais que plus en voyant qu'elle se mariait parfaitement avec mon petit bracelet en perles de culture roses.

– Tu es très jolie Flore, tu vas faire de l'ombre à la mariée.

– Merci William. Tu es sûr que tu ne veux pas venir me rejoindre à la tombée du jour ?

– Certain, oui ! Je risquerais de ne pas me sentir à ma place. De plus, Paul m'a dit que la future mariée se posait énormément de questions concernant ma personne. Ce ne serait pas raisonnable.

– Bien comme tu veux. Et Paul, viendra-t-il rejoindre Elodie ? Je sais qu'ils se voient de plus en plus souvent.

– Je ne crois pas non, mais mon frère est parfois imprévisible. Comme le fait de sortir avec une humaine, le connaissant c'est presque incroyable.

– Tu l'as bien fait toi.

Il souleva mes cheveux pour attacher le petit ras-de-cou que j'avais choisi. À travers le miroir, je pouvais voir ses yeux s'attarder sur la courbure de ma nuque.

– Vraiment très jolie, reprit-il en déposant de petits baisers le long de mon cou.

Puis il se reprit rapidement.

– Le taxi est devant la porte, ne te mets pas en retard. Et ne t'inquiète pas, nous ne serons pas loin en cas de problème. Mais en pleine journée, toi et Elodie êtes livrées à vous-même. J'aimerais que tu prennes cela.

Il me tendit un petit revolver. Instinctivement, je reculais.

– Ne t'affoles pas Flore, c'est juste une précaution. Il est chargé avec des balles en argent. Sur ceux de ma race il serait un frein, sur les loups il peut être fatal.

– Je refuse d'être armée William.

– Terence a insisté.

Il prit mon petit sac assorti à ma tenue et le glissa à l'intérieur. Si je me rendis compte à cet instant que j'étais menacée en permanence, je pris conscience également qu'Élodie devrait dorénavant vivre avec cette menace au-dessus d'elle.

Dans le taxi, je retrouvais Elodie, magnifique comme à son habitude.

– William viendra-t-il ?

– Non, et Paul ?

– En principe non. J'ai eu la mère d'Ophélie à l'instant au téléphone, elle m'a dit que c'était une vraie boule de nerfs.

– J'imagine bien oui.

– Puis-je te poser une question un peu indiscrète ?

– Je t'écoute.

– Avant que William ne perde la mémoire, est-ce qu'il t'avait déjà... je veux dire a-t-il déjà... enfin...

– Elodie, si tu allais droit au but.

– A-t-il déjà bu de ton sang ?

Oh sujet très sensible !

– Pourquoi cette question ?

– Parfois lorsque Paul et moi... lorsque nous faisons l'amour j'ai comme l'impression qu'il aimerait plus. La présence de ses canines me fait penser que peut-être il lui manque quelque chose pour être entièrement satisfait.

– Seul Paul peut t'éclairer sur le sujet. Je ne peux répondre pour lui, laisse-lui le temps de se dévoiler complètement.

Je fus heureuse d'arriver à destination pour mettre un terme à la conversation. À la cérémonie, j'eus tout le mal du monde à rester concentrée. Erwan, témoin du marié, me regardait fixement. On aurait pu croire que j'en faisais autant, ce n'était pas le cas. Ne croyez pas que je n'étais pas heureuse de voir mon amie s'unir pour la vie à celui qu'elle avait choisi. Non, je prenais simplement conscience que moi je n'aurais jamais cette chance. Ce n'était donc plus Ophélie que je voyais dans sa grande robe blanche à crinoline incrustée de petites perles, mais moi à sa place. Ce n'était pas Marc, dans son costume gris trois pièces, qui répondait oui à la demande, mais William. Et ce fut nos deux visages que je vis s'approcher pour s'embrasser tendrement, sous les applaudissements de la famille et des amis. Pensée qui s'échappa lorsqu'Ophélie, aux anges, m'enlaça de bonheur. Les félicitations suivirent ainsi que le vin d'honneur. Je participais sans vraiment être présente.

Pendant le repas du soir, je me mis à détailler l'assistance. Mimi et Henri se dévoraient des yeux, ils avaient attendu ce grand jour pour dévoiler leur amour. Erwan assis près de moi ne cessait de me faire des compliments sur ma toilette. Elodie regardait sa montre toutes les cinq minutes espérant la venue de Paul. La famille des mariés se mêlait, riait et parlait ensemble. Quant aux mariés, ils avaient l'air seuls au monde. Plus les heures passaient et plus je me sentais étouffée dans cette grande salle parée de mille décorations.

La nuit était tombée, ramenant avec elle son lot de dangers et pourtant je sortis prendre l'air. Le vent frais de ce début de soirée me revigora légèrement.

– Tu ne te sens pas bien ?

– Erwan ! Tu m'as fait peur.

– Il fait frais, tu vas prendre froid, dit-il en mettant sa veste sur mes épaules.

– J'avais besoin d'un peu d'air, c'est tout.

– William ne viendra pas ?

– Non, pas ce soir.

– J'en suis ravi. Je peux donc inviter le témoin de la mariée sans problème, dit-il en me prenant la main.

En tendant l'oreille, j'entendis la musique percée. Connaissant Ophélie et son goût pour la danse, cela ne m'étonna pas. Je me laissais entraîner sur la piste, sous les lumières tamisées. Danser avec lui fut relaxant. Après plusieurs petites danses, lentes et rapides, je retournais m'asseoir. Ophélie en profita pour venir me rejoindre.

– Je suis si heureuse Flore.

– Tu le mérites ma belle.

– Mais je suis furieuse contre William. Ne pas se joindre à nous en ce jour, ce n'est pas très sympathique.

– Il regrette autant que toi son absence.

– Cet homme a un secret Flore. Crois-moi, il est trop mystérieux.

Je lui fis un petit sourire pour éviter de répondre, et remerciais intérieurement Marc de venir la chercher pour l'entraîner de nouveau sur la piste de danse.

En témoins qui se respectent, Erwan et moi firent un petit discours à l'attention des nouveaux mariés. Simple avec un peu d'humour, ce qui fit rire les invités. Le reste de la soirée se passa agréablement. Elodie avait changé de place pour venir près de moi, Erwan jouait les chevaliers servants pour nous deux, s'amusant à nous faire danser à tour de rôle. Plus de questions sur William, il était parfait.

Une dernière danse fut annoncée avant le départ des mariés. C'est que leur voyage de noces commençait le soir même, il ne fallait pas les mettre en retard. Erwan en profita pour partager avec moi ce dernier moment.

– Cette robe te va à ravir.

– Erwan, tu me l'as déjà dit au moins dix fois.

– C'est vrai, excuse-moi.

– En même temps, des compliments c'est toujours agréable.

– Ils ont l'air heureux, n'est-ce pas ? rajouta-t-il en me montrant Ophélie et Marc enlacés.

– Oui, cela fait plaisir à voir.

– J'aimerais que tu sois aussi heureuse qu'elle.

– Erwan, ne recommence pas. Pas ce soir.

Il me fit une petite moue et embrassa le dessus de mon nez, avant de me blottir contre lui. Jusqu'à la dernière note, je restais ainsi bercée par ses bras. Lorsque je m'écartai de lui, il me rapprocha brusquement et me vola un baiser avant de s'éloigner en me faisant un clin d'œil. Ce que je pris comme un simple jeu entre nous.

Avant son départ, Ophélie fit réunir toutes les jeunes filles célibataires pour le traditionnel lancer de bouquet. Un peu en retrait, Elodie et moi nous amusions de l'engouement pour cette tradition.

– Tu devrais y aller Flore. Après tout, tu es presque célibataire.

Elodie jeta un regard noir à Erwan, moi je fus blessée par cette remarque.

– Erwan, tu es désagréable.

– Non, juste réaliste.

Il s'éloigna de nous, le regard moqueur. Cette fois-ci, son petit jeu ne m'amusait plus. Les « vive les mariés » me ramenèrent au moment présent. Ophélie se tourna vers nous une dernière fois en nous envoyant un baiser de la main, avant de s'engouffrer avec son mari dans leur voiture. Ils partaient ensemble vers une destination qui nous était totalement inconnue. Erwan avait disparu, Mimi et Henri dansaient tendrement enlacés et la plupart des autres invités continuaient de s'amuser.

– Veux-tu rester encore un peu ou préfères-tu partir ? demandais-je à mon amie.

– Il n'est pas très tard, mais je préfère rentrer si cela te convient.

Après quelques bonsoirs d'usages, nous sortîmes dans la nuit fraîche. Elodie allait appeler Paul, qui lui avait prestement demandé de le prévenir dès que nous souhaiterions rentrer, à l'instant même où lui et William se plantèrent devant nous. Elodie poussa un cri d'effroi alors que moi je sursautais.

– Mais tu es fou Paul, tu veux me faire avoir une crise cardiaque.

Pour toute réponse il l'embrassa tendrement. Ce qui amusa William.

– Ce mariage était-il réussi ? me questionna William.

– Oui, il l'était.

Riant comme des enfants, Paul et Elodie prirent congé. Le changement de Paul faisait plaisir à voir.

– Tu es garé de quel côté ?

– Un peu plus loin dans la petite rue.

Je détestais les petites rues sombres depuis mon agression, mais comment aurait-il pu s'en souvenir.

– Erwan n'a pas su garder ses distances à ce que je sens.

– Pardon ?

– Tu as son odeur sur toi.

Pourquoi lire dans mes pensées quand l'odeur était pour lui un renseignement tout aussi fiable ? Ce que cela pouvait être agaçant parfois. Et puis non, en fait cela était plutôt agréable qu'il soit aussi sensible à l'odorat, vu qu'il n'avait pas l'air d'apprécier.

– Nous avons beaucoup dansé.

– Ah je vois ! Je ne l'aime vraiment pas.

– Je n'allais pas rester assise sur ma chaise toute la soirée.

– N'y avait-il aucun autre homme que lui ?

– Pas aussi charmant, le taquinais-je.

En arrivant à la voiture, il me colla contre la portière.

– Cette robe, ce parfum, me rappelle un je-ne-sais-quoi de déjà vécu.

– Oui, c'est vrai. Une de mes tenues t'avait légèrement fait perdre ton contrôle.

Je revoyais encore la scène, moi et William sortant du restaurant, son envie de moi, la tête des passants devant son empressement. Comment aurais-je pu oublier cet instant ? Il m'avait avoué son amour cette même soirée.

– Une tenue aussi attirante que celle-ci ?

– Non, beaucoup moins habillée.

Ses yeux détaillaient ma tenue avec envie, je ne voyais plus que le bleu azur de ses yeux. Plus de rue sombre, plus de voitures, ni de bâtiments autour de moi, rien que son visage contre le mien.

– J'aime particulièrement celle-ci.

Absorbée par son regard, je n'entendis rien arriver, mais William, lui, de ses dons naturels ne fut pas trompé. Il se retourna en rugissant de colère. Jonas et trois de ses compagnons se tenaient devant nous.

– Comme c'est touchant, se moqua-t-il.

– Jonas, dis-je machinalement.

– Oui Flore, je vois que tu te souviens de moi. C'est incroyable, reprit-il, quoi que nous fassions tu es toujours vivant William. Ce soir je vais changer ce fait.

Le corps de mon vampire préféré s'éleva dans les airs avec celui de Jonas. Dès qu'ils touchèrent le sol, les trois autres se jetèrent sur William. Des coups fusaient dans tous les sens sans que je n'arrive à bien cerner qui était qui. Me rappelant que j'avais en ma possession une arme, je la sortis de mon petit sac. À un moment, un des vampires roula à terre. À peine fut-il relevé qu'il se jeta sur moi, je me retrouvais à terre, le visage face au bitume et ma lèvre explosa en le touchant. J'attrapais mon petit pistolet et quand le vampire me fit faire demi-tour vers lui pour mordre ma chair, je tirais dans un geste machinal. La déflagration l'atteignit dans le ventre, le faisant rugir de douleur. William se posta derrière lui pour l'empêcher de revenir à moi, Jonas en profita pour attaquer de nouveau. Un coup de poing atteignit William en pleine face le faisant atterrir de l'autre côté de la rue. Heureusement pour nous, des passants, peut-être même des invités du mariage, se firent entendre. Jonas et ses complices prirent la fuite, poursuivis par William. Jamais mon vampire en temps normal n'aurait eu cette réaction. Mais il revint rapidement, encore empreint de la frénésie du combat. Sa bouche était ensanglantée de son propre sang, c'est qu'il avait frappé fort Jonas. Amnésique ou pas, son comportement après une bonne dose d'adrénaline fut la même. Il m'attira à lui et m'embrassa avec une passion que je n'avais pas ressentie depuis bien longtemps. Seulement voilà, ma lèvre ouverte faisait couler mon sang, et la blessure de William n'était pas encore tout à fait refermée. Un court instant nos sangs se mêlèrent. Une douce chaleur me parcourut les veines, je sentis même nos deux corps frissonner en se frôlant. Ses yeux devinrent aussi noirs qu'une nuit sans lune puis il recula de quelques pas.

– Non ! Qu'ai-je fait ?

– Ce n'est que quelques gouttes de sang William, ce ne sera pas la première fois.

– Un peu plus que quelques gouttes Flore.

– C'est vrai, un léger flot pour être plus précise.

Un léger flot oui, mais qui faisait déjà bouillonner en moi l'appel du désir. Il m'attirait irrésistiblement et je pouvais voir dans ses yeux le même désir. Derechef, il me fit monter en voiture et me conduisit à mon appartement. À peine étions-nous chez moi, qu'il m'enlaça et m'embrassa avec fougue. Je me retrouvais nue contre son corps froid, ses mains caressant ma peau avec empressement. Ses yeux toujours assombris, il me fit rouler à terre. Tout en lui n'était que désir montant. Ses lèvres embrasaient chaque petite partie de mon corps qu'elles effleuraient. Jamais désir n'avait été aussi violent. À la limite de la brutalité, il vint en moi. « *Sois mienne* », souffla-t-il avant que la fougue de ses reins ne m'entraîne vers des cieux que lui seul pouvait me faire atteindre. Ses canines frôlaient mon cou sans le percer. Un cri, plutôt un rugissement de plaisir, l'emporta avec moi vers un orgasme fulgurant.

Comme la première fois où nous avions fait le lien du sang, tous mes sens étaient en éveil. J'avais déjà reçu deux fois de son sang mais là c'était différent. C'était plus puissant que tout. Il releva ma tête en attrapant mes cheveux, nos corps devenaient notre raison, deux amants qui s'offraient l'un à l'autre sans que rien ne puisse les arrêter. Mon sang, son sang dans nos corps étaient un aphrodisiaque merveilleux. Un déferlement de passion nous porta ainsi, jusqu'à ce que mon corps, vidé, ne retombe sur le tapis. Il m'emmena dans le lit où je m'enroulais autour de son corps. Le souffle court, à la limite de l'épuisement, je m'endormis la tête posée sur ce torse qui m'avait tellement manqué.

« *Allongée dans l'herbe humide d'un champ, je regarde les étoiles scintiller dans le ciel de cette douce nuit de printemps. Tout est reposant, je me sens en osmose avec moi-même. Le croissant de lune se voile de quelques nuages et la pluie se met à tomber, une pluie de sang, tout devient rouge. Des gouttes de sang mouillent mon corps puis soudain tout change. Je dors tranquillement dans mon lit, d'un sommeil paisible et profond. La douleur vient comme un coup de tonnerre dans ma poitrine. Ma tête est en ébullition, tout se mélange. Les yeux de William deviennent les miens. Il est là à genoux, la tête entre ses mains au pied du lit. Il ressent la même douleur que moi.*

Tout défile si vite que j'ai l'impression que je vais sombrer dans la folie. Je ne suis plus moi, je suis William et je le vois ou… je me vois, c'est à si perdre. Il me regarde dans la ruelle en train de me faire agresser, la peine de ma souffrance l'envahit, il intervient. Il veille sur moi dans sa demeure et se demande ce qu'il va faire lorsque je me réveille. Tout se brouille… et ça recommence. La révélation de son identité, ses doutes, ses craintes, notre premier baiser, sa peur de me faire mal. Notre première nuit, la découverte de l'amour avec moi. J'arrive à l'agression, sa culpabilité d'avoir pris mon sang et cette peur de me perdre encore. Il me regarde, non je me regarde de ce regard de feu. Notre lien de sang, la puissance qu'il ressent en le faisant, il est transporté, son cœur s'ouvre à nouveau et je deviens son ultime pensée. Le retour de Grégoire et cette trahison qu'il a crue de ma part sont une abomination pour lui, plus rien ne le retient... Mon amour revient, je lui fais sentir, il revit... je deviens la lumière qui lui manquait. Le manoir et Élisabeth, le soulagement que nous soyons en vie, la désolation de voir ma sœur inerte. Faire de moi sa femme devant les hommes serait l'accomplissement de notre amour... et tout défile encore et encore. Je voudrais arrêter ce film, c'est une souffrance trop lourde, trop rapide. Mes mains écrasent mon crâne, ma tête va exploser je ne peux rien faire pour arrêter ce flot de souvenirs. Retour de Grégoire, je vais mourir, il ne peut l'accepter, la sensation de son sang à travers moi le déstabilise. Moment de plaisir dans l'appartement, il se sent presque humain et pourtant si loin de mon humanité. Sa jalousie envers Erwan, son obsession pour moi, il lutte pour ne pas m'étouffer de ses sentiments trop forts. Comment peut-il ressentir autant d'amour pour moi ? Je me tords dans tous les sens, arrêtez ces images, elles me martèlent la tête. Puis sa douleur, on le bat, le torture, il n'a qu'une seule pensée, moi. Ne pas mourir sans m'avoir une dernière fois avoué son amour. Il brûle, c'est horrible, toutes ses plaies qui déversent son essence de vie au milieu du manoir. Mon Dieu, arrêtez cette souffrance, un dernier sursaut et le noir s'empare de lui. »

Je me réveillais trempée de sueur ne sachant plus exactement où je me trouvais. Ce rêve fut d'une telle violence que mon cœur mit un bon moment avant de retrouver un rythme normal. Je me mis à chercher William qui n'était plus dans le lit. Après l'angoisse des cauchemars, c'était l'angoisse de ne savoir où se trouvait mon vampire. Nous avions eu une nuit si empreinte de plaisir que je ne pouvais imaginer qu'il soit parti ainsi, comme un voleur.

Dans le salon, assis sur une chaise et le téléphone à la main, il leva la tête dès qu'il me vit. Les yeux entourés par des petits cernes violacés, le visage fatigué, il baissa son regard.

– Il fallait que j'appelle mon géniteur.

Je bus deux verres d'eau pour assouvir ma soif avant de pouvoir faire quoi que ce soit d'autre. Ce rêve m'avait vraiment marqué.

En me retournant vers lui, une flamme traversa son beau regard, marqué certes, mais toujours aussi attirant. Il ressentait en lui tant d'inquiétude, tant de doute, tant de culpabilité qu'il ne savait comment réagir en ma présence.

– Pourquoi es-tu si perturbé William ? À cause de ce qui s'est passé entre nous cette nuit ?

Il me fit son petit sourire en coin avant de venir près de moi. Tendrement il enlaça ma taille et plongea ses yeux dans les miens. Non, je ne mettais pas trompée, l'inquiétude le parcourait.

Mon cœur s'accéléra, mes yeux s'écarquillèrent soudainement. Je ressentais ses émotions. Un léger malaise me traversa. Se pouvait-il que…

– J'ai fait un cauchemar, lançais-je en le fixant.

– J'ai fait le même que toi alors.

« Impossible » pensais-je, *« jamais tu n'as pu voir mes rêves »*.

– Alors cela ne devait pas être réellement un rêve, répondit-il à mes pensées silencieuses. Mon sang, ton sang Flore a…

– Mon Dieu, notre lien fonctionne de nouveau. Tu as… tu es…

Pour toute réponse, il m'embrassa avec amour. Un amour que je pus ressentir, son amour qui me réchauffa le cœur et le corps en un instant. Je me jetais à son cou et me laissai bercée par ses bras pendant de longues minutes.

– Pourras-tu me pardonner mon cœur ?

– Te pardonner ? Mais de quoi ?

Il s'écarta légèrement de moi.

– J'ai eu un comportement inacceptable avec toi. Comment ai-je pu désirer une autre femme que toi ? Comment ai-je pu mettre autant de distance entre nous ?

– Tu n'étais pas toi-même.

– En quelque sorte si Flore. Tu as vu en moi le William que j'étais avant que tu n'entres dans ma vie.

– Je ne vais pas dire que cela a été facile pour moi William, ni même que je ne t'en veux pas. Mais tu es là près de moi et tu l'as été avant même le retour de ta mémoire, à ta façon. Certaines images resteront quand même douloureuses pas mal de temps.

– Laisse-moi lire en toi.

Oui c'était bien mon William qui était de retour. Fini les principes sur l'intimité qui devait rester privée.

– Je croyais que tu n'aimais pas lire les pensées ainsi.

– Flore, comme tu l'as dit, je n'étais plus vraiment moi.

Son petit rire amusé raisonna et il plongea dans mes pensées.

– Je t'ai tellement blessé et tellement déçu. Je ne pourrais jamais me le pardonner.

– Tu as dû voir également en moi que je n'étais plus vraiment la même. William regarde-moi !

Ses yeux restaient fixés sur le carrelage.

– William, regarde-moi !

Enfin, il leva son visage triste vers moi.

– J'ai vu une personnalité de toi qui m'était totalement inconnue et pour être honnête, que je ne pensais jamais voir un jour. Pour moi, tu as toujours été le doux William qui m'a sauvé la vie dans la ruelle. Comme me l'a si bien souligné Terence, j'ai parfois du mal à oublier qui vous êtes réellement.

– Avec ta visite chez lui, je pense que cela ne sera plus.

Je sentis mes joues rougir en repensant à la scène, ce qui amusa énormément mon amoureux retrouvé. Mon esprit n'avait de nouveau plus aucun secret pour lui.

– Oui passons tu veux (nouveau petit rire amusé). Mais les événements de ces dernières semaines m'ont également changé. Je ne suis plus la Flore naïve que j'ai pu être en bien des circonstances. J'ai découvert en moi une rage qui m'était inconnue. Je ne veux plus vivre dans mes souvenirs, croire que certaines personnes pourront encore changer et redevenir comme elles étaient. Espérer inutilement et vivre avec des regrets.

– Comme Grégoire.

– J'aimerais qu'il meure pour tout ce qu'il m'a fait subir à moi et aux autres.

– Hum, ma Flore s'est changée en tigresse, j'adore. Mais j'ai pu lire en toi tellement de doutes sur la vie que tu as choisie avec moi.

– Mais tu m'es revenu.

Il m'embrassa de nouveau. Que c'était bon de me sentir revivre entre ses bras.

– En ce qui concerne Clémence…

– Mais elle n'est pas là en ce moment, pourquoi parler d'elle ?

Son regard devint sombre en un éclair. Au beau milieu de la journée, je me retrouvais à nager dans les eaux troubles du plaisir, en ressentant ce que j'espérais depuis des semaines. L'amour de mon vampire, notre lien qui nous faisait nous fondre l'un dans l'autre. Un moment libérateur pour lui, comme pour moi. Pourtant une légère pensée me traversa, vite interceptée par mon beau brun.

– J'aime faire l'amour avec toi Flore. C'était différent avec Clémence, certes, mais ce ne sera jamais aussi intense.

– Pourtant avec elle tu peux être toi-même, ne pas te retenir.

– Je le suis également avec toi mon cœur. Je ne suis pas avec toi que pour un plaisir furtif, cela va bien plus loin, c'est bien plus profond. Jamais je ne pourrais faire l'amour à quelqu'un d'autre comme je le fais avec toi. Et rien n'a jamais égalé ce que nous partageons, ce que tu m'offres.

Complètement rassurée, je m'offris à lui, le laissant mener la danse à sa façon. Un brin d'originalité, un brin de tendresse, un brin de brutalité et un brin de savoir-faire pour un résultat plus que parfait. Lorsque ses canines mordirent mon cou, je fus projetée loin de toute réalité.

En fin de soirée, et après des heures de partage sans interruption, je remarquais en l'embrassant que ses petits cernes violacés s'étaient agrandis et que son beau regard, encore assombri par le désir, était entaché d'un petit éclat de sang. Un éclat qui me rappelait un peu celui de Jonas.

– Pourquoi cette marque dans tes yeux ? m'empressais-je de lui demander.

– J'ai besoin de me nourrir Flore et nos échanges de sang à répétition laissent des traces.

– Cela va-t-il encore jouer sur nos sens, sur ton comportement ?

– Je crois que cela est déjà fait, j'ai retrouvé la mémoire. Ton sang, mon sang sont des atouts majeurs dans notre lien.

– Dangereux également !

– Je vais bien Flore.

Ne voulant pas gâcher le retour de notre amour, je préférais ne pas insister. Mais le doute resta en moi. De plus, j'avais d'autres questions qui restaient sans réponse.

– Qui est venu t'attaquer au manoir ?

– Il y avait Jonas, Grégoire, d'autres amis à eux et quelques loups… puis un homme derrière moi m'a enfoncé une aiguille dans le cou. Je n'ai pas vu son visage.

– Moi non plus, je n'ai vu aucun de tes assaillants. J'étais trop absorbée par ta souffrance, ce fut horrible à vivre.

– Je n'aurai pas dû entrer en contact avec toi. Mais je pensais mourir, je voulais te voir une dernière fois, je voulais que tu sois la dernière personne dans mes pensées.

– J'ai cru te perdre, je ne veux jamais revivre une telle chose.

– Je suis là maintenant tout va bien.

– Mais pourquoi s'en prendre à toi ainsi ?

Il changea rapidement de sujet.

– Il faut vraiment que je me nourrisse Flore, mais je ne peux te laisser seule.

– Tu n'en as pas pour longtemps et puis j'ai besoin également de manger un peu. Va, ne t'inquiète pas.

– Je fais vite et n'en profite pas pour appeler Erwan. Je ne suis pas sûr d'être capable de garder mon sang-froid face à lui après qu'il ait osé t'embrasser.

Ah oui, j'avais oublié ces petits passages. Pouvoir trier mes souvenirs et ne lui laisser voir que ce que je veux serait une option à étudier.

En préparant mon repas, je n'arrêtais pas de sourire bêtement toute seule. J'étais heureuse et cela faisait longtemps que je ne m'étais pas sentie ainsi. Exit la peur de voir Clémence revenir dans sa vie, il était à moi, j'étais à lui. Tout était parfait dans le meilleur des mondes.

Je venais de finir de dîner et William n'allait pas tarder quand son portable qu'il avait omis de prendre se mit à sonner. Il devait vraiment être distrait pour ne pas avoir sur lui son téléphone. Je décrochais.

– Monsieur Belfort ?

– Non c'est sa compagne.

Petit silence.

– Pouvez-vous lui dire que Maître Johan Campat souhaite le joindre ?

– À quel sujet ?

– Il devait me recontacter il y a deux semaines et j'attends toujours sa décision. Mais, je ne crois pas que mon client apprécierait que je parle de notre affaire avec quelqu'un d'autre que lui.

Oui, enfin j'étais sa compagne quand même, pas une simple inconnue.

– Très bien je lui dirais, répondis-je sèchement un peu vexée.

– Merci, bonsoir madame.

Lorsque William revint à la maison, le visage rosé et les cernes disparus, je ne pus m'empêcher de le questionner.

– Qui est Maître Campat ?

– Mon avocat.

– Je croyais que c'était Maître Tarmal.

– Flore, j'ai plusieurs avocats qui travaillent pour moi.

– Il veut que tu le rappelles.

– Oui cela aussi, je l'avais oublié.

– Que te veut-il ?

– Tu es trop curieuse mon amour, s'amusa-t-il en m'embrassant sur le front.

Tous ses secrets me pesaient réellement. Je fis ma boudeuse quelques secondes essayant de l'attendrir. Son rire retentit dans toute la pièce, moi-même je me mis à rire. Je n'allais tout de même pas gâcher de si tendres retrouvailles.

Des milliers d'excuses plus tard, pour avoir failli céder à la tentation de Clémence, mon vampire préféré arriva enfin à se relaxer. Et pendant des heures nous fêtâmes comme il se doit le retour de notre amour.

Une journée s'était écoulée, une journée entière où mon cœur n'avait cessé de battre la chamade dans ses bras. William était en train de me lire son œuvre favorite, j'étais entièrement dans le récit, lorsqu'une douleur me transperça.

– Mélanie !
– Qu'as-tu ? s'inquiéta immédiatement William.
– Ma sœur, elle est seule et a peur.
– Flore, tu peux sentir ta sœur ? C'est impossible.
– Je sais où elle est. Conduis-moi.
– Je préviens Terence.
Un rapide coup de fil à Terence et nous étions dans la voiture, moi indiquant la direction à prendre à mon vampire.
– Un cimetière ? s'exclama-t-il en se garant.
– Elle est sur la tombe de nos parents.
J'entrais déjà dans le cimetière lorsque William m'arrêta. Il entoura mon visage de ses mains.
– Pas de risque inutile Flore, nous ne savons pas ce que nous allons trouver. Ne t'éloigne pas de moi. Tu as ton arme ?
– Oui.
Il me prit la main et m'entraîna avec lui dans les petits chemins au milieu des sépultures. Il faisait sombre, de rares réverbères éclairaient les allées, un silence respectueux enveloppait l'ensemble du lieu. Enfin je l'aperçus, assise sur le rebord de la tombe de nos parents, caressant le marbre gris de sa main. À notre approche, elle tourna légèrement la tête, avant de refixer ses yeux sur la photo de nos parents.
– Mélanie, que fais-tu là ?
– Ils me manquent tellement.
– À moi aussi !
– Je pensais voir arriver mon géniteur.
– Il arrive, William l'a prévenu.
– Tu n'aurais pas dû venir Flore.
Des sifflements annoncèrent l'arrivée de Terence, Bastien, Victorien, Paul, Alexandre, Simon, Clémence et un jeune vampire de petite taille, certainement un enfant d'Alexandre.
– Laisse-moi voir ce qui te perturbe tant mon enfant.
Mélanie se relevait pour rejoindre son géniteur lorsqu'elle m'attrapa la main.
– Cours Flore ! hurla-t-elle.
– Non ! répliqua William. Ne t'éloigne pas de moi.

Trop tard, ma sœur m'entraînait avec elle, me mettant à l'abri derrière une sépulture plus haute que les autres.

– Mélanie ?

– Grégoire connaît ma mission. Il est furieux.

Des rugissements se firent entendre de toutes parts, des yeux luisants sortaient de chaque recoin. Au milieu, Grégoire et quelques vampires.

– Grégoire a fait une alliance avec des loups ? demandais-je à ma sœur.

Deux bras l'attrapèrent par-derrière, la projetant sur une tombe dont le marbre se fissura sous le choc. Jonas la regardait comme il aimait le faire, la tête penchée sur le côté. En un bond elle était de nouveau debout, bien plus jeune que Jonas, sa force était donc bien moins conséquente que celle de son adversaire, et pourtant elle ne lâchait rien.

Dans mon abri improvisé, je pouvais voir William et les siens figés, pas un seul de leur cheveu ne bougeait. Ils restaient immobiles à attendre l'attaque. L'attaque fut lancée dès qu'un loup se mit à hurler. Bêtes et vampires se jetèrent les uns sur les autres. Qui prenait le dessus ? Impossible de vous le dire. Mes yeux allaient de ma sœur à la mêlée de corps s'affrontant. Des cris horribles brisaient le repos des disparus, profanant ce lieu saint. Bastien que je n'aurais pas le temps de connaître, s'écroula au sol à quelques centimètres de moi. Les yeux ouverts, la carotide arrachée, il se vidait de son sang. Paul fut projeté comme une simple feuille, deux loups couraient vers lui en grognant. Mélanie réussit par je ne sais quel moyen à contourner Jonas et se jeta sur un loup qui par-derrière allait sauter sur Terence. William, me faisant sursauter, se matérialisa devant moi.

– Accroche-toi, me dit-il en me prenant dans ses bras.

Il allait m'éloigner lorsque Grégoire le frappa dans le dos, nous fûmes tous les deux jetés au sol. Il riposta immédiatement. *« Cours Flore, sauve-toi. »*, me dit-il en pensée. Rien ne se passa, je restais assise par terre, comme prostrée. Plus rien en moi ne fonctionnait, mis à part mes yeux qui ne voyaient plus que le sang qui se déversait de toute part. Dans ce torrent de sang, Joseph, en loup imposant, se mêla au combat. J'étais spectatrice encore une fois de la folie de leurs mondes. Il était difficile de voir qui prenait le dessus. Soudain, Jonas apparut devant moi, ma sœur lui sauta dessus au moment même où William maîtrisait Grégoire. Jonas dans un mouvement habile emprisonna ma sœur.

– Stop ! hurla-t-il à mon amoureux. Laisse-le ou je la tue.

– Non, murmurais-je en me relevant.

Ma tête tourna vers un petit renfoncement où une ombre se recula immédiatement en me voyant regarder dans sa direction. Pas le temps de m'y intéresser, ma sœur eut de nouveau mon attention.

– William recule-toi, le suppliais-je.

Ce qu'il fit tout de suite. Grégoire se plaça en retrait derrière Jonas. Quel courage !

Des corps tombaient autour de nous, du sang giclait de partout et moi je ne voyais plus que le regard de ma sœur posé sur moi. Joseph s'approcha lentement en grognant, un sourire se dessina sur les lèvres de Jonas. Tout devint flou autour de moi, plus de bruit, plus de combattants, uniquement le regard de ma sœur dans le mien. Un instant, je la vis avec moi deux ans plus tôt dans ma chambre d'enfance parlant de nos futures vacances ensemble, elle souriait à la vie. Ce que je pus lire dans ses yeux étaient à l'opposé de ce moment-là.

– Ne fais pas ça, je t'en prie, dis-je d'une voix à peine audible.

Mais elle ne m'écouta pas. Elle arriva à se retourner et poussa violemment Jonas, qui sortit de sa poche un pieu et l'enfonça dans le cœur de ma sœur. Grégoire, grâce à sa rapidité, revint vers William et lui enfonça lui aussi un pieu dans le torse avant de s'évaporer.

– Nooon !! hurlais-je, ne sachant vers qui me tourner en premier, ma sœur eut ce privilège.

– Personne ne nous trahit.

Voilà les paroles que j'entendis dans le lointain. Les loups et vampires hostiles survivants se retirèrent, poursuivis par Andrews, Paul et Clémence.

– Mélanie ! Non Mélanie ne meurt pas, ne fais pas ça.

Terence me fit reculer et l'examina rapidement. William, blessé mais vivant, me prit dans ses bras.

– Elle va vivre n'est-ce pas ?

Il releva sa tête doucement et lui parla si bas que je n'entendis pas leur échange. Un « *comme tu veux ma fille* », fut la seule chose qui me parvint aux oreilles.

– Je suis navré Flore.

Cette simple phrase mettait un terme à mes espoirs. Je m'agenouillais près d'elle, prenant sa main dans la mienne.

– Prends mon sang Mélanie. Il faut que tu prennes mon sang.

Terence vint près de moi et tout en regardant le corps de ma sœur perdre ses forces, me fit un point sur la situation. Calme en toutes circonstances.

– Seul un vampire d'un certain niveau peut faire cette attaque Flore. Le pieu est dans le cœur mais ne l'a pas percé entièrement. Si tu lui retires, elle se vide de son sang en quelques secondes, si tu lui laisses elle mourra plus lentement.

– Mais si vous lui enlevez pendant qu'elle boit mon sang ?

– C'est une option qui peut lui être favorable, mais qu'elle refuse.

Il se remit derrière nous, où Paul, Andrews et Clémence les avaient rejoints.

– Mélanie, il faut que tu prennes mon sang. Si tu me quittes je n'ai plus personne.

– Tu as William, répondit-elle avec difficulté.

– Je t'en prie, bats-toi.

– Qu'on lui donne le sang de Flore de force s'il le faut, s'énerva Clémence. Qu'est-ce que la vie d'une humaine contre celle de Mélanie ?

D'un revers de la main, William l'envoya valdinguer.

– Ne t'approche pas de Flore. C'est un conseil Clémence, rugit-il.

– Partez tous, ordonna Terence. Laissez-nous seuls.

Des petits sifflements disparurent à l'unisson. Seul Terence, William et Alexandre restèrent en retrait.

– Mélanie, je ne peux te perdre.

Elle glissa difficilement ses doigts dans sa poche et mit un petit objet dans ma main.

– Le danger est plus près de toi que tu ne le crois Flore.

– Je me fous du danger, je veux que tu vives.

– Tu as choisi pour moi une fois, laisse-moi ce soir partir en paix.

– Non.

– Je ne veux pas vivre ainsi. Mais toi Flore, vis comme tu l'entends, ne te refuses rien et fais tes propres choix.

Un râle de douleur roula dans sa gorge.

– Je refuse ton choix.

– Ne me laisse pas souffrir davantage Flore, supplia-t-elle d'une voix saccadée par la douleur.

L'enfer s'abattait sur moi. Je savais que si j'entaillais ma main, si je la forçais à boire comme l'avait suggéré Clémence, elle ne pourrait résister à l'appel de mon liquide chaud. Pourtant dans son regard, il n'y avait aucune envie de vivre, tout espoir avait disparu. Elle avait dès le départ rejeté sa nouvelle existence. En perdant Robert, plus rien ne la retenait, elle n'aspirait qu'au repos éternel. Je fis ce que je ne me serais jamais cru capable de faire, je mis mes propres sentiments de côté pour ne penser qu'à elle. Les soubresauts de son corps sous la douleur m'étaient insupportables.

– Je t'aime, lui soufflais-je à l'oreille.

– Moi… aussi.

Le visage inondé de larmes, je mis mes mains sur le petit bout de bois qui dépassait de son cœur, et en fermant les yeux, je tirais dessus de toutes mes forces faisant jaillir son sang. Un long soupir s'échappa de ses lèvres. Dans un dernier effort ses doigts se levèrent vers mon visage, ils n'eurent pas le temps de l'atteindre que sa main retomba sur les graviers. Les mains toujours accrochées au pieu, le petit objet coincé entre ma paume et le bois, je sanglotais en regardant la dépouille de ma sœur. Avec elle, toute ma famille venait de s'éteindre. Je me penchais sur elle pour l'embrasser une dernière fois, sa peau si froide prit tout son véritable sens. Je suis restée ainsi pendant ce qui me parut une éternité à caresser la joue de ma sœur. Bizarrement je ne me sentais en rien coupable, uniquement triste et le cœur vide. Vide de son absence qui me pesait déjà.

– L'aube va se lever Flore, il faut partir.

– Pas encore William.

– Mon enfant va avec William, je te promets qu'elle rejoindra tes parents dans leur sépulture. Ils seront réunis, tu as ma parole. Retournez au manoir, je vous y rejoindrais.

Mes jambes me portaient à peine. Je voulais dormir pour ne plus voir son sang couler sur mes mains. Ce sang, son sang encore plus abominable que celui de Laura. Aucune parole ne put sortir de ma bouche. Je lâchais enfin le bout de bois et vis dans ma main rouge de sang, une petite broche en saphir que je ne reconnus pas. Je la mis dans ma poche et me nichai dans les bras de William. Un dernier regard et plus rien.

XIII

Mon cœur saignait de la disparition de ma sœur. Je venais de lui offrir la plus grande preuve d'amour en la laissant partir mais cela n'enlevait en rien ma tristesse. Toute ma famille décimée à cause d'une vengeance qui perdurait, sans que je n'en comprenne vraiment le sens. Élisabeth avait ses raisons mais quelles étaient celles de ce nouvel ennemi ? J'arpentais le manoir de long en large sous le regard triste de William. J'avais déjà pris trois douches et je me sentais toujours sale de son sang. J'avais peur de me poser et de m'écrouler complètement, sans trouver en moi la force de me relever. Plus de larmes en réserve, j'étais complètement anéantie. J'avais même oublié que William avait été atteint dans la bagarre.

– Ta blessure va mieux ?

– Je me suis éclipsé pour me soigner.

– Je ne m'en suis même pas rendue compte.

– Ce n'est pas grave.

– Tu aurais pu prendre mon sang William.

– Il vaut mieux éviter pour le moment.

– Pourquoi ?

– Nos échanges de sang rendent mon aptitude à me contrôler plus difficile.

– William, je te l'ai déjà donné des dizaines de fois, une de plus ou de moins.

Il me fit un petit sourire puis je replongeai dans mes pensées.

Terence revint juste avant que le jour ne se lève. Alexandre était toujours avec lui.

– Flore, me dit-il gentiment, je suis sincèrement désolé.

Une colère subite monta en moi. Je lui en voulais, lui par qui tout avait commencé, lui qui avait envoyé ma sœur dans les filets de Grégoire.

– Vous deviez la protéger, vous deviez veiller sur elle, vous l'avez condamné !

– Flore ! s'insurgea Alexandre.

– Laisse-la mon frère. Elle souffre, sa réaction est humaine.

– Oui humaine comme vous dites. Je sais que la mort fait partie quotidienne de votre vie, mais ne ressentez-vous donc aucune peine pour votre fille qui vient de partir ?

Paul arriva avec Victorien à cet instant. Un peu surpris de mon emportement, ils préférèrent rester dans leur coin. Je continuai à déverser ma colère sur Terence.

– Vous saviez que c'était dangereux pour elle de côtoyer Grégoire et Jonas, mais vous avez préféré la sacrifier pour quelques infos. J'espère qu'elles en valaient le coup !

– Flore vous dépasser les limites de l'acceptable ! se révolta Alexandre.

– Ta sœur savait ce qu'elle faisait, renchérit Terence. Je n'ai pas à me justifier !

– Non, aucune justification, aucune explication. Rien que des secrets et des menaces permanentes. Je déteste votre monde.

– Mon cœur, calme-toi.

Un regard noir vers William et il me laissa continuer.

– Elle était la seule famille qui me restait et vous me l'avez enlevé !

– Elle était aussi ma fille Flore. Même si notre lien n'était pas aussi fort que celui qui m'unit à toi, je la portais dans mon cœur.

– Parlons-en de ce lien ! Pourquoi ne pas dire à Paul ou Victorien, puisqu'ils sont présents, que votre sang coule en moi ? Qu'ils sachent au moins pourquoi ils luttent. Je ne suis pas Joe ! Vous ne réparerez pas vos erreurs du passé en me sauvant.

Les regards de Paul et Victorien se posèrent plus qu'étonnés sur leur géniteur.

– Partez ! cria Terence. Partez tous et laissez-moi seul avec Flore.

Un souffle passa et seul William resta dans la pièce.

– Toi aussi mon fils.

– Je reste près d'elle monsieur.

– J'ai dit dehors William.

– Monsieur, elle n'est pas elle-même.

– Dehors ! s'énerva-t-il. Va chez moi avec les autres.

Mon vampire, à contre cœur, partit rejoindre ses frères et Alexandre.

La prestance de Terence était un contraste particulier avec son jeune physique, cela m'impressionnait. Ma tristesse et ma colère prenant le dessus, je passai outre l'intimidation qu'il pouvait renvoyer. Je le fixais avec insolence.

– J'ai accepté ta relation avec mon fils mais je refuse que tu remettes en cause mon autorité ou que tu déverses ta colère sur moi uniquement pour te soulager.

– Ce n'est pas…

– Je n'ai pas fini Flore. Tu te comportes comme une enfant immature. En entrant dans la vie de William, je pensais que tu serais apte à comprendre notre monde. Je me suis lourdement trompé. Que croyais-tu qu'il allait se passer Flore ? Une petite vie bien tranquille à l'abri de tous problèmes. Même s'il n'y avait pas eu ce lien entre nous, Élisabeth et cette nouvelle menace, votre vie n'aurait jamais été celle que tu idéalises.

– William ne réagit pas comme vous.

– Il est exactement ce que je suis Flore. Plus jeune que moi et donc moins préparé à certains événements, mais c'est le même. Il doit depuis presque deux siècles vivre dans l'ombre, lutter contre ses instincts qui peuvent le perdre et encore bien plus depuis qu'il est lié à toi. Et vos échanges de sang le rendent encore bien plus instable.

– Vous savez pour le dernier ?

– Je sais oui ! Tu penses que cela n'est pas important car il a fait rejaillir la mémoire de William, mais moi je sais qu'il y aura un moment ou un autre des conséquences qui pourront être désastreuses.

– Je…

– Je n'ai toujours pas fini Flore. Tu me reproches d'être insensible et de ne pas souffrir. Lorsque j'ai laissé mon âme saigner, j'ai failli me perdre. La mort de Joséphine a été pire que tout ce que j'ai pu vivre depuis bien des siècles. Je ne peux me permettre de me laisser aller à la tristesse ou je me perdrais. Et j'ai une famille, des enfants à guider et protéger. Ta vie d'humaine est bien loin de la nôtre. Pourtant Flore, tu dois aussi dorénavant vivre dans notre monde et tu le fais déjà bien plus que tu ne le crois. Il ne te reste plus qu'à l'accepter et ta vision sera bien plus claire.

– Comment accepter d'avoir tout perdu ?

– Ce n'est pas simple. Mais plutôt que de laisser ta colère fausser ton jugement, vois ce qu'il te reste. Et fais de ta peine une force et non pas un obstacle.

– Je me sens si perdue monsieur.

– Je dois chaque jour prendre des décisions qui impliquent toute la sécurité de ma famille et ce n'est pas toi qui va me dicter ma conduite jeune humaine. Je sais que tu te sens perdue et que tu en veux au monde entier. Je compatis à ta douleur et la partage, mais il faut que tu te reprennes. Devant mes enfants ou toutes autres personnes, tu me dois le respect. De plus, je t'avais dit de ne pas dévoiler notre secret.

– Je pense que vos enfants ont le droit de savoir.

– Tu n'as pas à penser pour moi Flore ! Lorsque je te demande de garder un secret tu le fais, un point c'est tout. Il y va de ta protection.

– Mais…

– Pas de mais ! Espérons que cette révélation ne nous attire pas plus d'ennuis que nous en avons déjà.

Toute rancœur envers lui avait disparu. Et si je comprenais son point de vue, il devait comprendre le mien.

– J'ai l'impression d'être complètement vidée, dans un tunnel sans fin.

– Je sais Flore, mais tu as William, moi et Paul. Tu as de l'influence sur lui.

– Où plutôt Elodie, dis-je sans réfléchir.

Je me mordis la lèvre pour ne pas continuer. Enfin, Terence se détendit et un petit rire accompagna mon geste. En une phrase, il avait réussi à détourner ma tristesse.

– Je sais pour Paul et Elodie. Même si je ne suis pas ravi de voir encore un de mes fils se jeter dans l'aventure d'une relation avec une humaine et même si ses sentiments envers elle n'atteignent pas le quart de ceux de William envers toi, je ne refuserai pas cette union. Et pour en revenir à ta sœur, tu as fait preuve d'un grand courage cette nuit en acceptant de la laisser partir. Tu m'as rendu fier de toi. Refoule la culpabilité qui te parcoure. La Mélanie pleine d'espoir et de vie avait cessé d'exister au manoir d'Élisabeth. Elle refusait sa nouvelle condition. Robert avait ramené un peu de calme en elle mais jamais elle n'aurait été pleinement heureuse. Ce n'était pas son choix de vivre dans mon monde. Je n'ai accepté cette transformation que par respect pour toi. Si quelqu'un doit s'en vouloir c'est moi, j'ai transformé assez d'humains pour sentir si l'âme sera réceptive ou pas.

– Ils n'ont de toute façon pas beaucoup d'options, ils ne le choisissent pas volontairement. D'ailleurs qui choisirait consciemment d'être transformé.

– Cela te paraît si invraisemblable ? Je l'ai bien fait moi. Est-ce si difficile pour toi à concevoir ?

– Vous ? Mais comment avez-vous… je veux dire vous n'étiez pas en train de mourir ?

– Absolument pas ! Nous sommes très peu à avoir eu la chance de choisir de notre vivant. Je fais partie de ces cas rares.

– Mon Dieu ! Mais pourquoi ?

– Si tu me promets de respecter dorénavant nos principes et si tu me fais un bon café, je veux bien t'expliquer. Cela te changera un peu les idées.

Je partis comme une flèche dans la cuisine préparer ce nectar si délicieux aux yeux de Terence. L'envie de mieux le comprendre prenait le dessus sur la fatigue. Mieux le connaître me ravivait et m'éloignait un peu de mon chagrin.

En le voyant assis autour de la grande table, m'attendant calmement, je ressentis pour lui une affection profonde. Autoritaire, il l'était et venait de bien me faire comprendre où je me situais par rapport à lui. Pour autant, il était toujours là à me soutenir envers et contre tout. Il avait raison sur un point, je partageais son univers bien plus que le mien.

– Alors dites-moi ce qui vous a poussé à prendre une telle décision ? Et comment avez-vous rencontré un vampire ? D'ailleurs, il vous a laissé l'approcher comme ça sans problème ?

– Flore, me coupa-t-il. Si tu te taisais pour me laisser répondre, ce serait plus simple.

– Pardon.

– J'étais un jeune homme qui croquait la vie à pleines dents, fuyant toutes responsabilités et toutes formes d'autorité, au grand dam de mes parents. Je ne manquais de rien. L'argent a toujours coulé à flots dans ma famille. Fils de noble, volage et entêté, un Irlandais qui aimait les filles et l'alcool.

– Excusez-moi, vous êtes sûr que vous parlez bien de vous ? J'ai un peu de mal à vous voir sous cette description.

Il éclata de rire.

– J'étais pourtant bien tel que je me décris mon enfant. Je rêvais de voyages et de découvertes, je savais que le monde ne s'arrêtait pas à mon pays. Je voulais vivre avec les évolutions. Pour moi l'épanouissement ne s'arrêtait pas à ce qu'on nous imposait. J'étais constamment en opposition avec mon père. Savoir que ma seule vie ne suffirait pas à tout découvrir me révoltait. Je voulais partir à l'assaut du monde, une vraie tête de bois.

J'aurais particulièrement aimé voir ce Terence-là. Pas vous ?

– En cette année 1601 (et bien voilà, faites comme moi un calcul rapide et vous aurez l'âge du grand Terence) la guerre faisait rage, la maladie également. Ma mère et mes sœurs sont décédées de la diphtérie. Quant à mon père et mon frère, ils avaient rejoint l'armée pour lutter contre les Anglais qui voulaient prendre le pouvoir. Moi, je refusais de prendre part à cette guerre que je jugeais stupide. Pourquoi se battre et mourir alors que l'horizon m'appelait ? Mon pays était dans le chaos le plus complet lorsque je fis la rencontre d'un drôle de personnage à la sortie d'un pub. J'étais complètement ivre et pourtant il a attiré mon attention. Bref, je vais te passer les détails sur le fait qu'il est revenu chaque soir me voir, me parler et prendre mon sang, même si je n'ai su ce fait que bien plus tard. Il a aimé ma façon de voir les choses, de ne pas m'arrêter à ce que je voyais mais d'anticiper. Un soir, attaqué par deux voyous, il m'a montré sa véritable identité. J'aurais dû en être effrayé, au contraire j'ai été fasciné. Lorsque mon père et mon frère tombèrent au combat, plus rien ne me rattachait à cette vie. Je l'ai laissé me parler de son existence et je l'ai supplié de me faire devenir comme lui.

– Il a accepté ?

– Il s'est d'abord moqué de moi puis devant ma détermination a fini par céder. Il avait peu d'enfants et transformer un humain qui n'était pas aux frontières de la mort était un nouveau challenge pour lui.

– Vous avez eu le courage de choisir le jour de votre mort ?

– Non Flore. Il prenait souvent de mon sang et je le laissais faire. Au fil du temps, il n'effaçait même plus ma mémoire. Un soir, lorsqu'il le décida, il m'emporta à la limite de la mort et me transforma.

Pour une fois je restais sans voix. Prendre une telle décision de son propre chef me paraissait tout bonnement incroyable.

– Tu as l'air toute retournée Flore, il n'y a pas de quoi. Je n'ai jamais regretté d'avoir fait ce choix, bien au contraire.

– C'est juste que cela est si étrange. Vous êtes toujours respectueux de toutes les règles, calme et réfléchi. J'ai du mal à croire que vous avez été celui que vous m'avez dépeint.

– C'était il y a bien longtemps Flore. J'ai appris de mes erreurs, évolué. Je suis devenu moi-même géniteur avec toutes les responsabilités que cela implique et j'ai tiré un trait sur ma façon de penser ou de réagir en tant qu'humain.

– C'est ce que vous me demandez de faire ?

– Bien sûr que non Flore. Tu seras toujours guidée par tes sentiments, c'est ta personnalité. Je te demande uniquement de prendre en considération notre façon de réagir en tant que vampire. Accepte notre monde Flore, comme il est vraiment et non pas comme tu le vois toi. Et sois respectueuse envers moi.

Il plongea son regard dans le mien.

– Et pour revenir à ta sœur, je suis attristé par sa disparition mais soulagé qu'elle ait enfin trouvé la paix.

– Qu'avait-elle découvert qui a conduit Grégoire et les autres à la faire taire ?

– C'est confus pour le moment.

– Vous me demandez d'accepter votre monde mais il serait grand temps que vous, vous acceptiez de ne plus me laisser dans l'ignorance.

– Je ne veux que ta protection et pas pour me racheter du passé Flore.

– Je sais, j'ai été injuste envers vous.

– La vie ne t'épargne pas vraiment en ce moment, ce n'est pas simple à gérer. Je peux comprendre. Je suis ton allié, pas ton ennemi. Maintenant va te reposer.

Je fis le tour de la table pour déposer un baiser sur sa joue. Ce qui l'amusa comme toujours. Voir son monde comme il était vraiment, d'accord. Changer mes habitudes, certainement pas.

– Monsieur ?

– Oui Flore.

– Comment expliquez-vous le fait que je pouvais ressentir les émotions de Mel ou qu'elle pouvait ressentir les miennes ?

– Je ne sais pas Flore, peut-être mon sang en vous ou tout simplement un amour profond qui vous liait.

– Étiez-vous vraiment un homme qui aimait l'alcool et les femmes ?

– Va te reposer Flore.

Avant de monter les escaliers, je me retournai une dernière fois. Terence, attiré par les femmes faciles et l'alcool, volage et opposé à toute autorité, vraiment presque impossible à imaginer.

La disparition de ma sœur était une nouvelle épreuve à surmonter. J'en étais peinée mais moins triste. Terence m'avait fait comprendre bien des choses ce soir, changeant une nouvelle fois ma vision de la vie. Je m'allongeai dans mon lit, la petite broche en saphir dans la main. Cet objet, dont je ne savais la signification, devenait précieux à mes yeux puisqu'il était la dernière chose que Mélanie m'avait offerte. Je m'endormis une larme coulant sur ma joue, en voyant Terence affalé au comptoir d'un pub peu fréquentable dans le fin fond de l'Irlande. Vraiment troublant cet aspect de lui.

XIV

J'étais la dernière survivante de la famille Thomasse. Ma vie avait basculé par tant de fois en si peu de temps que cela en était affolant. La première fois avec la perte de mes parents, puis avec la rencontre de William et la découverte d'un monde parallèle au mien. Sans parler du retour de Grégoire, de ce passé sombre que j'avais appris au fil des mois, la disparition de Laura et de ma sœur, sans oublier l'arrivée tout aussi incroyable des loups. Chaque matin, je me demandais où l'avenir m'entraînait. Mais ce matin-là, étrangement, j'étais plus sereine. Terence y était pour beaucoup. Si je n'arrivais pas à comprendre réellement leur monde, quelque part j'en faisais partie. Dorénavant je respecterais leurs décisions ainsi que leur façon d'être, à un petit détail près, je souhaitais que plus rien ne me soit caché. Je savais que tout ne m'était pas dévoilé et je comptais bien changer ce fait. Non on ne se refait pas !

Terence dormait paisiblement dans une chambre d'invité, moi j'essayais de m'occuper comme je pouvais. Elodie n'était pas libre pour la journée. Erwan ne répondait pas à mes coups de fil, je tournais donc en rond dans le manoir. En faisant le ménage, mes yeux se portèrent sur la porte du bureau de mon beau brun. Que pouvait-il y dissimuler de si important que l'accès m'en soit continuellement refusé ? Terence ne répondant qu'à demi-mot à mes interrogations, il avait eu le don de piquer un peu plus ma curiosité. Doucement, j'ouvris la porte de cette pièce que je n'avais que peu aperçue. Elle reflétait bien l'image de William. Des petits cadres faisaient revivre les époques passées, des centaines de livres étaient rangés dans les bibliothèques, des petits souvenirs trônaient un peu partout. Je m'assis sur le grand siège en cuir noir derrière le bureau et laissai mes mains glisser sur le bois usé du meuble. Les tiroirs ne renfermaient rien d'autre que des dossiers personnels, transactions, titres de propriété, etc. Rien qui me serait d'une grande utilité dans mes recherches. J'allais même quitter la pièce lorsque mon regard fut attiré par un livre bien plus grand que les autres, posé au-dessus d'une pile de romans. Poussée par la curiosité, je m'en emparai.

Étant donné la forme et l'usure de la couverture en tissu, une sorte de velours marqué par le temps, je crus un instant qu'il s'agissait d'un album photo. M'installant de nouveau au bureau, je pris la décision de le parcourir. Les pages jaunies, un peu froissées, ne renfermaient ni photos, ni roman, ni poésie, mais un récit écrit à la main. À la plume sur de nombreuses pages, puis au stylo bien plus loin. Plus qu'un journal intime, c'était un mémoire où des dates s'entremêlaient au fil des années. J'eus un doute. J'avais si souvent émis le souhait qu'il cesse de lire mes pensées pour préserver mon intimité, que cela me paraissait injuste de violer ainsi la sienne. Pourtant, ma curiosité prit le dessus sur mon bon sens. Je posai mes yeux sur l'écriture fluide où certaines dates attirèrent mon attention plus que d'autres. Je me mis à lire.

– 1820 : *Je suis mort et pourtant j'écris, je pense, je ressens. Mon géniteur m'a offert ce livre pour que je puisse, par l'écriture, exorciser mes pensées. Aux yeux de ma famille je n'existe plus et j'ai peine à imaginer leur chagrin. Ma vie s'est envolée. L'obscurité a remplacé la lumière. Je ne verrais plus jamais le jour. Je suis un vampire, rien que ce mot paraît sortir de mon imagination. Pourtant c'est ce que je suis à présent. Un être ignoble qui doit se nourrir de sang et rester caché de tous. Je déteste Terence d'avoir fait de moi ce que je suis. N'aurait-il pas fallu mieux que je disparaisse réellement ? Cette idée me poursuit à chaque seconde.*

– Noël 1820 : *Je ne suis plus rien. J'ai vu ma femme et mon fils par la fenêtre. Dieu que j'aurais aimé les serrer contre moi. Ma mère m'a vu. L'horreur de son regard sur moi me renvoit continuellement à l'abomination que je suis. J'ai voulu la tuer pour qu'elle me rejoigne, qu'elle comprenne. C'était une folie, comment ai-je pu imaginer la faire vivre l'enfer qu'est mon quotidien ? Terence dit que le temps m'aidera. Je me hais, rien ne pourra changer ce fait. La rédemption viendra-t-elle un jour ? Pourrais-je vivre avec la culpabilité d'avoir voulu prendre la vie de celle qui m'a mis au monde ? J'en doute.*

– Automne 1850 : *Plus rien ne me retient en Irlande. Le feu a ravagé ma demeure. Les deux êtres qui m'étaient encore chers ont péri. Je n'ai rien pu faire. Pourquoi a-t-il fallu que cela se passe en pleine journée ? À quoi me sert ma nouvelle vie et mes soi disant pouvoirs si je ne peux protéger ceux qui me sont chers ? Tout est de ma faute, j'aurais dû être là. La culpabilité sera à jamais en moi. Je ferme mon cœur à tous sentiments. Terence m'a offert la possibilité de partir avec lui. Il est si bon qu'il sera désormais mon guide. Je préfère rester près de lui. Il est ma seule famille lui et mes frères de nuit. Mais rien n'effacera la perte que je viens de subir. Leurs visages, leurs rires me manquent plus qu'une torture. Ils seront à jamais mes regrets.*

Je marquai un temps d'arrêt. Il m'avait laissé croire que sa famille était morte naturellement après une vie normale. Pourquoi ? Je replongeai dans ma lecture.

– France 1883 : *Notre voyage nous a menés dans ce pays magnifique qu'est la France. Je prends mes marques, observe et retrouve goût à la vie, à ma vie. Terence change. Il aime une humaine. Plus rien ne compte à part son amour pour elle. Je suis dans la confidence. Sa confiance me touche, il est pour moi le père que je n'ai pas eu dans ma vie d'humain. Pourtant, je crains que cette union ne soit défavorable à mon géniteur.*

– Été 1886 : *Joe a quitté Terence. Il n'est plus lui-même. Leur lien de sang le torture. Il se perd inéluctablement. Je ne le reconnais plus. Il m'a ordonné de partir loin de lui. Je ne peux pas. Il m'a créé en m'enseignant les valeurs qui sont les miennes. S'il ne se reprend pas, il sera perdu. Il a tué par amour ou par folie, plus rien en lui n'est logique. Ce lien de sang est une prison. Jamais je ne ferais cette erreur.*

– Été 1889 : *Terence est revenu de son exil. Joe et lui sont de nouveau unis. Mais est-ce bien sain ? Il se met en danger sans s'en soucier. Rien ne peut le raisonner. Seule cette femme compte. Une prison pour lui.*

– Octobre 1891 : *Joe a été assassinée et Terence n'est plus que l'ombre de lui-même. Il veut mourir. Il va me falloir une énergie hors du commun pour lui venir en aide. J'y arriverais, je le dois, sa survie en dépend. La mienne et celle de mes frères avec. Personne ne doit savoir. Sa souffrance devient sa déchéance.*

– 1896 : *Après des années de chasse et de perdition, Terence reprend vie. Les recommandations de son ami Joseph ont mis un terme final à cette traque sans fin pour retrouver le vampire qui lui a enlevé Joe. Tout rentre dans l'ordre, en apparence du moins. Son cœur de pierre saigne toujours et à jamais. Dieu que l'amour peut être souffrance. Devant sa douleur, je prends la décision de ne jamais aimer une humaine.*

– Janvier 1900 : *Un nouveau frère agrandit la famille : Paul. Sarcastique et sûr de lui il est à l'opposé de moi. Sa vie d'humain n'a pas été une partie de plaisir, l'éternité le rendra peut-être moins orgueilleux. Même arrogant et si différent de moi, nous nous entendons bien et j'apprécie parfois sa compagnie, même si ma complicité avec Andrews est bien plus salutaire.*

– Automne 1915 : *J'avais cru voir toutes les horreurs possibles en ce monde. Cette guerre est un vrai massacre. Je me dégoûte de boire le sang encore chaud des cadavres. Mais il nous faut plus que jamais nous cacher. Le monde perd ses illusions. Le pays est dans le chaos. Combien d'atrocités vais-je encore découvrir ?*

Ce passage fut moins agréable, me ramenant à des images encore bien présentes.

– Printemps 1930 : *Elle est entrée dans ma vie avec fracas. Moi qui assouvissais mes envies au gré des rencontres fortuites. Je suis maintenant fidèle à Clémence. Elle a ravivé en moi des sentiments. De l'amour, du désir, de l'envie. La violence de nos ébats me renverse à chaque fois. Sa compagnie est une bouffée d'oxygène. Elle est insouciante et s'extasie d'un rien. Ne pas sourire près d'elle est impossible.*

– Hiver 1931 : *J'ai quitté Clémence. Ses sentiments allaient bien au-delà des miens. Elle souhaitait s'unir avec moi par le lien du sang. Comment aurais-je pu accepter une telle chose, moi qui connais la puissance de ce lien ? Mon amour pour elle n'était peut-être qu'illusion.*

– Février 1950 : *Mon existence de vampire me convient parfaitement. J'aime sentir l'odeur des humaines et la volupté de leur peau. Plus rien ne me répugne, ni prendre leur sang, ni nos émois sexuels. Mes connaissances s'accroissent et Terence est à lui tout seul une source d'information inépuisable. Notre relation est forte. Je lis en lui la fierté que je n'ai jamais vue dans les yeux de mon père.*

Étrange de découvrir mon amoureux sous un jour que je ne connaissais pas. Un vampire tout simplement.

– Décembre 1990 : *Après des années de découverte de pays plus riches les uns que les autres, de joies comme de souffrances, nous revoilà de retour à Paris. Paul nous a rejoints égal à lui-même. Terence a retrouvé son manoir. J'ai acquis ma propre demeure. L'Irlande me manque. L'amour, malgré quelques relations agréables, me fait défaut.*

Et notre rencontre arriva. Je refermai le livre de peur de lire ce qu'il avait ressenti. Non ! Il fallait que je sache.

– Avril 2010 : *J'ai sauvé la vie d'une humaine ce soir. Cette jeune femme me fascine. Pourquoi ? J'aimerais la connaître. Dangereux sûrement, mais tentant. Terence est parti quelque temps rendre visite à Victorien. Peut-être est-ce simplement la solitude qui me pèse.*

– Mai 2010 : *Plus j'apprends à la connaître et plus cette humaine me plaît. Elle a en elle la fraîcheur et la douceur qui fait contraste avec son caractère bien trempé. J'aime la voir sourire, j'aime être près d'elle. Je n'avais pas eu besoin d'une présence aussi forte près de moi depuis bien longtemps. Elle ravit mon existence.*

– Juillet 2010 : *Je ne peux plus me voiler la face. J'aime Flore, mais cela ne se doit pas. J'aimerais trouver le courage de partir loin d'elle mais j'en suis incapable. Je n'avais pas ressenti cette flamme en moi depuis ma femme. C'est effrayant et excitant à la fois. Je l'aime ! Comme il est doux de pouvoir écrire ces mots.*

– 2010 : *Je suis sur un nuage, nous avons fait l'amour. Je ne peux plus imaginer ma vie sans elle. Terence a bien essayé de me raisonner, rien n'y fait. Il a peur que je reproduise les mêmes erreurs que lui, tout en me donnant sa bénédiction. Sa confiance en moi est au-delà des mots. Je connais les conséquences qui peuvent en ressortir. Je ne ferais pas de lien avec elle. Je veux juste partager sa vie sans me soucier du lendemain.*

– Novembre 2010 : *Toutes mes résolutions se sont envolées. Nous avons fait le lien du sang. Après tant d'épreuves, tant de doutes et de menaces, c'est un aboutissement. Elle est ma force et ma vie. Seulement j'ai peur. Peur de perdre mon contrôle, peur de la perdre. Elle vit en moi et me donne toute sa confiance. Qu'il est agréable de voir mon amour se refléter dans ses yeux. J'aimerais partager mon éternité avec elle.*

– Fin 2010 : *Tout a basculé avec le lien qui unit ma compagne à mon géniteur et avec la soif de vengeance d'Élisabeth. Un combat sanglant en a découlé. Les pertes ont été lourdes et Mélanie, sœur de Flore, est devenue l'une des nôtres.*

– Début 2011 : *Cette nuit, elle fut blessée par l'ignoble Grégoire. J'ai cru la perdre, je n'aurais pas survécu à sa mort. Je lui ai donné mon sang et je ne sais pas ce qu'en seront les conséquences. Je lui fais croire que tout va bien mais moi-même je suis dans le flou. J'aimerais partir loin et la garder égoïstement avec moi. Faire d'elle ma femme aux yeux de tous et la combler entièrement. Mais pourquoi ne ressent-elle pas le désir de devenir comme moi ? Le fait qu'elle refuse une vie éternelle près de moi me fait douter. Pourquoi refuse-t-elle ?*

Cette question d'éternité entre nous était vraiment un problème. Mais il avait raison. Pourquoi cette vie ne m'attirait-elle pas ?

– Janvier 2011 : *Effet de mon sang en elle, ma jalousie prend le dessus. Je déteste Erwan et chaque homme qui l'approche. Je dois me ressaisir, pour elle, pour moi.*

– Hiver 2011 : *Il paraît que j'ai été attaqué par des vampires et des loups. Ma mémoire me fait défaut et j'ai appris ce jour même que j'étais uni à une humaine. Quelle découverte pour moi, une humaine, cela paraît invraisemblable. J'ai l'impression d'avancer dans le brouillard. Heureusement Clémence est là et me soutient.*

– Février 2011 : *J'ai rencontré mon humaine. Elle est si fragile, si désirable et pourtant si inconnue à mes yeux. Terence m'a ordonné de la protéger et de rester près d'elle. Difficile alors qu'elle m'est étrangère et que Clémence ravive en moi bien des souvenirs.*

Je n'aimerais jamais cette fille, soyez-en sûr !

– Février 2011 : *J'ai failli céder aux avances de Clémence mais je n'ai pas pu. Tout est confus en moi. Il m'aurait été simple de lui faire l'amour, mais un je-ne-sais-quoi en moi m'en empêche. Est-ce ce lien que j'ai soi-disant fait avec Flore ? Peut-être bien, cette jeune femme m'intrigue.*

(Quelques pages plus tard). *Faire l'amour avec Flore fut un moment de partage assez intense, voir étrange. La regarder dormir, ne pas lui enlever mon souvenir après le plaisir, fut nouveau pour moi mais agréablement bon. Je ne déteste plus sa compagnie bien au contraire. Serait-ce donc possible de vivre ma vie tout en entrant dans la sienne ? J'avance doucement et prudemment. Pourtant, certains doutes persistent en moi. Clémence a raison, je n'arrive pas à comprendre comment je pourrais avoir un amour inconditionnel pour quelqu'un qui n'aspire pas à renaître dans mon monde. Mais sa présence est un peu comme le soleil au milieu de la nuit.*

Plus rien, les pages suivantes étaient blanches.

Par cette lecture, je venais de découvrir toute l'existence de mon vampire, ses douleurs, ses joies, ses craintes et ses espoirs. Je n'avais pas trouvé ce que me cachait lui ou Terence, mais je savais dorénavant tout ce qu'il était. J'en étais heureuse même si je ne savais pas comment allait réagir William en l'apprenant. Je ne pourrais certes pas lui cacher bien longtemps. En remettant ce livre si précieux à sa place, la question d'éternité entre nous me tiraillait. Nous en avions tellement parlé ensemble et pourtant il espérait toujours. J'avais besoin de réfléchir, de sortir avant que Terence ne me rejoigne ou que William arrive.

Au manoir tout était reposant, un petit monde bien clos loin de tout. En ville, la vie reprenait ses droits et cela me fit un bien fou. Le printemps s'installait doucement, il était agréable de revoir des promeneurs le long des magasins et dans les parcs. De sentir de nouveau la chaleur encore timide du soleil sur mon visage. Après une longue promenade, je rejoignis mon appartement. Assise sur mon banc face à la fenêtre, je regardais les enfants jouer dans le petit parc en face. J'aimais entendre leurs rires.

Rapidement mes incertitudes me rattrapèrent. Terence avait raison, j'aspirais souvent à une vie bien plus calme que la mienne. Comment cela en serait-il autrement ? Je n'étais qu'une simple humaine plongée dans le monde au combien étrange de mon vampire. Notre amour me maintenait à flot, me faisait vivre et surtout effaçait souvent, par les instants magiques en privé que nous partagions, que tout autour de moi s'écroulait. Sans William, je n'aurais pas pu supporter la perte de ma sœur. Et pourtant, il était vrai que je réfutais le fait de devenir un jour comme lui. J'aimais ce qui nous différenciait tant. Son monde sombre, ses sens bien au-dessus des miens, ma fragilité face à sa force, sa peau glaciale contre la mienne si chaude. Le lien du sang que nous avions formé idéalisait cette union. Lorsque je pensais à Grégoire si obscur et bien loin de celui que j'avais connu en tant qu'humain, ou à ma sœur qui avait toujours rejeté sa transformation jusqu'à son dernier souffle, je doutais. Il m'était inconcevable d'imaginer ma vie sans mon amoureux. Sa disparition entraînerait la mienne, je comprenais donc son point de vue qui était réciproque. Mais cela ne changeait rien en moi. J'étais bien loin de l'alternative de Terence à choisir délibérément cette vie d'éternité. Cette petite réflexion m'éclaira enfin. Dorénavant, je savais où me positionner et me promettais d'en parler avec mon vampire préféré dès qu'il ferait son apparition. Enfin après avoir écouté les reproches qu'il allait me faire après mon intrusion dans son jardin secret.

La sonnette de la porte retentit, chassant de moi cette petite crainte.

– Erwan !

– Je ne te dérange pas ?

– Bien sûr que non, entre je t'en prie. Comment savais-tu que j'étais ici ?

– Une intuition.

Il m'embrassa tout naturellement sur la joue et me prit la main.

– Allons nous asseoir un peu dans le parc tu veux.

– Avant il faut que je te dise quelque chose d'important.

– Je t'écoute.

Annoncer le décès de ma sœur n'était pas ce qui était des plus agréables, mais je me devais d'être franche avec lui, comme il l'avait toujours été avec moi.

– Mélanie n'est plus de ce monde.

– Oui je le sais déjà.

– Non, je veux dire qu'elle est partie pour toujours cette fois-ci.

Son visage se ferma et il me prit dans ses bras.

– Leur monde ne t'aura rien épargné décidément. Je suis désolé ma Flore. Tu préfères peut-être rester ici ?

– Non, prendre l'air en ta compagnie me fera du bien.

Comme à son habitude, il détourna ma tristesse en changeant de sujet pendant que nous nous installions sur un banc un peu en retrait.

– J'ai eu des nouvelles de Marc et Ophélie, ils sont bien arrivés à leur hôtel et sont ravis de commencer leur voyage de noces.

– Ah et où sont-ils ?

– À Venise pour le moment.

Pourquoi n'y avais-je pas pensé ? Une véritable romantique notre Ophélie.

– Je suis très heureuse pour eux.

– Moi aussi. (Puis il prit un air plus grave). Flore, tu devrais sérieusement songer à t'éloigner de William.

– Erwan !

– Je sais que j'avais promis de ne plus m'en mêler mais vois ce qu'est ta vie depuis votre rencontre.

– Il n'y est absolument pour rien.

– Je crois que si, bien au contraire.

– Tu ne peux pas comprendre ce qui nous unit, c'est au-dessus des mots.

– Il ne se souvient même plus de toi Flore.

– Il a retrouvé tous ses souvenirs.

Il eut petit sursaut et de nouveau son visage se ferma.

– Il se souvient de tout ?

– Apparemment oui. Je l'ai enfin retrouvé et tout ce que tu diras ne pourra rien changer à l'amour que je lui porte.

– Est-ce qu'il t'a expliqué ce qu'il s'est passé ?

– Grégoire est responsable.

– Seulement Grégoire ?

– Pourquoi toutes ces questions Erwan ?

– Pour rien, de la curiosité rien de plus. Alors il retrouve ses souvenirs et toi tu lui retombes dans les bras en un claquement de doigts, oubliant ses écarts et son comportement envers toi.

J'aimais énormément Erwan, mais son acharnement à vouloir me faire comprendre que William n'était pas homme, enfin vampire, pour moi devenait aussi pesant que la jalousie de mon amoureux envers lui.

– J'ai perdu mes parents, ma sœur et j'ai vu mourir Laura sous mes yeux. Je crois qu'il faut vivre à fond ce que l'on veut avant qu'il ne soit trop tard. William a certes des torts, mais la vie est bien trop courte pour que je gâche le moindre instant avec lui en reproche ou rancœur.

– Il a quand même été avec Clémence.

– Pas tout à fait. Il a en lui tant de culpabilité d'avoir eu cet égarement qu'il est assez puni ainsi.

– Oh c'est si simple de te berner.

– Il ne peut me cacher ses sentiments Erwan, je les vis avec lui.

Son regard étonné se porta sur moi. Je n'insistais pas, notre lien devait rester notre lien et je ne me voyais pas le dévoiler, même à mon meilleur ami. Sa nervosité me ramena à lui.

– Qu'as-tu en ce moment Erwan ? On dirait que tu retiens ta colère chaque fois que l'on se voit.

– Je suis juste un peu agacé que tu sois aveugle à ce point.

– S'il te plaît, pourrions-nous changer de conversation ? Je n'ai pas envie de me fâcher avec toi.

– Excuse-moi, s'empressa-t-il de conclure en m'embrassant sur le front.

Les heures suivantes furent plus douces. Comme deux bons amis qui aiment être ensemble, nous parlâmes de tout et de rien. Il m'invita même à dîner dans un bon restaurant où nous n'avions jamais été. La soirée était un peu avancée et le jour s'effaçait tranquillement lorsqu'il prit congé.

– Il vaut mieux que je te laisse, ton vampire va arriver et ne sera pas ravi de me voir avec toi.

– Si seulement vous pouviez vous entendre, ce serait parfait.

– Hum non, dit-il en rigolant, c'est sans espoir.

Je décidai de retourner à l'appartement, sachant pertinemment que William saurait où me trouver. Et je ne m'étais pas trompée, à peine la lumière du jour avait-elle disparu que William entra dans mon appartement. Toujours assise sur mon banc, un peu honteuse d'avoir lu son mémoire, je n'osai le regarder.

– Que pensais-tu donc trouver mon cœur ? demanda-t-il en me relevant pour que je lui fasse face.

– Des réponses.

– À quoi ?

– À tout ce que tu me dissimules.

Il plongea dans mon esprit pendant quelques secondes. Partagé entre la contrariété et la colère, il se recula légèrement.

– Je comprends le point de vue de Terence et le respecte. Je suis d'accord pour faire des efforts et mieux accepter certaines de vos réactions, voire de vos décisions. Pourtant William, je refuse d'être mise de côté par simple souci de ma protection. Je partage ton monde mais tu partages également le mien. Si le tien a des lois, le mien à des principes tous autant importants à mes yeux. La confiance mutuelle dans un couple fait partie de ces principes que j'aimerais que tu respectes.

– Je te fais confiance Flore.

– C'est faux William. En tout cas pas assez pour me dire la vérité sur ta famille ou me révéler pourquoi on a essayé de te tuer. Tu lis en moi comme dans un livre ouvert, je ne peux rien te dissimuler. J'aimerais qu'il en soit autant pour moi envers toi.

– Il y a des faits de mon existence que je n'étais pas encore prêt à partager. Je vis depuis presque deux siècles Flore, des souvenirs j'en ai par milliers, des bons comme des mauvais.

– Quand me feras-tu entièrement confiance ?

– Je te fais confiance mon cœur, cela n'a rien à voir. Mais tu as déjà tellement souffert. Mon géniteur pense qu'il est trop tôt pour te mettre dans la confidence.

– Et toi William, qu'en penses-tu ? Crois-tu que notre relation, notre amour ne sont pas assez forts pour que tu puisses tout me révéler ?

– Tu as tant de doute en toi.

De nouveau son regard plongea dans le mien.

– Mon Dieu Flore ! Non, tu ne peux me demander cela.

Cette fois il avait vu en moi la décision que j'avais prise sur mon éventuelle transformation.

– Voilà où est toute la différence entre toi et moi William. Je te fais entièrement confiance, toi non.

– Mais Flore, tu me demandes d'accepter de te laisser mourir si tel était ton souhait.

– Je ne sais pas ce que nous réserve l'avenir William. Je t'aime et j'aime partager ma vie avec toi. Si Dieu le veut alors je vieillirai à tes côtés. Mais si Grégoire, Jonas ou une autre personne devaient attenter à ma vie, je te demande de respecter ma décision. Au moment où la vie me quittera, lis en moi et tu sauras ce que veut mon cœur.

– Et si tu refuses de renaître ?

– Alors laisse-moi partir.

– C'est égoïste mon amour. Tu me demandes de vivre sans toi sachant que cela me serait impossible.

– Je refuse de devenir un jour comme l'a été ma sœur, une personne refusant sa nouvelle condition. Avec du recul, je me rends compte de mon erreur. Je n'aurais jamais dû lui imposer cette épreuve. Je te demande d'en faire autant William, tu liras mon âme et tu respecteras ma décision.

Il me sembla à ce moment-là plus fragile qu'il ne l'avait jamais été.

– Promets-le-moi, dis-je en me blottissant contre lui.

Il posa son menton sur le dessus de ma tête et resta ainsi quelques minutes avant de reprendre la parole.

– Si tel est ton désir je le respecterai, ton âme me guidera. Je ferais tout ce qui est en mon pouvoir pour te protéger et te garder le plus longtemps possible avec moi. Sans toi Flore, je ne suis rien.

– William je…

– Non plus un mot mon cœur, j'accepte mais ne dis plus rien. Tu remets ta vie entre mes mains, c'est une des plus grandes preuves d'amour que l'on m'ait faîte.

– J'ai totalement confiance en toi.

– Il en sera de même pour moi dorénavant.

Il m'embrassa à m'en couper le souffle. D'ailleurs, j'eus un peu de difficulté à revenir à la réalité lorsqu'il ôta ses lèvres des miennes.

– Appelle Erwan et dis-lui de nous rejoindre dans le parc en face.

– Erwan ! Mais pourquoi ? Oh non William, ne lui en veux pas. Nous n'avons fait que dîner ensemble rien de plus.

– Tu veux tout savoir alors suis-moi Flore.

– Mais je…

– Avant une dernière chose, me coupa-t-il. Fais-moi l'immense honneur de devenir ma femme.

J'écarquillai les yeux.

– Je sais que tu es en deuil mais le temps nous est peut-être compté. Alors épouse-moi Flore. Tu seras ma femme dans mes lois comme dans les tiennes. Je tiens à respecter ce vœu si cher à tes yeux.

– Je… c'est impossible William.

– Maître Tarmal a dû transgresser pas mal de lois mais c'est possible.

– C'est toi qui as demandé cette faveur au père d'Erwan ? C'est pour cela qu'il est revenu ?

– Tout est en ordre, on peut s'unir dès que tu m'auras répondu.

Pourquoi me marier me tenait tellement à cœur ? Je n'en savais rien. C'était ainsi depuis mon enfance, j'avais toujours rêvé de me marier un jour. Tout devint confus dans mon esprit. M'unir à un vampire, être sa femme aux yeux des hommes, m'appeler madame Belfort pour toute ma vie, cela relevait de l'imaginaire. Mais cet imaginaire, si réel pour moi, éclairait de nouveau ma vie.

Il cerna ma réponse avant même que je ne lui dise. Pourtant, je voulais lui répondre de vive voix.

– Oui, dis-je à voix basse.

Le baiser qu'il m'offrit fut si passionné, qu'un instant j'en oubliai même que l'on devait sortir. Je m'abandonnai à la fougue de ses lèvres déjà haletante d'envie.

– Plus tard mon cœur, se moqua-t-il. Il est temps que tu saches la vérité sur ton ami.

Une fraction de seconde, je me dis que cela n'était peut-être pas une si bonne idée. Mais juste une fraction de seconde. En sortant de ma résidence, alors que le ciel était devenu orageux et qu'il pleuvait des cordes, je sentais mon cœur battre la chamade. J'allais devenir sa femme, cette pensée me réjouissait, relayant au second plan la révélation qu'il allait me faire sur Erwan. Je connaissais bien mon ami, cela ne pouvait pas être si terrible que ça. Du moins, je m'en persuadais.

XV

Vu l'heure tardive et le temps peu propice à la promenade, les rues, comme le parc, étaient désertes. Nous avancions vers le lieu de rendez-vous lorsque les canines de mon amoureux se firent voir. De petits yeux brillants apparurent dans l'obscurité du parc et des grognements retentirent à leur approche.

– Je vois que tu n'es pas venu seul Erwan.

Erwan se dévoila.

– J'espérais que tu ne retrouves jamais la mémoire William, car je savais qu'à l'instant où tu retrouverais tes souvenirs tu t'empresserais de me rabaisser aux yeux de Flore.

– De quoi parles-tu Erwan ?

Il fusilla mon vampire du regard, pendant que plusieurs loups nous entouraient.

– Elle ne sait rien Erwan. Je pensais que tu aurais le courage de lui avouer toi-même, sans renfort supplémentaire.

Allongés sur le sol, aux aguets, aucun loup ne bougeait.

– Erwan, comment connais-tu l'existence des loups ?

– Tu transgresses toutes les lois William, reprit mon ami. Ton géniteur ne va pas vraiment apprécier.

– Plus rien ne sera dissimulé à ma compagne, du moins de ma part.

– Erwan, vas-tu enfin me répondre ?

Mais aucune réponse ne vint. William eut juste le temps de me pousser à terre avant que plusieurs loups ne se jettent sur lui. Il se débattait de toutes ses forces, repoussant et blessant ses adversaires avec détermination. Les rugissements, les râles de douleur, les cris de bêtes blessées et les corps s'écrasant au sol raisonnaient dans la nuit sombre. Machinalement, je sortis le revolver que m'avait donné William quelques jours auparavant. Je tirais une sommation en l'air. Un loup se retourna et vint vers moi en courant. Erwan se mit devant moi.

– Ne la touche pas. Recule-toi.

William m'avait expliqué que les comportements des loups étaient instables pour certains, et pour celui-ci ses dires se confirmaient. Il se mit à hurler en reculant pour prendre de l'élan. Erwan se retourna vers moi et se mit à hurler.

– À l'intérieur Flore ! Rentre tout de suite !

Seulement voilà, si j'entendis ces mots, mes yeux, eux, fixaient les siens avec insistance. On aurait dit deux diamants scintillant au cœur de la nuit.

– Tu m'entends Flore ? Sauve-toi ! hurla-t-il de nouveau.

Le loup le plaqua au sol. Puis un terrible grognement se fit entendre et lorsque la bête s'écarta, Erwan était devenu un beau loup marron clair. Il se mit sur ses pattes et sa gueule se tourna vers moi avant qu'il ne fonce vers le loup incontrôlable. Sous l'effet de la surprise, je restai immobile à fixer cet animal qui n'était autre que mon meilleur ami. Deux bras me soulevèrent de terre et mon esprit se remit en marche lorsque Terence me déposa dans le hall d'entrée.

– Reste-la, ne sors sous aucun prétexte mon enfant. Cette fois-ci obéis-moi !

Il partit comme une flèche. Transie de froid et de stupéfaction, tout mon corps tremblait. J'étais obnubilée par l'image de ces deux diamants scintillants qu'étaient devenus les yeux d'Erwan. Il m'avait menti. Lui mon meilleur ami, à qui je disais tout et sur qui j'avais toujours pu compter. Lui que je respectais et défendais devant William, n'était pas celui qu'il prétendait être. Une fois de plus toutes mes certitudes, tout mon monde s'écroulait. Comment était-il devenu un autre ? Pourquoi me l'avoir si longuement caché ? En moi, plus rien n'était cohérent. Mon attention fut ramenée au combat qui se déroulait à l'extérieur par les cris d'une femme qui passait près de la résidence. Elle entra dans le hall et son regard terrorisé se porta sur moi.

– Regardez à l'extérieur et dites-moi ce que vous voyez.

Je détaillai avec minutie cette femme d'une cinquantaine d'années qui se tenait toute mouillée et effrayée devant moi. La peur dans ses yeux, le tremblement de ses lèvres, ses cheveux châtain blanc qui dégoulinaient, aucun détail ne m'échappa. Comme si je voulais me persuader, comme elle, que je n'étais pas en plein cauchemar.

– Mademoiselle, regardez ! insista-t-elle en se retournant.

Devant elle se tenait Terence. Il plongea son regard dans le sien. Ses yeux se dilatèrent puis elle se figea.

« Vous n'avez pas peur charmante dame », lui dit-il, *« tout va bien, vous allez reprendre votre promenade tranquillement. Pendant votre marche, vous n'avez croisé personne, parlé à personne. Une petite balade bien calme sous la pluie. Rentrez chez vous maintenant et allez dormir, vous êtes très fatiguée. Demain, la vie vous sourira. »*

La femme lui répondit un petit « oui », se tourna vers moi en me souriant et partit comme si de rien était.

– William est blessé Flore, rejoins-le.

Je restai le regard posé sur la petite flaque d'eau laissée par l'inconnue en partant.

– Flore, tu m'entends ? s'énerva-t-il. Va rejoindre William il a besoin de sang, immédiatement !

Je comprenais l'urgence de la situation mais mon corps ne répondait plus. Il me secoua énergiquement. Mes yeux le virent enfin clairement.

– Va mon enfant, il n'y a plus de danger.

– Où est Erwan ?

– Il s'est enfui.

Je courus rejoindre William qui, allongé dans l'herbe mouillée du parc, n'avait pas été épargné par ses adversaires. Tout naturellement, je tendis mon poignet à Paul qui mordit dedans, sans se faire prier cette fois-ci.

– Bois mon amour, lui soufflais-je en redressant sa tête.

Ce geste devenait presque machinal pour moi. À la différence que cette fois-ci, William fut bien plus brutal qu'à l'accoutumée. Il avala mon sang sans retenue et en grande quantité, à tel point que de petites étoiles se mirent à courir devant mes yeux.

– Stop, ordonna Terence.

Sans résultat.

– Mon fils arrête-toi ! ordonna-t-il de nouveau en ôtant mon poignet de sa bouche.

Un petit grognement de mécontentement se fit entendre avant qu'il n'écarquille les yeux.

– Pardonne-moi Flore, s'empressa-t-il de me dire en me serrant contre lui. Je… je ne sais pas ce qui m'a pris.

« Conséquence de nos échanges de sang », pensais-je. Les sourcils froncés, Terence hocha la tête pour répondre à ma réflexion silencieuse. Il allait être bien plus délicat pour moi d'offrir mon sang à William dorénavant. Mais c'était loin d'être ma priorité principale. En cet instant, Erwan occupait toutes mes pensées.

– Pourquoi ne me l'avez-vous pas dit ? demandais-je à Terence.

– Je voulais savoir où il voulait en venir. Cet espoir est vain dorénavant.

– Mon meilleur ami monsieur ! Vous auriez dû me le dire.

– Maintenant tu sais, puisque mon fils a désobéi à mon ordre.

– Il a bien fait, j'avais le droit de savoir.

– Je te l'ai dit Flore, je décide.

– C'est pour cela que vous refusiez que je reste chez lui ?

– Ne connaissant pas ses intentions, cela pouvait se révéler dangereux pour toi.

Il se planta devant William, le souleva de terre et l'envoya s'écraser contre le tronc d'un arbre.

– Ne me désobéit plus jamais William car la prochaine fois je ne serais pas si conciliant.

Clémence, que je n'avais pas encore vue, voulut aller l'aider mais Alexandre la stoppa.

– Paul raccompagne Flore à son appartement ou ailleurs si tel est son désir. William, nous devons avoir une conversation tous les deux.

– Non ! m'écriais-je soudainement.

Tous les regards se posèrent sur moi.

– Monsieur, sans vouloir vous manquer de respect, j'ai besoin de lui ce soir.

– Flore, il m'a désobéi.

– S'il vous plaît Terence, je ne veux pas être loin de lui en ce moment. Pas après tout ce que je viens encore de traverser.

Terence prit ma joue dans sa main sous le regard un peu surpris de son frère.

– Soit, je lui parlerai demain mon enfant. Reste avec lui ce soir mais avant l'aube je veux qu'il soit à mon loft.

– Merci.

Je me hissai sur la pointe des pieds et lui fis mon petit baiser traditionnel.

« *Cette jeune humaine a bien trop d'influence sur toi* », lui déclara Alexandre pendant que William m'emmenait à l'abri dans mon appartement.

– Comment Erwan est-il devenu ainsi ? m'empressais-je de demander à mon amoureux.

– Va mettre des vêtements secs Flore, tu vas tomber malade.

Ce calme permanent en lui, et si apaisant en principe sur moi, eut cette fois-ci l'effet inverse.

– Réponds-moi William. Comment est-il devenu un loup ? Et depuis quand le sais-tu exactement ?

– Robert était venu me le dire juste avant que je ne sois attaqué.

– Ils ont voulu te tuer pour que je ne sache rien ?

– C'est exact.

– Pourquoi ne l'as-tu pas lu en lui plus rapidement ?

– Je ne lis pas tout le temps dans l'esprit de tes amis, encore moins dans celui d'Erwan. Je n'aime pas ses pensées à ton égard.

Un petit rire nerveux m'échappa.

– De plus, reprit-il, c'est un jeune loup. Ses phéromones ne sont pas encore assez développées pour que je puisse le sentir, ni moi, ni l'un des miens.

– Explique-moi cela.

– Plus ils se transforment et plus leur odeur prend de l'importance. Erwan retenait ses transformations pour dissimuler sa véritable nature.

– Qui est son chef de meute ?

– Nous ne le savons pas.

– Qu'en pense Joseph ?

– Il n'est pas au courant. Terence ne l'a pas averti, il préférait attendre de voir ce qu'il allait découvrir. Et puis ta sœur cherchait également.

– Elle était au courant ?

– Bien sûr, Robert lui avait dit, comme il l'avait dit à Terence. Mais apparemment Erwan ne l'a pas su.

– Depuis quand est-il devenu ainsi ?

– Certainement la nuit du combat contre Élisabeth, mais nous n'en sommes pas certains.

– Vous m'avez donc tous menti.

– Flore, il faut que tu comprennes…

Je ne le laissai pas continuer et m'enfermai dans la salle de bain. Tout en me séchant, j'en voulais à ma sœur et à Terence de ne m'avoir rien dit. Je me sentais comme mise de côté en permanence. Et surtout une question me hantait. Erwan avait-il un rapport ne serait-ce que minime avec la mort de ma sœur ? J'étais épuisée des découvertes et des secrets.

En retrouvant William, qui s'était lui aussi changé, je n'arrivais pas à oublier le regard perçant d'Erwan. Toute ma vie n'était qu'un énorme mensonge.

– Viens, dit-il en me tendant la main.

Il m'allongea sur le lit et me berça comme une enfant. Je n'avais plus envie de parler, plus envie d'explications, je voulais juste du calme et de la sérénité ne serait-ce que pour quelques heures.

– Dors mon amour. Demain tu y verras plus clair.

– Demain, ma vie sera toujours sans dessus dessous.

– Je t'aime Flore et je savais qu'en te révélant sa véritable identité je prenais un risque. Mais tu voulais savoir.

– Oui, je voulais savoir.

Blottie contre lui, ma tête sur ce torse où aucun battement ne résonnait, j'avais encore du mal à réaliser.

– Est-ce que Mel avait découvert quelque chose de plus sur Erwan ?

– Non, je ne sais pas ce qu'elle voulait dire à mon géniteur mais cela ne concernait en rien Erwan. Tu comprendras Flore que dorénavant je ne veux plus que tu l'approches.

– Il t'aurait laissé mourir. Mon meilleur ami, celui sur qui je pouvais me reposer en toutes circonstances.

– Repose-toi Flore.

Je relevai mon visage vers lui.

– J'ai perdu tant de gens chers à mon cœur en peu de temps et vu d'autres devenir des êtres si ignobles. Je veux garder l'espoir qu'Erwan n'est pas aussi mauvais que l'est maintenant Grégoire.

– Mon amour, j'aimerais tellement pouvoir t'enlever toute cette peine qui t'envahit.

– Rien ne peut l'enlever. Mais comme me l'a si bien dit Terence, elle ne me détruira pas, mais deviendra ma force.

– Dors maintenant mon amour, murmura-t-il en plongeant son regard dans le mien.

Pour la première fois, l'apaisement vint avec quelques souvenirs. Pour me montrer que la vie pouvait être belle, ce que j'avais de plus en plus de mal à concevoir, il fit défiler des moments de tendresse que nous avions partagés lui et moi depuis notre rencontre. Je m'endormis avec une petite chaleur qui réchauffait doucement mon cœur. Pas suffisamment apparemment pour chasser mes mauvais rêves.

« Au manoir, tous les rideaux sont ouverts malgré la lumière du jour. William dort à l'étage pendant que je lis tranquillement sur le canapé. Un loup entre par la véranda en explosant la fenêtre. Je sors mon arme et tire sans aucune hésitation. Le corps d'Erwan se dessine dans une flaque de sang. William arrive dans la pièce, freiné par le halo de lumière. Il s'écroule à terre, le soleil brûle doucement sa peau. Je le vois et ne fais rien. J'aimerais l'aider mais Grégoire me retient fermement. La nuit est apparue, mais seulement sur nous, et William hurle de douleur. La vengeance, siffle-t-il, la vengeance te fera tout perdre. Tout devient noir, seule la lune éclaire le salon et tous ceux que j'aime sont allongés sans vie à mes pieds. Je recule pour ne pas que leur sang ne m'atteigne, ce sang qui avance vers moi comme une punition ».

Je me réveillais en sursaut. L'aube ayant percé, mon amoureux s'était envolé. Dans l'impossibilité de retrouver le sommeil, je me rendis sur mon banc en fixant la brume qui entourait le petit parc. Ce parc où la veille j'avais découvert la véritable identité de mon ami d'enfance. Un sentiment de trahison me parcourut, de peine également. Il était encore très tôt lorsque l'on frappa à ma porte.

– Ouvre Flore c'est Elodie.

Six heures, une visite bien matinale pour mon amie.

– Mais que fais-tu ici à cette heure ? Tu as un problème ?

– Paul m'a tout raconté. J'ai pensé que tu avais besoin de compagnie.

– C'est gentil. Entre.

Elle me tendit une enveloppe dont malheureusement je connaissais déjà le contenu.

– Tu n'ouvres pas ?

– Je ne préfère pas. Je sais déjà ce qu'il y a à l'intérieur.

Elle décacheta l'enveloppe et sortit les clichés en poussant un petit cri.

– Mais qui a pris ces clichés ? C'est horrible !

Mes yeux se portèrent finalement sur les photos. S'y trouvait Mélanie, allongée sur le sol agonisant. Ainsi que Paul et Elodie à la sortie du mariage d'Ophélie, etc.

– Je n'en sais rien Elodie. En tout cas qui que ce soit, il a l'air d'aimer me torturer.

– Décidément, ta vie est bien mouvementée.

Elle me prit tendrement dans ses bras.

– Je suis sincèrement désolée pour ta sœur. Malgré nos différends passés, je l'aimais beaucoup. Écoute, dit-elle en m'entraînant sur le canapé, Paul m'a tout expliqué : Élisabeth, les menaces qui planent au-dessus de ta tête et Erwan.

– Ah oui ? Il t'a tout dit ? Je ne suis pas certaine que Terence va être ravi.

– Il lui avait demandé l'autorisation avant. Flore, tout cela doit être bien lourd à porter. Sache que je serais toujours là en cas de besoin.

– Tu n'as pas l'air réellement choqué par toutes ces révélations ?

– Non c'est vrai. Je crois que je me suis fait une raison, rien ne sera plus jamais simple dans ma vie. En tout cas Flore, si je peux faire quoi que ce soit, demande-moi.

– Tu le peux oui.

– Je t'écoute.

– Pars Elodie. Éloigne-toi de moi et de Paul. Je ne sais pas… trouve une idée et emmène Mimi et Henri avec toi.

– Flore !

– Je ne veux pas qu'il vous arrive malheur. Rester près de moi revient à prendre d'énormes risques. Ophélie ne reviendra pas avant plusieurs semaines, elle ne risque rien, mais vous si.

– Fuir n'arrangera rien.
– Je crois que tu ne te rends pas compte du danger qu'il y a autour de moi, de nous puisque tu fréquentes Paul.
– Je ne partirais pas Flore, jamais je ne laisserais Paul.
– Je t'assure qu'il saura très bien prendre soin de lui tout seul. Mais toi Elodie, tu es humaine comme moi et ta vie est bien fragile dans leur monde.
– N'insiste pas ! s'offusqua-t-elle. Je resterais ici.
– Je n'aurais jamais cru que tu avais une telle force de caractère.
– Nous n'avions jamais pris le temps de vraiment discuter toutes les deux.
– C'est vrai, ce fut une erreur.
De nouveau elle me prit dans ses bras. Contre elle, je laissai couler mes larmes trop longtemps retenues.
– Je suis sûre que cela va s'arranger Flore. William y veillera, j'en suis convaincue.
– Nous allons nous marier, dis-je entre deux reniflements.
Elle s'écarta un sourire jusqu'aux oreilles.
– Bon sang ! Et tu ne me le disais pas. Mais quand ?
– Je ne sais pas, je ne sais même plus si c'est une bonne idée. Avec tout ce qui arrive en ce moment…
– Que nenni, me coupa-t-elle. C'est une excellente idée, je serais aux anges moi à ta place. Puis Flore, tu as le droit au bonheur toi aussi et il s'est fait plutôt rare ces derniers temps. Alors fonce ma belle, offre-toi ce répit.
– Avant d'y penser sérieusement, je dois parler à Erwan.
– Oh j'étais sûre que tu allais dire ça, je ne pense pas que ce soit une bonne idée. William ne va pas…
– Je fermerais mon esprit et il n'en saura rien.
– Ton esprit… de quoi me parles-tu ?
Paul n'était a priori pas encore apte à aborder avec elle tous les sujets le concernant. Honnête sur la situation mais réservé sur le lien qu'il pouvait créer avec elle.
– Ce n'est pas important. Mais j'ai besoin de lui parler Elodie. Comprends-moi, il fait partie de ma vie depuis presque toujours. Je dois le voir.

– Je n'arriverais pas à te faire changer d'avis de toute façon. Alors habille-toi, je t'offre un bon petit-déjeuner et je te conduirais chez lui.

– Merci, ton amitié m'est précieuse.

Elle me fit un petit signe de la main pour masquer sa satisfaction.

Après un petit-déjeuner copieux dans un petit snack-bar très convivial, Elodie me déposa devant la demeure d'Erwan.

– Veux-tu que je vienne avec toi ?

– Non, je dois le voir seule. Encore merci Elodie, dis-je en sortant.

Je mis au moins dix minutes avant d'avoir le courage de faire sonner la petite cloche de la porte, n'étant même pas certaine qu'il serait chez lui. Lorsque la porte s'ouvrit, il ne fut apparemment pas surpris de ma visite.

– Je savais que tu viendrais.

– Je crois qu'une discussion s'impose, tu ne penses pas ?

– Ton vampire t'a donné sa permission ?

– Erwan !

Il s'écarta pour m'inviter à entrer. Pendant qu'il préparait du café, je le regardais. Je revis l'enfant qui venait jouer avec moi dans la cour de mes parents, l'adolescent qui me soutenait chaque fois que j'avais du chagrin, l'homme qui veillait sur moi et m'encourageait lorsque je perdais confiance. Comment en étions-nous donc arrivés là ?

L'arrivée de son père retarda un peu notre conversation.

– Flore, comme je suis heureux de te voir. Alors ça y est tu vas franchir le pas ?

– Pardon Maître ?

– J'ai eu monsieur Belfort au téléphone tôt ce matin, le grand jour est pour bientôt.

– Euh… oui.

– Cela me remplit de joie mon enfant. Même si cet homme n'est pas vraiment comme nous, il saura prendre soin de toi. Tes parents seraient fiers.

Pas certaine que mes parents auraient apprécié mon union avec un vampire. Un peu gênée, surtout en voyant Erwan dans l'incompréhension totale, je ne relevai pas. Il but un café avec nous et repartit vers ses occupations.

– De quoi parlait mon père ?
– De rien.
– Flore sois honnête avec moi.
Ce mot était mal venu, je m'emportais sur-le-champ.
– Honnête ? Tu oses me parler d'honnêteté ! Toi qui me mens depuis des semaines, qui me fais la morale sur le monde de William chaque fois que l'on se voit, alors que toi-même tu ne fais plus partie du mien. Comment oses-tu me parler d'honnêteté ?
– C'est vrai, je ne suis plus le même Flore. Mais je peux vivre au grand jour, je bois, je mange, je travaille et fréquentes les humains comme tout le monde. Je ne suis pas qu'un corps-mort se nourrissant de sang.
– Tu m'as menti Erwan. Je croyais pouvoir te faire confiance, que notre amitié représentait quelque chose pour toi et je me rends compte que tu as pu me regarder en face et me mentir sans aucun remord.
– Il ne m'a pas été simple de te dissimuler ma nouvelle condition. Mais je n'avais pas le choix.
– Pourquoi ?
– On ne doit pas dévoiler ce genre de chose, c'est ainsi.
– William non plus ne le pouvait pas et pourtant il s'est dévoilé à moi très rapidement.
– Normal, il te voulait.
– Qui est ton chef de meute ?
– Tu es venue ici pour un interrogatoire Flore ? Ça, c'est bien dans l'esprit des vampires de se servir de toi pour savoir.
– Je suis ici de mon propre chef. Réponds-moi Erwan ! Qui est ton chef de meute ? Que veulent les loups à William et aux siens ? Et es-tu mêlé à la mort de ma sœur ?
Il se leva d'un bond en posant sur moi de gros yeux ronds.
– Comment peux-tu penser que j'aurais fait le moindre mal à ta sœur ? Flore, je suis ton ami.
– Je ne sais plus qui tu es.
– Jamais je ne ferais quoi que ce soit qui pourrait te faire souffrir.
– Tu aurais laissé mourir William, sans aucune hésitation.
– Je ne savais pas que mes amis lui en voulaient.

– Tu plaisantes j'espère ? Tu n'as rien à te reprocher mais tu viens avec des amis.

– Ils étaient juste là pour me protéger rien de plus. Je ne pouvais anticiper leur réaction. Je savais que ton vampire me dénigrerait à tes yeux et inventerait n'importe quoi pour t'éloigner de moi.

– William voulait juste rétablir la vérité, rien de plus. Qui t'a engendré ?

– Je ne sais pas Flore. Lorsque je me suis réveillé après la tragédie au manoir d'Élisabeth, j'étais dans un endroit inconnu et mes blessures étaient guéries. Un homme que je n'avais jamais vu m'a informé de la situation. Je l'ai pris pour un fou puis il m'a prouvé ses dires. Il m'a expliqué des tonnes de choses à savoir, m'a ordonné de ne rien dire à personne, sous peine de sanction. J'étais sous le choc Flore, perdu et brisé.

– Pas de médecin alors, pas d'inquiétude pour moi.

– Bien sûr que si j'étais inquiet pour toi. Je suis revenu vers toi dès que je l'ai pu. Je suis tellement navré d'avoir dû te mentir.

– Toute cette comédie pendant de longues semaines.

– Je n'ai pas joué la comédie, cette nuit m'a marqué à jamais.

– Comment expliques-tu qu'on ait essayé de tuer William pour que ton secret ne soit pas révélé ?

– Je n'en sais strictement rien Flore. Les loups ne sont pas les ennemis des vampires, d'après ce que je sais. Je ne peux t'éclairer là-dessus. Je ne porte pas William dans mon cœur mais je ne m'en prendrais pas à lui. Tu dois me faire confiance Flore ! C'est un enfer de ne pas savoir qui m'a fait ça, ni pourquoi. Crois-moi !

– Tu as perdu ma confiance Erwan. Je ne sais même pas si les mots qui sortent de ta bouche ont encore un sens. Ils ont essayé de tuer William pour te protéger. Te rends-tu compte au moins du mal que tu m'as fait ?

– William, William, toujours William. Dommage qu'ils aient raté leur coup.

– Erwan !

– Excuse-moi Flore, je ne sais plus ce que je dis.

– Je n'en suis pas certaine. Tu as tout de même refoulé tes transformations pour ne pas être repéré par les vampires.

– Je luttais simplement contre celui que je suis devenu. Ne pas laisser le loup prendre le dessus sur moi, c'était un peu comme rester complètement humain. Tu vois, je comprends ce qu'a dû ressentir ta sœur, je déteste ce qu'on a fait de moi. En plus, cela m'éloigne encore davantage de toi.

– Ne te compare pas à ma sœur, jamais tu m'entends !

Si la tristesse que je pouvais apercevoir dans ses yeux était bien réelle, je n'arrivais pas à me raisonner. Je lui en voulais pour ces semaines de mensonges et n'étais pas vraiment convaincue de son innocence. Du moins pas totalement.

– Il faut que je parte.

– Flore attend. Ne m'éclipse pas de ta vie, je ne le supporterais pas.

– Il me faut un peu de temps pour réfléchir Erwan. Ne me bouscule pas.

– De quoi parlait mon père ?

– D'une chose privée.

– Ne te détournes pas de moi, nous sommes amis depuis si longtemps.

– Ce qui rend les choses encore plus difficiles. Respecte mon éloignement et mon silence, pour le moment. Je ne suis plus sûre qu'il y ait une place pour toi dans ma vie.

– Flore ne fait pas ça, ne laisse pas ce malencontreux accident nous séparer.

– Tu ne m'as pas laissé le choix.

Je sortis sans me retourner, laissant une larme venir s'échouer sur ma joue. À combien de personnes allais-je encore devoir tourner le dos ainsi ? Le vide autour de moi se faisait. Pourtant, au fond de mon cœur, je n'arrivais pas à voir Erwan comme un ennemi potentiel. Mais étant donné mes expériences passées et mes récentes désillusions, je me devais de rester vigilante envers lui. Une distance serait le meilleur moyen de remettre mes idées au clair. Qu'il me fut difficile de sortir de cette maison, en laissant derrière moi tant d'années de complicité.

XVI

À ma grande surprise Elodie n'était pas partie. Garée devant le portail, elle m'attendait tranquillement dans la voiture. Je fus heureuse de ne pas me retrouver seule après cette confrontation.

– Tu veux en parler ? me demanda-t-elle en mettant le contact.

– J'aimerais mieux éviter.

Elle me fit un petit sourire et démarra sans plus de question. Nous roulions depuis un petit moment lorsque je m'aperçus qu'elle ne prenait pas le chemin de mon appartement.

– Mais où m'emmènes-tu ?

– Depuis combien de temps n'as-tu pas fait un truc d'humaine, futile et rien que pour toi ?

– Elodie, je n'ai pas vraiment beaucoup de répit pour penser à moi en ce moment.

– Justement, il est temps de changer ce fait.

Elle était encore plus imprévisible que moi. C'est vous dire !

– Et que me proposes-tu ? dis-je intriguée.

– Tu vas te marier non ?

– Oui, enfin sûrement.

– S'il te plaît Flore, un peu de bonne volonté tu veux.

Sa bonne humeur commençait à déteindre sur moi.

– Oui tu as raison, je vais bientôt devenir madame Belfort. Cela te convient mieux comme réponse ?

– Nettement mieux oui. Alors nous allons fêter cela.

– Quoi ?

– Une petite soirée entre amis. Pas besoin de leur dire pourquoi, de toute façon ma sœur et Henri sont toujours partants pour sortir.

– Il faut que j'appelle William. Je ne sais même pas comment s'est passée sa discussion avec Terence.

– Oh non, pas de William, pas de Paul, pas de réticences. On sort et on s'amuse.

– C'est dangereux Elodie.

– Mon Dieu, tu as toujours été si sérieuse.

– Mais c'est faux ! m'écriais-je en retrouvant le sourire.

– Si bien trop sérieuse.

Elle gara la voiture devant notre pub où Henri et Mimi nous attendaient déjà.

– La nuit est avancée Elodie, ce n'est pas raisonnable.

– Je sais, mais c'est excitant de passer outre les recommandations parfois, non ?

Il y avait foule à l'intérieur. Les rires des clients, les danseurs déjà en nombre sur la piste, l'odeur de l'endroit, nous mit immédiatement dans l'ambiance.

– Ce soir on se lâche ! s'écria Elodie en m'entraînant avec Mimi au milieu des danseurs sous l'œil amusé d'Henri.

Souvent le propriétaire organisait des soirées à thèmes. Pour cette soirée improvisée, du moins pour moi, le pub avait sorti ses couleurs flamboyantes pour une soirée consacrée aux musiques exotiques. En me déhanchant avec mes amies, je fis enfin un break dans ma vie bien compliquée. En quelques minutes j'étais transportée dans la fête, oubliant par la même occasion de me concentrer à garder mon esprit fermé. Chaque fois qu'une nouvelle mélodie se faisait entendre, nous suivions le rythme avec plaisir. Henri nous avait rejoints pour notre plus grand plaisir. Entourée par des dizaines d'inconnus, je me sentais bien. Exit les menaces, les douleurs et les trahisons, c'était une libération et je m'en donnais à cœur joie. Boissons, danses, amusements, rien d'autre ne comptait. Les prétendants pour faire danser Elodie se pressaient mais je n'étais pas en reste, je faisais mon petit effet également. Et nous passions donc de bras en bras à virevolter avec insouciance. Puis une salsa se mit en route. Un jeune homme, avec qui j'avais déjà dansé plusieurs fois, s'approcha de moi lorsque mon vampire préféré le mit sous son emprise. « *N'y pense même pas, lui dit-il gentiment mais sèchement. Tu t'éloignes et tu n'auras plus envie de danser avec elle pour le restant de ta vie* ». Un autre m'avait déjà attrapé. Il n'eut le temps de poser une main sur moi que mon amoureux l'avait repoussé un peu violemment.

– Reste loin d'elle, tu ne la touches pas.

– Du calme mec, je veux juste danser avec elle.

– Je t'ai dit de passer ton chemin, insista mon amoureux en avançant dangereusement vers lui.

– William ! m'offusquais-je en reprenant ma respiration.

Ce qui le ramena immédiatement vers moi.

– Mais que faites-vous là ?

– On fait la fête, s'exclama Elodie sous le regard un peu étonné de Paul.

– Tu vas voir Erwan, tu me laisses sans nouvelles et je te retrouve au milieu d'inconnus à prendre du bon temps.

– C'est juste une soirée.

– Et tous ces hommes qui te serrent contre eux ?

– Oh je t'en prie William. Elodie voulait juste me changer les idées.

– Ce n'était pas vraiment une bonne idée, reprit Paul en rattrapant Elodie qui se faisait entraîner par un grand blond.

– Danse avec moi William, l'invitais-je en me collant à lui.

– Flore, il vaut mieux rentrer.

Paul essayait également de raisonner Elodie avec le plus grand mal. L'alcool aidant, elle était un peu incontrôlable.

– N'avez-vous jamais fait la fête vous deux ? les questionna-t-elle.

– Bien sûr que si ! s'indigna Paul.

– Ah oui, il y a combien de temps ? Un siècle ? Un petit bal musette sur la place d'un petit village ?

Devant sa répartie, Paul tourna son regard vers William qui scrutait tous les clients avec méfiance.

– Alors ? repris-je en entourant William par la taille. On ne dansait pas dans la haute société à ton époque ?

Son petit rire amusé se fit entendre. Il fit un clin d'œil à Paul et nous nous retrouvâmes dans leurs bras à tournoyer au son d'une samba endiablée. Lorsque la musique se tut, William plongea dans mon regard.

– J'ai traversé des époques où les danses étaient bien plus indécentes que celles-ci.

J'éclatais de rire, heureuse de ce petit relâchement de sa part. Toutes à notre bonheur, nous partageâmes avec eux plusieurs danses avant que des slows ne fassent leur apparition. Petite pause tendresse obligatoire pour laisser le temps aux danseurs de se désaltérer et reprendre un peu leur souffle.

Ma tête contre son torse, je savourais ce moment de liberté.

– Je sens en toi un tel bien être.

– Une pause s'imposait. Je remercie Elodie de m'avoir forcé la main.

Il releva mon menton et m'embrassa tendrement.

– Cela reste quand même dangereux.

– Peut-être William, mais j'avais oublié le bien que cela faisait de réagir en humaine sans problème.

– Mais tu n'as pu te retenir de rendre visite à Erwan ?

– Je devais lui parler.

– Tu joues avec ma patience.

– Jaloux !

– Plus que tu ne l'imagines.

– Mais c'est toi que je vais épouser.

Il me décrocha un énorme sourire.

– Tu as les yeux qui pétillent en me regardant, que j'aime me sentir vivre à travers toi.

– Effet de l'alcool, dis-je en haussant les sourcils.

Ce qui le fit éclater de rire. Si je devais classer par ordre de préférence nos moments partagés, et en enlevant tous ceux qui sont plus intimes, celui-ci serait en haut de ma liste. Certains trouveraient cela insultant de faire la fête peu de temps après la disparition de ma sœur ou en sachant que le danger rôdait, mais je ne me sentais en rien coupable. La vie était bien trop courte, comme me l'avait dit Mélanie avant que ses yeux ne se ferment à jamais. Je devais vivre, sans rien me refuser.

– Profite alors mon cœur, me souffla William en m'embrassant dans le cou. Nous ne pourrons plus très longtemps nous mêler ainsi au milieu des humains, un jour trop de questions se feront sentir.

– Merci, murmurais-je en le laissant prendre mes lèvres avec passion.

La soirée se poursuivit dans la bonne humeur. Mimi et Henri avaient préféré partir car ils travaillaient le lendemain. Le pub se vidait petit à petit alors que nous profitions encore tous les quatre.

– Vous savez presque vous amuser autant qu'à notre époque, lança Paul soudainement.

– Presque ? surenchérit Elodie. Nos fêtes sont bien plus rythmées que celles de votre temps.

– Oui, mais il y avait des femmes assez volages pour nous raccompagner à l'époque. C'était un plus, répliqua William.

– William ! m'exclamais-je en me reculant.

Il m'embrassa sur le nez en rigolant. Rares étaient les fois où je l'avais vu si décontracté et naturel. Cette petite sortie imprévue en couple avait fait le plus grand bien à tout le monde. L'aube n'allait pas tarder à pointer le bout de son nez et nous décidâmes donc de partir, à regret je dois bien l'avouer. La fraîcheur de la nuit fut un contraste agréable avec l'air étouffant de l'intérieur. Je me sentais bien, impression que je n'avais pas ressentie depuis bien longtemps.

– Pour quand alors le mariage ? demanda joyeusement Elodie.

– Quel mariage ? s'étonna Paul.

– Oups ! Je croyais que tu étais au courant.

– William mon frère, je t'écoute.

– À la fin du mois Flore sera ma femme, selon ses lois. Enfin, si ce n'est pas trop rapide.

– Quinze jours pour préparer un mariage, c'est court, répliqua Elodie.

– Ce n'est pas un grand mariage Elodie, lui expliquais-je. Ce n'est qu'une formalité rien de plus, pas de réception, de robe ou d'amis avec nous.

– Une robe si, s'exclama mon amoureux. Tu en rêves depuis bien longtemps, je ne t'enlèverais pas ce plaisir.

– Mais William je…

– Vous mariez ? nous coupa Paul toujours stupéfait. Quelle drôle d'idée, c'est ridicule.

– Non romantique, s'enthousiasma Elodie.

– C'est ce que je dis, ridicule et inutile.

William leva les yeux au ciel et me fit un baiser sur la joue. Elodie et Paul allaient prendre congé lorsque celui-ci et mon vampire se regardèrent en sortant leurs canines.

– Terence, lancèrent-ils en chœur.

– Elodie rentre avec Flore, il y a un problème au manoir.

– Je ne laisse pas Flore seule mon frère, dit-il en se tournant vers moi puis en jetant un regard rapide dans le lointain. Accroche-toi, les rues sont vides.

Paul fit de même à Elodie. Et nous nous retrouvâmes en un tour de main à rouler à vive allure en direction du manoir sans le moindre bruit. Si leurs déplacements devenaient habituels chez moi, Elodie, elle, venait d'en faire sa première expérience. Dès que Paul l'avait déposé dans la voiture, elle s'était accrochée au siège pour être sûre qu'elle était bien assise. Elle eut un peu de mal à retrouver ses esprits, ce qui me fit sourire en repensant à ma première réaction lors d'une situation similaire. Un souvenir inoubliable.

À peine la voiture était-elle garée dans le parc qu'ils foncèrent à l'intérieur en nous laissant derrière. Des cris, des meubles explosant, des gémissements, voilà ce qui nous parvenait du manoir. Partager la vie d'un vampire c'est une chose, voir pour la première fois la cruauté de leur monde en est une autre. Elodie, tremblante fermait les yeux pour ne rien apercevoir. Moi, au contraire, je m'approchais pour connaître l'identité des assaillants.

– Tu pourrais te faire tuer en entrant à l'intérieur.

– Grégoire, cela faisait longtemps.

– Trop, tu me manquais.

– Excuse-moi de ne pas partager le même sentiment.

Elodie l'examinait à distance. Revoir un ami, avec qui on a partagé tant de moments, autrement que dans ses souvenirs, ce n'est jamais facile. Ce regard insistant posé sur lui ne lui échappa pas.

– Elodie, comme je suis heureux de te revoir. Alors, toi aussi tu as trouvé que les humains étaient bien fades. Tu as préféré te tourner vers un homme de ma race. J'ai toujours su que tu aspirais à une aventure bien plus intéressante que celles que tu as pu connaître avec tous tes anciens prétendants.

– Paul n'a rien de commun avec toi, dit-elle avec froideur.

– C'est vrai, il est bien trop docile.

Un énorme craquement se fit entendre et Karl traversa l'une des vitres du manoir. Sur le sol, le corps en sang, il gémissait.

– Et un de moins, s'amusa Grégoire.

D'un simple déplacement il m'attrapa et je me retrouvai de l'autre côté du manoir avec sa main autour de ma gorge et mon corps bloqué contre la pierre dure de la façade.

– Un jour viendra où je pourrais faire de toi ce que bon me semblera. Je me délecte déjà de cet instant.

– Tu n'as donc plus une once d'humanité en toi ?

– Je hais tout ce que tu me rappelles Flore. Ma faiblesse, ma fragilité, mon amour pour toi. Sans ce stupide ordre, je t'aurais déjà tué.

– Qui t'en empêche ?

– Cela suffit Grégoire, tais-toi, dit une voix derrière lui.

Immédiatement, Grégoire se recula légèrement. Jonas, toujours aussi inquiétant, se tenait un peu plus loin.

– Nous n'avons plus le dessus mon ami, partons.

Grégoire effleura mon cou de ses canines avant de l'embrasser.

– J'ai dit on s'en va Grégoire !

Un souffle d'air se fit sentir et je me retrouvai seule. Le cri d'effroi d'Élodie remit mes idées en marche. Je courus la rejoindre et la trouvai agenouillée devant Paul.

– Mon Dieu aide-le Flore, il perd son sang.

– Où est William ?

– Je ne sais pas Flore, je t'attendais lorsqu'il est tombé devant moi.

Si mon inquiétude pour William était grande, je me devais de lui venir en aide. Devant le corps meurtri de son compagnon, elle était désarmée.

– Il faut que tu lui donnes ton sang Elodie.

– Quoi ? s'écria-t-elle en se relevant.

– Ne panique pas, ce n'est pas si terrible tu vas voir.

Ses grands yeux noisette me regardaient, paniqués. Lentement, pour ne pas l'affoler davantage, je la fis mettre à genoux devant Paul, pris son poignet et l'avançai devant la bouche de son vampire. Les yeux à demi ouverts, il fixa Elodie pour l'apaiser.

– Ne bouge pas Elodie, lui soufflais-je pendant qu'il mordait sa chair.

Elle hoqueta de surprise et détourna son regard pour ne pas le regarder prendre son essence de vie. Quelques minutes plus tard, il était assis et la tenait contre lui avec tendresse.

– Et William ?

– Auprès de Terence, me répondit Paul avant d'embrasser fougueusement sa petite amie.

Elle allait avoir un aperçu des pulsions qu'entraînaient combat et sang-mêlé. Je rentrai dans le manoir aussi vite que je le pus et stoppai quelques secondes ma course en voyant les dégâts à l'intérieur. Peu de meubles avaient survécu à la lutte et la plupart des tableaux jonchaient le sol. Victorien aidait Andrews qui avait une vilaine blessure au cou. Clémence relevait son frère un peu sonné. Quelques corps inertes d'inconnus étaient étalés ci et là. Quant à William, il se tenait avec Alexandre près de Terence. J'eus aussi le plaisir de voir Karl partir avec l'un de ses frères. Il avait survécu à ses blessures, j'en étais heureuse.

– Monsieur, dis-je en m'approchant de Terence.

– Je vais bien mon enfant, marmonna-t-il en se relevant avec difficulté.

– Vous êtes blessé ?

– Ce n'est rien Flore, ne t'inquiète pas.

William me prit dans ses bras en sentant ma détresse.

– Toi aussi tu vas bien ?

– Je vais bien. Pourquoi sont-ils venus défier ton géniteur ici ?

– C'est une bonne question Flore, répondit Terence. Si Élisabeth en voulait à ta vie, ce Jonas veut surtout nous affaiblir pour mieux frapper ensuite. Il y a quelque chose qui nous échappe.

Joseph entra à cet instant et se précipita vers son ami.

– Terence, qui a osé ?

– Nous devons parler Joseph mais avant, laisse-moi le temps d'aller reprendre des forces.

Il tituba légèrement. William le rattrapa immédiatement.

– Flore nous ne pouvons rester ici ce soir, me dit gentiment mon amoureux. Demande à Paul de te raccompagner à ton appartement. Je vais aider mon géniteur et si l'aube n'est pas levée je te rejoindrai.

– Je n'ai pas besoin d'un chaperon William, va avec Flore.

– Oh je t'en prie Terence ! Ne fait pas ta forte tête, s'amusa Joseph, et laisse ton fils t'apporter son soutien.

– Flore ne doit pas rester seule.

– Flore passe après toi mon frère ? intervint Alexandre.

– Sa protection passe avant tout.

– Ton affection pour elle devient un peu trop prononcée. Va avec William et laisse Paul ramener Flore, et ce n'est pas une suggestion.

William m'embrassa furtivement avant de s'éclipser avec Terence, pas très heureux de montrer devant témoins cette petite faiblesse.

Clémence, assise sur une chaise près de son frère, me regardait avec mépris. Je fus soulagée de voir arriver Paul, qui pour ne pas mettre Elodie plus mal à l'aise l'avait laissé à l'extérieur. Andrews passa à ce moment-là près de moi.

– Je vais enfin faire la connaissance de la compagne de mon frère. Je suis Andrews, dit-il en me tendant sa main toute rouge de sang.

Je lui tendis la mienne en souriant.

– Contente de te connaître également.

– Mon frère avec une humaine, décidément il m'étonnera toujours le bougre, se moqua-t-il en me détaillant de la tête aux pieds. Mais je dois bien reconnaître qu'il n'a pas mauvais goût.

– Merci, répondis-je en rougissant.

– D'ailleurs j'ai appris que Paul aussi s'est laissé tourner la tête par une humaine. Je commence à paniquer moi, serait-ce une contamination dans ma famille ?

– Andrews, l'interpella Paul. Garde ton humour.

Il n'y avait pas que l'attirance pour les humains qui était de mise dans cette famille, l'humour un peu particulier l'était également.

– Ne t'en fais pas Paul, je ne ferais rien pour que vos jolies humaines craquent pour moi.

– Sors le Victorien, demanda Paul en faisant semblant de se fâcher.

– Il a raison. Viens te soigner mon frère, lui suggéra Victorien avec son calme légendaire. Tu auras tout le plaisir de faire plus ample connaissance avec elle un autre soir.

– Viens Flore, je te ramène.

– Merci Paul.

Je me retournai une dernière fois pour voir ma demeure saccagée. Mon mauvais pressentiment me disait que cet avertissement n'allait pas tarder à mener vers un combat bien plus sanglant. Et les paroles de Grégoire me laissaient perplexe. Qui voulait tant détruire la famille de Terence et me laisser en vie ? Cela allait à l'opposé de tout ce que nous avions vécu jusqu'à maintenant. Il fallait être fou ou d'une force incroyable pour avoir le courage de s'en prendre à Terence. Et cela ne me rassurait en rien. Qu'allait-il advenir de nos vies ?

XVII

Pour parer à d'éventuelles représailles de Grégoire ou de Jonas, Paul préféra me garder chez Elodie en attendant la levée complète du jour. Cette marque de gentillesse me toucha particulièrement quand on sait qu'ils n'aspiraient qu'à être seuls tous les deux. Le regard de Paul était encore un peu assombri par la frénésie du combat et le sang qu'il avait reçu d'Élodie éveillait en lui mille et une envies. Elodie s'éclipsa pour préparer ma chambre, ce qui laissa à Paul le loisir de revenir sur la grande découverte de mon lien avec son géniteur.

– Alors comme ça Flore, le sang de mon géniteur coule en toi.

– Quelques gouttes uniquement.

– C'est incroyable, après tant d'années il peut encore avoir de l'influence sur toi.

– Je sais c'est assez bizarre.

– Je comprends mieux son attachement pour toi.

– Et cela te gêne ?

– Non, j'éviterais juste de m'en prendre à toi pour ne pas subir sa colère.

– Paul, ses enfants comptent bien plus pour lui.

– Cela reste à voir !

– Tu n'as pas parlé du lien du sang à Elodie, n'est-ce-pas ?

– Absolument pas et je t'interdis de la mettre dans la confidence. Je ne suis pas William, ce lien est exclu pour moi.

– Pourquoi ?

– Je ne crois pas en l'amour éternel et à tout ce que cela implique.

Elodie qui revenait en chantonnant mit fin à son explication.

– Je vais vous laisser, je suis fatiguée.

– Repose-toi bien Flore. À tout à l'heure.

– Oh Elodie attends. Si William passe avant l'aube, je repartirai à l'appartement avec lui.

– OK, lança-t-elle pressée de se retrouver seule avec son amant.

Une partie de moi enviait Elodie. Sa facilité à faire abstraction de tout ce qui l'entourait était un avantage certain. Elle ne jugeait pas, vivait au jour le jour en prenant les épreuves et les changements comme ils venaient. Un caractère bien à l'opposé du mien. Une personnalité qui faisait sa force intérieure.

À la différence et malgré mes bonnes résolutions, moi je ne pouvais m'empêcher de songer à l'avenir. Et dans cet avenir, j'avais le plus grand mal à me projeter. Une seule chose me réjouissait, le fait de devenir bientôt la femme de William. Consécration d'un amour hors du commun. C'est sur cette pensée ô combien joyeuse que je m'endormis.

Le lendemain matin, Elodie travaillait et William n'était pas réapparu avant l'aube. J'avais reçu un appel de la nouvelle gérante de la galerie qui souhaitait me voir. Je partis donc en même temps que mon amie pour une journée en solitaire.

Il me fut difficile de revenir à l'endroit où mon amie avait perdu la vie. En apparence, à l'intérieur rien n'avait changé. Les employés vaquaient à leurs tâches avec le même entrain, les clients admiraient ou débattaient des œuvres, seule l'absence de Laura était perceptible. Une jeune femme en tailleur bleu marine, aux cheveux bruns bouclés coupés en carré avec une petite paire de lunettes, m'accueillit gentiment. C'était Amina, la remplaçante de Laura. Un peu mal à l'aise, elle me conduisit dans une petite pièce à l'arrière de la boutique où elle avait créé son bureau. Ce changement de lieu me soulagea. Installée derrière sa table de travail très moderne et en l'écoutant me faire son petit speech sur les termes de mon contrat qui ne changeaient en rien, je me mis à comparer les deux femmes. Laura était une femme hyperactive, toujours en mouvement, menant ses employés à la baguette. Elle cernait facilement les artistes mais était peu disposée à l'écoute. Elle ne s'embêtait pas de leurs sauts d'humeur, mettant en avant la valeur du travail avant tout, avec une touche de sympathie propre à elle-même qui se développait en même temps que sa confiance. À l'opposé et d'après mes premières impressions, Amina était très professionnelle, froide et distante. Ayant en elle une facilité à l'écoute mais faisant passer les ventes avant la qualité propre de l'artiste, une vraie commerciale. Une approche bien différente.

– Vous voyez cela ne change rien pour vous !

Rien non, en théorie. Seulement voilà, avec la disparition de Laura et l'image de son corps sans vie sur le tapis de son bureau, s'était éteinte en moi cette petite passion pour la peinture. Ce que je me gardais bien de lui avouer pour le moment. *« Les humains ont une facilité à l'oubli »* m'avait dit un soir Grégoire, cela se confirmait. Laura n'étant plus, une autre prenait sa place. Ainsi allait la vie.

En fin de journée je fus convoquée au manoir par Terence, ce qui ne manqua pas de piquer ma curiosité. Alexandre, Joseph, Clémence, Simon, Paul, Andrews, Victorien, quelques inconnus et bien sûr William et Terence s'y trouvaient. Assis autour de la table, on aurait dit un tribunal. Je vis ensuite que tout avait été remis en ordre, même si certains meubles étaient portés manquants.

À mon entrée, William ne se fit pas prier pour venir m'embrasser.

– Viens un instant dans le jardin avec moi mon enfant, me demanda Terence en m'invitant à le suivre.

Sur le banc, assise près de lui, j'appréhendais cette conversation. Il était toujours un peu stressant d'avoir une discussion sérieuse avec le géniteur de mon vampire.

– Avant que tu ne saches le pourquoi de ta venue ce soir, laisse-moi avant tout mettre deux ou trois petites choses au clair avec toi.

– Que se passe-t-il ?

– Pour commencer, j'ai donné ma bénédiction à William en ce qui concerne votre futur mariage. J'aurais aimé qu'il m'en parle plus tôt mais passons, il a en ce moment des réactions un peu surprenantes. Deuxièmement, j'aimerais que toi et ton amie cessiez d'entraîner mes fils dans des endroits remplis d'humains.

– Ce n'était qu'une fête monsieur !

– Il y a tout de même un certain risque pour eux. En ce moment, j'aimerais un peu plus de discrétion. Ne te méprends pas Flore, je comprends ton besoin d'évasion. Fais-le la journée, cela est moins dangereux.

– Faire la fête la journée ? C'était peut-être ainsi de votre temps mais à notre époque on s'amuse la nuit en général.

– Flore ! s'indigna-t-il. Me prendrais-tu pour un vieillard ?

Cette petite remarque me fit sourire.

– Bref, reprit-il. Repousse un peu tes soirées nocturnes tu veux.

– Bien monsieur, si tel est votre désir.

Mon acceptation à sa demande le déstabilisa un peu.

– Et pour finir, sache que je suis furieux contre William d'avoir ainsi dévoilé l'identité secrète de ton ami Erwan. Son manque d'obéissance me déçoit.

– Il l'a fait pour…

– Ne reprends pas tes mauvaises habitudes de me couper Flore.

– Pardon.

– Je sais pourquoi il l'a fait, ce n'est pas pour autant que je le cautionne. Nous avons réglé ce problème ensemble. Je n'admettrais plus aucune erreur de sa part, tu m'entends bien Flore ?

– Mais pourquoi me le dire à moi ?

– Car cela te concerne également. J'attends de votre part à tous les deux, un changement de comportement radical. Cessez vos échanges de sang perpétuels avant que cela ne dégénère et je veux un respect total de mes décisions. Suis-je bien clair mon enfant ?

– Vous l'êtes oui.

– Bien alors rentrons.

En m'asseyant autour de la table près de mon vampire préféré, le regard méprisant de Clémence ne m'échappa pas. Alexandre prit la parole en premier.

– Flore, nous avions espéré qu'Erwan baisserait sa garde et se dévoilerait à toi de sa propre initiative, nous éclairant sur le pourquoi de ce secret.

– Un loup, tout comme un vampire, n'a en principe pas le droit de révéler sa véritable nature, enchérit Joseph.

– C'est vrai mon ami. Mais l'amitié qui lie cet humain à Flore va bien au-delà des lois pour lui.

Je tournai discrètement mon regard vers William. *« Mon géniteur n'a plus jugé nécessaire de le laisser dans l'ignorance »*, me chuchota-t-il.

– Erwan est impulsif c'est vrai et a parfois des réactions un peu brusques, mais il n'est pas foncièrement mauvais. J'ai parlé avec lui, je ne pense pas qu'il sache ce qui se trame autour de nous.

– Mais tu ne peux en être certaine Flore.

– Je le connais depuis ma plus tendre enfance monsieur. Pourquoi chercherait-il à me faire du mal ?

– Je ne dis pas qu'il veut te faire du mal jeune enfant, je pense qu'il ne te dit pas toute la vérité. Il y a trop de coïncidences pour que ce soit le fruit du hasard.

– J'ai donc pris la décision de me servir de votre affection mutuelle pour en savoir plus, déclara Alexandre.

– Il n'en est pas question ! s'exclama William en se levant.

– Rassois-toi immédiatement William, ordonna Terence.

– Où voulez-vous en venir ? demandais-je un peu perplexe.

– Rapproche-toi de lui, joue la carte de la compréhension et voit s'il te fait des confidences qui pourraient nous être utiles.

– Vous me demander de l'espionner ?

– En quelque sorte oui.

– Comme ma sœur l'a fait avec Grégoire ? Elle y a laissé la vie sans vous éclairer davantage pour autant.

– Je refuse qu'elle passe du temps avec lui monsieur. Il n'aspire qu'à la mettre dans son lit !

Un petit rire narquois échappa à Clémence. Je détestais de plus en plus cette vampire.

– Allons William, ta compagne fera preuve de beaucoup de tact. Je suis certain qu'elle arrivera à ses fins avec subtilité, lui répondit Alexandre.

Si William avait le plus grand mal à se contenir, Clémence, elle, jubilait intérieurement.

– Je n'espionnerais pas mon ami pour vous.

– Ce n'est pas une demande Flore mais un ordre, conclut Alexandre.

– Je ne reçois pas d'ordre de votre part.

– Alors c'est moi qui te le demande Flore.

– Terence non !

– Il n'y a pas d'autre solution. Je sais que quelque chose m'échappe, un petit détail qui ferait toute la lumière. Essaie d'en savoir plus. Si vraiment ton ami n'a rien à se reprocher, j'irais moi-même lui faire mes excuses.

– Lisez dans ses pensées.

– Un loup peut nous induire en erreur, c'est le seul pouvoir qu'ils ont sur nous.

– Ils peuvent vous fermer leurs pensées ?

– Pas tout à fait Flore. Ils peuvent modifier leurs pensées et ainsi ce que nous lisons en eux n'est pas l'exacte vérité.

– J'ai accepté votre mariage à cette seule condition jeune humaine, rétorqua Alexandre.

– Accepté ? répétais-je doucement.

– Vous avez ma bénédiction en tant que chef de cette famille mais l'accord d'un supérieur était nécessaire Flore, m'expliqua Terence. Je crois que ce sera une première dans notre communauté. S'il arrivait malheur à William, tu serais ainsi sous ma protection et celle de ma famille.

Clémence ne riait plus, elle fixait méchamment William. Rien que pour voir son visage décomposé, je remerciais Alexandre d'avoir mis le sujet de notre union sur le tapis. William, quant à lui, me regardait le regard vide.

– Te savoir près de lui va être un enfer. Je déteste les sentiments qu'il a pour toi. Notre mariage vaut bien ce sacrifice, pourtant Flore je…

– Je sais William. Mais j'ai promis à Terence de ne plus aller contre sa volonté.

D'un mouvement brusque, William fit tomber sa chaise et partit comme une flèche à l'extérieur. Devant ma soumission, Joseph, Alexandre et ses enfants quittèrent la pièce. Paul et Andrews sortirent discrètement rejoindre leur frère. Victorien, égal à lui-même, me fit juste un petit signe de tête et Terence vint s'asseoir près de moi.

– Jamais je ne mettrais ta vie en danger mon enfant. Je sais que tu ne risques rien avec Erwan, il a beaucoup trop de sentiments à ton égard. Je suis plus inquiet par les réactions de William. Il a en lui une jalousie au bord de l'explosion.

– Je ne ferais rien d'intime avec Erwan monsieur !

– Non Flore, tu m'as mal compris. Je veux juste que tu m'appelles immédiatement si tu juges que William perd un peu trop son sang-froid.

– J'ai confiance en lui, tout se passera bien. Mais je ne suis pas sûre de découvrir quoi que ce soit avec Erwan. Au-delà du fait qu'il m'ait menti, je suis sûre qu'il n'a rien d'autre à se reprocher.

– Alors nous chercherons ailleurs Flore, termina-t-il avant de partir.

Et voilà j'étais assignée au rôle de l'espionne. Le fait de refuser réduisait à néant notre projet de mariage. Accepter, revenait à remettre en cause l'intégrité de mon ami mais également à prouver que sa nouvelle condition de loup ne faisait pas de lui un être maléfique. J'étais partagée entre le soulagement de confirmer ce dernier point et l'inquiétude des réactions de mon vampire.

Comme me l'avait si bien souligné William, notre mariage valait bien ce sacrifice, et bien d'autres.

Pour une fois que le manoir était vide d'invités, je n'en profitais pas vraiment. William était toujours dans la nature à essayer de reprendre son calme, moi j'étais soucieuse pour la suite des événements. Et quand je dis événement, je ne pensais pas à celui-ci. Une furie entra dans la salle en renversant la statue qui était postée près du canapé et qui avait échappé je ne sais par quel miracle au combat de la veille.

Je me retrouvai à l'étage dans le grand couloir, plaquée contre le mur, les pieds ne touchant plus terre.

– Comment as-tu convaincu William te s'unir à toi ? Un mariage entre un vampire et une humaine c'est ridicule !

– C'est lui qui a fait sa demande Clémence.

– Tu ne peux lui apporter tout ce dont il a besoin, tu n'es qu'une humaine !

– La preuve que si.

Vous pensez peut-être que j'étais un peu suicidaire de lui tenir ainsi tête. Moi je me régalais de lui rendre la monnaie de sa pièce. Son corps nu devant celui de mon vampire et leurs baisers échangés qui me revenaient en mémoire, me donna une rage qui était plus forte que la peur de ce qu'elle pouvait me faire.

L'amour d'un vampire ne peut pas être aussi fort pour une humaine que pour l'un de sa race. Tu ne sais pas tout ce que nous avons partagé. Tu ne connais pas le dixième de ce qu'est capable William en ce qui concerne le sexe.

Elle me fit retoucher terre avant de me cogner de nouveau contre le mur, sa main autour de mon cou.

– Ta fragilité et ton sang ne le retiendront pas éternellement.
– Ta force et tes sens ne l'ont pas retenu à ce que je sache.
– Tu n'es qu'un amusement pour lui rien de plus.
– Tu crois ?
– J'en suis certaine ! J'ai vu le désir qu'il avait pour moi dans son regard. Le retour de sa mémoire ne retarde que l'inévitable.
– Ce qui nous unit est bien plus profond, arrivais-je à peine à articuler.
Elle desserra légèrement son emprise.
– Non, souffla-t-elle, c'est impossible. Il n'aurait pas fait ça. Il est contre !
Je tenais enfin ma vengeance, la gentille Flore avait complètement disparu. Si j'avais eu la moindre compassion pour elle dans le passé, mes souvenirs et ses paroles venaient de l'effacer complètement.
– Tu te trompes Clémence, il a simplement refusé de le faire avec toi. Mais son amour pour moi a changé la donne.
Dans un rugissement, elle sortit ses canines et d'un revers de la main me projeta au sol avant de me relever brusquement. Ses yeux noirs me fixaient dangereusement.
– Éloigne-toi d'elle Clémence.
– Tu as fait le lien du sang avec elle William ? Dis-moi que ce n'est pas vrai !
– Clémence je te le demande une dernière fois, éloigne-toi d'elle.
– Réponds-moi William !
– Elle est mienne jusque dans le sang, oui Clémence.
Elle me jeta à travers la chambre où je finis ma chute contre la commode et s'envola dans un cri terrible. William me prit contre lui.
– Défier Clémence mon cœur, es-tu devenue folle ?
– Sûrement oui, dis-je en grimaçant de douleur.
J'enlevai ma main de derrière ma nuque qui ressortie rouge de sang. Le beau bleu azur des yeux de William se fonça devant cette couleur attirante.
– Montre-moi ça, dit-il en me tournant.
Doucement, il aspira un peu de mon liquide en gémissant de plaisir avant de refermer la plaie.

– Mon sang t'attire bien plus qu'avant.
– J'aime le sentir en moi. C'est normal, tu es mienne.
Il m'embrassa tout en me relevant.
– Je sais que je n'aurais pas dû lui dire pour notre lien mais c'était plus fort que moi, il fallait que je la blesse comme elle m'avait blessé.
– Je sais Flore, ta jalousie et tes réactions prennent de l'ampleur. Mais t'en prendre à un vampire, je pense que ce n'est pas équitable et ne jouera pas en ta faveur.
– Tu m'en veux ?
– Comment le pourrais-je.
– Tu sais pour Erwan… j'ai accepté tout simplement…
– Je sais, me coupa-t-il. Je sais pourquoi tu as accepté. Par respect pour Terence, pour notre union et pour prouver aux yeux de tous qu'il n'a rien à se reprocher. Franchement Flore, je pense que le dernier point va te faire perdre toutes tes illusions.
Comme j'aimerais qu'il ait tort, comme j'aimerais retrouver mon ami d'avant, différent de par sa nouvelle condition mais lui-même dans tout ce qui nous touche.
– Et savoir que tu seras seule avec lui me rend fou.
– Il ne me touchera pas.
– Je l'espère Flore car ma tolérancc a atteint ses limites.
Un petit bâillement m'échappa.
– Tu as l'air fatiguée mon cœur, tu devrais te reposer un peu.
Il plongea dans mon regard me déconnectant de la réalité.
– Tu doutes toujours ?
– Je ne peux oublier la tension qu'il y avait entre toi et Clémence. C'était si passionné.
– Flore, je t'aime. Notre amour n'a rien de commun avec ce que j'ai pu vivre par le passé.
– Je sais oui.
J'ôtai mon pull pour mettre mon vêtement de nuit lorsqu'il enlaça ma taille derrière moi en embrassant ma nuque. Ce simple contact me fit frémir.
– Je peux être entièrement moi avec toi. Ce n'est pas le genre d'échange que je souhaite continuellement avec toi mais je peux l'être.

– Bien sûr que non.

– Tu sous-estimes la force de notre lien et tu n'en connais pas encore tous les atouts.

– Alors montre-moi, le défiais-je.

Un petit sourire en coin plus tard, nos deux corps étaient nus. Moi le dos au mur, lui devant moi qui admirais mes courbes.

– Regarde-moi Flore.

Ce que je fis instantanément. Une chaleur parcourut toute ma peau. Tout autour de nous devint néant, il n'y avait plus que ses yeux assombris et nos esprits qui se fondaient l'un à l'autre. Il m'embrassa passionnément avant de replonger dans mon regard.

– Ne cesse pas de me regarder mon cœur, fonds-toi en moi.

Il me souleva pour que mes jambes s'enroulent autour de sa taille et me prit brutalement sans plus de préliminaire. Toutes mes sensations étaient décuplées, je ressentais les miennes et les siennes en parfaite osmose. Il me fallut m'accrocher à lui pour tenir sa cadence d'enfer. Mon corps faisait tampon entre le mur et son corps de marbre. Le désir devint violent à la limite du soutenable. Mon corps sous ce supplice brûlant se cambra à plusieurs reprises, sans que jamais mes yeux ne se détournent des siens. Partager avec lui le désir montant était une expérience fabuleuse, au-dessus de tout ce que j'avais déjà connu. Nous ne faisions plus qu'un. Je sentis le feu monter dans nos deux corps pour venir exploser dans un cri de bonheur intense au moment où il perça mon cou de ses crocs acérés, brisant par de même ce lien qu'il avait créé. J'étais hors de mon enveloppe charnelle, flottante, bloquée dans ce plaisir partagé. Il referma les deux petits trous en me faisant glisser contre lui pour me remettre sur mes jambes. Plus aucun de mes membres ne répondait, il fut obligé de me soutenir. Un petit rire de satisfaction se fit entendre. Moi j'avais un peu de mal à savoir où je me trouvais. Sa douce voix vint chuchoter à mon oreille.

– Tu vois que je peux être moi-même si je le souhaite.

– Hum !

Une angoisse le traversa.

– Flore, est-ce que ça va ? Je ne t'ai pas fait mal ?

Mal ? Non c'était tout le contraire, même si aussi sûr que deux plus deux font quatre, demain mon corps allait être recouvert de bleus un peu partout. Je n'avais pas la même résistance que lui. Tout cela m'était bien égal.

– Non, m'empressais-je de répondre. C'était…

– C'était ?

– Waouh ! Je croyais tout connaître de toi et de notre lien, je suis heureuse de m'être trompée.

Il éclata de rire.

– Merci, soufflais-je en posant ma tête contre son torse.

– Mais de rien, avec notre lien tu peux te fondre et partager avec moi tout ce que tu veux.

Il m'allongea dans le lit et tourna mon visage vers lui.

– Ne doute jamais plus de ce que tu représentes pour moi. Je t'ai choisi en tant qu'humaine, tu n'enlèves rien à mon plaisir, ni à quoi que ce soit d'autre.

Et à partir de cet instant Clémence ne devint plus une menace à mon égard.

William et moi passâmes quelque temps isolés de tous à mon appartement. Des moments intimes que je n'échangerais pour rien au monde. Pendant cet isolement, j'eus le temps d'en apprendre un peu plus sur la race des loups. Mis à part le fait que les vampires ne pouvaient être sûrs de lire leurs véritables pensées, j'appris également que leur force se décuplait au fil du temps, sans jamais atteindre celle des vampires. Mais aussi qu'ils étaient instables et pouvaient perdre la raison pendant un combat. Les balles en argent les tuaient, bien encore fallait-il que le cœur soit atteint. De plus, ils étaient, du moins les plus anciens d'entre eux, doués dans l'art de la drogue, don qu'ils avaient développé pour se protéger des vampires hostiles à leur race. Leurs regards perçants et si fascinants étaient un moyen d'hypnotiser quelques secondes leurs proies afin de mieux frapper. Enfin, leurs corps arrêtaient de vieillir entre trente et quarante ans. Bien plus féroces que tout ce que j'avais pu croire. Toutes ces révélations m'éclairaient un peu plus sur le nouvel Erwan. Après avoir pris mon courage à deux mains, le rendez-vous était fixé. William me laissa donc seule pour que je reçoive mon ami afin de lui annoncer notre future union. Pas vraiment la meilleure façon de retrouver notre complicité, mais je n'étais pas experte en manipulation moi. J'espérais que ma franchise joue en ma faveur.

– Je suis heureux que tu m'aies invité, ton éloignement me pesait.

– En fait Erwan, ce que j'ai à t'annoncer ne va sûrement pas te faire sauter de joie.

– Un problème ?

– Non pas de problème, dis-je en lui tendant sa bière.

– Et bien vas-y Flore, dis-moi.

– Erwan je partage tout avec toi depuis bien des années. Nous avons connu des hauts et des bas, plus de bas que de hauts ces derniers jours.

– Oh cela n'annonce rien de bon.

– Je vais me marier dans quelques jours, avouais-je sans ménagement.

Ses mâchoires se contractèrent et il serra si fort sa bouteille de bière qu'il la fit exploser. Petite démonstration gratuite de sa force.

– Tu vas quoi ?

– Erwan, j'aime William et c'est une évolution normale. C'est la concrétisation de notre amour.

– Mais il est mort Flore !

– Pour moi, il est simplement l'homme avec qui je veux vivre le reste de ma vie.

– Ce n'est pas possible Flore, tu ne peux pas faire une telle abomination !

– Je ne te demande pas de comprendre Erwan.

– Non, je ne peux comprendre une telle décision. C'est pour cela que tu m'as fait venir ? Pour me planter un couteau en plein cœur ? Tu connais mes sentiments à ton égard, tu voulais me punir pour t'avoir menti ?

– Absolument pas ! Je voulais être honnête avec toi. Comme je souhaite que dorénavant tu le sois entièrement avec moi.

– Tu sais tout de moi maintenant. Je ne peux rien t'apprendre d'autre.

– N'as-tu donc pas envie de savoir qui est ton chef de meute ?

– Non, je ne veux rien savoir de lui.

– Mais Erwan, tu évolues dans un monde nouveau. Sans guide comment veux-tu t'en sortir ?

– Je ne suis pas si différent d'avant Flore. Je te l'ai déjà dit, je ne suis pas mort moi, je vis naturellement.

– Et tes instincts, cette colère que tu refoules en toi. Combien de temps penses-tu les gérer sans aide ?

Il se leva d'un bond, le regard déjà scintillant. La colère, cette colère qu'il ne maîtrisait pas encore, refaisait surface.

– Si tu épouses ce monstre, je ne te le pardonnerai pas et je n'aurais plus aucune relation avec toi. Et je refuse que mon père vous unisse, car c'est bien de cela qu'il parlait l'autre jour n'est-ce pas ?

– C'est exact.

– Flore, reviens sur ta décision.

– Je suis désolée de te faire souffrir Erwan mais je ne changerais pas d'avis.

Il me colla à lui avec une telle force que je ne pus me dégager. Avec rage, il m'embrassa pendant que je me débattais énergiquement.

– Erwan, mais tu es fou !

– Ressens-tu contre ta poitrine mon cœur qui bat, la chaleur de ma peau et de mes lèvres ? Je ne suis pas qu'un corps-mort Flore.

– C'est vrai, mais tu n'es plus celui qui m'a accompagné pendant toutes ces années, car cet Erwan-là ne me forcerait pas à l'embrasser contre ma volonté. Tu aggraves la situation Erwan.

– Puisque rien ne te fera revenir à la raison, à partir de cet instant je ne travaille plus pour eux et je deviens leur ennemi.

– Erwan !

– Tu as raison Flore, je suis différent. Il est temps que je rejoigne les miens. Un jour tu me remercieras.

Sans plus d'explications il claqua la porte et s'en alla, me laissant abasourdie par ses paroles. J'étais sous le choc. Terence avait raison, il nous cachait ses véritables intentions. Mais qu'étaient-elles exactement ? Mon approche trop brusque n'avait mené à rien.

Je me remettais doucement de cette confrontation en nettoyant la bière renversée sur le sol quand Elodie sonna à ma porte.

– Je ne te dérange pas ?

– Non, en fait je suis contente de te voir.

– Tiens, me dit-elle en me tendant deux enveloppes, une petite et une grande.

Dans la grande, comme d'habitude, des photos me renvoyaient de plein fouet des passages de ma vie. Grégoire avec moi derrière le manoir, Terence titubant sortant de ce même lieu, William et son frère dans le parc. Un rituel qui devenait franchement lassant. Dans la deuxième, une carte d'Ophélie et de Marc qui m'envoyaient une petite pensée de Rome.

– Tiens, ils ont changé de ville.

– Oui, ils vont en avoir à nous raconter à leur retour.

– Je sens déjà la soirée en perspective.

– Mais en attendant j'ai une surprise pour toi.

– Une surprise ?

Cela faisait bien longtemps que l'on ne m'avait pas fait une surprise agréable, j'en étais toute excitée.

– C'est quoi cette surprise ?

– Si je te le dis, il n'y aura plus vraiment de surprise Flore. Viens, je t'y emmène.

J'attrapais mon sac et la suivis avec plaisir. Elle m'emmena dans une petite boutique qui à première vue ne payait pas de mine, mais qui vous faisait voyager dès que vous entriez à l'intérieur. Des centaines de robes étaient sur des cintres. Robes de soirées, de cocktails, classiques, excentriques.

– Tu veux m'offrir une robe ? lui demandais-je le sourire aux lèvres.

– Pas n'importe quelle robe.

Elle m'entraîna dans une pièce sur le côté, coin réservé aux robes de mariées.

– C'est mon cadeau, ici tu trouveras sûrement ton bonheur. L'avantage c'est que les retouches sont faites rapidement. L'inconvénient c'est qu'il faut que celle qui te plaise soit à ta taille ou du moins à peu près à ta taille.

Je détaillais toutes les créations avec minutie et bonheur. Elodie avait tapé dans le mille, j'étais sur un petit nuage. Il y en avait pour tous les goûts, style empire, à crinolines, écrues, très blanches, extravagantes, simples, en tulle, en soie ou en satin. Chaussures assorties et petits ornements pour les cheveux. Une vraie caverne d'Ali Baba pour les futures mariées. Mon regard se posa enfin sur une tenue exposée un peu à l'écart. Écrue, la base était asymétrique, ample en bas, longue à l'arrière, plus courte devant. Le haut, d'un aspect froissé, faisait ressortir le corset à baleine. Elle était légèrement brodée de petites perles identiques à mon bracelet et lacée dans le dos par un ruban en satin rose pâle, où une étole de la même couleur venait finir la tenue. Des bottines hautes, blanches à petits talons et lacées comme le corset étaient présentées avec. Un mélange de classique et de moderne avec une touche d'ancienneté. L'exact mélange de nos deux mondes. Je la décrochai pour la mettre devant moi.

– Elle est superbe, s'extasia mon amie. Essaie-la.

La vendeuse m'aida à la passer, juste quelques pinces à faire et elle serait comme moulée sur moi. Les yeux pétillants, je m'observais dans la glace sous le regard ému d'Élodie. Pour la première fois, je prenais conscience que j'allais réellement devenir la femme de William.

– Quand pourra-t-elle être prête ?

– En fin de semaine si cela vous convient, voyons voir… jeudi ?

– Parfait, répondit Elodie juste à temps.

En sortant, je souriais remplie de bonheur. Même mon altercation avec Erwan me paraissait lointaine.

– Je ne sais comment te remercier Elodie.

– Te voir si heureuse, c'est ça mon remerciement. Voudrais-tu autre chose pour ce grand jour ?

– Oui, un bouquet de mariée. Un énorme bouquet, que je pourrais ensuite déposer sur la sépulture de mes parents et de ma sœur.

Cela me faisait étrange de penser que ma sœur reposait près de nos parents alors que son nom ne figurait pas sur la tombe. Il faudra attendre un peu m'avait signifié Terence, par la suite, nous trouverons une solution. Le plus dur sera de mentir à mes amis sur sa disparition. Pour ce grand jour, même absents, je ne les oubliais pas.

– Ma cousine fera exactement le bouquet que tu souhaites.

Je décrivais donc à la cousine de mon amie, le choix des fleurs pour le bouquet. Des lys tombants, agrémentés de roses pâles pour qu'il soit assorti à ma robe.

– Tu vas être une mariée radieuse, s'écria Elodie en me raccompagnant.

J'allais sortir de la voiture lorsque je me rassis en soufflant.

– Quoi encore ? Ne me dis pas que tu doutes ?

– Non, bien sûr que non. Mais il faut que tu saches Elodie, qu'Erwan ne doit pas être aussi lisse qu'il y paraît.

– Paul m'en avait touché un mot. Je sais que ce n'est pas l'ambiance parfaite pour un mariage mais fais abstraction de tout ce qui t'entoure au moins pour ce jour précieux.

– Je vais faire tout mon possible.

– Puisque nous en sommes aux confidences, j'ai eu la visite de Terence, il voulait mieux me connaître et me mettre en garde également.

– Oh tu as eu droit à ses recommandations.

– Oui, ce vampire est impressionnant. Je n'osais le regarder en face.

Je me mis à rire.

– Il n'est pas celui qu'il paraît être. Sous son air autoritaire, il est également très attentionné.

– Je crois qu'il ne portera pas le même intérêt sur moi que celui qu'il te porte.

– Tant que tu as sa bénédiction, c'est le principal.

– C'est vrai oui, mais il m'a fait quand même une sacrée impression.

Je lui fis un petit bisou et rentrai encore des étoiles plein les yeux. Je fus étonnée de voir Joseph devant ma porte.

– J'aimerais vous parler Flore.

– Je vous en prie entrez.

Allez savoir pourquoi, sa présence me mettait un peu mal à l'aise.

– Avez-vous eu le temps de voir votre ami… comment s'appelle-t-il déjà ?

– Erwan.

– Oui ce fameux Erwan.

– Je l'ai vu comme me l'a demandé Terence.

– Et alors ?

– Je n'ai rien appris de plus. Je pense qu'il ne sait rien du tout sur les événements passés.

Étrangement, je n'avais pas envie de lui faire part de mes doutes.

– Bien, c'est exactement ce que je pensais. Il est novice dans notre monde, je ne vois pas en quoi il pourrait être une menace.

– Je pense comme vous.

– Je ne vais pas vous embêter plus longtemps Flore. Mais avant que je ne parte, puis-je vous poser une dernière question ?

– Je vous en prie.

– Vous êtes très liée avec Terence, son affection pour vous est profonde. La dernière fois que je l'ai vu réagir ainsi pour une humaine, c'était il y a bien longtemps.

– C'est vrai, Terence a un instinct de protection envers moi qui me touche. Ce qui paraît normal, je suis la compagne de son fils.

– Rien de plus ?

– Pourquoi cette question ?

– De la curiosité. Je ne vous embête pas plus longtemps. Merci de m'avoir reçu.

Si mon existence prenait des directions bien périlleuses, la fin de semaine était ma plus grande préoccupation malgré le pressentiment qui ne me quittait pas. Terence avait raison, il y avait un détail qui nous échappait et j'avais cette étrange sensation de savoir quoi sans pour cela arriver à mettre le doigt dessus. Mais ce n'était peut-être que ma méfiance permanente qui me rendait suspicieuse.

XVIII

Mon mariage approchait à grands pas, ma nervosité avec. Pour éviter tout désagrément je sortais peu. J'avais eu le plus grand mal à calmer mon futur époux après la visite d'Erwan. Il m'avait fallu être plus que convaincante pour qu'il ne se rende pas chez lui. Sa jalousie envers cet homme était à son maximum. Et en parlant d'Erwan, il était aux abonnés absents. Elodie avait eu la gentillesse d'accepter d'être mon témoin et Paul, après quelques réticences, avec également accepté la demande de son frère. Puis une rencontre avec Maître Tarmal s'était imposée pour la cérémonie. S'il déplorait le fait que son fils n'accepte pas mon union avec William, il refusait d'obéir à son chantage et serait bien notre maître de cérémonie. J'évitais de penser à Grégoire ou à tout ce qui aurait pu me détourner de mon bonheur. En ce jeudi d'avant-veille de notre union, William reçut un appel téléphonique un peu mystérieux. Il préféra s'isoler dans la chambre pour que sa conversation reste privée. À son retour, il souriait comme un enfant à qui l'on vient d'apprendre une bonne nouvelle.

– Viens, me lança-t-il, je t'emmène en promenade.

– En promenade maintenant ? Mais où ?

– Un endroit pour lequel j'aimerais que tu me donnes ton avis.

Après un long trajet en voiture, nous arrivâmes devant une petite clairière où William gara la voiture.

– Faisons le reste à pied tu veux bien.

– Mais où m'emmènes-tu ?

– Patience Flore.

Main dans la main, nous traversâmes cette grande clairière avant d'arriver devant une immense clôture qui empêchait d'apercevoir ce qui pouvait se trouver derrière. Il poussa la grande porte en bois et mes yeux s'ouvrirent en grand. Des milliers de petites lumières éclairaient un jardin immense où les arbres laissaient apparaître leurs jeunes feuilles naissantes du printemps. Puis nous empruntâmes un petit pont de bois en dessous duquel s'écoulait un petit ruisseau qui se jetait dans un énorme étang. Tout autour, des parterres de fleurs géométriques dessinaient à la perfection le reste du jardin. Mes yeux détaillaient le moindre petit détail. Bien plus loin, apparut une terrasse qui faisait toute la largeur de la grande maison qui se dévoilait. Une véranda style victorienne allongeait le côté droit de la demeure.

– Mais où sommes-nous William ? demandais-je sous le charme de l'endroit.

– Chez nous mon cœur !

Je le regardais intriguée, surprise. Un homme sortit de la véranda et s'approcha de nous. Grand et fin, le sourire aux lèvres, il donna une poignée de main à mon amoureux.

– Monsieur Belfort, heureux de vous revoir.

– Moi de même maître Campat.

Maître Campat, je connaissais ce nom pour avoir répondu à un de ses appels un soir. William se tourna vers moi.

– Flore, je te présente maître Johan Campat.

– Maître, dis-je poliment en lui serrant la main.

Il nous accompagna jusqu'à la maison qui s'élevait doucement sous les lumières installées tout autour. Elle était moins imposante que le manoir mais avec un charme certain. Ses volets bleus lui donnaient un petit côté provençal, ses larges murs en pierre blanche la rendaient rassurante. La véranda, que je pus voir plus minutieusement, apportait une touche de romantisme.

– Cet endroit vous plaît-il madame ?

– Oui énormément maître.

Pendant que William et Maître Campat s'installaient autour de la table en bois au centre de la terrasse et feuilletaient ensemble quelques documents, je laissai mon regard vagabonder dans ce lieu magique. Elle me faisait penser à une résidence luxueuse dans un petit endroit de campagne à l'abri de tout. William me fit signe de les rejoindre.

– Madame, j'aurais besoin s'il vous plaît de votre signature en bas de chaque page.

– Je ne comprends pas, dis-je à mi-voix à mon vampire.

– Excusez-nous un instant maître.

Il m'éloigna légèrement.

– Mon cœur, je sais combien cela te pèse d'avoir toujours de la compagnie au manoir. Chaque vampire qui le souhaite peut y pénétrer, quant à ton appartement ce n'est pas vraiment mieux.

– Mais…

– C'est mon cadeau de mariage. Ici ce sera chez nous et uniquement chez nous. Toi seule décideras des personnes qui pourront y pénétrer.

– Mais William, le manoir m'appartient et pourtant n'importe qui peut y entrer.

– Les papiers du manoir sont à ton nom et celui de ta sœur Flore. La transaction a été faite en ce sens c'est un bien familial, et malheureusement ta sœur est devenue l'une des nôtres avant ton arrivée dans le lieu. Il était donc ouvert à tous.

– Je comprends mieux oui.

– Cette maison sera la tienne et uniquement la tienne. Si tu veux que cet endroit reste neutre Flore, il doit t'appartenir et à toi seule. S'il est en ma possession, autant rester au manoir.

Oubliant notre invité, je me jetai à son cou et l'embrassai tendrement. Ce rêve, je l'avais fait des centaines de fois. Une demeure rien qu'à nous où aucun vampire ne pourrait en franchir le seuil.

– Alors tu viens signer ou je renvoie Johan ?

J'apposais donc ma signature avec émotion sur chaque feuillet. Maître Campat me tendit un petit trousseau de clés.

– Vous êtes dorénavant chez vous madame. Bien sûr, je changerais le nom dès que vous serez mariée mais cela ne sera qu'une simple formalité. Félicitations, rajouta-t-il.

– Merci Johan, rajouta William. Vous avez travaillé à la perfection comme toujours.

– Ce fut un plaisir Monsieur Belfort.

Euphorique d'avoir enfin un chez nous, je me précipitai pour découvrir l'intérieur.

Ma surprise fut totale, c'était un doux mélange du manoir, de l'ancienne demeure de William et de mon appartement. Tous les lieux où nous avions partagé des moments de bonheur, réunis en une seule et unique demeure. Tout y était. Les meubles modernes se fondaient avec subtilité à la décoration plus ancienne des objets accumulés au fil des années par William. Les pièces étaient spacieuses bien sûr, pas autant qu'au manoir mais assez spacieuses tout de même, aérées et douillettes à la fois. Je découvris l'étage avec autant d'enthousiasme. Deux chambres, dont la nôtre que je reconnus immédiatement grâce au petit banc installé devant la fenêtre. Un bureau pour monsieur avec des centaines de livres, puis une pièce transformée en atelier où rien ne manquait. Même si je n'avais pas encore retrouvé le goût pour mon art, cette attention me toucha. Une salle de bain spacieuse avec une immense douche, ce qui laissait envisager des moments particulièrement intenses, et dans un coin une baignoire tout aussi grande. Aucun détail n'avait été oublié. Tout était parfait. Je me retournai, des larmes de joie plein les yeux, pour remercier mon vampire préféré lorsqu'une petite angoisse me traversa. Seul Johan me suivait. Passionnée et focalisée par l'inspection de ma nouvelle maison, je n'avais pas ressenti son absence.

– Où est William ? demandais-je apeurée à monsieur Campat.

Il étouffa un petit rire.

– Sous la précipitation, vous ne l'avez pas invité à entrer madame.

Je descendis l'escalier quatre à quatre. Adossé contre le chambranle de la porte, William tapotait ses doigts contre le bois bleu.

– Je suis désolé mon amour, m'écriais-je en souriant.

– Tu peux l'être oui.

Je m'amusai de la situation.

– Ah si tu es fâché je te laisse dehors.

– Flore ! gronda-t-il en souriant.

– Décidément non, m'écriais-je avec joie. Cette maison ne serait rien sans toi. Entre vite.

Mon mouvement d'air m'enlaça et me donna un baiser fougueux.

– Ton bonheur fait plaisir à voir.

– Cette maison est fantastique, merci William.

Johan prit le temps de boire un petit café en notre compagnie avant de prendre congé. C'est qu'il avait pensé à tout mon amoureux, les placards étaient déjà remplis. Et comme vous pouvez le constater, la première chose que je fis chez moi, fut un café. Surprenant non ?

– Comment as-tu fait ?

– J'ai trouvé cette demeure il y a déjà quelque temps, mon amnésie passagère a retardé la transaction.

– Non, je veux dire comment as-tu fait pour qu'elle soit exactement ce à quoi j'aspirais ?

– Flore, rien en toi ne m'échappe. Tes rêves, tes espoirs, comme tes peines.

– J'aimerais pouvoir avoir ce même don envers toi.

– Tu l'as, il n'est pas encore assez développé pour le moment mais cela viendra. Notre chambre te convient-elle ?

– Pour être sûr il faudrait peut-être la tester, tu ne crois pas ?

– J'aime quand tu me parles ainsi.

C'est des étoiles plein les yeux et le cœur léger que mon vampire me fit la démonstration très convaincante de la perfection de notre chambre. William s'éclipsa doucement pour aller se nourrir. Et depuis bien longtemps, être seule ne me posa aucun problème. Cet endroit fermé à tous me rassurait. Assise sur mon nouveau banc près de la fenêtre, je regardais les étoiles danser dans le ciel reflétant leurs douces lumières sur l'étang. Devant ce spectacle féerique mon esprit s'envola. Depuis quelques jours un aspect différent de ma vie m'était apparu, léger et sans embûches, comme des milliers de personnes. Une maison bien à moi, tant de familles sautaient le pas de l'acquisition de leur propriété et je venais d'en faire autant. En couple ils y construisaient patiemment leur nouvelle vie, accueillaient leur premier enfant. Puis parfois quelques autres les voyaient grandir et transformaient les pièces au fil du temps. Ils vieillissaient lentement, les enfants prenant leur propre envol, et finissaient même parfois leurs jours dans cette même demeure, laissant leurs fantômes hantés les lieux pour des centaines d'années. Une vie tout ce qu'il y a de plus normal. Nous n'étions pas un couple normal, j'en avais bien conscience et je l'acceptais. J'avais fait depuis bien longtemps le deuil de mon rêve d'enfant ou de voir vieillir mon époux près de moi. Cette maison, notre maison c'était tout de même notre avenir. Mais pour combien de temps ? Dans quelques années, j'aurais vieilli, mes amis également. Nous sera-t-il possible de rester encore près d'eux ? Et au-delà de ces murs si rassurants, la menace restait, quelque part tapie dans l'obscurité prête à frapper et à tuer de nouveau. J'avais l'impression qu'à chaque fois que je touchais du doigt le bonheur idéal, on me l'ôtait encore et encore.

Ses bras qui m'enlacèrent me firent sursauter.

– William !

– Excuse-moi mon cœur, tes pensées sont très attendrissantes. Une vie tout ce qu'il y a de plus normal avec toi m'aurait parfaitement convenu.

– Je ne regrette rien.

– Je sais. Tu te demandes juste comment sera notre avenir.

– Je me voilais la face William. Nous ne pourrons pas rester éternellement près d'eux sans que des problèmes interviennent.

Il me tourna pour plonger son beau regard dans le mien. Que j'aimais cette sensation de le sentir en moi.

– Flore, cette demeure est la nôtre. Si tu restes humaine, nous devrons partir pour des raisons évidentes. Mais tu pourras revenir ici chaque fois que le besoin s'en fera sentir et retrouver tes amis. Je resterais juste à distance.

– Et si je ne suis plus humaine ?

Je n'avais pas changé d'avis, j'envisageais juste toutes les options possibles.

– Alors tout sera différent et tu devras apprendre à vivre sans eux. C'est un apprentissage qui prend du temps, les voir à distance te sera uniquement permis. La vie que je t'impose n'est pas celle dont tu rêvais, mais…

– La vie que tu m'apportes me convient et je n'en voudrais aucune autre. Je t'aime William, je suis juste parfois un peu nostalgique. C'est mon côté humain qui ressort.

Il caressa ma joue doucement et nous finîmes le reste de la nuit enlacés devant la fenêtre à regarder le ciel étoilé. La journée suivante fut toute aussi sereine. Pendant que William se reposait paisiblement, je flânais dans mon nouveau jardin, humant à pleins poumons l'air doux de cette fin de mois de mars.

À la nuit tombée, je me mis à sourire en pensant que le lendemain j'allais devenir la femme de William. J'eus beaucoup de mal à trouver le sommeil.

« William m'attend devant l'autel parsemé de pétales de roses

blanches. Il me sourit, dans quelques minutes je serais sa femme. Je descends l'escalier, souriante dans ma grande robe blanche, plus que quelques pas et je serais à ses côtés. La pièce s'assombrit, il s'éloigne et mon cœur se serre. Erwan l'écarte de moi aidé par des hommes masqués. Il se retourne et me tend la main « soit ma femme », dit-il en rigolant, « tu n'as plus le choix, William t'a quitté ». Je recule et pose mes yeux sur ma robe devenue noire. Je suis en deuil, mon cœur est vide et des rires résonnent encore et encore. Joseph, derrière la véranda, me fixe de ses yeux ambres ».

Non William ! hurlais-je en me redressant dans le lit.

– Flore, c'est fini, Calme-toi. Il y a tant de nervosité en toi. Mauvais rêve ou appréhension pour demain ?

Je refusais que mes hallucinations gâchent ce moment tant attendu.

– Nervosité sûrement. Moi qui me moquais d'Ophélie devant son anxiété le jour de son union, je ne suis pas mieux qu'elle.

– Je trouve cela très touchant moi, dit-il en m'embrassant dans le cou.

– Ah oui tu trouves ?

– Hum oui, je peux peut-être t'aider à te relaxer.

– Ah non, m'exclamais-je en souriant, pas avant que je ne sois ta femme. Il y a des règles à respecter.

– D'accord, accepta-t-il en se recouchant.

– Je plaisantais William.

– Non Flore, je ne voudrais pas briser une tradition si importante, se moqua-t-il.

Qui est pris qui croyait prendre. Je me rendormis contre lui avec un manque certain.

William n'était pas encore réveillé lorsque mon téléphone se mit à retentir.

– Mais bon sang Flore, cela fait trois fois que je t'appelle. Elle est où cette foutue maison ? Je tourne en rond.

– Elodie ?

– Oui Elodie, tu sais ton témoin. Tu te souviens que tu te maries dans quelques heures quand même ? Ah j'ai trouvé, je suis devant chez toi, rejoins-moi.

– Maintenant ? Mais je me réveille à peine.

– Je te laisse quinze minutes pour prendre une douche et si tu n'es pas là, je force ta porte.

En reposant le téléphone, je vis William qui m'observait en souriant les bras derrière sa tête.

– Je crois qu'il vaut mieux que tu te dépêches, j'ai l'impression que ton amie est encore plus nerveuse que toi.

– Je le crains oui.

Je l'embrassai furtivement et pris une douche rapidement. Un petit toast au passage et j'étais dans la voiture.

– Quand même, marmonna-t-elle en démarrant. Tu ne seras jamais prête à temps si tu continues ainsi. Il faut aller chez le coiffeur, la manucure et ensuite direction le manoir. Te rends-tu compte Flore que si je n'étais pas là tu serais encore dans les bras de William ? Au fait, j'aime beaucoup ta maison et le jardin est grandiose.

Et elle avait réussi à me dire tout cela sans reprendre sa respiration. L'après-midi marathon commença donc. Pour commencer, j'exigeai de prendre un petit-déjeuner car le ventre vide je ne suis bonne à rien. Ensuite, direction le coiffeur où je pus me relaxer tranquillement et pour finir la manucure. Elodie était rentrée chez elle pour se changer pendant que l'on s'occupait de moi. Je faisais les cent pas sur le trottoir en l'attendant, lorsqu'il apparut au coin de la rue.

– Flore, laisse-moi te parler tu veux.

– Je crois que nous nous sommes tout dit Erwan.

– Il est encore temps de changer d'avis.

– N'insiste pas Erwan, rien ne me fera renoncer à William.

Il me tira par la main à l'abri des regards. Sa force me surprit.

Elodie va arriver, lâche-moi Erwan.

Il tremblait de partout, refoulant à l'intérieur la colère qui montait en lui. Ses yeux marron s'éclaircissaient déjà, brillants, fascinants.

– Je peux t'apporter tout ce que tu souhaites, vie stable, enfants, avenir. Sans que tu n'aies besoin de te cacher.

– Cela devient une obsession Erwan. Tu ne vas pas recommencer.

– Réponds-moi franchement Flore. Te serais-tu tourné vers moi si William n'était pas là ?

– Mais il est là. Je ne peux te répondre.

Il essaya de m'embrasser. Je lui décrochai une claque magistrale, ce qui accentua la luminosité de ses yeux.

– Que lui trouves-tu de si particulier ?

Et ma réponse vint naturellement.

– Lui seul à le pouvoir de me regarder comme s'il allait me décrocher la lune à chaque fois. Dans ses bras je revis et ses baisers font vibrer mon cœur. Et lorsqu'il se fond en moi, je ne fais plus partie d'aucun monde, il n'y a plus que lui. J'oublie que le reste existe.

Il recula, son visage devint livide, ses yeux brillaient de plus en plus. Une larme s'échoua sur sa joue. Son visage se serra, ses poings également.

– Alors pars loin de moi Flore car mon instabilité me rend dangereux. Il faut que tu t'éloignes rapidement.

– Pourquoi ? Que me caches-tu ?

Il allait reprendre la parole lorsqu'un bruit de pas derrière nous attira son attention. En me retournant, je ne vis rien mais un petit grognement se fit entendre. Erwan m'attrapa par la main et m'entraîna presque en courant jusque devant la boutique. Il se retourna et se mit à courir, disparaissant de ma vue rapidement. Je restais perturbée par notre conversation. Intérieurement il luttait, mais contre quoi ? Ses paroles ressemblaient à une mise en garde. Si seulement il m'en avait dit plus.

Je fis part de mes doutes à Elodie qui me conseilla de laisser mes craintes de côté pour me consacrer entièrement à mon mariage. Ce que je fis, non sans difficulté.

Erwan se battait contre lui-même, moi je me dirigeais lentement vers ma destinée. Étaient-elles liées ?

XIX

En arrivant au manoir, je fus touchée de voir le petit autel improvisé qui était mis en place dans la grande pièce. Celle-ci était décorée pour l'occasion de plusieurs bouquets de lys blancs. La table, recouverte d'une nappe blanche, accueillait verres et bouteilles de champagne.

– Terence m'a donné l'autorisation d'ajouter une petite touche festive à la pièce. Ce n'est pas grand-chose mais cela égaie un peu le lieu, dit Elodie.

– C'est parfait, déclarais-je en l'embrassant.

– Ah te voilà mon enfant ! s'écria Terence paré d'un costume noir.

Je ne l'avais jamais vu en costume. Ce qui lui donnait un air très sérieux, soit dit en passant.

– Il est temps de te préparer Flore. La nuit s'annonce et William va arriver.

– Va Flore, j'accueillerais maître Tarmal, me proposa Terence.

Elodie m'accompagna à l'étage, son calme était revenu. Elle m'aida à enfiler ma robe, me donna un petit coup de main pour nouer mon corset, puis sortit quelques secondes le temps que je lace mes bottines et que je reprenne un peu mon calme. Lorsqu'elle revint, mon bouquet de mariée dans ses mains, un large sourire se dessinait sur ses lèvres.

– Tu es vraiment très jolie et je suis fière de pouvoir participer à ce grand jour. – Mais tu es très jolie aussi.

Et j'étais sincère. Ses longs cheveux relevés, dans sa robe bleue nuit, longue et moulante, elle rayonnait. Elle déposa les fleurs sur le lit et sortit rejoindre son amoureux.

Un petit pincement au cœur me prit soudainement en me regardant dans le miroir. J'aurais aimé que mes parents et ma sœur soient présents. Voir ses filles se marier était un rêve que ma mère attendait avec impatience, comme toute mère je pense. Même si honnêtement, j'imaginais mal sa tête en apprenant que son futur gendre était mort depuis des centaines d'années. Je me mis donc à détailler le moindre détail de mon reflet, comme si elle me voyait de ses propres yeux. Le chignon retombant en boucle de mes longs cheveux roux, dont elle était si fière. Le maquillage or qui faisait ressortir le bleu de mes yeux. Le corset froissé qui mettait en valeur ma poitrine. Les jupons longs tombant à l'arrière et les plus courts devant qui laissaient voir mes bottines. Mon bracelet à mon poignet se mariait parfaitement à la tenue, et les petites boucles d'oreilles assorties à l'étole qui cachait légèrement mes frêles épaules.

– Tu es ravissante Flore.

La présence de Terence, que je n'avais pas entendu entrer, me fit revenir à la réalité. À travers ma psyché, il me regardait tendrement.

– Ton bonheur est entaché par quelque chose qui te perturbe Flore. De quoi s'agit-il ?

– Erwan est venu me rendre visite. Monsieur, il a essayé de me mettre en garde mais je ne sais pas contre quoi.

– N'y pense plus Flore. Ce soir, seul l'amour qui te lie à William a de l'importance.

– Mais je…

– Veux-tu que je lise en toi pour t'éclairer sur tes suspicions ? Cela te relaxera ensuite.

Je n'aimais pas l'intrusion de Terence dans mon esprit. Sa force rendait l'acte assez désagréable, mais j'acceptai tout de même. La nuit se fit autour de moi et des frissons passèrent tout le long de mon corps, jusqu'à ce qu'il détache son regard du mien.

– Joseph est venu te rendre visite ? C'est étrange.

– Oui, il voulait en savoir plus sur Erwan. Cela m'a paru suspect sur le coup, puis je me suis dit qu'il était de son monde, il voulait peut-être mieux le connaître. Après tout il ne sait rien de lui, ils ne se sont croisés que très brièvement.

– Joseph avait déjà vu Erwan ?

– Oui, au manoir lorsque je suis partie chez lui. Pourquoi ? Cela à l'air de vous perturber.

– Absolument pas mon enfant. Je n'ai rien vu de menaçant dans tes souvenirs. Alors ferme les yeux Flore et souffle longuement.

La présence de Terence me détendit. J'attrapai mon bouquet, fin prête à descendre.

– Je sais que cela ne remplacera pas la présence de ton père, mais si tu me le permets je serais ravi de t'offrir mon bras pour t'accompagner.

Je relevai mon visage vers lui, émue par cette demande.

– C'est également une première pour moi Flore. Je marie mon fils tu sais, et même si cela paraît invraisemblable, je suis heureux que William ait fait cette démarche.

– J'en serais honorée monsieur.

Il me tendit le bras auquel je m'accrochai avec fierté.

– Je te considère comme ma propre fille, rajouta-t-il en portant ma main à ses lèvres. Même si ton caractère m'exaspère la plupart du temps, je serais toujours là pour toi, comme pour chacun de mes enfants.

Émotive dans l'âme, je ne pus retenir une petite larme.

Du haut de l'escalier, je pouvais entendre les conversations au rez-de-chaussée. Moi qui croyais que ce n'était qu'un mariage entre témoins, je m'étais une nouvelle fois lourdement trompée. Andrews, Karl, Thomas, Victorien, Simon, Alexandre, Elodie, et Paul aux côtés de William, tous étaient présents à l'exception de Clémence. Ce qui ne me gêna aucunement. Leur présence était-elle due à la sympathie qu'ils avaient envers William ou plus à la curiosité ? À chacun son opinion.

Le craquement des marches mit un terme aux discussions. Tous les regards se tournèrent vers nous.

– Détends-toi Flore, me souffla Terence. Tout va bien se passer.

Fébrile, j'avançais vers mon nouveau destin. Je ne voyais plus que William, merveilleux, d'une beauté à vous couper le souffle dans son beau costume gris foncé. Il était là, debout, à quelques mètres de moi. L'homme qui m'avait sauvé, celui qui m'avait redonné goût à la vie, celui qui me défendait au péril de sa vie, mon âme sœur. Dans ses yeux, je pouvais lire la fierté. En lui, je pouvais ressentir une pointe de nervosité, ce qui nous fit sourire tous les deux en même temps.

Terence m'accompagna près de mon vampire préféré et déposa un baiser sur mon front avant de s'écarter.

– Mon Dieu tu es resplendissante, susurra William à mon oreille avant de prendre ma main dans la sienne.

Elodie, et Paul souriant, ce qui me surprit, se postèrent à nos côtés.

Maître Tarmal commença son petit discours qui m'arrivait vaguement aux oreilles. Subjuguée par le regard de William, plus rien d'autre ne retenait mon attention. Comme chaque fois que nos esprits se rencontraient, une bulle se formait et plus rien d'autre que nous n'existait. De petits rires étouffés me ramenèrent à la réalité.

– Flore m'as-tu compris ? s'impatientait maître Tarmal. Acceptes-tu de prendre pour époux William John Belfort ici présent ?

Vu le regard amusé que me lança Elodie, cela ne devait pas être la première fois qu'il posait la question.

– Pardon… oui, je le veux.

– Bien, et toi William acceptes-tu de prendre pour épouse Flore Marie Thomasse ici présente ?

– Oui, je le veux.

Paul s'avança légèrement en tenant une petite boîte bordeaux où se trouvaient deux alliances en or jaune, très fines, très simples. William me la glissa en souriant et en tremblant, ce qui le rendit encore plus touchant. Je fis de même et maître Tarmal repartit dans un discours tout aussi ignoré de notre part que le premier. Je revins à ses paroles lorsqu'il déclara : *« Je vous déclare donc mari et femme. William, vous pouvez embrasser la mariée maintenant ».*

– Ma femme, murmura-t-il en prenant mon visage entre ses mains pour m'embrasser avec amour.

Après quelques signatures et quelques félicitations d'usage, Andrews ouvrit le champagne que les invités burent avec plaisir.

Il était étrange de voir Elodie se noyer habilement dans les conversations au milieu de tous ces êtres dont le cœur avait cessé de battre.

Paul vint, une coupe de champagne à la main, trinquer avec nous.

– Alors mon frère, serais-tu prêt à ton tour à franchir le pas ?

– Oh que non ! Une simple relation, sans emprise ni obligation, me convient parfaitement.

Puis il se tourna vers moi.

– Je continue de penser que ce mariage n'a aucun intérêt mais en voyant la joie dans ton regard Flore, je suis sûr que c'est ce qu'il te fallait.

– Merci Paul, dis-je avec une pointe d'émotion.

– Je sais être agréable parfois, se moqua-t-il en retournant auprès d'Élodie.

– Si on s'éclipsait maintenant madame Belfort, me suggéra mon mari.

Qu'il était doux à mon oreille de m'entendre appelée ainsi.

Puisque William avait le don de pouvoir lire ou voir en moi les moindres de mes émotions, il savait parfaitement ce que représentait à mes yeux ce mariage. L'aboutissement de notre amour. J'aurais aimé, en cet instant précis, avoir apprivoisé cette approche pour lire en lui la moindre de ses pensées. Si dorénavant j'arrivais à capter quelques-unes de ses émotions, cela n'était pas encore suffisant pour me faire une opinion claire de son ressenti du moment.

– Je vais te montrer puisque tu n'arrives pas encore à capter mon esprit facilement.

Nous sortîmes discrètement, enfin presque, Terence nous rattrapa sur la terrasse.

– Soyez heureux mes enfants, annonça-t-il, et profitez, nous veillerons sur vous toute cette nuit.

– Je croyais qu'il n'y avait pas de problème ?

– Il n'y en a pas Flore, mais mieux vaut prendre des précautions, même si elles sont inutiles.

William m'emmena vers une destination qui m'était totalement inconnue. Il me fit fermer les yeux, me faisant promettre de ne les ouvrir sous aucun prétexte. Lentement, il me fit sortir de la voiture et me serra contre lui. Un instant j'eus l'impression de m'envoler avec lui. Lorsque je retouchai terre, il se plaça derrière moi en entourant ma taille. De sa voix douce et apaisante, il chuchota à mon oreille.

– Regarde Flore ce que je ressens pour toi.

J'ouvris les yeux alors qu'il me disait :

– Ma femme sourit et mon monde s'illumine. Tu es la lumière qui me manquait, mon soleil personnel.

C'était magique. Perchés en haut de la Tour Eiffel, seuls au monde, nous regardions Paris briller de mille feux. On aurait dit des milliers de fragments du soleil qui se projetaient dans l'obscurité. Tout autour étincelait, le jour se fondant à la nuit.

– William, c'est magnifique.

– Comprends-tu maintenant ce que je ressens pour toi ?

– Oui, soufflais-je touchée.

– Mon cœur, je ne sais pas de quoi sera fait demain, ni quel avenir nous attend au tournant. Mais me sentir vivre à travers toi, c'est une chose que je n'aurais jamais crue possible. Je remercie le destin de m'avoir fait croiser ta route, et malgré les souffrances que cela a engendrées, je ne regrette rien. Tu éclaires ma longue vie.

Il me fit basculer pour m'embrasser avec une ardeur qui m'émut.

– On redescend, ferme les yeux.

Ce que je ne fis pas. L'expérience de la lévitation me plut tout particulièrement.

Avant de rentrer chez nous, nous fîmes un détour pour que je puisse déposer, selon mon souhait, mon bouquet de mariée sur la sépulture de ma famille. Respectueux, William s'inclina devant leur dernière demeure avant de me ramener chez nous.

Un petit air coquin éclaira son visage dès que nous atteignîmes notre chambre. Je me voyais déjà la robe à terre avec le regard sombre et impatient de mon mari sur moi, m'emmenant avec lui dans la passion dévorante qu'il savait provoquer en moi. Ce fut totalement le contraire. Avec une douceur que je ne lui connaissais pas, il me dévêtit en prenant tout son temps, déposant sur ma peau de petits baisers tendres. Lentement, il me fit basculer sur le lit, caressant mon corps en s'attardant longuement sur ma poitrine avant de descendre tout naturellement à un endroit bien plus intime. L'agilité de ses doigts faisait naître en moi une douce sensation. Lorsque mon corps commença à se cambrer pour l'accueillir, il se mit à genoux et me souleva pour que je vienne à lui avec légèreté. Ses hanches déclenchèrent un doux va-et-vient, qu'il arrêtait parfois pour reculer au maximum le désir. Ses yeux assombris me surprirent devant tant de tendresse. Jamais il ne cessa de m'embrasser, jusqu'à ce qu'il me fasse gémir de plaisir en amenant l'orgasme avec retenue. Un souffle de bonheur lui échappa et il m'enlaça tendrement. Pas une seule fois pendant notre étreinte, ses canines ne s'étaient fait voir.

– Il n'y a qu'avec ma femme humaine que je peux déclencher le plaisir dans la douceur, murmura-t-il à mon oreille. Aucune autre femme que j'ai connue n'aurait ressenti le plaisir de cette façon. Te rends-tu compte pourquoi notre union est unique ?

Je lui fis un énorme sourire, démonstration très concluante, croyez-moi. Je me mis au-dessus de lui, les yeux pétillants.

– Et il n'y a que moi qui peux goûter à la fougue de mon mari vampire. Cette passion qui m'entraîne dans son propre monde.

– J'espérais que tu me réclamerais un deuxième round, s'amusa-t-il.

Renversement de situation, ses yeux devinrent presque noirs et ses petites canines se firent voir. Je mordis mes lèvres, une goutte de sang en perla. La langue de mon mari l'attrapa avant qu'elle n'ait le temps de mourir aux coins de mes lèvres. Un petit grognement roula en lui et il me projeta dans le désir violent qui bouillait dans tout son être. Mes mains attrapèrent le drap en le froissant, pendant que mon corps accueillait avec violence les coups de reins de mon mari. Ses canines rentrèrent dans ma chair, me faisant décoller dans un cri de plaisir intense. Je me fondais en lui, comme emportée par le tourbillon de notre amour. Deux mondes qui venaient de faire l'amour, démontrant les talents de deux univers si différents.

Ma nuit de noces ne s'arrêta pas avec le lever du soleil. Si mon corps n'avait pas réclamé un peu de repos, j'aurais aimé qu'elle ne s'arrête jamais. À mon réveil en fin de journée, les yeux cernés, mon mari m'observait tendrement.

– Partager mes journées seulement à l'ombre de ton corps me suffirait largement.

– En voilà une jolie déclaration, dis-je en soulignant de mon doigt ses petits cernes.

– Mais la réalité nous rattrape toujours mon cœur, Terence a annoncé sa venue.

Le voyage de noces était donc exclu.

– Tu es faible William, tu devrais aller reprendre des forces.

– Ton sang pourrait m'en redonner, dit-il en caressant ma nuque.

– Le souhaites-tu ?

– Flore, cela est très tentant mais trop dangereux pour toi. J'aime trop ton liquide chaud en moi.

Devant mon étonnement, il embrassa mon épaule et sortit du lit.

Son corps nu devant moi et la blancheur de sa peau si attirante me ramenaient à des pensées bien délicieuses.

– Je reviens vite, lança-t-il en s'envolant par la fenêtre entrouverte.

Je m'étirais longuement, le corps endolori mais comblée.

Je ne savais pas exactement si ce mariage avait un sens ou si c'était une simple folie, pour moi il représentait l'espoir d'un avenir. Tant pis si cette union pouvait déranger et bousculer les conventions si strictes des lois du monde de mon vampire. Rien ne changerait ce fait, pour le reste de ma vie.

Terence arriva avant le retour de mon mari. Je l'accueillis avec joie sur la terrasse. L'air y était frais mais je mettais un point d'honneur à ce que notre demeure reste un endroit privé. Il n'en fut en rien vexé, surtout que je lui avais préparé un bon café.

– Que nous vaut votre visite monsieur ?

– J'aimerais attendre le retour de mon fils pour entrer dans les détails.

– Un problème ?

– Oui Flore, bien plus grand que ce que j'imaginais jusque-là.

William apparut le visage rosé, plus aucun cerne sous les yeux. Il m'embrassa longuement, sous le regard amusé de son géniteur.

– Je sais que vous êtes encore tout à votre bonheur et je suis navré de venir briser cette harmonie. J'ai bien peur que l'un de mes proches ne m'ait pas dit toute la vérité. Jusqu'à ce que je fasse la lumière sur ce point, je t'interdis Flore de revoir ton ami Erwan.

– N'ayez aucune crainte monsieur, il a été très clair avec moi. En me mariant avec William, il mettait un terme à notre amitié.

– C'est un bien pour un mal, marmonna William.

– William, c'était un ami proche.

– Qui rêvait que tu te détournes de moi pour avoir plus d'emprise sur toi.

– Il est perdu en ce moment et quelque chose le perturbe. Notre dernière conversation a comme un goût d'inachevé.

– Il essayait juste de t'attendrir pour…

– Cela suffit tous les deux ! s'énerva Terence.

– Pardon monsieur, ce loup a le don de m'énerver. Mais pourquoi cette requête exactement ?

– Plus tard mon fils, je voulais juste vous prévenir d'être prudent. Ne laisse pas Erwan, ni aucun loup s'approcher de ta femme pour le moment.

Il fit un petit signe de tête à son fils et tournait les talons lorsque je l'interpellai.

– Monsieur, qu'avez-vous vu dans mes pensées qui vous fassent douter d'Erwan ? Vous m'aviez certifié qu'il n'y avait pas de problème.

– Tant que je n'en suis pas certain mon enfant, je préfère ne rien avancer.

Il s'éleva dans les airs comme un oiseau me laissant dans le vague.

William me prit dans ses bras et m'embrassa longuement.

– Excuse-moi de m'être emporté.

– Ce n'est pas grave mon amour.

– Tu es ma femme par mon sang devant mes lois et les tiennes. Si un autre homme ose te toucher, je le tuerai.

– Erwan ne ferait jamais une telle folie.

– Cela est valable pour les autres aussi.

Terence avait semé le trouble en moi. Mais j'étais une jeune mariée et pour le moment rien ne pouvait me détourner de mon nouveau bonheur. William avait repris des forces et la nuit nous appartenait. Doucement, en comprenant mes pensées, il me fit glisser sur l'herbe humide où nos deux corps se donnèrent l'un à l'autre sous la douce lumière du clair de lune.

XX

Ces trois jours loin de tous furent des moments de pur bonheur. Mais il était temps de refaire surface. William avait des dossiers en retard que ses avocats lui avaient demandé de consulter, moi j'avais décidé de me remettre à la peinture. Mon mariage avait rallumé en moi la petite flamme artistique. Je décidais donc de me rendre dans un magasin spécialisé afin de chercher quelques petites choses qu'il manquait dans mon atelier tout neuf. Je revivais, plus optimiste, moins axée sur les menaces, je profitais de ce moment de relâche en longeant les magasins. Je m'arrêtai pour regarder les vitrines et entrai avec plaisir dans certaines boutiques pour quelques achats. Une après-midi des plus agréables. Mon attention se porta sur une bijouterie, ce qui me rappela que j'avais laissé au manoir la jolie broche que ma sœur m'avait délicatement glissée dans la main avant de mourir. En regardant ma montre, ma décision était prise, j'avais largement le temps de passer au manoir pour la prendre. Je me dirigeai vers un taxi quand sa main attrapa mon bras.

– Erwan, mais comment fais-tu pour toujours savoir où je me trouve ?

– Je vais être clair avec toi Flore.

– Moi je veux que tu me lâches.

– Tu t'es mariée avec lui. Tu as franchi le pas d'une destinée qui ne te convient pas. J'ai le choix, ou je te laisse partir ou je m'interpose.

– Tu t'interposes ? Tu ne feras jamais le poids contre William.

Oh, les petits yeux luisants de mon ami loup commençaient à se faire voir.

– Flore, quelle coïncidence !

– Joseph, me précipitais-je de répondre soulagée. Je suis heureuse de vous voir. Vous connaissez Erwan ?

– Pas encore mais je crois que nous devrions faire connaissance.

Il scruta longuement mon ami.

– Reprends-toi mon jeune ami. Tu es dans un lieu public et en compagnie d'une jeune femme, il faut que tu saches garder ton self contrôle.

Je profitai de l'occasion pour m'éclipser. Parler avec Joseph lui ferait peut-être le plus grand bien. C'est qu'il avait la même sagesse que Terence, il pouvait faire des miracles.

– Je vous laisse, il faut que je retourne au manoir.

– Attends Flore, s'écria mon ami alors que je montais déjà dans un taxi.

L'espace me parut immense lorsque j'entrai dans le manoir déserté de tous. Seul le craquement du bois se faisait entendre. Je montai directement dans notre chambre pour prendre mon petit bijou. En le caressant du doigt, je revis le visage laiteux de ma sœur devant mes yeux. J'accrochai ma broche sur mon pull, pris quelques vêtements que j'affectionnais tout particulièrement, remis mon manteau et redescendis l'escalier tranquillement lorsqu'il apparut devant moi.

– Terence ! Vous m'avez fait une peur bleue.

– Que fais-tu là Flore ?

– Je venais chercher quelques affaires personnelles. Et vous ?

– Tu ne devrais pas être ici.

– Mais pourquoi ?

– Trop tard, dit-il à voix basse.

Un souffle me transporta dans le bureau de William.

– Tu ne bouges pas d'ici, tu ne sors sous aucun prétexte. Tu m'as bien compris Flore ?

Je le regardais d'un air interrogateur.

– Tu ne bouges pas Flore, redit-il en sortant.

La porte, restée entrouverte, me donnait une vue imprenable sur une grande partie de la pièce. Joseph entra dans la grande salle, regardant à droite et à gauche un peu nerveusement. Terence se figea devant lui.

– Qui croyais-tu trouver mon ami ?

– Terence, quelle bonne surprise.

– Pourquoi cette visite en pleine journée ?

– Je venais voir Flore, je l'ai croisé un peu plus tôt.

– Elle est déjà repartie.

– Tu savais que j'allais venir n'est-ce pas ?

– J'aurais préféré me tromper. Puis-je te demander ce que tu veux à Flore ?

Joseph ne répondit pas. Au contraire, il souffla longuement en passant sa main dans ses cheveux. Les rideaux de la véranda s'ouvrirent légèrement ne laissant entrer qu'un tout petit filet de lumière et trois hommes se postèrent derrière lui. Un plus grand que les autres, au regard de braise, resta en retrait.

– Tu es mon ami depuis tant d'années Joseph. Ma confiance t'était acquise et je n'aurais jamais mis ton intégrité en doute. Comment as-tu pu me trahir ainsi ? Et pourquoi ?

– En quoi t'ai-je trahi ?

– Depuis combien de temps sais-tu qu'Erwan est l'un des tiens ?

– Cet idiot n'a pu tenir sa langue.

– Il n'a rien dit.

Attisée par la curiosité, j'ouvrais grand mes oreilles.

– Qui est le chef de meute du jeune Erwan et pourquoi le protèges-tu ?

Joseph se mit à rire, un rire franc qui résonna dans toute la pièce.

– Tu n'es pas aussi futé que ce que je croyais Terence. Il me fut si facile de te berner. Toi et tes foutus principes.

– Toi ? s'écria le géniteur de mon mari.

– Exact, moi Terence, je suis son chef de meute. Mais puis-je te demander comment tu as su que j'étais au courant pour Erwan ? Ce petit détail m'intrigue.

– Tu l'as rencontré en venant au manoir. Si nous ne pouvons pas toujours vous repérer, toi cela n'avait pu t'échapper. Pas un loup de ton rang.

Sans le vouloir, j'avais donné cette information à Terence. Sous le choc de cette révélation, le sac que j'avais à la main m'échappa et tomba au sol en émettant un léger bruit. Ce qui n'échappa pas à Joseph.

– Dans le bureau, lança-t-il à l'un de ses amis.

Terence voulut lui barrer la route mais l'homme aux yeux de braise ouvrit les rideaux en grand. Un cri de douleur jaillit des entrailles de Terence qui se colla au mur pendant que l'inconnu me rejoignait. Un sourire en coin, il me tendit la main pour m'inviter à le suivre. Le soleil de cette belle fin de journée d'avril perçait dans presque toute la pièce. Bloqué contre le mur, Terence était piégé.

– Madame Belfort, ironisa Joseph. Quel plaisir de vous revoir.

– Fermer les rideaux, lui répondis-je ne quittant pas Terence des yeux.

Il fit un petit signe de tête à son compère qui remit la pièce dans l'obscurité.

– Si tu interviens mon ami, je laisse le jour inondé entièrement les lieux.

Un petit grognement roula dans la gorge de Terence.

– Si tu la touches, je te tuerai Joseph.

– Ton affection pour cette humaine te fait perdre ton bon sens. Vas-y Francis !

Et ce Francis passa son bras autour de ma taille me maintenant par-derrière. Un déclic se fit dans mon esprit, je vis William allongé sur le lit se redresser, ses yeux devinrent noirs, puis une odeur horrible me brûla la trachée et les narines. Tout devint flou, mes yeux papillonnaient. J'entendis d'une voix déformée Terence hurler lorsque la lumière pénétra de nouveau dans la pièce. Puis mes membres devinrent comme de la guimauve et je perdis connaissance.

Un tambour s'amusait à me marteler la tête lorsque j'ouvris les paupières avec grande difficulté. J'étais confuse, la bouche pâteuse, un peu somnolente. Je n'arrivais pas à penser ni à me concentrer. Assise dans ce qui me semblait un lit, les doigts appuyés sur mes tempes, je reprenais peu à peu mes esprits. Le hurlement de douleur de Terence me traversa l'esprit. Si la pièce dans laquelle je me trouvais était dans la pénombre, j'apercevais la lumière du jour à travers les rideaux. Lentement pour ne pas perdre l'équilibre, encore droguée, je tirai ce tissu pour m'éclairer sur le lieu de ma détention.

Déroutée, je constatai que cet endroit n'était autre que la chambre d'invité qui m'avait si souvent accueillie chez Erwan. La porte s'ouvrit doucement.

– Tu es réveillée ?

– Erwan ! Pourquoi suis-je là ? Comment va Terence ?

Titubante, je voulus le rejoindre.

– Doucement Flore, viens te rallonger.

– Ne me touche pas ! Dis-moi ce que je fais ici ?

– Je te sauve la vie.

– Pardon ?

Joseph fit son apparition.

– Laisse-nous Erwan, je dois m'entretenir avec ton amie.

– Je peux rester.

– Je t'ai demandé de sortir.

Soumis, il quitta la pièce. Joseph, cet homme que l'on m'avait présenté comme un ami fidèle de Terence et qui attirait le respect, me parut soudainement bien différent.

– Comment va Terence ?

– Je ne l'ai pas tué, si c'est cela que vous voulez savoir. Il m'a sauvé la vie il y a bien longtemps, je lui étais redevable.

– Pourquoi m'avoir emmené chez Erwan ?

– Il y a tant de choses qui vous échappent Flore, mais ce serait trop long à vous expliquer. Pour le moment reposez-vous et n'espérez aucune aide, ici aucun vampire ne peut venir.

– Ils viendront vous pouvez en être certain.

– Il est trop tard pour voyager ce soir, nous partirons à l'aube.

– Je n'irais nulle part avec vous.

– Vous ferez ce que je vous dirais.

Il claqua la porte faisant ressurgir le tambourinement dans ma tête qui s'était légèrement calmé. Immédiatement, je cherchai à entrer en contact avec mon mari, tout en tournant entre deux doigts mon petit anneau d'or. Rien ne se fit, trop faible ou manque de concentration, peu importe, aucun contact ne se forma. La porte fermée à clé, emprisonnée, j'attendais assise sur le lit, continuant à ouvrir mon esprit aux pensées de mon époux. Un plateau-repas à la main, Erwan revint me voir.

– Je n'ai pas faim.

– Il faut que tu te nourrisses.

Des conversations lointaines se faisaient entendre.

– Ton père ne trouve pas cela étrange tant de monde chez lui ?

– Il est parti voir un ami. Il ne sera pas de retour avant demain.

– Erwan, dis-moi ce que me veut Joseph. Est-ce que cela a un rapport avec Élisabeth ?

– Non absolument pas. Il ne te veut aucun mal.

– Tu m'as encore menti en me certifiant ne pas connaître ton chef.

– J'étais obligé, mais tu es en sécurité ici.

– Alors pourquoi suis-je prisonnière ?

– C'est pour ton bien. Je t'assure Flore. Si au départ j'ai trouvé son idée folle, je comprends maintenant qu'elle n'est pas si stupide. Et qu'elle est ta seule chance.

– Mais quelle idée ?

– Nous unir !

Incompréhensible et complètement absurde.

– Es-tu devenu fou Erwan ? Je suis mariée à William. Et quand il connaîtra tes intentions, je ne suis pas certaine de pouvoir arriver à le contrôler.

– Ce mariage n'a été possible que par l'intervention de mon père, je peux l'annuler aussi rapidement qu'il a eu lieu.

Comment avait-il pu envisager la possibilité d'une telle folie ? Erwan n'était pas homme à se laisser entraîner dans des situations incongrues, il était bien trop intelligent pour ça. Qu'avait pu lui raconter Joseph pour qu'il accepte de se prêter à ce petit jeu ? Car face à la détermination de son regard, cette décision était à mon avis mûrement réfléchie.

Il restait silencieux, assis près de moi, pendant que je plongeais en silence dans mes réflexions. Puis une petite chaleur parcourut mon corps. William explorait mes pensées, je sentais sa présence non loin de moi. Comme si un soulagement m'avait traversé pendant quelques secondes, je ne pus retenir un petit sourire.

– Qu'est-ce qui te fait rire Flore ?

– Ta naïveté Erwan.

– Je ne suis pas naïf ! se fâcha-t-il. Continuellement, toi ou les autres m'avez relégué au rôle du gentil Erwan, toujours là pour écouter, consoler et faire rire. Le bon gars que l'on aime avoir en soirée pour mettre l'ambiance ou retrouver pour être soutenu en cas de problème. Mais qui me soutenait moi quand je n'allais pas bien ? T'es-tu déjà demandé ce que j'ai pu ressentir en te voyant me rejeter continuellement ?

– Tu es injuste Erwan, j'ai toujours été présente pour toi.

– Mais tu n'as jamais pris au sérieux mes sentiments.

– Tu es mon ami !

– Parfois cela ne suffit pas.
– J'ai toujours été honnête avec toi.
– William t'a fait perdre la raison, cet amour n'est qu'illusion.
– Et tes projets d'avenir sont irréalisables. Il faut que tu te reprennes.
Il se prit la tête entre les mains, ses yeux passaient du brillant, au marron, sa respiration s'accélérait. Un état second qui le déstabilisait.
– Mon Dieu Erwan, que t'a-t-il fait ?
– Ce n'est rien, mes pulsions de loup essayent de prendre le dessus.
– C'est normal, tu ne dois pas les refouler, cela te perdra.
– Mon chef de meute sait ce qui est bon pour moi. Ses potions m'aident.
Je le regardais incrédule.
– Il te drogue ?
– Ne sois pas stupide Flore, c'est une étape normale dans ma transformation. Il m'aide à ne pas me laisser aller à mon agressivité.
– Reprends-toi Erwan, ouvre les yeux, il te tient à sa merci en te droguant. Ton esprit n'est plus clair.
– Ne détourne pas la conversation.
– Je te connais depuis ma plus tendre enfance Erwan, ce comportement n'est pas le tien. Aussi douloureux que ce soit pour toi d'accepter mon union avec William, jamais dans un état normal tu réagirais ainsi. C'est vrai que moi ou les autres nous nous sommes toujours fiés à toi, pas parce que tu étais le bon gars que l'on aime avoir à ses côtés comme tu le sous-entends, mais tout simplement parce que nous te portons une affection profonde et sincère. L'amitié, Erwan, est parfois aussi puissante que l'amour sur bien des points. Réfléchis Erwan, remets tes idées en place.
Quelques secondes ses sourcils se froncèrent. Il prenait conscience de son erreur.
– Je ne sais plus où se trouvent le bien et le mal, lâcha-t-il tristement. Mais toi non plus Flore. Tu joues avec le feu. Ton mari, comme tu aimes l'appeler, n'est qu'un prédateur qui peut d'une simple main t'ôter la vie. Il prend le sang d'inconnus pour assouvir sa soif. Son univers c'est les méandres de la nuit.
– Tu n'as donc rien compris Erwan. J'aime William pour ce qu'il

est, tout ce qu'il est. Sa façon de voir la vie, la force qui est en lui, sa part de danger, comme son amour sans condition pour moi. Tu ne seras jamais ainsi.

Il voulut trouver du réconfort dans mes bras, je me reculai au moment même où une douce sensation de chaleur m'envahit. William approchait, je le ressentais, son amour me parcourait, sa crainte également. Je me mis à sourire.

– Qu'y a-t-il Flore ?

– Des ennuis pour Joseph.

– De quoi parles-tu ?

Des rugissements se firent entendre au rez-de-chaussée. Erwan me prit la main pour me faire lever mais la porte s'ouvrit sur un William prêt à en débattre, les yeux déjà bien sombres.

– Enlève tes mains de ma femme !

– C'est impossible, souffla-t-il. Tu ne peux entrer chez moi.

Sous le choc de voir un vampire chez lui, il lâcha son emprise. Je courus dans les bras de mon mari. La sécurité de ses bras, son regard dans le mien, ôtèrent toutes mes craintes.

– Tu vas bien mon cœur ? s'empressa-t-il de me demander en m'examinant sous toutes les coutures. Il ne t'a rien fait ?

– Non, je vais bien.

– S'il a osé te toucher, je le tue.

– Tout va bien William, il n'est pas dans son état normal.

Mes paroles ne le calmèrent pas et en un mouvement Erwan s'échoua dans le couloir dans un fracas énorme.

– Personne ne pose ses mains sur ma femme !

Ce n'était certes pas le lieu, mais pour le calmer je revins contre lui et me hissai pour l'embrasser passionnément. Ce qui permit à Erwan de rejoindre son chef de meute en bas.

En arrivant en bas des escaliers, William se posta devant moi. Deux clans se faisaient face. À l'intérieur Joseph et ses loups, certains déjà transformés en bête les babines retroussées, d'autres encore sous leur forme humaine, comme Erwan. De l'autre côté, Terence dans le hall d'entrée, avec derrière lui et à l'extérieur sa petite armée personnelle. Et quand je dis armée, j'entendais par là Alexandre, Simon, Clémence, Thomas, Karl, Andrews,

Victorien, Paul et quelques autres visages familiers mais sans nom.

– Je crois que je t'ai sous-estimé mon ami, ironisa Joseph.

– Croyais-tu que l'accès de cette propriété m'était refusé ? Maître Tarmal est d'une loyauté sans faille envers moi, pas comme toi. Il m'a permis d'entrer chez lui, ainsi que William, il y a bien des années.

– Non, grogna Erwan.

Terence détourna légèrement son regard vers la porte d'entrée et, d'un petit geste de la main, invita le père d'Erwan à le rejoindre.

– Père, que fais-tu là ? demanda Erwan.

– Mon fils, dans quelle situation es-tu donc allé te mettre ?

– Maître si vous le voulez bien ? interrogea aimablement Terence.

– Bien sûr ! Entrez, ma porte est ouverte à tous les vampires qui le souhaitent.

– Merci mon vieil ami. Vous devriez vous retirer dans votre bureau.

Sous le charme de Terence, le père d'Erwan accepta sans sourciller. Prenant cette déclaration comme une trahison, Erwan devint plus que nerveux. Joseph le calma immédiatement.

– Patience mon jeune ami, la partie ne fait que commencer.

Chaque vampire entra dans la maison, restant derrière Terence, armes à la main. Il fut étrange pour moi de voir des vampires armés, jusqu'à maintenant leur seule force avait suffi à faire front. Terence s'avança jusqu'à la grande table de la salle à manger et prit une chaise qu'il retourna pour s'asseoir dessus à califourchon, faisant signe à Joseph de le rejoindre. Joseph, un petit sourire aux lèvres, s'assit de la même façon face au géniteur de mon vampire.

Un loup grognant voulut approcher, toutes les armes se pointèrent sur lui. D'un simple regard Joseph le fit reculer.

– N'intervenez pas, c'est entre lui et moi.

La nuit s'annonçait longue et pleine de révélations. William me prit par la main et me donna une petite arme, puis nous nous plaçâmes près de Paul. Tous les yeux, des vampires comme des loups, étaient posés sur les deux hommes qui se scrutaient en silence. La confrontation pouvait commencer. Qu'était-il advenu de cette amitié qui les liait depuis tant d'années ?

XXI

L'attente était pesante, aucun des deux adversaires ne parlaient. L'un comme l'autre attendait patiemment. Terence brisa cette pesante et troublante attente en premier.

– Nos deux mondes ont toujours vécu en parfaite osmose, sans intervenir dans la vie de chacun. Des lois très précises sur le sujet ont été mises en place et toujours strictement respectées. Pour quelle raison essaies-tu de briser cette harmonie Joseph ?

– Je ne brise rien du tout. Si tu ne t'étais pas mis en travers de mon chemin Terence, tout aurait été plus simple.

– Notre amitié perdurait depuis tant et tant d'années. Pourquoi t'en prendre à ma famille ?

– Si Élisabeth m'avait consulté, si elle avait écouté mes recommandations, tu n'aurais plus été un frein à mon projet.

– Élisabeth ? renchérit Terence. Tu connaissais Élisabeth ?

– Tu me connais si mal mon ami.

– Je crois qu'« ami » n'est plus de rigueur.

– Tu as une assurance en toi qui est fatigante. Tu crois tout contrôler mais tu ne sais même pas la vérité sur ton passé.

William tourna ses yeux vers Paul qui en fit autant.

– Élisabeth fut une erreur de mon passé. Si tu avais eu la moindre jugeote, jamais tu ne l'aurais approché.

– Élisabeth n'est pas la seule connaissance du passé que nous avons en commun.

– Je t'écoute Joseph, qui est donc cette personne que tu connais de mon passé et qui donne à ton visage ce petit air ravi ? Un vampire, un loup… mon géniteur peut-être ?

– Joséphine, chuchota-t-il.

Le visage de Terence se ferma et ses yeux devinrent encore plus noirs que le charbon.

– Ah, s'esclaffa Joseph, tu n'avais pas imaginé cela. Le grand Terence qui m'a conté pendant des heures son histoire avec sa belle humaine ne pouvait soupçonner que je savais déjà tout d'elle.

– Joséphine était mienne ! Si tu as osé ne serait-ce que poser ton regard sur elle, je te tue Joseph.

Mis à part William, Alexandre, Victorien, Paul et moi, personne d'autre n'était au courant de la relation de Terence avec une humaine. Sous cette révélation, tous les visages des « non mis dans la confidence » se tournèrent vers Alexandre.

– Votre géniteur vous expliquera toute l'histoire si tel est son souhait, dit-il avec autorité. Quand à vous mes enfants, sous peine de sanction, gardez cette information pour vous.

Aucun ne releva et notre attention se porta de nouveau vers eux.

– Laisse-moi te raconter une petite histoire Terence.

Un énorme grognement s'échappa de Terence, je me rapprochai de mon mari et pris sa main dans la mienne. Doucement, il déposa un baiser sur le dessus de mes cheveux. Il était troublé et inquiet pour la suite des événements, tout mon corps le ressentait.

– Vous, les êtres de la nuit, commença Joseph, il vous suffit de lire l'âme d'un mourant pour le faire devenir l'un des vôtres. Bon ou mauvais, vous pouvez vous reproduire à volonté.

– Je ne vois pas ce que cela vient faire avec Joe.

– Patience ! Pendant que vous vous multipliez comme des lapins, ma race s'éteint à petit feu au fil des ans. Il ne me suffit pas de faire d'un humain un loup pour que notre race survive. L'instabilité de la race humaine se transmet à celui que j'engendre. Bien souvent, il se fait tuer dans un combat stupide avec l'un des siens, pour des futilités que je passerais pour ne pas trop m'étendre.

– J'en suis navré, mais tes problèmes ne m'intéressent pas et ma patience a des limites.

– Tu connais ma race. Tu sais qu'aucune femme ne peut être engendrée, seuls les mâles deviennent loups.

– Et alors ?

– Toutes les femmes humaines qui sont fécondées par des loups n'ont pas la force de porter l'enfant. Il lui puise toute son énergie, bien souvent elle perd le bébé avant la naissance ou s'il survit, il a la faiblesse de sa mère. Rares sont ceux qui atteignent la maturité et ma race s'éteint donc doucement. J'ai cherché pendant des années, avec l'aide de mon chef de meute qui le faisait déjà avant moi, un remède à ce fait. Sans grand résultat. Et puis je me suis penché sur « le lien du sang » que font certains vampires avec des humaines. Un lien d'une force inégalable, un don que l'humaine développe pendant des années et qui reste en elle jusqu'à la fin de ses jours. Un lien indestructible.

– Mon Dieu, tu voulais le sang de Joe pour faire des expériences dessus ?

– À quoi m'aurait servi son sang Terence ? Il n'est pas différent des autres. Sa force intérieure me paraissait bien plus intéressante.

Et les enfants de Terence se mirent tous à réagir, à voix basse tous y allaient de leurs petites réflexions. Paul murmura un petit « *c'est insensé* ». Victorien, qui ne s'exprimait jamais, souffla *« pire qu'une trahison, de l'inconscience »*. Andrews se tourna vers William le regard livide « *notre géniteur était uni par le sang à une humaine* », lui dit-il. Sans répondre, William ferma les yeux et serra ma main fortement.

– Tu avais des vues sur ma compagne ? s'écria Terence en se levant.

– Je voulais qu'elle me donne une descendance. Ton sang en elle la rendait plus apte à supporter l'enfant, répondit-il en se levant à son tour.

– C'est de la folie Joseph ! Notre sang crée un lien mais il n'est en rien un avantage sur la santé de l'humaine.

– Comment le sais-tu ? Vous ne pouvez procréer.

– Je vais te tuer Joseph ! hurla Terence en sortant ses canines.

Les loups firent un pas en avant et les armes se braquèrent de nouveau vers eux.

– Non, ordonna leur chef. Reculez.

– C'est tout à ton honneur Joseph, ce combat ne concerne que nous deux.

– En débattre avec toi sera mon plus grand plaisir, mais laisse-moi finir tu veux.

– Ne cherche pas d'excuses à ton comportement.

– Je n'ai pas besoin d'excuses, je veux juste que tu comprennes. Si l'essai avec Joséphine était concluant, j'aurais pu refaire l'expérience avec d'autres femmes.

– Tu es ignoble.

– Je ne pense qu'à la continuité de ma race, je n'ai pas le temps pour les sentiments. Malheureusement, rares sont les vampires à faire ce lien.

– Comment as-tu pu imaginer que je te laisserais la toucher ?

– Je peux te faire croire ce que je veux. Tu connais le pouvoir des loups sur vous et pourtant mon ami, tu m'as donné ta confiance.

– Je ne ferais plus jamais la même erreur. Mais elle, Joseph, tu n'aurais pas pu la tromper et je l'aurais lu dans son esprit.

– Je l'ai approché bien des fois sans que tu n'en saches rien. Une petite poudre et elle était complètement déconnectée de la réalité. La flatterie a toujours fait tourner la tête à Joséphine, elle était fleur bleue.

« Il vient de signer son arrêt de mort », souligna William à ses frères qui, dans un hochement de tête commun, approuvèrent son verdict.

– Tu as posé tes mains sur elle ! s'énerva Terence en le soulevant de terre.

– Mais Élisabeth a ruiné mes espoirs en la faisant tuer.

– Tu vas me supplier de mourir, je ne veux plus rien entendre de toi !

– Alors tu condamnes Flore.

Son corps retoucha terre.

– Tu m'as sauvé la vie Terence, je t'étais donc redevable. Je n'ai rien tenté contre toi, j'ai même fait un pacte avec Élisabeth. Je t'empêchais de poursuivre ta quête pour retrouver le meurtrier de Joe et en échange, elle me tenait au courant de toute découverte qu'elle apprendrait concernant le lien du sang.

– Ce n'est plus de la folie à ce niveau, mais du vice.

– Mais cela à marcher Terence. Pendant des années je n'ai pas eu de nouvelles d'elle. Puis un soir, elle est venue à moi. Elle m'a fait part de ses connaissances.

– Pourquoi aurait-elle fait cela ? Aucun vampire hostile ne fait le lien du sang, ils ne savent pas ce qu'il peut apporter. Élisabeth a toujours fait route seule, je ne la vois pas venir te demander de l'aide.

– Pas de l'aide Terence, juste un service.

On se serait cru dans un roman, toutes ces découvertes brouillaient un peu mon esprit. Pourtant aucun de nous ne bougeait, tous suspendus aux révélations qu'allaient encore fournir Joseph.

– Un service ? Je ne vois pas ce que la vie de Flore vient faire dans ton charmant récit.

– Tout concerne Flore. Depuis le début tout est lié à Flore et ton sang en elle.

Nouveau petit mouvement de tête commun des vampires qui venaient d'apprendre en quelques minutes que Terence avait non seulement été uni à une humaine par le sang, mais en plus que son sang coulait en moi. Les voir si étonnés me fit légèrement sourire. Leur regard sur moi n'était plus le même, celui de Clémence encore plus méprisant et je n'aurais jamais cru cela possible. Mais revenons-en aux révélations.

– Élisabeth a espéré pendant des années que tu lui reviennes, surveillant comme une mauvaise habitude la descendance de Joe. En te refusant encore à elle, tu as réveillé une haine profonde et la vengeance est devenue pour elle une obsession.

– Là, tu ne m'apprends rien.

– Elle avait décidé de te punir, te faire souffrir autant qu'elle souffrait.

– Flore, murmura Terence.

– Sa mère en premier lieu, très vite remplacée par Flore car en l'observant elle a retrouvé en elle tout ce qu'elle détestait chez Joséphine. Pas physiquement mais intérieurement. Une joie de vivre permanente, cette facilité à se faire aimer, à aimer elle-même, ce côté un peu décalé qui attire les gens qui l'entourent.

– Je sais déjà tout cela.

– Dès que tu as fait la connaissance de Flore, tu as été intrigué par elle. Tu lui as donné ton affection sans même savoir pourquoi.

Petit grognement de Terence.

– Elle est la femme de mon fils.

– Inconsciemment elle te rappelait surtout Joe. Élisabeth m'avait informé pour le lien du sang, je savais qu'il coulait encore en elle quelques gouttes de ton sang. Un espoir renaissait en moi. Deux jeunes femmes avec ce que je recherchais. Un ami qui me devait un service a envoyé Robert près de Mélanie. Moi j'ai surveillé Flore.

– Depuis le début tu étais là.

– J'ai toujours été là Terence. L'agression de Flore m'a donné un sacré coup de pouce, il suffisait de payer le balafré pour qu'il y retourne. William est comme toi, un sentimental, jamais il ne l'aurait laissé mourir.

Un instant mon esprit repartit des mois en arrière, le balafré dans mon appartement prêt à me frapper, William qui intervient et les derniers mots de mon agresseur « *Qui es-tu toi ? Ah oui tu ne pourras pas toujours la…* ». Il n'avait pas été surpris de voir un vampire et pour cause. Je sentais mon souffle se faire difficile, j'étais oppressée.

– L'amour qui est né entre eux a été une bénédiction inespérée. Malheureusement il a fallu qu'Élisabeth transforme Grégoire, qu'elle nous fasse son cinéma et gâche tout, comme elle l'avait déjà fait des années plus tôt avec Joe.

Terence lui sauta dessus, le plaquant au sol, un genou en appui sur lui, il était prêt à frapper. Les loups se mirent à hurler, Joseph leur demanda une nouvelle fois de reculer.

– Tue-moi maintenant Terence et la seule chance pour Flore de vivre s'évapore avec moi.

– Flore sera toujours sous ma protection.

– En tuant Élisabeth, tu as réveillé un ennemi plus puissant que tu ne le crois.

– Jonas ?

– Un pion rien de plus.

– Vous vouliez m'unir à Erwan pour que je sois la mère de ses enfants, n'est-ce pas ? demandais-je d'une voix peu assurée.

– Toi ou ta sœur. Mais ta sœur hors-jeu, tu devenais donc la seule prétendante.

– Pourquoi vous servir d'Erwan ?

– Pendant toute mon observation, j'ai pu voir combien ce jeune homme était épris de toi, sans que tu ne lui rendes la moindre de ses attentions. J'ai pensé qu'une fois William et Terence mort, tu trouverais du soutien en lui. Faire un enfant dans de bonnes conditions est un atout majeur. Mais encore une fois tous mes plans ont échoué. L'incompétence de Grégoire et Jonas y est pour beaucoup.

– Vous avez tué Robert parce qu'il savait et ma sœur également ?

– Robert oui. Je ne sais pas ce que ta sœur avait découvert.

William, écœuré par ses propos, retenait difficilement la colère qui montait en lui.

– Je ne savais pas tout cela, annonça Erwan. Je te jure que je ne connaissais que la partie visible de l'iceberg.

Cela ne changeait en rien mon opinion sur lui en cet instant. Terence se pencha sur lui et passa sa main autour de sa gorge.

– Donne-moi Flore, Terence. J'ai fait un pacte avec le maître de Jonas. Elle devient la compagne d'Erwan et il lui laisse la vie sauve.

– Jamais ! hurla William.

– Pourquoi crois-tu que Grégoire ne l'a pas tué ? À maintes reprises il en a eu l'occasion.

– Il faudrait peut-être que je te remercie pour ça, renchérit Terence.

– Elle est toujours en vie en tout cas.

Une larme coula sur ma joue, je me nichai contre William. J'avais plus que jamais besoin de sentir son apaisement sur moi. Vu l'état d'énervement dans lequel il se trouvait, je n'en eus pas autant que je l'aurais souhaité.

– Alors laisse-moi t'éclairer Joseph, grogna Terence en le relevant et le plaquant sur la table. Notre sang, qui parcourt les veines de Flore, ne peut se mêler à celui des loups. Tu devrais le savoir, il ne renforce pas l'être humain. Flore est toujours aussi vulnérable, son lien avec William ne change en rien ce fait.

– Tu m'as donné ton sang pour me sauver Terence et il n'y a eu aucun effet secondaire. Nos sangs sont donc entièrement compatibles, juste interdits.

– Tu n'es qu'un scientifique de pacotille dont l'esprit n'est plus très clair. Tu t'enfonces dans une folie irréversible et par tes ambitions démesurées tu mets ta propre race en danger.

– Je sais que ma théorie est la bonne, j'y travaille depuis si longtemps.

– Tu es un danger pour l'humanité et pour ta propre race.

Les yeux noirs de Terence se tournèrent une fraction de seconde vers ses enfants et Alexandre.

– Tu as désobéi à toutes les lois qui unissent nos deux mondes Joseph, annonça Alexandre avec un calme surprenant. Tu t'en es pris à la famille de Terence et à une humaine pour un projet qui dépasse l'entendement et le bon sens. Tu as fait un pacte avec un clan hostile et mis volontairement la vie des tiens en danger. En tant que supérieur et observateur de la situation, je laisse Terence rendre la sentence qui lui parait la plus adéquate.

– Transforme-toi Joseph et affronte-moi. Un combat à mort.

– La vie d'une humaine vaut-il que tu mettes ta famille une fois de plus en danger ? Joséphine t'a déjà presque perdu, tu recommences le même scénario.

– Joe était l'amour de ma vie et tu l'as bafoué. Rien que pour ça, je vais te tuer.

– L'odeur de sa peau ne m'a pas quitté depuis toutes ces années. J'imagine l'enfer que cela doit être pour toi qui étais lié si intimement à elle. Le danger ici pour Flore, c'est toi et ton passé.

D'une main Terence envoya Joseph claquer contre le plafond de la pièce, son corps retomba lourdement sur le sol. Un petit rire sarcastique sortit de sa bouche alors qu'il crachait le sang que sa lèvre ouverte avait fait couler dans sa bouche.

– Transforme-toi ! hurla Terence.

– Intervenez maintenant, ordonna Alexandre au moment même où les bêtes acharnées allaient se jeter vers nous.

William me fit rouler derrière lui. Des dizaines de coups de feu furent tirés pendant que les loups hurlants s'abattaient sur eux.

Sous l'impact, je me retrouvai sur les fesses. Les armes avaient disparu et le combat continua à mains nues.

– Éloigne Flore, cria Terence à mon mari alors qu'il relevait Joseph toujours sous sa forme humaine.

William me prit dans ses bras et je me retrouvai dans le jardin, loin des cris et des coups. Debout devant mon époux, je le regardais sans le voir, plongée dans un état second. Toute la folie de Joseph, toute cette haine sur ma famille me faisait perdre pied.

– Flore mon cœur, ressaisis-toi !

Mon esprit restait bloqué, rien d'autre que le vide ne m'habitait.

– Flore, reprit-il en me secouant. Reviens vers moi, regarde-moi !

Ses yeux noircis par la colère plongèrent dans les miens, enfin je réagissais. Je sentis mon cœur battre de nouveau normalement et sentis la petite arme qui j'avais toujours dans ma main. Puis les hurlements se firent une nouvelle fois entendre. Un loup d'une taille assez impressionnante fit rouler mon mari à terre. Je me retournai, vampires et loups avaient envahi le jardin, deux mondes qui s'affrontaient avec rage. Des corps étaient projetés dans les airs, des loups retombaient sur leurs pattes les babines dégoulinantes de sang, et dans ce chaos invraisemblable, Joseph fut projeté hors de la maison par un Terence dont plus rien n'avait de commun avec celui que je connaissais. Il n'était plus que haine et violence.

– Tu vas finir par te transformer oui ! continuait-il à hurler.

– Erwan, entendis-je dans l'obscurité.

– Maître Tarmal, murmurais-je en cherchant d'où venait la voix.

Au milieu des corps qui s'entrechoquaient, des bêtes qui couraient, mordaient et donnaient des coups de griffes, Maître Tarmal m'apparut. Instinctivement, je courus vers lui.

– Monsieur, il ne faut pas rester là.

– Je voulais juste l'aider. Terence m'avait promis de lui venir en aide. Où est mon fils ?

Le corps de Thomas vint me percuter et je me retrouvai allongée sur le sol, son corps inerte sur moi. J'avais l'impression qu'il pesait une tonne. Avec difficulté, je m'extirpai de lui et pris la main du père d'Erwan qui, paralysé par ce qu'il voyait, avait perdu toute notion de survie.

– Venez, lui dis-je en le tirant.

Un autre loup se planta devant nous. Il grognait en prenant son élan pour nous atteindre. Ses yeux luisants attiraient le père d'Erwan qui ne fit plus un geste.

– Détournez votre regard monsieur.

– Tire Flore ! s'écria Paul qui arrivait de nulle part.

Je braquai mon arme sur le loup et lorsqu'il s'éleva dans les airs, je tirai sur lui. Un cri me brisa les tympans et son corps glissa sur le sol. Paul releva sa gueule et, dans un craquement terrible, le brisa. Un jeune homme d'à peine vingt ans remplaça la bête furieuse.

– Sauvez-vous, dit-il en repartant vers le combat.

– Il faut nous mettre à l'abri, monsieur. S'il vous plaît.

Quelques mouvements d'airs se firent sentir et plusieurs vampires vinrent porter main-forte au clan de Joseph.

Il ne manquait plus que cela, soufflais-je.

Je me surpris à ne pas paniquer, à observer avec minutie où je pouvais mettre maître Tarmal à l'abri. Mais à l'intérieur aucune peur, juste de la colère et une haine incroyable qui me donnait la force d'avancer.

Un vampire inconnu attrapa le père d'Erwan et mordit dans son cou en m'envoyant de sa main libre voler dans les airs. Je m'écroulai sur l'herbe froide du jardin à quelques mètres de lui. Une main se tendit vers moi.

– Relève-toi Flore !

Erwan me regardait tristement. Il ne participait pas au combat, au contraire, il me venait en aide. Mais pouvais-je lui faire confiance ? Pas le meilleur moment pour se poser des questions, je vous l'accorde. Mais je devenais experte pour tout analyser, même en des moments aussi tragiques.

– Allez relève-toi.

– Ton père, lui dis-je en lui montrant du doigt.

Un énorme rugissement roula en lui, ses yeux devinrent les beaux diamants clairs que j'avais gardés en mémoire. Il se retourna et s'élança vers lui en devenant ce beau loup marron. Le vampire s'écrasa au sol, Erwan lui arrachant le cou avec plusieurs coups de dents. Son père, choqué, le regardait les yeux grands ouverts. J'allais aller le rejoindre lorsqu'un autre vampire se posta devant moi.

– Flore, je suppose.

– Tu supposes bien, renchérit William en lui plantant un pieu dans le cœur par-derrière.

– Que fais-tu encore là Flore ? Va-t'en d'ici !

– Oh mais j'essaie ! lui répondis-je un peu agacée.

Le sang sur son pull me calma.

– Tu es blessé ?

Il n'eut le temps de répondre qu'un cri de douleur attira mon attention.

– Relève-toi père, je t'en prie relève-toi.

– Mon Dieu, monsieur Tarmal !

Je me relevai et me dirigeai rapidement près d'Erwan qui tenait son père entre ses bras. William l'examina rapidement et me fit un petit signe négatif de la tête.

– Je l'ai tué, me dit mon ami la voix pleine de sanglots. J'ai tué le vampire, il a voulu m'arrêter et dans l'action j'ai retourné mon attaque sur lui. J'ai tué mon père Flore.

Je m'écartai de lui. Anéanti, la souffrance faisait de nouveau scintiller ses yeux.

– Erwan, je suis sincèrement désolée.

– Non ! hurla-t-il de nouveau à en déchirer la nuit. Mon Dieu non !

– Recule-toi, m'ordonna mon vampire préféré.

– Tout est de votre faute à vous, monstres de la nuit, lança Erwan en se transformant.

Il se jeta sur William qui évita de justesse ses crocs acérés. Je me retournai pour appeler de l'aide quand mes yeux découvrirent l'arène du combat. Plus aucun son ne me parvenait, seules les images qui défilaient devant moi m'interpellaient. Des loups, à la peau arrachée, mutilés continuaient de se battre. D'autres, moins chanceux, gisaient en ayant repris leur forme humaine, agonisant ou mort. Un vampire, dont le nom me resterait inconnu, était empalé sur un pieu debout contre un arbre. Clémence, telle une ballerine, esquivait les attaques, du sang coulant de sa tête. Un autre vampire, la gorge ouverte, s'était entièrement vidé de son sang. Paul sautait comme un cabri d'arbre en arbre pour éviter l'attaque de deux loups qui s'acharnaient sur lui. Un bain de sang qui me fit détourner le regard. Des morts un peu partout comme dans mes rêves. Un grognement derrière moi me fit sursauter et tout se remit en marche. Il me fit tomber à terre, sa gueule à quelques centimètres de la mienne. De mes simples mains d'humaine j'essayai de le repousser, sans grand résultat, vous vous en doutez. Victorien l'étrangla d'une simple main. Il me fit un léger sourire et se tourna pour porter secours à son frère qui se battait toujours contre Erwan mais également contre un vampire assez nerveux. Le temps que je me relève, William tomba à terre, un petit râle de douleur accompagna sa chute. Victorien se défoulait sur son ennemi. Erwan arriva en courant vers William qui avait un peu de mal à se relever, sans aucune hésitation je me mis devant lui.

– Arrête-toi Erwan, je sais que tu me comprends. Je t'en prie arrête-toi !

– Ne reste pas là, me dit mon mari encore un peu sonné.

– Pitié Erwan, reprends-toi.

Erwan le loup s'arrêta à quelques centimètres de moi. Ses yeux se plissèrent, il grogna puis tourna la tête vers la dépouille de son père et vers le massacre qui se déroulait dans le jardin de sa demeure. Puis, en redressant ses babines, il tourna son regard brillant vers William, recula et s'élança vers nous. Le loup avait pris le dessus, plus rien ne pouvait l'arrêter. Un silence se fit autour de moi. Le visage souriant de l'enfant passa dans ma mémoire, son rire faisant écho dans mon esprit et son regard doux et protecteur posé sur moi me réapparut une seconde. William me fit tomber à terre, mettant ainsi son corps en première ligne. Alors que les quatre pattes d'Erwan maintenaient mon mari sur le dos, je me redressai et pointai mon arme sur lui.

– Recule-toi Erwan. Je t'en prie, recule-toi. Tu es mon ami, ne me force pas à tirer.

Un hurlement de souffrance s'éleva dans l'obscurité, ses crocs s'avançaient pour percer le cou de mon mari. Je fermai les yeux et appuyai sur la détente par deux fois. L'arme me glissa des mains. Lorsque je rouvris les yeux, le corps nu de mon ami reposait près de celui de William qui ne bougeait plus. Victorien s'approcha de son frère en me lançant un petit regard tendre.

– Tu lui as sauvé la vie Flore, tu n'avais pas le choix.

– J'ai tiré sur mon ami d'enfance.

– Et tu vas perdre ton mari si tu ne l'aides pas.

William était en danger et je ne voyais que le corps nu de mon ami, sans vie. Victorien ôta son grand imperméable, qu'il aimait porter fréquemment, et recouvra Erwan avec. Un mouvement et il m'avait ramené près de William.

– Flore, il a besoin de toi. Maintenant ! dit-il plus sèchement.

À terre, je pris une pierre aux rebords coupants et m'entaillai le poignet pour aider mon époux. Quelques gouttes glissèrent dans sa gorge, un petit gémissement se fit entendre et ses canines élargirent la plaie pour s'abreuver de mon nectar. Les yeux de William s'ouvrirent, toujours aussi noirs, il les plongea dans les miens. Une émotion particulière s'empara de moi. Je ressentais l'excitation qu'il avait pour mon sang, le bien que cela lui procurait. Je sentais comme un danger mais je n'arrivais pas à ôter mon poignet de sa bouche, car ce danger m'attirait.

– Doucement mon frère, chuchota Victorien en enlevant mon bras.

Il passa sa langue sur la plaie pour la refermer. En le voyant faire, William se releva et le repoussa violemment de la paume de sa main.

– Elle est mienne Victorien, ne la goutte pas !

– Il va falloir que tu surveilles tes pulsions mon frère, elles prennent un peu trop d'ampleur.

Puis il m'embrassa passionnément. Un espoir au milieu de l'enfer.

Mon mari, d'un simple saut, m'éloigna du corps sans vie d'Erwan. Pas le temps de m'attarder sur cette perte ô combien terrible. Avec ses enfants, Alexandre entourait les derniers survivants de la meute de Joseph. Et en parlant de Joseph, Terence continuait à le faire voler dans tous les sens. Au dernier envol ce fut le grand loup noir aux yeux d'ambre qui lui fit face.

– Enfin, jubila Terence. Le combat va être plus équitable.

– Je croyais que les loups étaient moins forts que vous ? demandais-je discrètement à William.

– Joseph a du vécu Flore, sa force est bien plus importante que tous ces loups réunis. Lui, est un adversaire redoutable, même pour Terence.

– Alors pourquoi avoir tant tardé à se transformer ?

– Jamais mon géniteur ne l'aurait tué sous sa forme humaine, cela aurait été un signe de faiblesse. Il retardait l'inévitable ou pensait que quelqu'un lui viendrait en aide.

Terence et le loup tournaient en rond, se défiant, faisant de petites feintes chacun leur tour. Mes yeux ne quittaient pas les deux combattants.

Ils se jetèrent dans les airs et leurs corps se rencontrant eurent l'effet d'un coup de tonnerre. Tous deux se battaient avec hargne, puis soudainement Joseph retomba sur le dos, maintenu par Terence. Un craquement horrible se fit entendre suivi d'un cri effroyable. Le loup venait d'avoir l'une de ces pattes broyée par la simple pression d'une main. Joseph se releva en boitant, sautant de nouveau sur Terence. Un coup de patte vers son torse déchira la peau de Terence qui, dans un petit grognement, attrapa le loup à la gorge et lui cassa la deuxième patte. Joseph, gémissant, s'écroula au sol, redevenant homme.

– Tu vas regretter d'avoir posé tes sales pattes sur Joe.

– Elle a adoré cela.

Un coup de pied frappa Joseph au ventre, le faisant se tordre de douleur.

– William, arrête-le.

– Je ne le peux Flore, espérons que sa colère ne le perde pas.

Terence, si calme et posé, s'était transformé en tortionnaire. Il ne voulait pas tuer Joseph immédiatement, il prenait un malin plaisir à le faire souffrir. Honnêtement, il me faisait peur.

– Terence, murmurais-je sans m'en rendre compte.

Le regard noir qu'il posa sur moi me fit faire un pas en arrière, je me nichai dans les bras de mon amoureux. En regardant autour de moi, je pus voir que tous participaient à la vengeance de Terence sans intervenir. Pour la plupart, la cruauté de leur géniteur était une découverte. À l'écart, Alexandre l'observait en silence.

Déformé par la douleur, Joseph n'était plus qu'un corps à la merci de son ennemi. Pourtant, son caractère bien trempé ne faiblissait pas.

– Ton passé te rattrape Terence, dit-il d'une voix rauque. Plus rien ne pourra sauver Flore, ni ta famille. Croyais-tu qu'Élisabeth te laisserait t'en sortir ? Elle avait préparé sa défaite, la mienne également, plus diabolique que tout ce que tu imagines.

– Tu as posé les mains sur Joe, reprit Terence. Tu as fait torturer mon fils pour le tuer, des innocents y ont laissé la vie. Et tu voulais faire de Flore ta chose. Tu ne mérites pas de vivre. Tes menaces ne m'atteignent plus.

Terence planta ses crocs dans le cou de son ex-ami, le mutilant assez pour que son sang coule à grands flots. La douleur devenait insoutenable, et malgré tout ce qu'il voulait et m'avait fait subir, voir ce qu'il endurait la tête haute m'impressionnait.

Jonas, en compagnie de Grégoire, attira l'attention sur lui en apparaissant.

– Jonas aide-moi, supplia Joseph.

Comme à son habitude, Jonas pencha la tête sur le côté pour mieux l'observer. Grégoire, souriant, me regardait avec insistance.

– Nous avions un accord Jonas, reprit Joseph.

– C'est vrai, tu avais un accord avec mon maître. Et cet accord prend fin ce soir. Ton plan a échoué, l'accord est rompu, mon maître en est ravi.

Un léger vent passa sur mon visage et Jonas et Grégoire n'étaient plus. Un petit craquement se fit entendre dans les buissons, quelqu'un quittait les lieux avec eux.

Personne n'eut envie de s'en prendre à Jonas ou Grégoire. Je crois que les événements qui venaient de se dérouler étaient suffisants pour une nuit. Même si nous étions bien tous conscient du message, un ennemi redoutable restait dans l'ombre.

Terence, toujours accaparé par son rival, ne releva pas cette petite visite impromptue. Un nouveau coup atteignit Joseph de plein fouet qui arriva à repousser Terence dans les airs. Ni l'un ni l'autre ne cédait.

– Terence mon frère, cela est suffisant, intervint enfin Alexandre.

– Ne t'en mêle pas.

Cette petite intervention laissa le temps à Joseph, sans que personne ne s'en aperçoive, de prendre l'arme qui traînait non loin de lui et de tirer sur Terence. La douleur le rendant moins performant, la balle atteignit l'épaule de Terence, pas assez pour le faire ne serait-ce que trembler.

Furieux, Terence, lui retourna le bras qui avait servi à tirer. Joseph hurla. Ce vampire, que je n'arrivais pas à reconnaître, prenait plaisir à jouer avec son rival. Plus aucune once d'humanité ni de bonté le parcourait, il glissait doucement dans une haine profonde.

– Monsieur, voulut intervenir mon mari, je pense qu'il a assez souffert maintenant.

Un frôlement et William avait la main de son géniteur autour de sa gorge.

– Ne me dis pas ce que je dois faire William !

Victorien et Paul voulurent intervenir à leur tour, Alexandre les stoppa.

Un sourire en coin, Terence retourna vers Joseph. Alexandre en profita pour venir se placer près de moi et William, qui m'avait déjà rejoint.

– Ramène-le à la raison Flore. S'il va trop loin, il ne reviendra pas de cette folie qui lui ouvre les portes d'un chemin bien tortueux. J'ai accepté la sentence à mort mais il y a des limites à l'acceptable.

– Pourquoi Flore ? Je refuse c'est bien trop dangereux, s'indigna mon époux.

– Parce qu'elle a sur lui une influence que je ne m'explique pas.

– Laisse-la faire mon frère, répliqua Victorien.

Je n'avais jamais entendu Victorien parler autant qu'en une nuit.

– Non, il n'en est pas question. C'est ma femme, elle est mienne, je décide.

En regardant Terence qui avait toujours été si bon avec moi, compréhensible, même si parfois il jouait de son autorité sur ma personne, je fus touchée par sa douleur. Tant de souffrance en lui restait en sommeil, tant de regrets le parcouraient encore, cette trahison était de trop. Le voir sombrer ainsi me paraissait si injuste, mais si logique à la fois. Je savais, de par ma petite expérience personnelle, que les événements passés pouvaient nous rendre aigris, voir parfois à la limite de l'explosion. Je venais de tirer sur mon meilleur ami en lui ôtant la vie, une image qui me suivrait jusqu'à la fin de mon existence. Je me consolais en me disant que c'était pour sauver la vie de mon mari. Mais lui, à quoi pouvait-il donc se raccrocher ? À rien, si ce n'était à l'amour que les autres lui portaient. Encore fallait-il qu'il s'en rende compte.

Doucement j'ôtai ma main de celle de mon vampire, qui avait déjà compris et cerné mes intentions. Un petit *« non »* sortit de sa bouche pendant que je m'approchais lentement de Terence qui regardait sans le moindre remord le sang de Joseph s'écouler.

– Terence, dis-je en me plaçant près de lui.

– Dégage de là Flore.

Pas vraiment son style de parler si abruptement.

– Monsieur, vous perdre ne changera en rien le passé.

– Une leçon de morale jeune humaine ? me demanda-t-il.

– Non, une constatation.

Et croyez-moi, si je jouais les héroïnes, je n'étais pas très rassurée. De plus, l'inquiétude de mon mari n'arrangeait rien.

Il se tourna vers moi et me souleva de terre par le col de mon pull. William fit un pas en avant, Paul se mit devant lui.

– Je t'ai dit de me foutre la paix Flore. Tu ne peux savoir ce que je ressens.

– Ah non, vous croyez ? C'est vrai que j'ai seulement perdu toute ma famille, tiré sur mon meilleur ami pour sauver la vie de mon mari et que j'ai vu mon ex-petit ami devenir l'être le plus cruel que je connaisse. Enfin, jusqu'à maintenant.

– Tu oses me répondre ?

– En fait oui, et je sais que cela va encore se retourner contre moi. Mais je ne suis qu'une humaine monsieur, comme vous me l'avez si bien fait remarquer. Je suis guidée par mes sentiments et je n'aimerais pas perdre un autre être cher à mon cœur.

À l'arrière, tous étaient prêts à intervenir. Enfin surtout William qui, maintenu par Victorien et Alexandre, ne tenait plus. Et pendant ce temps, Joseph souffrait le martyre.

– Il mérite de mourir, cela aussi tu vas le contester ?

– Absolument pas !

Surpris, il tourna enfin son regard vers moi en me reposant à terre. Merci, je me sentais plus légère.

– Pourquoi cette tristesse en toi ?

– Parce que ma vie part en lambeaux, qu'il y a encore des représailles qui s'annoncent et que je sais que personne ne s'en sortira sans votre aide. De plus, vous me faites peur monsieur.

– Peur ? répéta-t-il en me faisant face.

Au moins j'avais détourné son attention de Joseph. Un bon point.

– Oui peur. Toute cette haine en vous me rappelle le regard qu'avait Élisabeth sur vous.

– Je ne suis pas comme elle Flore, cette comparaison est stupide.

Dangereux certes, mais prendre Élisabeth comme exemple me parut une bonne idée.

– Elle ne souhaitait que votre souffrance et pour cela était prête à bien des horreurs. Regardez Joseph, vous faites la même chose.

– Tu me fatigues Flore à me faire la morale. Dégage.

– Excusez-moi mais vous me l'avez si souvent faîte que je sais de qui tenir. Et mon affection pour vous est assez forte pour que je me rebelle un peu contre votre comportement inexcusable. Et que j'en subisse les conséquences.

Il leva la main vers moi sous un *« non »* de William. Sans réfléchir, je me hissai sur la pointe des pieds déposant un baiser sur sa joue. Sa main retomba le long de son corps.

– Mon inconsciente humaine, lui dis-je en le regardant droit dans les yeux.

Et la carte de l'affection fonctionna, à mon grand soulagement. Ses yeux charbons s'éclaircirent un peu, suffisamment pour voir apparaître le marron profond qui les caractérisait. Sa tête se tourna vers Joseph qui agonisait, puis vers moi. Une larme coula sur sa joue et il tomba à genoux. Démuni comme je ne l'avais jamais vu.

– Faîtes le ménage mes enfants, ordonna Alexandre. Vous aussi, dit-il en désignant les enfants de Terence, laissez partir les survivants et dispersez-vous. Victorien, Paul, restez avec moi.

En donnant cet ordre, Alexandre rendait un peu de fierté à Terence. Paraître affaibli aux yeux des autres n'était certes pas ce qu'appréciait le plus son frère, pas quelqu'un de son envergure. Il avait son amour-propre.

Je m'agenouillai à mon tour pour être à sa hauteur. Avec mille et une précautions, je pris sa main dans la mienne.

– Ne me juge pas Flore, j'ai dû te décevoir.

– Jamais je ne vous jugerais monsieur, et en aucun cas vous ne m'avez déçu. J'ai juste été un peu effrayée.

– Je ne t'aurais jamais fait le moindre mal.

– Je sais. Ce n'est pas cela qui m'a effrayé, j'avais juste peur de vous perdre. Monsieur, vous et William êtes ma famille.

Il releva sa tête vers moi, honteux, touché, ses doigts froids caressèrent ma joue.

– Mon inconsciente jeune humaine, dit-il en esquissant un sourire.

– Terence, soufflais-je en le retrouvant enfin.

Il me releva et caressa de nouveau ma joue. Sa force incroyable à reprendre le contrôle était tout bonnement impressionnante. Un gémissement derrière nous se fit entendre. Joseph agonisait toujours mais ne s'avouait pas vaincu, il avait repris l'arme dans sa main et me visait en tremblant.

Une brise passa sur mon visage, l'arme se retourna contre lui, la balle d'argent perça son cœur et Joseph émit son dernier souffle. En une fraction de seconde, Terence en avait fini avec lui, à mon grand soulagement.

William me serrait déjà contre lui, enfin mes larmes se mirent à couler. Je pouvais pleurer Erwan.

– Merci, murmura Terence en passant près de moi.

William plongea son regard dans le mien et m'embrassa longuement.

– Je n'aime pas l'affection trop profonde que ressent mon géniteur pour toi mais merci de me l'avoir ramené.

Et ses lèvres reprirent les miennes avec fougue. Si je n'avais pas mis une petite distance entre nous, je pense qu'il ne se serait pas arrêté à des simples baisers. Je comprenais sa réaction due à l'excitation de cette nuit mais mon humeur était légèrement différente. Et il me fallut le repousser à plusieurs reprises. Pourtant, malgré la nouvelle tragédie que je venais de vivre et le déraisonnement de Joseph, voir l'amour qu'il me portait fut mon soutien le plus précieux.

XXII

Dans le jardin d'Erwan tout était redevenu calme, mais rien ne serait plus comme avant. Cette grande maison qui me faisait face était dorénavant la seule chose qui restait de mon ami et de son père. Tant de joie y était imprégnée, tant de souvenirs heureux que nous avions partagés durant sa trop courte vie. Ces moments de bonheur seraient les seuls que je garderais, le reste ne m'importait plus.

– Tu n'avais pas le choix mon cœur. C'était lui ou moi.

– J'ai l'impression que cela a toujours été ainsi depuis que tu es rentré dans ma vie. Lui ou toi, une rivalité sans fin. William, comment vais-je pouvoir vivre en étant responsable de la mort de mon ami d'enfance, de celle de ma sœur et de mes parents ? J'ai l'impression de porter malheur à tous ceux qui m'approchent.

– Bien sûr que non mon amour, tu n'es en rien responsable. La folie d'Élisabeth est le déclenchement de tous ces événements. Pas toi.

– Et aussi le lien du sang qu'a fait Terence avec mon aïeule il y a si longtemps.

– Je suis désolé, je sais que cela te paraît invraisemblable.

– Ça l'est William. Notre lien va-t-il nous détruire lui aussi ?

– Non, non. Tu es ma femme, je t'aime et à ce que je sache tu n'as pas fait d'enfant à un inconnu sans me prévenir après avoir reçu mon sang.

– Ce n'est pas le moment de plaisanter William.

Pourtant, il arriva à m'arracher un petit sourire.

– Si j'avais accepté la proposition de Joseph, si je m'étais unie à Erwan, il serait encore en vie et toute cette folie serait terminée.

– Si un des enfants d'Élisabeth a décidé de la venger, rien ne se serait arrêté. Et jamais je ne t'aurais laissé faire une telle folie. Flore, te rends-tu compte de ce que tu dis ?

Pas vraiment, mes idées étaient confuses.

– Excuse-moi, je suis si fatiguée.

– Alors rentrons chez nous.

– Oui chez nous, dans notre maison tout semble si simple. Mais avant j'aimerais voir le corps d'Erwan et de son père.

– Flore ne t'inflige pas cette épreuve.

– S'il te plaît William, je dois leur dire adieu.

Un peu en retrait, juste à côté d'un grand chêne qui dominait le jardin de la maison, le corps sans vie de Maître Tarmal était figé dans le décor. Terence lui faisait ses adieux.

– Ce fut un ami fidèle et loyal, me dit-il en sentant ma présence. Performant dans son travail et agréable à connaître. Son fils avait bien des points en commun avec lui, dommage que la route de Joseph ait croisé la sienne.

– Oui, le destin sûrement. Où est le corps d'Erwan ?

– Je suis désolé Flore, il a été emmené avec ceux des loups.

– Je ne peux donc lui faire mes adieux.

Il se releva et fit un petit signe à Paul pour qu'il puisse emmener le corps.

– Nous ne pourrons couvrir tant de disparitions très longtemps. Notre temps dans cette ville est compté.

– Nous allons devoir partir ?

– Dès que toute menace sera écartée, oui Flore. Je sais que cela sera un grand changement pour toi.

– Laisser ma nouvelle demeure sera un déchirement. Mais partir loin de tout ce que me rappelle cette ville, un soulagement.

– Je vois que la sagesse s'installe en toi. Tout espoir n'est donc pas perdu.

Il regarda tendrement son fils.

– Ta femme est exceptionnelle William. J'espère que tu en as bien conscience.

– Oui, plus que vous ne le croyez monsieur, dit-il en embrassant furtivement mes lèvres. Elle est ma vie, ajouta-t-il.

– Laisse-nous quelques minutes, j'aimerais lui parler. Et ne me fait pas cette tête mon fils, ta jalousie envers moi est futile et offensante. Flore est comme ma fille.

J'émis un petit rire qui n'amusa pas du tout mon mari.

Une fois seule, il m'invita à faire quelques pas avec lui.

– Je voulais te remercier Flore.

– Ce n'est pas nécessaire.

– Tu as vu cette nuit une facette de moi bien cruelle, que tu ne devais même pas soupçonner. À vrai dire mon enfant, je crois que moi-même je ne me croyais pas capable d'avoir enfoui au fond de moi tant de haine. Au moins tu ne verras plus en moi cet humain que tu recherches tant.

– Monsieur, ma visite au loft avec cette jeune femme à vos côtés m'avait déjà enlevé tout espoir.

Qu'il fut agréable de l'entendre rire.

– La confiance est pour moi une valeur cruciale. En me trahissant, Joseph a brisé un peu le sens de cette valeur. Je n'arrive pas à comprendre comment un être comme lui a pu entreprendre une telle folie, c'est inimaginable.

– Avait-il raison ?

– Comment ça ?

– Le sang de William en moi me rend-t-il plus forte physiquement ?

– Absolument pas Flore.

– Mais il avait raison, vos sangs sont compatibles, vous lui aviez offert le vôtre.

– Il l'a guéri, rien de plus. Notre sang ne peut se mêler entièrement à ceux des loups, crois-moi mon enfant. Chez l'humain, il a d'autres impacts plus puissants après un lien. Il guérit, provoque bien des changements, mais le corps reste tout autant vulnérable, la santé également. Nous ne sommes pas des magiciens.

– Je ne me sens pas si différente.

– Pourtant tu l'es Flore. Si William a une jalousie croissante pour toi, un amour au-delà de tout ce que l'on peut imaginer et une peur permanente de te perdre qui peut à tout moment poser problème. Toi en contrepartie, tu deviens plus forte moralement, plus jalouse également, plus apte en rentrer en contact et à te fondre en William. Cela devient peut-être naturel, mais ça ne l'est pas. Trop de sang de William coule en toi. Mais ce n'est pas de cela que je voulais te parler.

– De quoi alors ?

– Comment as-tu su que ta présence m'apaiserait ?

– Je n'en étais pas certaine.

– Alors pourquoi l'avoir fait Flore ?

– Vous avez toujours été là pour moi, même quand j'avais dépassé les bornes.

– Souvent donc, se moqua-t-il.

– J'ai énormément d'affection pour vous. Cela était naturel de vous venir en aide à mon tour.

– Ma colère aurait pu se retourner contre toi. Ne refais jamais cela Flore, ne remet jamais ta vie en danger pour moi.

– Mais…

– Je te serais éternellement reconnaissant de l'avoir fait, mais jamais je ne me serais pardonné de t'avoir fait du mal et William ne s'en serait jamais remis. Me comprends-tu mon enfant ?

– Oui, monsieur.

– Je devrais me fâcher plus souvent, je te trouve bien plus respectueuse maintenant.

De nouveau, nous nous mîmes à rire ensemble. Un petit mouvement de tête et William me tenait déjà contre lui. La mort d'Erwan ne me quittait pas, le froid se fit sentir.

– Tu grelottes Flore. Tiens, met mon manteau.

– Ramène-la mon fils, elle a besoin de repos.

– Et ce nouvel ennemi monsieur ?

Aucune réponse ne se fit entendre, ce n'étaient pas mes paroles qui retenaient son attention. Non, pendant que je mettais le manteau de mon mari en replaçant correctement ma petite broche sur mon pull écru – enfin plus si écru que cela, le sang et la boue le rendait bien plus sombre – son regard ne quittait pas le bijou.

– Monsieur ? s'inquiéta William.

Aucun mouvement, ses yeux restaient fixés sur mon pull. J'allais attacher les boutons lorsqu'il repoussa ma main. D'un doigt il arracha ma petite broche qu'il prit dans sa main, son pouce caressant la pierre précieuse.

– Où as-tu eu cette broche Flore ?

– Ma sœur me l'a donné.

– Ta sœur ! Mais quand ?

– Le soir de sa mort. Rendez-la moi monsieur, c'est le seul souvenir d'elle qu'il me reste.

– Elle avait donc bien découvert quelque chose d'important.

– Mais de quoi parlez-vous monsieur ?

Son regard reflétait une tristesse profonde.

– C'est la broche que j'ai offerte à Joe. Elle la portait continuellement, elle disait que c'était un peu de moi sur elle. Le jour de sa disparition, je n'ai pas réussi à la retrouver.

Je ressentais exactement la même chose pour mon petit bracelet en perles roses, un peu de William qui ne me quittait pas, rajoutez dorénavant à cela mon alliance.

– Mais pourquoi ma sœur l'avait-elle sur elle ?

– Monsieur, vous ne pensez pas que…

– Si mon fils, elle a rencontré l'assassin de Joe.

– Mais vous ne l'avez pas vu en elle ?

– Non, tout était confus. Elle souffrait, se focalisait sur toi. J'ai vu qu'elle craignait pour nous sans en comprendre réellement le sens. C'était étrange.

Je me blottis dans les bras de mon mari, là où rien ne pouvait m'atteindre. Car mon mauvais pressentiment ne m'avait jamais trompé et ce criminel ne devait pas être étranger aux derniers événements. Mon téléphone se mit à sonner en pleine nuit. Certainement Elodie qui voulait prendre de mes nouvelles après que Paul lui ait narré la folie de Joseph. En prenant l'appareil, mes mains se mirent à trembler.

– Qu'est-ce qu'il y a mon amour ?

– C'est le numéro de ma sœur.

– C'est impossible mon cœur.

– Décroche, me dit Terence en fronçant les sourcils.

Fébrile, je fis ce que l'on me demandait.

– Allô ?

– Tic-tac, tic-tac, Flore. Aimes-tu jouer ?

Les yeux de mes deux vampires se croisèrent. Une voix d'homme sans intonation, plate, presque amusée, me parvint.

– Qui êtes-vous ?

– Élisabeth n'est plus mais par respect pour elle, j'ai laissé Joseph accomplir son plan que je savais voué à l'échec. Mais cela m'a permis d'observer, de mieux te connaître.

– Qui êtes-vous ? redemandais-je sous les regards plus qu'attentifs de William et Terence.

– Je suis le maître du jeu Flore. J'attends de jouer avec toi depuis si longtemps.

Tu as déjà rencontré deux de mes joueurs je crois.

– Grégoire…

– Oui et Jonas, deux adversaires redoutables. La mort de ma génitrice ne restera pas impunie. Tu en es responsable, prépare-toi à tout perdre Flore, y compris la vie.

En temps normal, j'aurais lâché prise. Mais voilà, j'étais lasse de toutes ses menaces, de toute cette folie qui me tombait dessus en permanence. Terence avait raison, il fallait faire de sa souffrance une force et ne pas plier devant l'adversité. Je le défiai.

– Une partie se joue à plusieurs joueurs et la victoire n'est jamais acquise à l'avance.

– Flore ! s'étonna William. Ne le défie pas, nous ne savons pas à qui nous avons à faire.

– Hum, j'aime avoir des adversaires à ma hauteur, s'amusa-t-il. Ta sœur y a laissé la vie.

Touchée par ces paroles, mon assurance descendit d'un cran.

– Prépare-toi à y laisser la tienne, celle de ton mari et de tous ceux que tu côtoies. Lentement et dans la douleur.

Terence serra les poings si forts que la petite broche entailla sa chair. William me rapprocha de lui pour me soutenir. Un silence passa.

– Pas de réponse Flore ? Tu as déjà perdu ton enthousiasme ? Je te laisse quelques jours pour te remettre en forme et la partie sera lancée. Plus rien ne m'arrêtera. Mais j'oubliais Flore. Aimes-tu mes photos ?

Le téléphone me glissa des mains sous le rire sadique de mon correspondant. Une faiblesse me traversa, William me serra contre lui. Je savais dorénavant que celui qui m'épiait depuis des mois et qui s'amusait de mes souffrances allait faire de nos vies un enfer. La folie de Joseph me parut bien douce par rapport à celle qui nous attendait.

– Le passé n'a pas dit son dernier mot, murmura William alors que la nuit sanglante que nous venions de vivre s'éloignait lentement, laissant place à un avenir encore plus douloureux.

– Quoiqu'il advienne de nous, ce sera le dernier acte, affirma Terence.